D0311017

Hablando con los muertos

HABLANDO CON LOS MUERTOS

Harry Bingham

Traducción de Javier Guerrero

Barcelona • Madrid • Bogotá • Buenos Aires • Caracas • México D.F. • Miami • Montevideo • Santiago de Chile

Título original: *Talking to the Dead*
Traducción: Javier Guerrero
1.ª edición: junio 2012

Consell de Cent, 425-427 - 08009 Barcelona (España)
www.edicionesb.com

Printed in Spain
ISBN: 978-84-666-5135-6
Depósito legal: B. 15.251-2012

Impreso por LIBERDÚPLEX, S.L.
Ctra. BV 2249, km 7,4
Polígono Torrentfondo
08791 Sant Llorenç d'Hortons

1

Entrevista, octubre de 2006

Detrás de la ventana, veo tres cometas que flotan en el aire sobre Bute Park. Una azul, otra amarilla, la tercera rosa. Sus formas son precisas, como troqueladas. Desde esta distancia, no distingo los hilos que las sujetan, así que, cuando las cometas se mueven, es como si lo hicieran por sí mismas. La luz del sol, que lo abarca todo, ha devorado profundidad y sombra.

Observo todo esto mientras espero a que el inspector jefe de detectives Matthews termine de recolocar los documentos en su escritorio. Mueve el último archivo de la pila que tiene delante a una silla situada frente a la ventana. El despacho sigue desordenado, pero al menos podemos vernos las caras.

—Aquí está —dice.

Sonrío.

Sostiene una hoja. El lado impreso está de cara a él, pero gracias a la luz de la ventana distingo la forma de mi nombre encima. Sonrío otra vez, no porque tenga ganas de hacerlo, sino porque no se me ocurre nada sensato que decir. Esto es una entrevista. Mi entrevistador tiene mi currículum. ¿Qué quiere que haga? ¿Que aplauda?

Pone el currículum en el único espacio vacío del escritorio. Lo empieza a leer línea por línea, moviendo el índice al hacerlo como si fuera marcando cada sección. Secundaria. Bachillerato. Universidad. Intereses. Referencias.

Su dedo vuelve al centro de la página. Universidad.

—Filosofía.

Asiento con la cabeza.

—¿Por qué estamos aquí? ¿Cuál es el sentido de todo? ¿Esas cosas?

—No exactamente. Más bien ¿qué existe? ¿Qué no existe? ¿Cómo sabemos si existe o no? Cosas así.

—Útil para el trabajo policial.

—La verdad es que no. No creo que sea útil para nada, salvo tal vez para enseñarnos a pensar.

Matthews es un hombre grande. No grande de gimnasio, sino grande al estilo galés, con esa clase de musculatura que insinúa un pasado de trabajo en el campo, rugby y cerveza. Tiene ojos sorprendentemente claros y cabello oscuro y grueso. Incluso en los dedos tiene pelitos oscuros que le llegan hasta la tercera falange. Es lo contrario de mí.

—¿Cree que tiene una idea realista de lo que implica el trabajo policial?

Me encojo de hombros. No lo sé. ¿Cómo vas a saberlo si no lo has hecho? Hago el comentario que se supone que se espera que haga. Me interesan los cuerpos de seguridad. Aprecio el valor de un planteamiento disciplinado y metódico. Bla, bla, bla. Y tal y tal. La chica buena, vestida con su traje gris oscuro para la entrevista, diciendo todo lo que se espera que diga.

—¿No cree que se aburrirá?

—¿Aburrirme? —Me río aliviada. Eso era lo que estaba explorando—. Puede. Eso espero. Me gusta un poco de aburrimiento.

Luego, temiendo que piense que estoy siendo arrogante —una filósofa que gana un premio de Cambridge que se burla de un policía estúpido—, retrocedo.

—Quiero decir que me gusta hacer las cosas de manera metódica. Poner los puntos sobre las íes. Si eso implica un poco de trabajo de rutina, está bien. Me gusta.

Él todavía tiene el dedo en el currículum, pero ha subido unos centímetros. Bachillerato. Deja el dedo allí, fija sus ojos claros en mí y dice:

—¿Tiene alguna pregunta?

Sabía que iba a decir eso en algún momento, pero han asignado cuarenta y cinco minutos a la entrevista y solo hemos usado diez a lo sumo, la mayor parte de los cuales los he pasado observando cómo Matthews movía material de papelería en su despacho. Puesto que me toma por sorpresa —y como todavía soy un poco torpe en estas cosas—, digo lo que no tengo que decir.

—¿Preguntas? No.

Hay una breve pausa, en la cual él registra sorpresa y yo me siento como una idiota.

—Me refiero a que quiero el trabajo. Sobre eso no tengo ninguna pregunta.

Su turno de sonreír. Una sonrisa real, no falsa como la mía.

—Sí, de verdad que sí. —Es una afirmación, no una pregunta. Para ser jefe de detectives, no es muy bueno haciendo preguntas.

Asiento de todos modos.

—Y probablemente le gustaría que no le preguntara por una interrupción de dos años en su currículum, alrededor de la época del bachillerato.

Asiento otra vez, más despacio. Sí, me habría gustado que no hubiera preguntado por eso.

—Recursos Humanos sabe lo que ocurrió entonces, ¿no? —dice.

—Sí. Ya he repasado esto con ellos. Estuve enferma. Luego mejoré.

—¿Con quién ha hablado en Recursos Humanos?

—Katie. Katie Andrews.

—¿Y la enfermedad?

Me encojo de hombros.

—Ahora estoy bien.

Una no respuesta. Confío en que no insista, y no lo hace. Comprueba quién me ha entrevistado hasta ese momento. La respuesta es que casi todos. La sesión con Matthews es el último obstáculo.

—Muy bien. ¿Su padre sabe que se ha presentado a este trabajo?

—Sí.

—Estará satisfecho.

Otra afirmación en lugar de una pregunta. No respondo.

Matthews examina mi rostro con atención. Quizás esa es su técnica de interrogatorio. Quizá no hace ninguna pregunta a sus sospechosos, se limita a realizar afirmaciones y escrutar sus facciones a plena luz del vasto cielo de Cardiff.

—Vamos a ofrecerle un trabajo, ¿lo sabe?

—¿Sí?

—Por supuesto que sí. Los policías no son estúpidos, pero usted tiene más cerebro que nadie en este edificio. Está preparada. No tiene antecedentes. Estuvo enferma durante una temporada en su adolescencia, pero ahora está bien. Quiere trabajar para nosotros. ¿Por qué no íbamos a contratarla?

Se me ocurren un par de posibles respuestas a eso, pero no voy a proporcionárselas motu proprio. De repente, soy consciente de sentirme intensamente aliviada, lo cual me asusta un poco, porque no había tenido la sensación de estar preocupada. Me levanto. Matthews también se ha levantado y viene a estrecharme la mano, diciendo algo. Sus grandes hombros bloquean mi visión de Bute Park y pierdo de vista las cometas. Matthews está hablando de formalidades y yo respondo de manera mecánica, pero no presto atención a nada de eso. Voy a ser policía. Y hace solo cinco años estaba muerta.

2

Mayo de 2010

Es verdad, me gusta la rutina, pero no puedes abusar de algo bueno.

Un agente de la policía metropolitana de Londres —veintidós años intachables en el cuerpo— tuvo que retirarse tras resultar herido en acto de servicio. Empezó a trabajar de administrador en una escuela católica de Monmouthshire. Comenzó a sustraer dinero. No lo pillaron. Sustrajo más. No lo pillaron. Se volvió loco: se compró un piano vertical, se hizo socio de un club de golf, se pagó dos vacaciones, se instaló un jardín de invierno, adquirió una participación en un caballo de carreras.

Las autoridades de la escuela eran lelas, pero no estaban clínicamente muertas. Acudieron a nosotros con pruebas del delito. Investigamos y encontramos un montón de pruebas más; luego detuvimos al sospechoso, Brian Penry, y lo trajimos a interrogar. Penry lo negó todo, después dejó de hablar y terminó la sesión mirando a la pared con aspecto derrotado. En la grabación, apenas se percibe su respiración ligeramente asmática: un fino silbido nasal que suena como una nota de queja entre nuestras preguntas. Lo acusamos de once robos, pero la cifra correcta probablemente se acerca a cincuenta.

Todavía lo niega todo, lo que significa que hemos de preparar el caso para llevarlo ante los tribunales. Cinco minutos antes de que empiece el juicio, Penry cambiará su declaración, porque está completamente pillado y lo sabe, y porque su sentencia no cambiará mucho si se declara culpable ahora o el mismo día de la vista. Entretanto, he de revisar todos los detalles de sus movimientos bancarios en los últimos seis años, todos los pagos mediante tarjeta de crédito y todos los reintegros de fondos de la cuenta bancaria de la escuela para identificar las transacciones fraudulentas. He de hacer todo eso y documentarlo meticulosamente para que un abogado defensor no pueda encontrar fisuras triviales en la causa cuando llegue al tribunal, aunque, como digo, eso nunca ocurrirá, porque Penry está jodido y lo sabe.

Mi escritorio está cubierto de papeles. Detesto los bancos y las compañías de crédito. Odio todos los dígitos entre cero y nueve. Desprecio todas las escuelas católicas mal dirigidas del sur de Gales. Si Brian Penry estuviera delante de mí, trataría de hacerle tragar mi calculadora, que es tan grande y masticable como un teléfono de baquelita.

—¿Te diviertes?

Levanto la cabeza. Es David Brydon, sargento detective, rubio, treinta y dos años, bastante pecoso y de temperamento tan cordial y simpático que en ocasiones le suelto algo execrable, porque demasiado de algo bueno puede resultar desconcertante.

—¡Vete al cuerno!

Eso no lo cuento: es solo mi versión de la simpatía.

—Sigues con Penry, ¿eh?

Levanto la cabeza como es debido.

—Su nombre completo es «cabrón, ladrón, ojalá te ahogues, Penry».

Brydon asiente con expresión sabia, como si yo hubiera dicho algo sensato.

—Creía que tenías opiniones más sutiles sobre la responsabilidad moral. —Sostiene dos tazas. Té para él, infusión de menta para mí. Azúcar para él, pero no para mí.

Me levanto.

—Sí, menos cuando he de hacer esto.

Hago un gesto hacia el escritorio, odiando ya un poquito menos el papeleo. Nos acercamos a una pequeña zona de asientos situada junto a la ventana. Hay dos sillones y un sofá, como los que encuentras en oficinas, en salas de espera del aeropuerto y en ningún sitio más, con patas tubulares cromadas y tapizado gris resistente a las manchas. Eso sí, aquí no faltan luz natural ni vistas al parque. Además, Brydon me gusta. Mi mal humor es cada vez más de cara a la galería.

—Se declarará culpable.

—Ya sé que se declarará culpable.

—Pero hay que hacerlo.

—Ah, sí, se me había olvidado que era el Día de la Afirmación de lo Obvio. Perdón.

—Pensaba que esto podría interesarte.

Me pasa una bolsa de plástico transparente que contiene una tarjeta de débito Visa. Lloyds Bank. Cuenta platino. Fecha de caducidad: octubre del año pasado. A nombre del señor Brendan T. Rattigan. La tarjeta no está ni como nueva ni muy marcada. Es una tarjeta caducada, nada más.

Niego con la cabeza.

—No. No lo creo. No me interesa en absoluto.

—Rattigan. Brendan Rattigan.

El nombre no significa nada para mí. O mi cara lo dice o lo digo yo. Doy un sorbo a la infusión —todavía demasiado caliente—, me froto los ojos y sonrío a modo de disculpa a Brydon por comportarme como una bruja.

Me arruga la cara.

—Brendan Rattigan. Un chatarrero de Newport que pasa a la producción de acero. Después al transporte. Gana una cantidad de dinero indecente. Cien millones de libras o así.

Asiento con la cabeza. Ahora lo recuerdo, pero no es su riqueza lo que recuerdo ni lo que me importa. Brydon sigue hablando. Hay algo en su voz que todavía no he identificado.

—Murió hace nueve meses en un accidente de avión en el estuario. —Mueve el dedo en dirección al muelle de Roath, por si acaso no sé dónde queda el estuario del Severn—. Sin causa determinada. Se recuperó el cuerpo del copiloto. El de Rattigan no.

—Pero aquí está su tarjeta. —Extiendo el plástico transparente en torno a la tarjeta, como si verla mejor fuera a desentrañar sus secretos.

—Aquí está su tarjeta, sí.

—Que no ha pasado nueve meses en agua salada.

—No.

—¿Y dónde la has encontrado exactamente?

Brydon se queda un momento con la boca abierta. Está atrapado entre dos alternativas. Parte de él quiere disfrutar de ese pequeño triunfo sobre mí. La otra parte de él es lúgubre: una cabeza de hombre de cincuenta años sobre hombros más jóvenes, mirando hacia una oscuridad interior.

La parte lúgubre se impone.

—No la he encontrado yo, gracias a Dios. La comisaría de Neath recibió una llamada anónima. Una mujer. Probablemente no muy mayor, probablemente tampoco una niña. Da la dirección de una casa aquí en Cardiff, en Butetown. Dice que hemos de ir allí. Un par de hombres de uniforme se encargan de eso. Puerta cerrada. Cortinas sobre las ventanas. Vecinos que no están o que no ayudan. Los agentes van a la parte de atrás. El jardín trasero es... —Brydon pone las manos con las palmas hacia arriba y sé inmediatamente a qué se refiere—. Escombros. Bolsas de basura por las que ya han pasado los perros. Basura por todas partes. Malas hierbas. Y mierda. Mierda humana... Las tuberías están atascadas y ya puedes imaginarte el resto. Los agentes de uniforme no sabían si entrar, pero ya no dudan más. Tiran la puerta abajo. La casa es peor que el jardín.

Otra breve pausa. Esta vez no hay nada teatral, solo la espantosa sensación que experimentan los seres humanos decentes cuando se encuentran con el horror. Hago una señal con la cabeza para decirle que sé lo que siente, lo cual no es cierto pero es lo que necesita oír.

—Dos cadáveres. Una mujer, de veintitantos años. Pelirroja. Pruebas de consumo de drogas duras, pero no se ha establecido la causa de la muerte. Todavía no. Y una niña pequeña. Una monada. Cinco, quizá seis años. Fina como una cerilla. Y..., por Dios, Fi, alguien le ha partido la cabeza con un puto fregadero. Uno grande, de loza, de esos estilo Belfast. El fregadero no se rompió, solo la aplastó. Ni siquiera se molestaron en moverlo después.

La emoción de Brydon se refleja en sus ojos, y su voz también está aplastada, aplastada bajo ese pesado fregadero de loza en una casa que apesta a muerte, incluso desde aquí.

No soy muy buena con los sentimientos. Todavía no. Al menos con los sentimientos humanos ordinarios que surgen del instinto, como el agua que brota del manantial de una colina, implacable y clara y tan natural como el cantar. Puedo imaginar el escenario de la muerte, porque los últimos años me han llevado a lugares horribles y sé qué aspecto tienen, pero no experimento la misma reacción que Brydon. La envidio, pero no puedo compartirla. Aun así, Brydon es mi amigo y está delante de mí y quiere algo. Me estiro a tocarle el antebrazo. No lleva chaqueta y el intercambio de calor entre su piel y la mía es inmediato. Echa aire por la boca, sin hacer ruido, soltando algo. Le dejo hacer, sea lo que sea.

Al cabo de un momento, me mira con expresión agradecida, se separa y se acaba el té. Todavía tiene un semblante adusto, pero su personalidad es elástica y lo superará. Podría haber sido diferente si hubiera sido él uno de los que encontró los cadáveres.

Brydon indica la tarjeta bancaria Platinum.

—Entre la basura encontraron esto.

Me lo puedo imaginar. Platos sucios. Muebles demasiado grandes para el espacio que hay. Velvetón marrón y manchas viejas de comida. Ropa. Juguetes rotos. Una televisión. Material relacionado con las drogas: tabaco, jeringuillas, mecheros. Bolsas de plástico llenas de cosas inútiles: alfombrillas de coche, perchas, estuches de cedés, pañales. He estado en sitios así. Cuanto más pobre es la casa, más cosas hay. Y en algún lugar entre todo eso, en un aparador, bajo una pila de avisos de corte de suministro de los servicios básicos, una única tarjeta Platinum de débito. Una única tarjeta de débito Platinum y en el suelo una niña, una monada, con la cabeza destrozada.

—Puedo imaginarlo.

—Sí. —Brydon asiente, volviendo en sí. Es un sargento detective. Esto es un trabajo. No estamos en esa casa, sino en una oficina con luces de bajo consumo en el techo, sillas de despacho ergonómicas, fotocopiadoras rápidas y vistas a Cathays Park—. Un caos.

—Sí.

—Jackson dirige la investigación, pero es un asunto en el que participan todos.

—Y quiere que participe yo.

—Desde luego.

—Esta tarjeta. ¿Por qué estaba allí?

—Exacto. Probablemente solo se trata de una drogadicta que robó la tarjeta, pero hemos de seguir la pista de todas formas. Cualquier relación. Sé que es poco probable.

Empieza a contarme detalles de la investigación. La están llamando operación Lohan. Reunión diaria a las ocho y media, puntual. Puntual significa puntual. Se espera que vengan todos, y eso incluye a los que como yo no formamos parte del núcleo del equipo. Habrá un breve comunicado de prensa, pero todos los detalles han de mantenerse en secreto por ahora. Brydon me cuenta todo esto y yo solo lo oigo a medias. A la operación la han bautizado Lohan, porque hay una actriz que se llama Lindsay Lohan que es pelirroja y ha tenido problemas con la bebida y las drogas. Solo lo sé porque Brydon me lo cuenta, y él solo me lo cuenta porque sabe que yo no tengo ni idea. Soy famosa por mi ignorancia.

—¿Lo entiendes todo?

Asiento.

—¿Estás bien?

Él también asiente. Intento sonreír. El resultado no es brillante, pero sí más que pasable.

Me llevo la tarjeta a mi escritorio, tenso el plástico en torno a mi dedo y trazó la silueta de la tarjeta con el pulgar y el índice de la otra mano.

Alguien ha matado a una mujer joven. Alguien ha aplastado con un pesado fregadero la cabeza de una niña pequeña. Y esta tarjeta —que pertenece a un millonario muerto— estaba allí en el momento en que ocurrió.

La rutina está bien. Los secretos son mejores.

3

La sala de reuniones a la mañana siguiente, donde puntual significa puntual.

Un lado de la sala está ocupado por tablones de anuncios de color crema, que ya están empezando a llenarse de nombres, funciones, tareas, preguntas y listas. La burocracia del homicidio. El centro de atención es un conjunto de fotos: imágenes de la escena del crimen. No es una cuestión de iluminación cuidadosa, sino de precisión documental, pero hay algo en su brusquedad que les proporciona una sinceridad casi espeluznante.

La mujer yace en un colchón en el suelo. Podría estar durmiendo o en un coma inducido por las drogas. No parece ni contenta ni desgraciada, ni tranquila ni inquieta. Solo parece muerta, o como cualquier persona que está durmiendo.

Lo de la niña es diferente. No se le ve la parte superior de la cabeza, porque no está. El fregadero se extiende en toda la anchura de la foto, desenfocado en el borde superior, porque el fotógrafo se estaba centrando en la cara y no en el fregadero. Debajo asoma la nariz, la boca y la barbilla de la niña. La fuerza del impacto ha propulsado sangre por la nariz y esta ha chorreado como en una de esas figuras truculentas que venden como artículo de broma. Tiene la boca estirada hacia atrás. Supongo que el peso del fregadero ha hecho que la piel o el músculo se retraigan. Lo que estoy mirando es simple mecánica, no una expresión de sentimiento. Sin embargo, los humanos son humanos y lo que parece una sonrisa se interpreta como una sonrisa, aunque no exista, y esta niña a la que le falta la parte superior de la cabeza me está sonriendo. Me sonríe desde la muerte.

—Pobrecita.

El hombre con aliento a café que habla detrás de mí es Jim Davis, policía veterano que ha pasado la mayor parte de su tiempo en el cuerpo de uniforme y ahora es un sargento detective tenaz y responsable.

—Sí, pobre niña.

Ahora la sala está llena. Somos catorce, contando las tres mujeres. En esta fase de una investigación, las reuniones poseen una energía extraña, nerviosa. Hay rabia descarnada por un lado, una especie de entusiasmo masculino implacable por otro. Y en todas partes, gente que quiere hacer algo.

Ocho y veintiocho. El inspector jefe de detectives Dennis Jackson sale de su despacho, ya sin chaqueta, con la camisa arremangada. Lo sigue el inspector detective Hughes, Ken Hughes, al que no conozco muy bien, con aire de importante.

Jackson se sitúa en la parte delantera. La sala queda en silencio. Yo estoy de pie junto a la pared de las fotos y siento al lado de la cara la presencia de esa niña, la siento tan intensamente como si fuera una persona real. Puede que incluso más.

No han pasado ni veinticuatro horas desde el inicio del caso, pero las investigaciones de rutina ya han arrojado una buena pila de hechos y suposiciones. Jackson los repasa todos, hablando sin consultar notas. Está poseído por la misma energía nerviosa que llena la sala. Recorta las frases y nos las dispara: perdigones de información.

No hay nadie empadronado en esa dirección.

Sin embargo, parece ser que los servicios sociales conocen a la mujer y la niña. Se espera disponer de la identificación final a última hora del día, pero es casi seguro que la mujer se llamaba Janet Mancini. Su hija es April.

Suponiendo que esas identificaciones se confirmen, la historia es la siguiente: Mancini tenía veintiséis años en el momento de su muerte. La niña solo seis. El origen familiar de Mancini era un desastre. Entregada en adopción. Llevada a un hospicio. Unas cuantas familias de acogida, algunas de las cuales funcionaron mejor que otras. Empezó en la escuela para adultos. No era brillante, pero se esforzaba.

Drogas. Embarazo. La niña entrando y saliendo de servicios sociales, según fuera Mancini o sus demonios quien tuviera en ese momento la mejor mano.

—Los servicios sociales están convencidos de que Mancini era caótica, pero no desequilibrada. —Una sonrisa que más parece una mueca—. Al menos, no para aplastar a nadie con un fregadero.

El último contacto con los servicios sociales fue hace seis semanas. Mancini aparentemente no estaba consumiendo drogas. Su piso —no el domicilio donde la encontraron, sino uno en una de las zonas más bonitas de Llanrumney— se encontró razonablemente ordenado y limpio. La niña estaba bien vestida y alimentada, y asistía a la escuela.

—Así pues, sin problemas en el último contacto.

La siguiente vez que servicios sociales pasa a visitarla, Mancini no está. Tal vez ha ido a ver a su madre. O a otro sitio. Los servicios sociales se preocupan, pero no encienden las alarmas.

—El lugar donde la encontraron es una casa ocupada, obviamente. No consta que Mancini tuviera relación anterior con ella. Tenemos una declaración de uno de los vecinos. Nada que sirva. —Jackson da un golpe a los tablones de anuncios—. Está todo allí y en Groove. Los que todavía no se hayan puesto al día que lo hagan.

Groove es nuestro sistema de gestión compartida de proyectos y documentos. Funciona bien, pero la sensación de una sala de investigaciones no existiría si no hubiera tablones de anuncios con papeles clavados.

Jackson se echa atrás y deja que Hughes siga hablando de otros hechos conocidos. Facturas de la luz, antecedentes policiales, uso de teléfono. Las cosas que una policía moderna puede conseguir casi al instante. Menciona la tarjeta de débito de Rattigan, sin darle mayor importancia. En cuanto termina, Jackson recupera la voz cantante.

—Puede que tengamos hoy mismo las conclusiones preliminares de la autopsia, pero no habrá nada definitivo en un tiempo. No obstante, propongo que trabajemos sobre la hipótesis de que a la niña la mataron con un fregadero de cocina. —Su primer intento de humor, si se le puede llamar así—. La madre, posiblemente, murió de sobredosis. ¿Asfixia? ¿Ataque cardíaco? Todavía no se sabe.

»En esta fase, la investigación ha de centrarse en continuar recopilando toda la información posible sobre las víctimas. Pasado. Conocidos. Camellos. Prostitución. Investigaciones casa por casa. Quiero saber de cualquiera que entrara en esa casa. Quiero saber de cualquiera que se encontrara a Mancini o hablara con ella en las últimas seis semanas, desde la última vez que la vieron los servicios sociales. Pregunta clave: ¿por qué Mancini se mudó a esa casa ocupada? No tomaba drogas, cuidaba de su hija, le iba bien. ¿Por qué arrojó todo eso por la borda? ¿Qué la hizo trasladarse?

»Las misiones individuales están aquí... —Señala a los tablones—. Y en Groove. Las preguntas a mí. Si no me localizáis, entonces a Ken. Si descubrís algo importante o que podría ser importante, me lo comunicáis de inmediato, sin excusas.

Asiente con la cabeza, verificando que no se haya dejado nada en el tintero. Nada. Estas reuniones, en la primera fase de cualquier investigación criminal importante, tienen una parte de teatro. Cualquier grupo de policías siempre tratará el asesinato como lo más serio con lo que tienen que enfrentarse, pero la dinámica de grupo exige un ritual. La *haka* de los All Blacks. Los tatuajes de los celtas. Música de batalla. Jackson deja de lado su expresión cansada pero decidida y la sustituye por otra adusta y resuelta.

—Todavía no sabemos si la muerte de Janet Mancini fue un homicidio, pero por el momento lo tratamos así. Pero la niña... Solo tenía seis años. Seis. Acababa de empezar la escuela. Amigos. En su piso de Llanrumney, el que dejó hace seis semanas, había dibujos suyos en la nevera. Ropa limpia colgada en su dormitorio. Y luego esto.

Señala la foto de la niña en el tablón, pero nadie la mira, porque ya está en nuestras cabezas. En la sala, los hombres aprietan los dientes con expresión dura. La detective Rowland, Bev

Rowland, que es buena amiga mía, está llorando abiertamente.

—April Mancini. Seis años y esto. Vamos a encontrar al hombre que le aplastó la cabeza y vamos a mandarlo a prisión para el resto de su vida. Es nuestro trabajo. Estamos aquí para hacer eso. Manos a la obra.

Acaba la reunión. Charla. Una carga hacia la máquina de café. Demasiado ruido. Yo agarro a Bev.

—¿Estás bien?

—Sí, estoy bien. Sabía que hoy no iba a ser un día para llevar rímel.

Río.

—¿Qué te han encargado?

—Puerta a puerta, sobre todo. El toque femenino. ¿Y tú?

Hay una divertida tesis en su respuesta y en su pregunta. La tesis es que yo no cuento como mujer, por eso no recibo los trabajos que normalmente se asignan a las mujeres detectives. No me molesta esa tesis. Bev es de las que lloran cuando Jackson pone voz ronca y hace su alegato final lacrimógeno. Yo no. Bev es la clase de persona con quien la gente se sincera tomando una taza de té. Yo no. Quiero decir, puedo hacer el trabajo puerta a puerta. Lo he hecho antes, he planteado las preguntas adecuadas y, en ocasiones, he obtenido información valiosa. Pero lo de Bev es un don natural, y las dos sabemos que yo no lo poseo.

—Yo estoy sobre todo en el caso de Brian Penry. Extractos bancarios y todo eso. En mi tiempo libre, si no me vuelvo loca, he de revisar la cuestión de la tarjeta de débito. La tarjeta de Rattigan. Un curioso sitio para que aparezca.

—¿Robada?

Niego con la cabeza. Ayer llamé al banco después de hablar con Brydon y —una vez que logré trepar a través de toda la burocracia hasta alguien que realmente poseía la información— obtuve las respuestas con facilidad.

—No. Se denunció la pérdida de la tarjeta. Se canceló debidamente y se emitió un duplicado. La vida continúa. Puede que no pasara nada más que eso. Se le cayó. Mancini o quien fuera la recogió y se la guardó de recuerdo.

—¿La tarjeta platino de Brendan Rattigan? Yo lo habría hecho.

—Tú no. Tú la habrías devuelto.

—Bueno, ya lo sé, pero si no fuera de las que devuelven las cosas.

Me río de ella. Tratar de basarse en el funcionamiento interno de la mente de Bev Rowland como modelo para conjeturar sobre el funcionamiento interno de la mente de Janet Mancini no me parece una receta infalible para el éxito. Bev pone mala cara porque me río, pero quiere marcharse corriendo al lavabo de señoras para adecentarse antes de salir a la calle. Le deseo que pase un buen día.

—Y tú también.

Cuando se va, me doy cuenta de que lo que le he dicho no era cierto. Janet Mancini no pudo haber recogido del suelo la tarjeta de débito de Rattigan. Imposible. Mancini y Rattigan no frecuentaban las mismas calles, no iban a los mismos bares, no habitaban el mismo mundo. Los lugares donde Rattigan podría haber perdido su tarjeta eran todos lugares que, explícitamente o no, vetarían la entrada a Mancini.

Y en cuanto se me ocurre esta idea, comprendo lo que implica. Los dos se conocían. No informalmente ni por azar, sino de manera significativa, de manera real. Si me pidieran que apostara ahora mismo, apostaría a que el millonario mató a la adicta a las drogas. No directamente, supongo, porque es difícil matar a alguien cuando estás muerto, pero matar de manera indirecta sigue siendo matar.

—Te voy a pillar, escoria —digo en voz alta.

Una secretaria me mira, asombrada, al pasar a mi lado.

—A ti no —le digo—, tú no eres la escoria.

Ella me sonríe. La clase de sonrisa que le dedicas al esquizofrénico que murmura tacos en la calle, como las que ofreces a los borrachos que se pelean por la sidra en los parques públicos. No me importa. Ya estoy acostumbrada a esa clase de sonrisa. Me resbala. Sigo adelante.

Vuelvo a subir.

El escritorio me mira torvamente, haciendo ostentación de su carga de números y hojas de papel. Voy a la *kitchenette* y me preparo una infusión de menta. Solo la tomo yo y una de las secretarias, nadie más. Vuelvo a mi escritorio. Otro día soleado. Grandes ventanas, aire, luz. Bajo la cara a la taza y dejo que se me caliente en el vapor perfumado. Un millar de cosas aburridas que hacer y una interesante. Cojo el teléfono al tiempo que alejo la cara del baño de vapor. Necesito hacer un par de llamadas para conseguir el teléfono de Charlotte Rattigan —indefectiblemente las viudas de los multimillonarios no salen en la guía—, pero lo consigo y marco el número.

Responde una voz de mujer, dando el nombre de la casa: Cefn Mawr House. Suena a sirvienta, de las caras, con baño de titanio.

—Hola, soy Fiona Griffiths, y le llamo de la Policía del Sur de Gales. ¿Puedo hablar con la señora Rattigan, por favor?

La mención de la policía causa un momento de vacilación, como casi siempre. Luego la profesionalidad toma el mando.

—¿Fiona Griffiths ha dicho? ¿Puedo preguntar el motivo de la llamada?

—Es un asunto policial. Preferiría hablar con la señora Rattigan directamente.

—No puede atenderla en este momento. ¿Tal vez si pudiera comunicarle el motivo...?

La verdad es que no necesito ver a la viuda de Rattigan en persona. Hablar con ella por teléfono bastaría, pero no respondo bien al obstruccionismo bañado en titanio. Hace que me ponga en plan policial.

—No se preocupe. ¿Estará disponible para una entrevista luego?

—Mire, si puede decirme el motivo en cuestión y...

—Llamo en relación con una investigación de asesinato. Una cuestión de rutina, pero hay que ocuparse de ello. Si no es conveniente que vaya a su casa, quizá podríamos organizarlo para que la señora Rattigan venga a Cardiff y podamos hablar aquí.

Me gustan estos pequeños pulsos de poder, por estúpidos que sean. Me gustan porque gano. En dos minutos, Voz de Titanio me ha concertado una cita a las once y media y me ha explicado cómo llegar a la casa. Cuelgo y me río. Será una hora y media de viaje, y lo que podría haber solucionado en una llamada de tres minutos terminará costándome media mañana.

Paso una hora larga examinando los odiosos extractos bancarios de Penry, perdiendo un poco la noción del tiempo, y luego he de bajar corriendo por la escalera hasta mi coche. Es un Peugeot Coupé Cabriolet. Dos asientos. Capota blanda. Turbocompresor de alta presión que acelera de cero a cien en poco más de ocho segundos. Asientos de piel suave de color beis claro. Llantas de aleación. Mi padre me regaló mi primer coche cuando ingresé en la policía hace tres años, y luego insistió en sustituirlo con el nuevo modelo este año. Es un coche completamente inapropiado para una detective novata, y me encanta.

Lanzo mi bolso —libreta, bolígrafo, monedero, teléfono, gafas oscuras, maquillaje, bolsa para pruebas— en el asiento del pasajero y salgo del aparcamiento. Tráfico de Cardiff. Radio clásica FM en el coche, martillos neumáticos levantando el asfalto en la carretera A4161 a Newport. Tiendas de alfombras y habitaciones con descuentos. Más despejada la A48, la música con el volumen subido para la autopista y las vistas de Newport —posiblemente la ciudad más fea del mundo— antes de pasar por Cwmbran hacia Penperlleni.

A causa del tráfico y las obras, y porque para empezar he salido tarde, y porque me pierdo en los caminos una vez pasado Penperlleni, llego con unos veinticinco minutos de retraso cuando por fin encuentro la entrada de Cefn Mawr. Grandes columnas de piedra y setos de tejo. Ambiente elegante e inglés. Fuera de lugar.

Giro y, con las gafas de sol puestas, acelero por el sendero en un estúpido intento de reducir mi retraso. Una última curva en el camino me deja al descubierto y emerjo en la gran zona de aparcamiento de gravilla situada delante de la casa a unos cincuenta por hora, cuando ir a diez habría sido más apropiado. Piso el freno a fondo y el coche derrapa sobre la grava hasta detenerse. Un poco más y se me cala el motor. Una nube de polvo ocre pende en el aire para marcar la maniobra. Aplauso silencioso. Fi Griffiths, piloto de *rallies*.

Me concedo unos segundos para centrarme. Inspirando, espirando, concentrándome en cada respiración. Mi corazón está yendo demasiado deprisa, pero al menos lo siento. Estas cosas no deberían preocuparme tanto, pero lo hacen. No debería existir la pobreza ni la inanición, pero existen. Espero hasta que creo que estoy bien y luego me doy otros veinte segundos.

Bajo del coche. Cierro la puerta, pero solo de golpe. En las escaleras delanteras de la casa hay una mujer —señora Titanio, supongo—, observándome. No tiene cara de que le caiga bien.

—¿Detective Griffiths?

Me fijo en el detective. No lo he mencionado antes, así que supongo que señora Titanio ha hecho una rápida investigación en Internet. En cuyo caso sabe que soy novata.

—Siento llegar tarde. El tráfico.

No sé si ha visto mi llegada de *rally*, así que no me disculpo por eso, y ella no lo menciona.

La casa es modesta. Diez o doce habitaciones. Terreno inmaculado. Un seto de ciprés de Leyland que protege lo que supongo que es una pista de tenis. Más allá, un par de cabañas y lo que intuyo que es un establo o un gimnasio. El río Usk discurre de manera pintoresca sobre las rocas al final de una larga pendiente de césped. Estamos a solo unos kilómetros de Cwmbran y las viejas minas de carbón que laceran las colinas que lo rodean. Crumlin, Abercarn, Cwmcarn, Pontywaun. Aquí de pie, con el río Usk haciendo sus piruetas a la luz del sol, da la sensación de que estás a un millón de kilómetros de todo eso. Supongo que de eso se trata. Para eso sirve el dinero.

Titanio me acompaña a la puerta. Dentro, todo es como cabía esperar. El diseño de interior es tan completo que todo rastro de personalidad humana se ha desvanecido junto con la base del suelo victoriano. Nuestros talones resuenan en el suelo de piedra del salón, al pasar junto a jarrones de flores frescas y fotos de caballos de carreras, hasta la cocina. Es una estancia enorme, añadida al cuerpo principal de la casa. Muebles de marfil hechos a mano. Una cocina clásica en azul Wedgwood. Más flores. Persianas venecianas, sofás y luz solar.

—La señora Rattigan ha tenido que salir un momento por otro asunto. La esperábamos a las once y media.

—Lo siento, es culpa mía. No me importa esperar.

Lo digo sinceramente. De verdad lo siento. Y de verdad no me importa esperar. Mi yo maduro: una persona amable. El problema es que solo soy amable, porque me he asustado hace un momento y ahora no estoy para más problemas. Por el momento, me basta con quedarme sentada en esta cocina escuchando el latido de mi corazón.

Titanio —que me ha dicho su nombre al tiempo que me tendía una mano floja pero elegante en la puerta de la casa— está poniendo agua a hervir. Trato de recordar su nombre, pero no lo consigo. Me siento a la mesa y saco mi libreta. Por un momento ni siquiera puedo recordar por qué estoy aquí. Titanio deja un café delante de mí, como si fuera un objeto de arte en el que la familia acaba de invertir.

No se me ocurre nada que decir, de modo que no digo nada. Solo parpadeo.

—Iré a ver si la señora Rattigan puede recibirla.

Asiento con la cabeza. Se va. Ruido de tacones que salen de la cocina, recorren el pasillo y van hacia algún otro lado. Me estoy calmando. Oigo el tictac de un reloj. El tiro de la cocina produce un sonido suave, como un arroyo que se escucha desde la distancia. Transcurren unos minutos, unos minutos encantadoramente vacíos, hasta que aparece una mujer en la cocina, con Titanio a su lado.

Me levanto.

—Señora Rattigan, siento haber llegado tarde.

—Oh, no se preocupe.

Gracias a Internet ya sé que la señora Charlotte Frances Rattigan tiene cuarenta y cuatro años. Dos hijos, ambos adolescentes. Había sido modelo. Y por su apariencia podría seguir siéndolo. Una blusa gris pálido sobre pantalones de hilo. Cabello rubio hasta los hombros. Bonita piel, sin mucho maquillaje. Alta, metro setenta y cinco o más, y luego un par de centímetros adicionales por los tacones.

Es guapa, por supuesto, pero no es la belleza lo que me asombra. Hay algo etéreo en ella. Como si no solo a la casa le faltara la base del suelo victoriano. Me interesa de inmediato. Le pregunto a Titanio si le importa concedernos unos minutos de intimidad y, tras una mirada de su jefa, se retira.

Clavo a la señora Rattigan mi mirada firme y profesional de detective.

—Muchas gracias por recibirme, señora. Solo tengo unas pocas preguntas. Es una cuestión de rutina, pero es importante.

—Está bien. Lo comprendo.

—Me temo que tendré que plantearle algunas preguntas sobre su difunto marido. Le pido disculpas por anticipado por cualquier problema que pueda causarle. Es todo perfectamente rutinario y...

Me interrumpe.

—Está bien. Lo comprendo.

Su voz es suave: melocotón sin hueso. Dudo. Nada en esta situación requiere que adopte una postura severa, pero no puedo resistirme y mi voz se endurece.

—¿Su marido conocía a una mujer llamada Janet Mancini?

—¿Mi marido...? —Habla cada vez más bajo y se encoge de hombros.

—¿Eso es un «no» o un «no lo sé»?

Otro encogimiento de hombros.

—No que yo sepa. ¿Mancini? ¿Janet Mancini?

—¿Alguna de estas direcciones significa algo para usted?

Le enseño mi libreta. La primera de las direcciones corresponde al lugar donde encontraron a Mancini. La segunda es la de su anterior domicilio.

—No, lo siento.

—La primera dirección está en Butetown. ¿Alguna vez supo que su marido tuviera algún negocio en esa zona? ¿Que visitara a alguien?

Gesto de negación.

La física cuántica explica que el acto de la observación altera la realidad. Lo mismo puede aplicarse a los interrogatorios policiales. La señora Rattigan sabe que soy detective asignada a una investigación de asesinato. Se percibe cierta ausencia en sus respuestas que me provoca, pero eso podría ser solo un efecto de mi trabajo y mi misión. La cafetera de Titanio está humeando a nuestro lado. La señora Rattigan no me ha ofrecido café, así que lo hago yo.

—¿Quiere un poco de café? ¿Le sirvo?

—Oh, sí, por favor. Lo siento.

Sirvo un café, no dos.

—¿Usted no quiere?

Es la primera vez que toma la iniciativa, y la invitación a café no puntúa muy alto en la escala de la positividad.

—No tomo cafeína.

Ella se acerca la taza, pero no prueba el café.

—Hace bien. Yo sé que no debería.

—Tengo algunas preguntas más que hacerle, señora. Por favor, comprenda que queremos conocer la verdad. Si su marido hizo cosas en el pasado que no querría que supiéramos, bueno, ahora ya forma parte del pasado. Ya no nos preocupa.

Ella asiente. Ojos color avellana claro. Bonitas cejas. Me doy cuenta de que me había equivocado con la casa. Estoy segura respecto al diseño de interiores, pero los diseñadores captaron algo real de la persona que les encargó el trabajo. Hilo pálido, avellana claro, melocotón sin hueso. Así es la casa y su propietaria.

—¿Su marido tomó drogas alguna vez?

La pregunta la sobresalta. Hace un gesto de negación, baja la cabeza y mira hacia la izquierda. Tiene la taza de café en la mano derecha. Si es diestra, su mirada hacia abajo y a la izquierda sugiere cierto elemento de artificiosidad en la respuesta.

—¿Cocaína, tal vez? ¿Unas rayas con colegas de negocios?

Ella me mira con alivio.

—A veces, bueno, yo no... Lo que hacía cuando estaba fuera...

La tranquilizo.

—No, no, estoy segura de que usted no consumía. Pero mucha gente de negocios lo hace, por supuesto. Usted no quería eso en la casa, claro, me doy cuenta.

—Hay niños.

Eso me suena a un comentario que podría haber hecho cuando su marido todavía estaba vivo. Oh, no hagas eso. No es por mí. Es por los niños. Solo estoy pensando en ti.

Saco la tarjeta de débito y se la enseño.

—Esto era de su marido, supongo.

Ella la mira y luego me mira a mí. No acaba de ser un gesto de asentimiento decidido, pero llega a medio camino.

—Se denunció la pérdida de la tarjeta. ¿Recuerda cuándo o dónde la perdió?

—No, lo siento.

—¿Alguna vez mencionó que la había perdido?

—No lo creo. O sea... —Se encoge de hombros.

Cuando los millonarios pierden tarjetas, tienen gente que se encarga de eso. Eso es lo que significa el encogimiento de hombros, o al menos lo que significa para mí.

—La tarjeta se encontró en la escena de un crimen en Butetown. ¿Tiene sentido para usted?

—No. No, lo siento.

—¿No sabe cómo esta tarjeta pudo terminar en manos de Janet Mancini?

—Lo siento, la verdad es que no.

—¿El nombre de April Mancini significa algo para usted?

—No.

—¿Sabe que Butetown es una parte pobre de Cardiff? Un barrio bastante deteriorado. Duro. ¿Se le ocurre alguna razón por la que su marido tuviera algo que hacer allí?

—No.

He llegado al final de todas las preguntas que podía plantear, todas las que podía haberle hecho en una llamada de teléfono. Incluso me estoy repitiendo. Sin embargo, percibo esa ausencia en el aire, que me incita con su aroma. No es que la señora Rattigan me esté mintiendo. Sé que no lo hace. Pero hay algo ahí.

Voy a buscarlo.

—Solo unas pocas preguntas más —digo.

—Desde luego.

—La vida sexual con su marido. ¿Era completamente normal?

4

Al volver, el tráfico es lento más allá de Cwmbran. Juego con el dial de la radio buscando la emisora que quiero escuchar, pero termino con el silencio. A la izquierda, colinas verdes y corderos. A la derecha, los pliegues intrincados de las viejas minas. Túneles largos y negros que descienden hacia la oscuridad. Prefiero los corderos.

Entro en Cardiff. No tengo ánimo para volver a la comisaría de inmediato, así que no lo hago. En lugar de seguir recto por Newport Road, salgo a la izquierda.

Fitzalan Place. Adam Street. Bute Terrace.

La gente dice que le gusta el nuevo Cardiff. El centro reurbanizado. El edificio de la Asamblea Nacional. Hoteles bonitos, oficinas regionales, cafés a 2,5 libras la taza. Esto es el nuevo Gales. Un Gales que se hace cargo de su futuro. Orgulloso, confiado, independiente.

Yo no puedo entender nada de eso. Me parece un timo del que yo soy la víctima. Todo está mal: la imagen, el estilo, los precios.

Los nombres también. El centro de la ciudad tiene una Churchill Way, una Queen Street, una Windsor Place. ¿Dónde está ahí la puñetera independencia? Si por mí fuera, pondría a todas las calles nombres de esos príncipes galeses del siglo XIII que se pasaron la vida luchando contra los ingleses y acabaron masacrados. Llewelyn ap Gruffydd, el último Llewelyn. La calle más grande llevaría su nombre. El último rey de Gales. Heroico, ambicioso, pendenciero, fracasado al fin. Engañado, atacado, asesinado. Su cabeza terminó clavada en una lanza sobre la Torre de Londres. A todos los monumentos históricos de Cardiff les pondría su nombre. Y si a los ingleses no les gusta, que nos devuelvan su cabeza. Probablemente la reina la metió en algún cuarto. No me extrañaría que Guillermo y Enrique la usen para hacer toques de balón.

Solo me calmo al alejarme del centro —la parte donde trabajo— y meterme en Butetown. En Butetown, la gente toma más té que café y ninguna de las dos cosas cuesta nunca 2,5 libras la taza. Es verdad que en Butetown de cuando en cuando matan a algún drogadicto, y de cuando en cuando te encuentras a una niña con la cabeza reventada por un gran trozo de fregadero caro, pero lo prefiero así. Crímenes que puedes ver. Víctimas que puedes tocar.

Mi coche se detiene un poco más allá del 86 de Allison Street.

Tengo la sensación espeluznante que experimento cuando estoy cerca de los muertos. Un hormigueo.

Bajo del coche. Allison Street no es un gran lugar. Viviendas municipales baratas de la década de 1960 que parecen hechas de cajas de cartón. Del mismo color. El mismo estilo como de apilar bloques. Las mismas paredes delgadas. La misma resistencia a la humedad. No hay nadie cerca salvo un niño que repetitivamente chuta una pelota roja contra una pared sin ventanas. Me mira un instante; luego continúa.

Todavía quedan unas pocas cintas de escena del crimen de color amarillo y negro en torno al número 86, pero los chicos del Departamento Forense casi han terminado. Paso por debajo de la cinta y toco el timbre.

Primero silencio, luego pisadas. Estoy de suerte. Un SOCO (operativo de la escena del crimen) de aspecto robusto con el pelo color jengibre y orejas rosadas sale a abrir.

Le muestro mi tarjeta.

—Pasaba por aquí —explico—, y he pensado en echar un vistazo.

El SOCO se encoge de hombros.

—Cinco minutos, cielo. He de tomar unas muestras más y ya habré terminado.

Sube al piso de arriba, y me deja sola abajo. Entro en la sala de estar, donde April y Jane murieron. Cortinas rojas cuelgan sobre la ventana delantera —igual que colgaban el día del asesinato—, pero hay lámparas de luz halógena amarilla como las que usan los constructores colgadas en la cocina. Su brillo es demasiado intenso para ser real. Me siento como en el escenario de un rodaje, no en una casa.

Parte del material que había en la casa ha sido retirado como prueba. Algunos elementos han sido examinados, inventariados y luego destruidos. Otros los han dejado en su sitio, etiquetados como es debido. No sé lo suficiente sobre estas grandes investigaciones forenses para reconocer la lógica que se esconde detrás de lo que se ha hecho o se ha dejado de hacer.

Camino sin hacer nada, solo tratando de darme cuenta de si siento algo estando aquí. No. O mejor dicho, siento un rechazo por la casa, por su moqueta roja gastada, su sofá espantoso, las marcas de suciedad en la pared, el olor de tienda barata y cañerías embozadas. Me siento extraña y desconectada.

Por las fotos de la escena del crimen de Groove, reconozco el sitio donde yacían los dos cadáveres cuando los encontraron. Donde había estado April, un charco de sangre se ha coagulado en la moqueta. Aunque no parece sangre. Más bien una mancha de curry.

Me agacho y toco el suelo donde April expiró, luego camino hasta colocarme en el lugar en el que murió Janet.

Quieres sentir cosas en ocasiones como esta. Cierta percepción de los muertos, una presencia que permanece. Pero no capto nada. Solo moqueta de nailon y un olor tenue. Las lámparas halógenas lo vuelven todo irreal. Bajo la ventana delantera, hay una leñera, a la que le han puesto un respaldo y brazos para que sirva de asiento.

El SOCO baja los peldaños de dos en dos e irrumpe en la sala.

—¿Todo bien? —dice.

Yo le indico el asiento de la ventana.

—¿Eso tenía cojines?

El SOCO señala a poco más de un metro de distancia, donde

hay un cojín negro a cuadros apoyado contra la pared, sucio. Es evidente que el cojín encaja en el asiento.

—¿Y había dibujos en la casa? Dibujos infantiles, como los que podría haber hecho April.

—Una pila grande allí. —El SOCO señala bajo el asiento de la ventana—. Sobre todo flores.

—Sí.

Levanto la cortina roja y miro a la calle. Hay una bonita vista desde esta ventana. La mitad de Allison Street y más allá la zona de aparcamiento. Me siento en la silla de al lado de la ventana, imaginando que soy April.

El SOCO se queda al lado, respirando ruidosamente por la nariz. Quiere que me vaya y yo no tengo ninguna razón para estar allí, así que le complazco marchándome.

Paso de la sala demasiado iluminada al pasillo demasiado oscuro, y luego a la calle calurosa y soleada. Ahora todo me resulta más extraño. El chico se ha ido con su pelota roja a otra parte. La casa y la calle parecen tan normales como otras cualesquiera, pero dentro del número 86, April Mancini fue sin lugar a dudas asesinada y muy probablemente también su madre. Toda la diferencia del mundo. He apagado el móvil en Cefn Mawr. Vuelvo a encenderlo y hay un pequeño zumbido de mensajes de texto, ninguno de los cuales es lo suficientemente interesante para que lo responda.

Pienso en volver a entrar, pero todavía no he comido, y además, mi visita a Allison Street me ha dejado insatisfecha. Nerviosa.

Camino en busca de una tienda de comestibles. Estoy segura de que he visto una al venir, pero, típico, me hago un lío al intentar encontrarla. No siempre soy buena localizando objetos grandes, estáticos y bien anunciados en lugares espléndidamente iluminados. Pero al final la encuentro y entro.

Periódicos. Chocolates. Una nevera con leche y yogur y la clase de carne cocinada que te bloqueará las arterias en el mismo tiempo que se tarda en criar y sacrificar a un cerdo en ganadería intensiva. Algo de comida enlatada, rebanadas de pan, galletas. Una fruta de aspecto triste.

Cojo un zumo de naranja y un sándwich de queso y tomate. La chica de la caja se llama Farideh. Al menos eso pone en su etiqueta identificativa de plástico.

—Hola —digo para entablar contacto.

Ella lo esquiva y coge mis artículos para pasarlos por la caja registradora. Un monitor de circuito cerrado encima de su cabeza va cambiando entre imágenes de distintas perspectivas de la tienda. Veo a un pensionista que se inclina ahora mismo sobre la nevera.

—Estoy en la investigación policial —digo—. La de la madre y la hija asesinadas en esta calle.

Farideh asiente y dice algo anodino y pacífico, la clase de cosas que dice la gente cuando trata de indicar una voluntad general de ser útil pero sin el ingrediente crucial de esa actitud, que no es otro que ser útil.

—Supongo que las conocías.

—Creo que ella venía. La madre.

—¿La pelirroja? ¿Janet?

Farideh asiente.

—Ya habéis venido antes, ya os lo he dicho.

No sé si está siendo un poco hostil. Suena como si todo el mundo en la policía formara parte de mi tribu, abejas obreras zumbando en torno a su reina. Aunque claro, el inglés de Farideh tiene un gran acento, así que quizás estoy interpretando demasiado en su elección de palabras.

Farideh pasa mis artículos y pone su cara de «paga y lárgate».

—¿Nunca viste a la niña? Ni siquiera vino a comprar, no sé, ¿helados de chocolate?

—No.

—Las niñas no compran helados de chocolate, ¿verdad? ¿Qué les gusta? —pienso en voz alta, sin fingir mi incertidumbre.

Ya sé que fui una niña de seis años, con dinero suficiente en el bolsillo para comprar golosinas en una tienda, pero esos días parecen increíblemente distantes. Siempre me asombran los recuerdos que otra gente tiene de su propio pasado. Aun así, busco a tientas, tratando de adivinar las preferencias de April en productos de confitería.

—¿Galletitas? ¿Kit Kat? ¿Ositos de goma? ¿Grageas?

No sé si me acerco ni aunque sea vagamente, pero Farideh es tajante. No ha visto a la niña. El pensionista que va detrás de mí ya ha terminado de revolver en la nevera y está esperando para pagar. Yo encuentro algo de dinero y se lo entrego.

La parte delantera de la tienda está adornada con anuncios manuscritos. Gente que vende sus bicicletas de montaña o que se ofrece para trabajar en el jardín y hacer chapuzas: «Ningún trabajo es demasiado pequeño.» También hay un cartel de la policía en la ventana. Elegantemente redactado por una de las personas de nuestro equipo de comunicaciones. Impreso en una tarjeta satinada en reprografía de cuatro tintas, con un número de teléfono gratuito en la parte inferior. Y es inútil. Como una intrusión alienígena. La clase de anuncio que la gente de aquí ni siquiera ve. Será objeto del mismo número de desaparición que se ejecuta con facturas de la luz, informes de urbanismo, formularios de servicios sociales o recibos de impuestos.

Dejo que el pensionista pague y le pregunto a Farideh si puedo poner un aviso.

—¿A5 o tarjeta? —pregunta.

—Tarjeta —digo. Me gustan las tarjetas.

Ella me da una tarjeta y escribo con un bolígrafo. «Janet y April Mancini. Vivían en el 86 de Allison Street. Asesinadas el 21 de mayo. Solicito información. Por favor contacte con detective Fiona Griffiths.»

No añado el número gratuito, sino el de mi móvil. No sé por qué, pero me gusta cómo queda cuando termino, y por eso no vuelvo a cambiarlo.

—¿Una semana, dos semanas o cuatro semanas? —pregunta Farideh.

Son cincuenta peniques por una semana o una libra y media por cuatro semanas. Me decido por las cuatro semanas.

Farideh pega la tarjeta en la parte alta de la ventana cuando yo me voy.

Luz solar, secretos y silencio.

Fuera, me siento en un bolardo al sol, me como mi sándwich

y llamo a Bev Rowland al móvil. Ella está metida en alguna cosa, pero charlamos un minuto de todos modos. Después llega un SMS de David Brydon que me invita a tomar una copa esta noche. Miro la pantalla y no sé qué hacer. No hago nada, solo me acabo el sándwich.

De vuelta en comisaría, no recibo la pregunta de «¿Dónde demonios te has metido?» que más o menos me esperaba. No creo que nadie se haya fijado en mi ausencia. Escribo un mensaje de correo a Dennis Jackson con un rápido informe sobre Cefn Mawr. Luego paso a limpio mis notas adecuadamente y las introduzco en Groove.

Después es hora de volver a los malditos extractos bancarios de Penry, que no cuadran, o al menos no cuadran cuando soy yo la que usa la calculadora. Llamo a la escuela para comprobar si no había alguna otra cuenta bancaria de la que podría haber estado sisando dinero y me fastidia un poco cuando me dicen que no, definitivamente no. No hay ninguna escapatoria por ese lado.

Mi humor está empezando a dar un giro a peor cuando recibo una llamada de Jackson que me pide que baje.

Quiere saber más de Cefn Mawr. Le cuento lo esencial. Trato de mantener un lenguaje insulso y profesional, tal y como se nos ha enseñado, pero no engaño a Jackson.

—¿Que has dicho qué?

—Pregunté si el señor y la señora Rattigan habían disfrutado de relaciones sexuales normales, señor. Me disculpé por la naturaleza intrusiva de la pregunta, pero...

—Corta el rollo. ¿Qué dijo?

—Nada directamente. Pero pinché en hueso. Apenas podía hablar. —Y le ardían las orejas. Y tenía las pupilas cargadas de agravio. Y la ausencia que antes me había estado ahogando estaba de repente llena, muy llena de materia.

—Y lo dejaste ahí. Por favor, dime que lo dejaste ahí.

—Sí. Casi. Bueno, ya medio me había dicho que...

—No te había dicho nada. Has dicho que apenas podía hablar.

Hay un largo silencio. Jackson lo usa para fulminarme con la mirada.

—Pregunté si a su marido podía gustarle el sexo duro con prostitutas —admití al fin.

—¿Eso es lo que dijiste? ¿Usaste esas palabras?

—Sí, señor.

—¿Y?

—Interpreté por su expresión que confirmaba mi sospecha.

—¿Una expresión? ¿Interpretaste una expresión?

—Era una pregunta legítima. La tarjeta de crédito se encontró allí.

—Podría haber sido una pregunta legítima procedente de un miembro experto del equipo, después de la debida consulta con la persona al mando de la operación. No era una pregunta apropiada preguntada para una detective solitaria que trabajaba sin permiso, sin ningún supervisor presente y dirigida a la apenada viuda de un hombre fallecido.

—No, señor.

Jackson me fulmina otra vez con la mirada, pero no lo hace de corazón. Se balancea adelante y atrás, muy serio. Hojea algunos papeles en su escritorio hasta que encuentra la hoja que buscaba.

—Registros de la unidad antivicio. Unos pocos contactos con Mancini. Por lo que sabemos, nunca se dedicó a tiempo completo, pero desde luego estaba dispuesta a eso cuando necesitaba efectivo. —Su mirada recorre rápidamente la hoja impresa—. Le advertimos de los riesgos que estaba corriendo. Teléfonos de ayuda, esa clase de cosas. Probablemente no sirvió de mucho, bueno, la verdad es que no. Mira dónde terminó.

—Nunca se sabe. Podría haber ayudado un poco. Parece que sobre todo quería cuidar a su hija.

—Sobre todo.

Jackson pone mucho énfasis en la expresión. Tiene razón, por supuesto. No sirve de mucho ser sobre todo buena cuando entre tus errores ocasionales están la heroína, la prostitución, que lleven a tu hija a los servicios sociales y en última instancia la asesinen. Vaya, querida April, lo siento.

Me encojo de hombros para reconocer la tesis de Jackson, pero añado:

—Por si sirve de algo, estoy convencida de que no ofrecía lo habitual, al menos en lo que respecta a Brendan Rattigan. La reacción de Charlotte Rattigan no era solo la reacción de alguien cuyo marido la ha engañado. Era más que eso.

—Continúa.

La voz de Jackson sigue siendo adusta, pero quiere oír lo que tengo que decir. Supongo que es una especie de victoria.

—Rattigan tenía su bonita mujer modelo para uso social y doméstico. Ella cumplía todos los requisitos, pero creo que a Rattigan le gustaban las mujeres de las que podía abusar. No sé en qué sentido. Dándoles algunos cachetes. O usando la fuerza. Si quiere que especule, le diré que supongo que Allison Street formaba parte de la diversión. Me refiero a la casa ocupada. La miseria.

—Especulación es justo lo que esperamos de nuestros agentes.

Jackson ya está en movimiento. Desde su punto de vista, tiene lo que necesita. Los registros de la unidad antivicio sitúan a Mancini como prostituta ocasional con problemas intermitentes con la droga. Mi excursión a Penperlleni no añade nada. Quizá Mancini vendía sus servicios a clientes a los que les gustaba el sexo violento, pero, claro, la mayoría de las prostitutas se adaptan a todos los gustos. No es gran cosa. Jackson está a punto de dejarme marchar con una advertencia de policía veterano de que no me deje llevar cuando se trata de entrevistar a viudas multimillonarias cuando suena su teléfono. Estoy a punto de ponerme de pie, pero él levanta la mano para detenerme.

Estoy alerta durante los primeros segundos de la llamada. Me preocupa que sea alguien de Cefn Mawr House llamando para quejarse de mí. Enseguida queda claro que no se trata de esa clase de llamada y atenúo mi atención. Van a ser las cinco de la tarde. No tiene mucho sentido ir a casa antes de encontrarme con Brydon, así que probablemente haré más trabajo burocrático sobre el caso Penry.

Jackson cuelga el teléfono ruidosamente.

—Era el patólogo. Ya casi han terminado y están preparados para informarnos. Puedes venir y tomar notas. Una recompensa por tu excursión a Cefn Mawr.

Como ninguno de nosotros piensa volver a la oficina después, conducimos hasta el hospital en coches separados. La carretera al norte está atestada, como es normal en hora punta. Un constante parar y arrancar. Veo el brazo con la camisa arremangada de Jackson en la ventanilla, dando golpecitos en el lateral de su coche al ritmo de una música que no escucho. Cuando llegamos al hospital, nos metemos en el aparcamiento con capacidad para 1.300 vehículos. Llevo una tarjeta de ASUNTO POLICIAL en la guantera y la pongo en el parabrisas. Te ahorra el tíquet. Jackson va por delante de mí, apresurándose hacia la entrada para colocarse a resguardo del viento y encender un cigarrillo.

—¿Quieres uno? —dice cuando lo alcanzo.

—No, gracias. No fumo.

—¿Tú eres la que no bebe? —Jackson intenta recordarme de las fiestas de polis. Normalmente soy la que lleva el zumo de naranja y se va temprano, pero en realidad no le importa y continúa sin esperar mi respuesta—. Casi es el único sitio donde fumo. Malditos cadáveres.

Tres o cuatro caladas, una mueca y ya ha terminado. Un tacón hace el resto. Entramos.

No soy buena con los hospitales. Edificios interminables, árboles dispersos a modo de disculpas y, dentro, funciones laborales que no puedes comprender y ese aire de hervidero de actividad. Camas separadas por cortinas y la muerte cuajando como la nieve.

Aunque no es el hospital en sí lo que nos ocupa. Nos dirigimos al edificio menos señalizado de todo el complejo. Aidan Price, el jefe de patología forense, se reúne con nosotros a la puerta del depósito de cadáveres. Es alto y delgado, y posee la pedantería quisquillosa que se necesita para hacer lo que él hace. Ahora mismo, está quejándose del tiempo, ahuyentando al personal auxiliar y mirando las llaves.

Los depósitos de cadáveres de los hospitales tienen dos o tres funciones. Número uno, son unidades de almacenamiento. Despensas. Cualquier hospital grande genera muchos cadáveres. La gente se inquieta si se dejan cadáveres en las salas demasiado tiempo. Así que se llevan a los muertos para sustituirlos por sábanas limpias y olor a detergente. Los cadáveres han de ir a alguna parte, de manera que van aquí, al depósito de cadáveres, como un avión en compás de espera, antes de ser enviados a los sepultureros o al crematorio.

La función número dos es consecuencia de la uno. Si los parientes apenados quieren hacer el duelo, necesitan algo más que sábanas limpias y un olor a detergente para que fluyan las lágrimas. Y por supuesto, los relaciones públicas del hospital quieren a los parientes lejos de las salas igual que quieren deshacerse de los cadáveres. De modo que todos los depósitos de hospitales tienen un lugar donde el pariente más cercano va a ver el cadáver. Es un espacio funcional, separado por cuestiones prácticas de carácter arquitectónico y restricciones de presupuesto. La instalación del Hospital Universitario tiene una reproducción enmarcada de abedules en primavera y vistas al tejado de un centro de cátering.

Luego está la número tres, la que nos trae aquí. El Hospital Universitario de Gales dirige el servicio forense más grande y de alto riesgo del país. Se trocean dos cadáveres al día. La mayor parte del trabajo es rutina. Un drogadicto muere. El forense necesita conocer la causa de la muerte. Las autoridades sanitarias tienen que saber si el cadáver tenía VIH, hepatitis B, hepatitis C; por lo tanto se realizan pruebas toxicológicas, se extraen y se pesan órganos, se examina el cerebro. El patólogo informa al forense. El forense emite un veredicto. Se presenta un informe. Una vida termina.

Nos cambiamos y Price nos espera en la puerta de la sala de autopsias. Lleva un mono blanco de manga larga con un delantal de plástico encima del uniforme quirúrgico. Botas de goma, mascarilla, gorro blanco de algodón. Hemos de ponernos ropa similar también nosotros antes de seguir adelante.

Cuando hemos terminado, entramos en la sala. Price cierra la puerta detrás de nosotros. Hay dos camillas, ambas en uso, ambas cubiertas con una sábana azul claro. Iluminación cenital severa y el zumbido de la ventilación. El aire en estas salas se absorbe desde áreas limpias y se cambia al menos una vez por hora, pasando a través de un filtro de partículas. Filtrando gérmenes, filtrando la muerte.

Price retira la sábana del cadáver más grande. Janet Mancini.

Es guapa. Eso estaba claro por las fotos, pero es más marcado en la realidad, de huesos finos, delicados. Quiero trazar la línea de su ceja con el dedo, poner mi mano sobre su cabello cobrizo.

A Price no le gustan los muertos y no le gustan los cadáveres con un alto riesgo de infección de prostitutas drogadictas. Tampoco le gustan los policías. Saco mi libreta y despejo un espacio a los pies de Mancini para poder escribir mientras él habla. Tiene pies pequeños y tobillos delgados. Me sorprendo arreglándole la bata en torno a sus pies, como queriendo mostrarlos en su mejor imagen. Paro en cuanto veo que Jackson me está mirando.

Price empieza a hablar con precisión quisquillosa.

—Empecemos por lo fácil. Hemos hecho pruebas de orina y sangre por consumo de drogas. Las pruebas de orina dieron resultados negativos en marihuana, cocaína, opiáceos, anfetaminas, PCP y varias sustancias más. Detectamos niveles bajos de alcohol y metanfetamina, pero su vejiga estaba relativamente llena, de modo que no podemos estar seguros de la extensión o lo reciente de su consumo de drogas. Un resultado más positivo de heroína. Supongo que hubo un consumo más reciente.

—Eso sería coherente con lo que encontramos por la casa —dice Jackson.

—Sí, bastante. —Price no está interesado en los detalles de la escena del crimen y tarda un momento en reiniciarse—. Los análisis de sangre ofrecen una guía más fiable, porque están menos afectados por una ingesta de fluidos. Ensayos inmunitarios confirman el consumo de heroína. O un consumo muy intenso cierto tiempo antes de la muerte o un consumo de moderado a intenso más cerca del momento del fallecimiento. No es posible distinguir cuál de los dos. Niveles de alcohol en sangre moderados. Estaría por debajo del límite para conducir, por ejemplo. Cierto consumo de metanfetamina, pero no excesivo y reciente.

Habla un poco más de drogas, del estado general de salud, el tamaño del hígado y la ausencia de diversas enfermedades. Yo tomo notas, pero Jackson está impaciente por que Price vaya al grano, y al final lo hace.

—¿Causa de la muerte? Incierta. Solo hay dos formas de morir. El corazón o los pulmones. Ahogamiento, incendio, disparo de bala. Todo se reduce a si es el corazón o los pulmones lo que deja de funcionar primero. En este caso las dos opciones son posibles. Su corazón presenta un estado coherente con su edad y estilo de vida. No puedes esperar que un corazón de veintitantos años deje de latir, pero si lo bombardeas con drogas, entonces está claro que no puede descartarse un ataque, ni siquiera uno letal. Las metanfetaminas son un factor de riesgo conocido. Además, en cuanto empiezas a mezclar drogas, los resultados son muy imprevisibles.

Escribo lo más deprisa que puedo y mi caligrafía empieza a ser cada vez más espaciada e ilegible a medida que acelero.

—De todos modos, diría que los pulmones son una causa más probable. Depresión respiratoria fatal. Respiración lenta. Desorientación. El problema es la acumulación de dióxido de carbono. Acidosis. Si lo llevas demasiado lejos, te mata. —Jackson asiente con la cabeza y me mira para asegurarse de que lo he entendido; lo he entendido. Price continúa—: ¿Entiendo que la víctima estaba en un entorno desconocido?

Jackson tarda un momento en responder.

—¿Desconocido? No lo sabemos. No era el entorno de su casa. No sabemos cuánto tiempo llevaba allí.

—¿O con personas desconocidas? ¿O en una situación nueva en cualquier sentido?

—Sí, definitivamente posible. Probable, de hecho.

Price asiente.

—Muchas sobredosis de heroína no son sobredosis. Es la misma dosis normal, pero tomada en un entorno no familiar supera los mecanismos homeostáticos del organismo.

Esto es nuevo para Jackson y para mí. Price lo explica con excesiva extensión. Lo esencial es esto. Cuando alguien empieza a tomar heroína, el cuerpo hace todo lo posible por contrarrestar el efecto de la droga. Cuando la droga se consume en un entorno familiar, el cuerpo está preparado para la agresión tóxica y ya está haciendo lo posible para contrarrestarlo. El resultado es que los consumidores toleran niveles muy elevados de droga. Si los sacas de su entorno, los mecanismos de defensa del organismo no están preparados para responder. Resultado: incluso con una dosis de droga ordinaria —la misma dosis que el consumidor estaba tolerando en su entorno habitual— puede tornarse letal.

—Así pues —dice Jackson—, se va de casa. Lo está pasando mal. Todavía no sabemos por qué. Toma heroína. La misma dosis normal, pero es un gran error. Su organismo no está preparado para la droga. Y al cabo de un rato, ¡bang!, está muerta.

Price explica minuciosamente este resumen. Está todo demasiado claro y nítido para él. Empieza a hacer salvedades de cada afirmación y luego añade cláusulas a sus salvedades. Prefiere la niebla de precisión a la claridad de una corazonada decente. Tras una mirada de Jackson, dejo de tomar notas mientras la pedantería de Price se consume. Jackson parece un idiota con su bata blanca y botas de goma, pero yo también. Intercambiamos sonrisas. Cuando cualquiera de los dos nos movemos, hacemos frufrú como el tafetán. Price lleva más o menos la misma indumentaria, pero por alguna razón a él le sienta bien. Y no hace frufrú.

Al cabo de un rato, Price termina con su diatriba pedante y vuelve al resumen. Rutinario, necesario, aburrido. Tomo notas. Jackson se pasea. Price sienta cátedra. Creo que disfruta aburriéndonos. No han encontrado VIH ni nada parecido, pero los tests no se han completado. No hay agresión sexual evidente. No se ha hallado semen reciente en el cadáver.

Finalmente, hemos terminado con Janet. Envuelvo los pies otra vez y cubro la cabeza, solo que esta vez no puedo resistirme y muevo uno de sus rizos cobrizos con la mano al taparle la cara con la bata. Su pelo se nota recién lavado, limpio y sedoso. Me gustaría bajar la cabeza para olerlo.

En la segunda camilla está April Mancini. Alguien ha pegado una venda en la parte superior de su cabeza para que la salpicadura del cráneo y los sesos quede oculta, pero las gasas se hunden donde debería estar liso, hay un hueco donde debería haber una cabeza.

—La causa de la muerte —dice Price, acercándose peligrosamente a una broma— es bastante evidente. No hay consumo de droga. No hemos podido encontrar pruebas de abuso sexual. No hay semen. Creo que podemos decir que no hubo violencia mayor (al margen del fregadero, digo), pero hay muchas cosas que ocurren sin dejar marcas. Todavía no hemos encontrado ninguna infección, aunque los análisis de sangre continúan. No estoy seguro de qué más quieren.

Está al lado de la cabeza de April y gira las gasas, tratando de evitar que sigan hundiéndose. No sé si está inquieto, si quiere preservar la dignidad de la niña o simplemente es un obseso del orden. Apuesto por esto último.

Jackson no mira ninguno de los dos cadáveres. Está en el rincón, donde hay una lámpara que pende en ángulo sobre una mesa de trabajo. Está moviendo la lámpara, accionando con los muelles.

—¿Algún signo de lucha? ¿Sangre bajo las uñas, esa clase de cosas?

—Hemos echado un vistazo, por supuesto. No hemos terminado las pruebas de ADN y podríamos encontrar algo allí, pero si hay algo, desde luego no será mucho. No hay señales obvias de lucha en cualquier caso.

Jackson está frustrado, pero Price es solo un patólogo, un lector de pruebas. No puede ver el pasado más que nosotros. He llenado trece páginas de mi libreta con la caligrafía mala que tan poco me gusta. Mañana mi primer trabajo consistirá en pasarlo todo al ordenador en el programa Groove. Sin embargo, todavía falta por hacer una gran pregunta. Si Jackson no la plantea, lo haré yo. Pero Jackson es un profesional veterano. Dobla la lámpara hasta que crujen los muelles.

—Depresión respiratoria fatal —dice.

Price asiente. Sabe adónde quiere ir a parar.

—¿Qué pasa con la depresión respiratoria que no llega a ser fatal? Presumiblemente los síntomas siguen ahí. Respiración lenta. Debilidad. ¿Desorientación?

—Exacto. No hay suficiente aire en los pulmones para permitir el necesario intercambio de gases. Llevándolo demasiado lejos, resulta fatal. Pero incluso si no llega tan lejos, todavía tenemos una persona que está muy desorientada. Quizá consciente, quizá no. Débil y descoordinada. Probablemente incapaz de estar de pie. Quizá con problemas temporales de visión.

—Casi una sobredosis, en otras palabras —dice Jackson—. Si está sola, vivirá. Afortunada de estar viva, quizá, pero se recuperará.

Price asiente otra vez.

—Y si no está sola...

—Quien sea ha encontrado en ella la víctima perfecta. Si alguien quería matarla, podía taparle la nariz, cerrarle la boca y esperar.

—Un minuto o dos —dice Price—. Fácil.

5

Trabajo hecho.

Estamos fuera de la sala de autopsias, en una pequeña zona de recepción con un escritorio vacío, una fila de sillas desocupadas y una de esas plantas de oficina con aspecto de ser de plástico y que nunca parecen crecer, florecer, formar semillas, morir o hacer cualquier otra de las cosas que hacen las plantas ordinarias.

Jackson y Price están de pie a las puertas del vestuario de hombres, hablando de cuándo estará listo el informe de la autopsia, cuánto tardara la identificación de ADN y cosas por el estilo. Charla masculina. Yo estoy excluida. Estoy al lado de ellos vestida con una bata blanca enorme y calzada con unas botas ridículas, sintiéndome como un extra en una película de terror de bajo presupuesto, cuando me doy cuenta de que se me ha acelerado el pulso. No es una palpitación mala, como la que tuve en Cefn Mawr, pero es algo concreto de todos modos. Presto atención a estas señales, porque con frecuencia necesito que la fisiología me muestre mis emociones. Un corazón acelerado significa algo, pero no sé qué. Dejo que mi conciencia se expanda y vaya a donde quiera.

Casi de manera instantánea encuentra la respuesta.

Aún no he terminado en la sala de autopsias. Tengo que volver allí.

La respuesta, cuando la encuentro, encaja en su lugar. Tiene sentido. ¿Por qué tiene sentido? No tengo ni idea, pero no siempre me preocupo por los porqués. Solo hago lo que he de hacer.

—Oh, un momento, creo que me he dejado uno de mis bolis allí —murmuro.

Los dos hombres no interrumpen su conversación. Jackson solo me mira desde arriba y asiente. Mide casi un metro noventa, supongo, lo que lo hace un palmo más alto que yo, y Price no es mucho más bajo. Es peor de lo que pensaba. No estoy en una película de terror: soy una enana en una película de terror. Vuelvo a entrar haciendo frufrú en la sala de autopsias, dejando que la puerta se cierre detrás de mí.

La paz de la habitación me da la bienvenida. Me relajo casi al instante. Siento que mi ritmo cardíaco se enlentece y pierde su nerviosismo.

Me estiro hacia el interruptor, pero me doy cuenta de que me gusta la penumbra violeta que empieza a adquirir la habitación, así que no toco el interruptor.

Cojo mi único boli y lo pongo debajo de la sábana que envuelve a Janet Mancini, para tener algo que encontrar si hace falta.

Aparte de eso, no hago nada. Tengo una mano en la pantorrilla envidiablemente delgada de Janet, y la otra en la camilla. La paz de la habitación me cala los huesos. Es el lugar más pacífico del mundo. Bajo la cara hasta tocar la sábana azul del hospital que cubre los pies de Janet. Hay un tenue olor médico, pero los olores humanos hace tiempo que no están.

Me gustaría quedarme aquí años, muy tranquila, solo respirando en el aire vacío, médico. Pero no tengo mucho tiempo y me obligo a moverme. Descubro los dos cuerpos para poder verles las caras otra vez. El rostro inexpresivo de Janet y el medio rostro sonriente de April. La venda en la cabeza de April se ha hundido otra vez, así que se la aliso.

Aquí, sin nadie que las moleste, parecen madre e hija. No puedo decir nada de los ojos, por supuesto —April no tiene—, pero la boca de la niña es una versión en miniatura de la de la madre. Su hoyuelo también. Acaricio la mejilla de April, después también la de Janet. Una está tan muerta como la otra ahora. Ya no hay razón para hacer distinciones.

Las miro.

Janet me devuelve la mirada. Todavía no me está diciendo nada. Aún se está acostumbrando a estar muerta. April no puede mirar, pero me sonríe. No creo que estar muerta vaya a ser demasiado difícil para ella. Su vida era dura. La muerte debería ser fácil en comparación.

Nos sonreímos una a otra durante un rato, solo disfrutando de la compañía mutua. Me inclino hacia el pelo de Janet. Lo huelo, lo toco, lo peino con los dedos y, al hacerlo, se libera un olor de antiséptico y champú. Manzana o algo así.

Me quedo allí con los dedos en el pelo de Janet, tratando de localizar la raíz del impulso que me ha conducido aquí. El cuero cabelludo de Janet se nota sorprendentemente delicado bajo las yemas de mis dedos. Siento que la pequeña April sonríe a mi lado.

Algo en nuestra interacción parece incompleto, pero no sé qué hace falta para completarlo.

—Buenas noches, pequeña April —digo—. Buenas noches, Janet.

Es lo que hay que decir, pero no desaparece la sensación de que hay algo incompleto. Hago una pausa unos segundos más, pero no sirve. La cuestión que estaba pendiente unos momentos antes sigue pendiente, y no creo que vaya a encontrarla esperando.

No quiero que Jackson y Price piensen que soy una loca, así que «encuentro» mi boli y tapo a las chicas. Salgo de la sala haciendo frufrú y blandiendo el boli con una expresión de triunfo estúpida. A los hombres no les importa. Están yendo hacia el vestuario.

Me cambio despacio. Botas de goma en una caja. Bata enorme en la otra. La puerta del armario de la limpieza está al lado de la entrada del vestuario de mujeres. Bonito detalle. No hay que asustar a los hombres dejando que vean fregonas y cubos. Abro la puerta de golpe y miro al interior. Es un armario grande y espacioso —un cuarto pequeño, de hecho— con material de limpieza. No sé por qué estoy mirando, así que salgo al vestíbulo.

Los hombres todavía no han terminado. No veo por qué he de esperarlos.

—Gracias, doctor Price —digo en voz bien alta—. Hasta mañana, señor.

Empujo la puerta para salir, pero no se mueve. Tampoco se abre hacia el otro lado. Estoy tratando de abrir estas puertas inusualmente pesadas y me siento enclenque cuando Price viene a ayudarme.

—He de abrirle yo —explica—, es una zona de seguridad.

—Ah.

Todo son zonas de seguridad en estos tiempos. ¿Qué piensan? ¿Que se escaparán los cadáveres? Nos decimos buenas noches —él de manera automática, yo rígida— y pulsa el botón para que salga.

Como me siento un poco extraña, consigo perderme y termino recorriendo arriba y abajo uno de los interminables pasillos del hospital, buscando la salida. Baldosas de vinilo amarillas que chirrían bajo mis pies y reflejan demasiada luz fluorescente. Tengo la cabeza llena de palabras de hospital. Pediatría. Ortopedia. Radioterapia. Flebotomía. No me llevo bien con la luz ni con las palabras y termino caminando al tuntún. Cojo ascensores, arriba y abajo según vayan en ese momento. Entro y salgo cuando lo hacen los demás.

Hematología. Diagnóstico por la imagen. Gastroenterología.

En un momento, una enfermera para y me pregunta si estoy bien. Le digo: «Sí, muy bien», pero lo digo demasiado alto, y me alejo chirriando por el vinilo amarillo para mostrarle lo bien que estoy.

Por fin me doy cuenta de que es el hospital en sí lo que me hace sentir extraña. Necesito salir. Me encuentro en un cruce en T en el pasillo, preguntándome cómo encontrar la salida, hasta que me doy cuenta de que estoy mirando directamente a un gran signo de metal negro que dice SALIDA →. Lo tomo como una pista y lo sigo hasta la puerta principal, donde encuentro aire fresco y una ráfaga de viento. El aire de Cardiff huele a hierba o a sal, según de dónde sople el viento. O eso dicen. Básicamente, huele a humo de coche, lo mismo que en cualquier parte.

Me quedo un rato en la entrada, dejando que la gente pase a mi lado, sintiendo que vuelvo en mí.

Estoy tratando de recordar dónde he aparcado el coche cuando vibra mi teléfono por la llegada de un mensaje de texto. Brydon me anima a ir a tomar algo. La copa de la que me había olvidado. Debería ir. Ya llego tarde.

De camino al coche, saludo al depósito de cadáveres.

—Buenas noches, April. Buenas noches, Janet.

No me responden, pero apuesto a que April sigue sonriendo.

6

Puntual significa puntual, y hoy nadie es más puntual, más listo ni más ansioso que yo.

Al poco de que empiece la reunión de la mañana de Jackson, consigo mi momento de gloria.

Jackson resume el resultado de la reunión de ayer en el depósito de cadáveres, luego añade:

—Fiona Griffiths introducirá sus notas en Groove en cuanto pueda, ¿verdad, Fiona?

—Ya está hecho, señor —digo.

—¿Ya lo has hecho?

No me cree.

—Todo hecho, no quería perder tiempo.

Jackson levanta las cejas, que se le han enmarañado antes de tiempo, con lo que el gesto es un mirada característica suya. O bien está impresionado o (más probablemente) no cree que haya hecho un trabajo decente. Pero lo he hecho. Llegué temprano y lo hice en un santiamén. Aprendí a escribir en Cambridge y soy rápida como el rayo.

—Muy bien. Eso significa que todos podéis leerlo.

Jackson proporciona unos pocos datos más —el más importante de los cuales es que ahora tenemos todos los expedientes del caso de servicios sociales subidos al sistema— antes de ceder la palabra a Ken Hughes. Hughes resume la primera serie de hallazgos del trabajo puerta a puerta. El número 86 de Allison Street ha acumulado una buena dosis de hostilidad de sus vecinos, que lo han descrito de diversas maneras: como un fumadero, una casa ocupada, un lugar tomado por los sin techo y más cosas.

—Dejando de lado ideas más descabelladas —dice Hughes en su tono monótono y ligeramente hostil—, esta parece ser la imagen general.

Nos cuenta que la casa había sido alquilada durante unos años, después quedó vacante otro par de años. Aún no se ha localizado al casero. Durante cierto tiempo la casa simplemente estuvo allí, volviéndose cada vez más húmeda y vieja. Luego forzaron la puerta de atrás, posiblemente chicos que querían causar problemas, posiblemente un traficante de droga que quería un sitio desde el que trabajar, posiblemente una persona sin hogar que quería un techo bajo el que pasar la noche. En cualquier caso, una vez que desapareció la puerta de atrás, la casa empezó a atraer problemas.

Las pruebas visuales evidencian que la vivienda ciertamente había sido usada como una casa ocupada durante un período mucho mayor que las pocas semanas en las que habían residido las Mancini. Es muy probable que hubiera habido drogas en la casa durante un tiempo considerable. Si se consumían drogas allí, probablemente también se traficaba allí. Si se vendían y compraban drogas allí, entonces es muy probable que hubiera mujeres que se vendían a cambio de drogas, aunque el lugar no era ni remotamente lo bastante agradable para prosperar ni siquiera como el más básico de los burdeles. (En este punto, hay un comentario susurrado de uno de los tipos que están más cerca de Hughes y se produce un estallido de risa masculina. Hughes pilla el comentario y fulmina con la mirada al inculpado, pero nosotras las chicas —de pie en la parte de atrás, casi en el umbral—, estamos excluidas de lo que seguro que ha sido una observación hilarante. Ah, bueno.)

Hasta aquí los antecedentes. Especificidades. A Janet Mancini se la había visto en los alrededores de la casa durante las últimas semanas. Farideh, la chica con la que había hablado en la tienda, declaró haber visto a Janet varias veces. Recordaba su pelo —lo cual no significaba nada, porque el color de pelo de Janet había sido repetidamente mencionado por la prensa—, pero también describió correctamente prendas de ropa y una pieza de joyería que se había encontrado en la casa. Además, y esto era la clave, recordaba haberle vendido a Janet pizza hawaiana congelada, cuyo envoltorio figuraba en el largo inventario de la basura que se había encontrado en la casa.

—¿Hawaiana, señor?

La pregunta era de Mervyn Rogers, que estaba tomando notas. Tiene el boli levantado y expresión seria.

Hughes sospecha, porque piensa que Rogers se está cachondeando (lo cual es cierto), pero no está del todo seguro para darle importancia, de modo que confirma la identificación de la pizza y sigue adelante. Una pequeña onda de diversión recorre la sala e incluye a las chicas esta vez. Estamos encantadas, ya te digo.

—Sí, hawaiana. Mancini claramente tenía a April con ella en la casa, porque la misma fuente confirma compras de otros alimentos típicamente infantiles como Cocoa Pops y batido de plátano Nesquik.

Hughes sabe que suena idiota al decirlo, así que nos fulmina con la mirada mientras lo dice. No obstante, no puede apartarse de sus notas escritas, y continúa.

—Fuentes que consideramos fiables y han confirmado la presencia de Janet Mancini en el barrio coinciden en que no vieron a April Mancini con ella. Por el momento, presumimos que April estaba presente en la casa, pero no tenía tendencia a salir o no se le permitía.

Tiene que repasar unas cuantas páginas más de notas, pero ninguno de nosotros puede soportar mucho más de esto y Jackson interviene para salvar la situación.

—Cualquier otra cosa está en Groove. Familiarizaos con todo ello. Breve resumen: no tenemos informes de nadie más que las dos Mancini en la casa. No hay informes de que April Mancini fuera vista en el exterior en ningún momento. No hay informes fiables de ningún visitante regular, o irregular para el caso. Las cortinas siempre cerradas, las luces apagadas; sin electricidad, recordad. Sin música. El lugar estaba en silencio.

»Así que hemos de desplazar recursos a otras líneas de investigación. Circuito cerrado. Las cámaras más cercanas (las cámaras más cercanas que funcionaban) estaban a quinientos y setecientos metros. Es muy probable que alguna de ellas captara a Janet Mancini en algún punto de las últimas semanas. Hemos de ver si estaba con alguien entonces. Jon Breakell, ¿dónde estás, Jon? Tú te encargarás de eso.

Como me siento al borde de la investigación y quiero hacerme más central, levanto la mano. Jackson no se fija en mí, así que insisto.

—También hay circuito cerrado en la tienda, señor. A lo mejor tienen grabaciones.

Hay un breve intercambio de conversación delante. Aparentemente, alguien ya se ha fijado en la cámara de circuito cerrado de la tienda de comestibles y obtener acceso a sus grabaciones ya está en alguna lista de acción.

—Muy bien. Entretanto, Janet. Necesitamos hurgar en su pasado. Es probable que conociera a su asesino, por lo tanto, hemos de localizar a la gente a la que conocía y averiguar cómo los conocía. Si estaba trabajando de prostituta y la mató uno de sus clientes, cabe suponer que no era la primera vez que tuvieron relaciones sexuales juntos.

»Y no olvidemos a nuestra llamante anónima, la que nos avisó de la casa. Quien llamó sigue ahí. Ha habido muchos medios, sabe que queremos hablar con ella, pero aún no se ha presentado. Cualquier cosa que pueda conducirnos a ella también es valioso.

»Bueno, tareas para hoy...

Jackson comienza a enumerar tareas y responsabilidades, y la reunión empieza a disolverse. No hay grandes triunfos ni victoria fácil. Todavía no hay nadie preocupado, y existe un creencia generalizada en que el asesino será encontrado y encarcelado. Aun así, es difícil no darse cuenta de que seguimos sin saber absolutamente nada respecto a quién podría haber matado a las Mancini. Tarde o temprano, este optimismo exigirá combustible para seguir ardiendo.

Bajo a la sala de imprenta, pero me interrumpe un grupo de

agentes que rodean la máquina de café donde Merv Rogers está siendo honrado por su ingenio.

—¡Piña! —está diciendo—. Añadir fruta a un plato que básicamente es salado no puede estar bien.

Me cuelo entre ellos. No se apartan para que pase ni buscan incluirme en su charla. Esto es en parte porque soy físicamente pequeña. En parte porque soy novata. En parte porque soy una chica. Y en parte porque la gente cree que soy rara.

Continúo bajando hasta la imprenta, donde el encargado, el muy ligeramente polaco Tomasz Kowalczyk, va de acá para allá al mando de su reino de papel.

—*Dzień dobry*, Tomasz —lo saludo.

—*Dzień dobry*, Fiona. ¿Qué te sirvo?

—No deberías decir eso. Hace que parezca que estés a punto de ofrecerme patatas fritas.

Al menos a Tomasz le caigo bien. He venido a buscar unas fotos y le muestro las que quiero en el sistema, donde ahora aparecen no solo las imágenes de la escena del crimen, sino también algunas de las encontradas entre las posesiones de las Mancini. No tantas de Janet, porque supongo que nunca tuvo a una persona regular que le hiciera fotos, pero sí muchas de April. April con vestidos de fiesta, April en una playa de Barry, April sosteniendo una enorme manzana de caramelo y riendo. Tenía grandes ojos azules, como su madre, y cuando reía, toda su cara reía. April Mancini, la niña de la manzana de caramelo.

Elijo una docena de imágenes en total. Algunas de Janet. Otras de April. Tenemos impresora arriba, por supuesto, pero solo en blanco y negro. El imperio de Tomasz es responsable de todas las reproducciones masivas, de todas las impresiones en color, de todos los trabajos de imprenta elaborados; y yo busco reproducción de calidad fotográfica. Tomasz me hace rellenar algunos formularios, lo cual me molesta porque no me gustan los formularios, lo cual significa que me lío con ellos, lo cual significa que Tomasz termina haciéndolo por mí. Yo perfecciono una de mis más bellas sonrisas y se la regalo cuando termina con los formularios. Me dice que vuelva en cuarenta y cinco minutos.

Regreso a mi escritorio. Aparte de mi trabajo en el caso Penry, me han asignado otras dos tareas hoy. Una consiste en responder cualquier llamada de la ciudadanía que se reciba como resultado de nuestras peticiones de información en los medios sobre la operación Lohan. La otra consiste en sumergirme en los expedientes de los servicios sociales sobre Janet y ver si hay algo útil allí. Lo que busca Jackson recibe el grandilocuente nombre de resumen ejecutivo. Recibo tres llamadas —una persona está loca, las otras dos sanas pero la información que proporcionan probablemente es inútil— y me meto en el papeleo. Soy buena con esta clase de cosas. Es lo que aporta la formación de Cambridge: puedes leer cantidades ingentes de material muy deprisa y extraer la parte útil de manera rápida y clara. De todos modos, preferiría estar en la investigación propiamente dicha, y por eso trabajo deprisa, acumulando puntos.

Estoy trabajando con tenacidad cuando suena mi teléfono. Es Jackson, que usa el teléfono con altavoz de su escritorio para pedirme que vaya. No ofrece ninguna razón.

Entro en su oficina, pero me entretengo en el umbral. Jackson hace reuniones de puerta abierta y reuniones de puerta cerrada. Las primeras suelen ser mejores, pero ya he tenido más que suficientes de las últimas. Espero una señal para saber qué clase de reunión será y, por la forma en que me mira, supongo que es de puerta cerrada. La cierro.

—¿Sí, señor?

—Buen trabajo en la autopsia. Rápido, preciso. Buen material.

—Gracias.

—Estás haciendo lo mismo con los informes de la seguridad social, espero.

—Ese es el plan.

Me siento. Jackson está siendo amable conmigo, lo cual es mala señal. Me pregunto qué he hecho mal.

—Un estallido repentino de hiperactividad en el frente de Fiona Griffiths normalmente significa que quieres algo. Así pues, ¿por qué no me dices qué es?

Esto me descoloca un poco, porque no sabía que fuera tan obvia.

—Si es posible, señor, me gustaría dedicarme a tiempo completo a Lohan. Creo que podría contribuir.

—Por supuesto que podrías. Todos los agentes del departamento podrían contribuir.

—Sí, pero en este momento creo que solo hay dos mujeres en el equipo: la detective Rowland y la sargento detective Alexander. Obviamente, ambas son brillantes, pero pensaba que puede que estén sobrecargadas. Quiero decir, ya sé que puede poner hombres a hacer algunas de las entrevistas, pero no es lo mismo, ¿verdad? Me refiero a los casos en que la prostitución está implicada.

No me he explicado de manera muy brillante, pero Jackson sabe lo que quiero decir. Está muy bien poner hombres a interrogar a prostitutas, pero hay cierta clase de preguntas que no pueden hacer. Siempre faltan mujeres para estas entrevistas, y normalmente se recurre a la ayuda de agentes uniformadas para compensar la escasez. Y eso no está mal, salvo que una mujer policía con uniforme, porra, esposas, radio, chaleco protector y botas no es precisamente lo que pone en marcha fluidos femeninos. Jackson es un cabrón entrecano, lo cual significa que se acuerda de los viejos tiempos, cuando simplemente metían a las prostitutas en la sala de interrogatorios para que les gritara todo un grupo de agentes que exudaban desagrado, lujuria y aversión por cada uno de sus poros masculinos. Pero también es un policía inteligente que reconoce que los viejos tiempos no estaban exactamente bañados en un brillo eterno de éxito, y que otros enfoques también tienen sus méritos. Méritos como que en realidad funcionan, por ejemplo.

—No —dice—, no es lo mismo.

No estoy segura de si está diciendo que estoy en el equipo o no, así que me quedo en la silla tratando de leer las runas.

—¿En qué más estás? Estás preparando a Penry para el juicio, ¿verdad?

Le digo que debería terminar con eso al final de la semana, lo cual parece inverosímil, incluso para mí.

—¿Y nuestros amigos y colegas de la FC también lo creen? ¿Gethin Matthews lo cree?

FC: Fiscalía de la Corona. Y no, no lo creen, ni tampoco el inspector jefe Matthews, pero le digo a Jackson que lo creerán al final de la semana.

Me mira juntando esas cejas peludas.

—Y si te unes a Lohan a tiempo completo, ¿qué detective Griffiths voy a tener?

Abro y cierro la boca. No sé qué decir.

—Mira, Fiona. Lohan se beneficiaría de más personal femenino. Por supuesto que sí. Gethin me preguntó si quería que te transfiriera cuando saltó el caso. Y me lo pensé. Quería decir que sí.

Pronuncio la palabra «Gracias» otra vez, pero ahora no se trata de eso. Lo que se cierne en el horizonte está a punto de golpearme entre ceja y ceja.

—A la buena detective Griffiths me encantaría probarla. ¿Pero a la otra...? A la que le pido que haga algo y ese algo parece que nunca se hace. O si se hace, se hace mal. O se hace despacio. O se hace después de quince recordatorios. O se hace de una manera que rompe las reglas, causa quejas o cabrea a los compañeros. La Griffiths que decide que si algo es aburrido para ella, va a hacer un lío hasta que la trasladen a otra cosa.

Hago una mueca. No puedo decir que no sepa de qué está hablando. Lo sé.

—Por ejemplo, ¿voy a tener a la agente que hace que la viuda de Brendan Rattigan pierda el control por una especulación total respecto a la vida sexual de su marido?

Me muerdo el labio.

Jackson asiente con la cabeza.

—He recibido una llamada de Cefn Mawr esta mañana. Acabo de ocuparme de eso. No era una queja oficial. No es nada que vaya a llegar más lejos, pero preferiría no haber recibido esa llamada. No quiero tener que preocuparme constantemente de si vas a usar tu juicio inteligente y maduro o vas a decir y hacer lo primero que se te ocurra.

—Lo siento, señor.

Jackson no lo menciona —no tiene que hacerlo—, pero él y yo somos muy conscientes de otro incidente ocurrido el año pasado. Yo todavía estaba en mi primer año en el Departamento de Investigación Criminal, lo cual significa que todavía era una detective en formación, de hecho en período de prueba. Hubo un caso de personas desaparecidas y estábamos en el largo proceso de interrogar a amigos y familiares. Me habían puesto en pareja en la mayoría de los interrogatorios para que pudiera aprender de los que eran mayores y mejores que yo. Después me dieron mi primer encargo en solitario en Trecenydd. Básicamente se trataba de una persona de la que estábamos seguros de que no tenía nada que decirnos, con lo cual podía practicar mis talentos y aumentar mi confianza. Por desgracia, el interrogado pensó que sería una buena idea ponerme una mano en el pecho. Yo no reaccioné con dignidad y madurez, y al cabo de unos minutos estaba llamando a una ambulancia para que mi interrogado pudiera recibir tratamiento para su rodilla dislocada.

Todo el incidente resultaba difícil de poner en perspectiva. Por un lado, nadie dudaba de que me había agredido sexualmente ni de que yo tenía derecho a defenderme. Por otro lado, había preguntas que surgían del uso de la fuerza apropiado y proporcionado. Una investigación disciplinaria me exoneró de mala praxis, pero estas cosas dejan rastro.

Jackson también estaba al mando de ese caso. Supongo que lo manejó bien. Me gritó un montón de normas y luego me soltó el «ayúdanos a ayudarte» que creo que decía en serio. Tuvimos una larga discusión, en la cual él dijo todo lo que tenía que decir y yo dije todo lo que tenía que decir, o la mayor parte al menos, y se llenaron los formularios adecuados y se siguieron los procedimientos adecuados. Cinco semanas después estaba en un curso en Hendon con agentes de todo el país que aprendían a manejar situaciones peligrosas y ambiguas. La esencia del curso era que había que hablar firmemente con la gente antes de dislocar rótulas. Dieciocho agentes asistieron al curso. Solo tres eran mujeres y las otras dos parecían lesbianas. El curso debió de funcionar, porque no he vuelto a incapacitar a nadie desde entonces.

—No se trata de pedir perdón, ¿verdad, Fiona?

—No, señor.

Hay una larga pausa. Normalmente no me molestan las pausas. Puedo aguantar las pausas mejor que nadie, pero esta me está resultando extraña, porque no sé qué está haciendo Jackson con ella.

—Si me lo permite —digo—, creo que son significativos los informes que tenemos sobre April Mancini en Allison Street.

—No tenemos ningún informe de ella allí. Nada de nada.

—Exactamente. Está esa silla delante de la ventana. Uno de los SOCO me dijo que encontraron pilas de dibujos de Alice en la parte de atrás. Tuvo que sentarse allí a dibujar durante horas. Horas y horas junto a la ventana.

—Sí, pero hay cortinas en las ventanas. No parece que las abriera nunca.

—Es lo que quiero decir. ¿Qué niño no abriría esas cortinas cuando su madre está fuera? Hay una buena vista desde la parte delantera de la casa. Buena para Butetown, vamos. Ves todo lo que está pasando. La mayoría de los niños, aunque no se les permitiera, se sentarían en esa ventana para mirar afuera. April no. Creo que estaba aterrorizada, y creo que estaba aterrorizada porque su madre lo estaba. Fue el miedo lo que las llevó a esa casa, y fuera lo que fuese que las asustaba, las encontró y las mató. Ya sé que no podemos estar seguros, pero parece una hipótesis por el momento.

Jackson asintió.

—Sí, tienes razón.

Parece que hemos caído en otra pausa, pero decido que le toca a Jackson salir de esta, así que me limito a quedarme sentada con la boca cerrada, tratando de parecer una detective buena y profesional, con media sonrisa en la cara a modo de defensa.

—Fiona, no te quiero en Lohan. No propiamente. No mientras yo esté al mando. Si quieres seguir trabajando en Lohan como apoyo, me parece bien, siempre y cuando no reciba más llamadas como la de esta mañana.

—No, señor...

—Y siempre que no lesiones a nadie, no cabrees al inspector jefe Matthews, no hagas un lío con cualquier trabajo que no te guste, te lleves bien con tus colegas y en general actúes como una detective buena, capaz y profesional.

—Sí, señor.

—A la primera, estás completamente fuera del caso. Estás a esto de ser una agente fenomenal. —Separa el índice y el pulgar de la mano derecha cinco centímetros—. Y a esto de ser un grano en el culo. —Levanta la mano izquierda y su índice queda apoyado en su pulgar y no va a separarse.

—Sí, señor.

Otra pausa, pero ya se me han acabado las estrategias para las pausas, y simplemente me siento allí esperando a que termine.

—Creo que puedes tener razón respecto a por qué nadie vio a April. Pobrecita.

Sí, pobrecita.

La pequeña April, dibujando flores en una habitación hedionda. La pequeña April, a la que le dijeron que nunca jamás descorriera las cortinas. La pequeña April a la que Farideh nunca vio. La pequeña April, invisible para todos menos para su asesino.

Jackson asiente con la cabeza para decir que puedo marcharme, así que bajo y recojo mis fotos de Tomasz.

7

De vuelta en mi escritorio, me encuentro con Brydon. Nuestra copa juntos de anoche me confundió. Cuando recibí su mensaje de texto ayer, supuse que era una cuestión de tomar unas copas entre polis. La clase de salida que se repite al menos una vez por semana: un grupo de gente que termina en Adamstown, bebiendo en la clase de bares que darán trabajo a nuestros colegas uniformados unas horas más tarde. No siempre me invitan, pero he ido algunas veces. Yo y mi zumo de naranja. Solo después me di cuenta de que Brydon quizá pretendía que la invitación fuera una cita. Tal vez no una gran cita con flores y velas, pero sí para tantear el terreno: una cita negable, una copa que podía transformarse en un asunto de flores y velas o en una simple copa entre colegas de trabajo. Soy fatal para descodificar estas cosas. Ni siquiera me doy cuenta de que existen algunos códigos hasta que es demasiado tarde.

Anoche fue uno de esos casos. Como no le había dado ninguna importancia a la copa, me presenté tarde y sin avisar a Brydon de que estaba en camino. Resultado: cuando finalmente llegué, Brydon ya se había unido a un par de colegas, y todos compartimos una salida nocturna bastante aburrida de policías simpáticos. Visto en retrospectiva, creo que tal vez no era lo que él pretendía originalmente, y quizás ahora le he enviado una señal que indica que no estoy interesada en una cena de velas y flores con él. No quería enviar ningún tipo de señal y no estoy segura de que hubiera sabido enviar esa si hubiera querido hacerlo.

—Hola, Fi —dice.

—Hola. —Le hago una mueca. En realidad es un intento de sonrisa, salvo que tengo la cabeza llena de las broncas de Jackson y las manos llenas de fotos de gente muerta.

—¿Estás bien?

—Sí. ¿Y tú? Perdona por lo de ayer.

—No pasa nada.

—Estaba liada anoche. No quería. No pretendía...

—No pasa nada. No te preocupes.

—Quizá podamos hacerlo otra vez. Una copa. Haré todo lo posible por no hacerlo tan mal.

Brydon sonríe.

—Bueno, perfecto. Pronto.

—De acuerdo, entonces. Gracias.

No quiero a Brydon husmeando en mi pila de fotos, así que las pongo boca abajo en el escritorio y me siento encima de ellas.

—¿Estás bien? No pareces tan normal y relajada como de costumbre.

—Jackson acaba de soltarme una bronca. Como siete sobre diez. No, seis sobre diez. —Trato de calibrar la bronca, puntuándome sobre la hipótesis de que el asunto de la rodilla valía un diez.

—Oh, ¿quién está en el hospital esta vez?

—Muy gracioso. No, escucha, ¿puedes hacerme un favor? —Le paso unos papeles, los que he estado trabajando del caso Penry—. ¿Si yo preparo unos tés, tú sumarás estos números y me dirás cuánto te da?

Lo pongo a trabajar con un lápiz y una calculadora, meto las fotos en un cajón y voy a buscar té. Cuando vuelvo, Brydon tiene una respuesta, la misma que tenía yo, y la cifra es unas cuarenta mil libras mayor de lo que debería ser.

—¿Problema? —pregunta.

—No. En realidad no. Es solo demasiado bueno.

—Ya sabes, si te encallas con esto deberías llamar a los contables. No hay razón para que tú hagas todos los cálculos.

Asiento, demasiado perdida en mi propio mundo para decirle que ya he implicado a algunos contables, y que van a venir a una reunión mañana por la mañana. La escasez de contables no es mi problema.

—¿Quién coño roba a su jefe para comprar un sexto de un caballo de carreras? —digo en voz alta.

Brydon probablemente me responde, pero si lo hace, no lo escucho. Ya estoy acercándome al teléfono.

8

Trabajo como una hormiguita todo el día. A las doce y media, Bev Rowland pasa por mi escritorio al salir a comer y me invita a unirme a ella. Me gustaría, pero tengo que escalar por una montaña de trabajo si quiero tener aunque solo sea media oportunidad con Jackson; por eso le digo que me comeré un sándwich en mi escritorio, y es lo que hago. Queso feta y verduras asadas. Agua embotellada. Doy cuenta de la comida en un pequeño zumbido de actividad. No permito que ninguna berenjena asada del sándwich caiga en el teclado: una impecable exhibición de técnica de comer en el escritorio.

Descubro montones de cosas que no sabía. Cosas sobre registros de purasangres. Sobre el funcionamiento de las agrupaciones de propietarios de caballos de carreras. Dónde se paga el dinero. Descubro cosas que no quería saber. Cosas que me molestan cuando las descubro. Cosas que no me habría molestado en mirar si Jackson no me hubiera dado la patada. Al final del día, no he hecho nada con los malditos informes de los servicios sociales sobre Mancini y mi escritorio está inundado de hojas impresas de Weatherbys, el registro de purasangres.

Suena el teléfono y respondo de manera ausente.

Es una llamada relacionada con la operación Lohan, una de las solo cinco del día. El caso ha tenido mucha publicidad, pero es triste darse cuenta de que, a pesar de la muerte de April, la opinión pública no está muy conmovida por el asesinato. La muerte de una madre y su hija normalmente habría generado centenares de llamadas en un día. Dado el pasado turbio de Janet, este caso casi no ha generado nada.

La mujer que llama se presenta: Amanda, conocía a Janet ligeramente, solo llamaba porque su hija había sido amiga de April; la misma edad, la misma escuela.

—No sabía si llamar o no, luego he pensado que tenía que hacerlo. Espero que esté bien.

—Por supuesto. Cualquier información puede marcar la diferencia.

Hago las preguntas que debo hacer. Conocidos, esa clase de cosas. Amanda es todo lo útil que puede ser, pero no sabe mucho. Los únicos conocidos de Janet que ella también conoce son otras madres de la escuela, ninguna de las cuales parece capaz de matar a alguien con un fregadero.

—¿Tenía mala reputación? —pregunto—. Ya sabe, ¿las otras madres hablaban de que era mala persona o un poco alocada?

Amanda hace una pausa. Eso normalmente es una buena señal y también ahora. Su respuesta es reflexiva y considerada.

—No, no diría eso. Quiero decir que la escuela es muy heterogénea. No me refiero al punto de vista racial, que también. Quiero decir que están las mamás guapas, las chonis, las mamás normales, todas. Janet, bueno, no le sobraba el dinero, ¿no? Nunca iban a invitarla al café de la mañana de las guapas. Pero estaba bien. Se preocupaba de las cosas. Por ejemplo, me preguntaba cómo le iba a Tilly (mi hija de seis años) con la lectura. Creo que sentía que debería hacer más por April, pero no sabía cómo. Pero un par de veces Tilly fue a casa de April a tomar el té, y desde luego yo no la habría dejado ir si hubiera tenido preocupaciones.

—Amanda, ¿sabe cómo murieron?

—¿Perdón?

—Cómo y dónde. Las encontraron en un piso ocupado. Estaba asqueroso. Solo había un colchón arriba, que tenían que compartir. Sin sábanas. Solo una colcha no muy limpia.

Otra larga pausa. Me preocupa haber metido la pata otra vez. Hablar demasiado. Tener poco tacto. Enfadar a alguien que ahora llamará a Jackson. Pienso que a lo mejor Amanda está llorando al otro lado de la línea. Trato de enderezar el rumbo.

—Lo siento, Amanda. No quería...

—No, está bien. Quiero decir que lo que pasó, pasó.

—Solo se lo estoy diciendo porque...

—Sé por qué. Quiere ver si digo: «Bueno, eso demuestra que al fin y al cabo Janet Mancini era una vaga.»

—¿Y?

—Y no lo era. No lo era. Mire, no me gustaba particularmente. No estoy diciendo que me cayera mal, solo que no teníamos mucho en común. Pero se desvivía por April. Sé que lo hacía. Si llevó a April a un sitio así, bueno, tenía que estar aterrorizada. O eso o toda su vida se vino abajo por alguna razón. Aun así, yo habría cuidado de April. Por supuesto que sí. Y no puedo creerlo. Lo siento.

Cuando deja de hablar, Amanda está llorando, disculpándose, después llorando más. Yo la escucho y digo lo que tengo que decir. Incluso puede que en algún momento diga las palabras «tranquila, no pasa nada», lo cual me suena fatal, pero a Amanda parece que cualquier cosa le sirve.

No he llorado ni una vez desde que ingresé en la policía. De hecho, eso es quedarme muy corta. No he llorado desde que tenía seis o siete años, hace siglos en cualquier caso, y aun entonces casi nunca lo hacía. El año pasado asistí a un accidente de coche, un choque espantoso en Eastern Avenue, donde el único herido grave era un niño que perdió las dos piernas y sufrió importantes lesiones en la cara. Mientras lo estábamos sacando del coche para meterlo en la ambulancia, no dejó de llorar y se abrazaba a su tigre de peluche. Yo no solo no lloré, sino que hasta unos días después no me di cuenta de que debería haber llorado, o al menos sentido algo.

Reflexiono sobre todo esto mientras Amanda llora y yo digo «No pasa nada», como un juguete mecánico, deseando encontrar algún día lágrimas propias.

Al final, ha terminado.

—Amanda, ¿le gustaría ir al funeral? Todavía no sabemos cuándo será, pero podemos comunicárselo.

Eso provoca otro ataque de llanto, pero Amanda logra decir:

—Sí, sí, por favor. Alguien debería ir.

—Yo iré —digo—. Yo estaré allí.

Termina la llamada y me quedo un poco confundida. ¿Yo voy a ir al funeral? No lo había pensado antes, pero me doy cuenta de que de verdad quiero ir. También me zumban en los oídos los comentarios de antes del inspector jefe Jackson. ¿Era esa la gran detective Griffiths, la que tiene una espléndida técnica para entrevistas e interrogatorios? ¿O era un ejemplo de la mala, de la que está a un milímetro de distancia de provocar otra llamada telefónica al jefe? No lo sé y ahora mismo no me importa.

Tengo demasiadas cosas en la cabeza y no sé dónde ponerlas todas. El caballo de carreras del que Penry era copropietario tenía otros cinco dueños. Cuatro de los cinco eran personas. El otro era una empresa privada de la cual no existía información disponible sobre su último propietario. Pero había dos directores y una secretaria de la empresa —D. G. Mindell, T. B. Ferrers y la señora Elizabeth Wilkins respectivamente— que también eran directores y secretaria ejecutiva en una naviera de Brendan Rattigan. Uno de los copropietarios individuales del caballo de carreras era también director ejecutivo en la acería de Rattigan. Un segundo hombre era padrino de uno de los hijos de Rattigan, lo cual he averiguado en una búsqueda en Google que me ha llevado a distintas revistas de cotilleo. No he conseguido dar con ninguna relación entre los otros dos propietarios y Rattigan, pero eso no significa que no existieran.

Y además, solo los vínculos que conozco ya parecen implicar algo. Una empresa que casi con certeza pertenecía a Rattigan era copropietaria de un caballo de carreras, lo mismo que uno de los ejecutivos y uno de sus más viejos amigos.

Y Brian Penry.

Quizá no era más que una coincidencia. Quizá no tenía nada que ver con Rattigan y Penry solo estaba allí para cuadrar los números.

O tal vez no. Penry gastó unas cuarenta mil libras más en compras absurdas que lo que había robado de la escuela o de lo que podía responder con su salario. Supongo, que cabe la posibilidad de que Penry haya encontrado una forma de capitalizar su pensión de policía para financiar sus compras, pero ¿quién demonios haría eso? ¿Y por qué?

¿Por qué, por qué, por qué?

¿No es más probable que Penry tuviera una fuente de efectivo de otro sitio? Y en ese caso, ¿no es posible que Rattigan estuviera de alguna manera en el origen de ese efectivo? Y si es así, si Rattigan tenía una conexión con Mancini, ¿implica eso que Penry de algún modo está involucrado en los asesinatos de Mancini?

Sí, sí, sí.

Son las cinco en punto.

Como no he hecho ningún progreso con los expedientes de los servicios sociales sobre Mancini, decido llevármelos a casa. La pequeña doña Perfecta tiene un conflicto de conciencia menor ahí. Los registros son confidenciales y no está permitido sacar de la oficina datos confidenciales en un portátil, pero es la clase de regla que se infringe todo el tiempo y siento la necesidad de llegar a casa razonablemente pronto. Esta noche se supone que ha de ser de gimnasio y planchar y ordenar, esa clase de noche, pero tengo la sensación de que no va a ser así.

Sin embargo, antes de salir decido que necesito un poco de contacto humano. Voy de caza y me encuentro con Jane Alexander, que acaba de llegar de su trabajo casa por casa. A decir verdad, Jane me da un poco de miedo. Es la clase de mujer que siempre logra encontrar vestidos que son de temporada y de moda, pero que al mismo tiempo son asequibles y acertados; que le dan un aspecto profesional, pero de forma simultánea atraen suavemente la atención hacia su físico de conejito de gimnasio. Además, siempre lleva el pelo inmaculado, secado con secador. Además, nunca mancha nada con comida. Además, no hace llorar a testigos perfectamente útiles sin ninguna razón, y apuesto a que puede pasarse años sin dislocarle la rótula a pervertidos. Ella no me desaprueba exactamente, pero no puedo creer que me apruebe, y siempre estoy un cinco por ciento asustada cuando estoy con ella.

Por otro lado, ahora mismo Jane parece auténticamente complacida de verme. Se queja del día que ha tenido y de que aún tiene que introducir sus notas de las entrevistas en Groove. Yo escribo mucho más rápido, y por eso me ofrezco a ayudarla a cambio de algo de té. Trato hecho. Ella va a preparar el té. Yo me siento y escribo. Ella se sienta en la mesa e interpreta su escritura cuando me cuesta leerla, y en los huecos cotilleamos y nos quedamos en silencio o bajamos la voz cuando pasa un colega varón. Es una buena forma de pasar el tiempo.

Al final del festín mecanográfico, digo:

—Es todo bastante tenue, ¿no?

Por un segundo, Jane piensa que estoy criticando sus notas y me desvivo por aclararme. No es con sus notas con las que tengo un problema, sino con la falta de pistas que parecen proceder de todo nuestro trabajo.

—Oh, pero el material forense nos proporcionará algunos nombres. Quizá las cámaras de circuito cerrado. Unos cuantos interrogatorios y algo empezará a salir. Así es como van estas cosas.

La atención de Jane se aleja de mí ahora. Chaqueta puesta. Pelo que se acomoda en un movimiento de anuncio de champú para cabello rubio. Una rápida inspección para asegurarse de que cada pliegue de tela obedece órdenes. ¿Bolso, móvil, monedero? Sí. Estilo de vida perfecto, todo presente y correcto. La nave espacial *Alexander* está lista para despegar.

—Hasta mañana —digo, otra vez asustada de ella.

Ella me ofrece una sonrisa agradable, más grande de lo que requieren las normas de educación, aunque también es una sonrisa que muestra unos dientes muy blancos y ordenados, y el tono preciso de lápiz de labios.

—Sí, hasta mañana. Gracias, Fi. Me habría quedado aquí clavada años sin ti.

—De nada.

Y lo digo en serio. Sale disparada hacia el lugar donde atracará esta noche. Tiene marido y un hijo pequeño. Yo no tengo ni una cosa ni otra y vuelvo a mi escritorio a recoger. Mi ordenador sigue encendido. La tarjeta Platinum de Brendan Rattigan capta un último rayo de luz vespertina.

Janet Mancini estaba tan asustada de algo que llevó a su hija a esa casa de muerte.

A Brendan Rattigan le gustaba el sexo duro con prostitutas callejeras. Su mujer no me lo dijo con palabras, pero lo dijo de cualquier otra forma posible.

Brendan Rattigan murió en un accidente de avión, pero su cadáver nunca se encontró.

Se denunció la pérdida de la tarjeta, pero la tenía Janet Mancini.

Brian Penry compró un caballo con dinero robado, y al parecer Brendan Rattigan era uno de sus copropietarios.

Cinco ideas que me zumban en la cabeza como moscas en un tarro de cristal. Nadie más que yo parece preocuparse por estas cosas, pero eso no hace que las moscas salgan volando.

Busco en Google y encuentro los nombres de algunos fotógrafos de carreras de caballos que hacen mucho trabajo en Chepstow. También el de uno que trabaja en Ffos Llas, en Carmarthenshire, y otros dos que trabajan en Bath. Hago algunas llamadas, me encuentro con cuatro contestadores y dejo mensajes. También puedo hablar con una persona real —Al Bettinson, uno de los chicos de Chepstow— y quedo con él para mañana.

Nada de esto me da buena espina, pero hay al menos una mosca que supongo que puedo aplastar, y hago lo posible por aplastarla. La Sección de Investigación de Accidentes Aéreos (SIAA) informa de todos los accidentes de aviación del Reino Unido, por pequeño que sea el aparato o por menor que sea el incidente. Todos los informes están disponibles en línea, así que los busco, los imprimo y me los guardo en mi bolso, junto con mi portátil, las fotos y un puñado de papeles.

Ha sido un día largo.

Y todavía no ha terminado.

9

Mi casa. Cielo azul y luz dorada.

Vivo en una casa de nueva construcción, en Pentwyn. Un vivienda moderna de dos plantas en una zona de viviendas modernas de dos plantas. Cada casa tiene su propio sendero pavimentado, su propio garaje, su propio espacio de jardín cercado por detrás. Madrigueras humanas.

Entro.

El jardín da al oeste y la luz inunda la parte de atrás de la casa. Salgo a fumarme un cigarrillo, con calma, sentada en una silla de jardín metálica y con el sol dándome de lleno en la cara. ¿Cuándo fue la última vez que llovió? No consigo recordarlo.

¿Por qué estaba tan segura de que iba a ir al funeral de las Mancini? No lo sé.

Me quedo sentada fuera hasta que el sol se aparta de mi cara, luego voy a la cabaña para ver cómo están las plantas, antes de cerrar y entrar. No hay gran cosa en la nevera y me siento tentada de pasarme por la casa de mis padres, que está a solo diez minutos y medio mundo de distancia. Cuando me mudé aquí, lo hacía constantemente, tanto que me di cuenta de que en realidad no me había ido de casa. Ahora me esfuerzo mucho por ser más independiente, con lo cual he de contentarme con la nevera. Algo de lechuga. Un poco de *sushi*, que ha pasado un día de la fecha de caducidad, y una ensalada de alubias, que tres días después de la fecha han empezado a fermentar. Decido que las alubias fermentadas no me matarán, lo echo todo en un plato y me lo como.

Al cabo de unos minutos de vegetar, de no hacer nada, me desperezo. En el piso de arriba tengo un poco de Blu-Tack. Voy a buscarlo y lo froto para calentarlo. Hay un espejo encima de la repisa de la chimenea, en el salón. No sé para qué son los espejos. Te dicen lo que ya sabes.

Lo descuelgo y lo apoyo en la chimenea, que —hablando de cosas inútiles— nunca se ha usado. Saco de mi bolso las fotos de las Mancini y las extiendo por el suelo y el sofá. Una docena de caras mirándome. Caras que vi por última vez en el depósito de cadáveres.

Ordeno y reordeno las fotos, tratando de darles sentido.

Las de Janet son buenas. Hay una que encontramos dentro de un fajo de fotos en la casa ocupada. Una en la que está viva. Mirando a la cámara. Iluminación decente. Bonita, clara, útil. Será una foto perfecta para usarla cuando le pida a la gente que la identifique. Pero es apagada. No capta mi interés. No me gusta.

Prefiero mucho más una imagen de ella tomada en la escena del crimen. Toda expresión ha desaparecido. Las contingencias de la vida se han borrado. La persona en sí permanece. Podría mirar esa foto durante horas, y si no lo hago es porque es April la que me fascina. April Mancini, la dulce niña muerta. Tengo seis fotos, todas de veinte por veinticinco.

En un arranque de decisión, vuelvo a meter las fotos de Janet en el bolso y engancho las fotos de April con Blu-Tack sobre la repisa, en dos filas de tres. Es una presencia apacible. No es de extrañar que fuera una niña popular. Me gusta tenerla en la casa. La niña de la manzana de caramelo.

—¿Qué tienes que decirme, pequeña April? —le pregunto.

Ella me sonríe, pero no me dice nada.

Trabajo mucho esta noche. Informes de los servicios sociales, informe de la SIAA. Mis notas del caso Penry, preparadas para los contables mañana: nombres, números, fechas, preguntas, conexiones. A la una menos cuarto de la noche, paro, sintiendo que he terminado y sorprendida por la hora.

La cara de April me mira por sextuplicado. Todavía no me dice nada, así que le doy las buenas noches y me voy a la cama.

10

Los contables vienen a pares hoy en día. Un hombre de mediana edad con traje oscuro y una fina película de sudor, junto con su joven cómplice, una mujer que da la impresión de que su afición es alinear objetos y formar ángulos rectos.

No sé si podré convencer a Jackson de que me deje participar en Lohan. Dijo que no, pero también se molestó en llamarme a su despacho para decírmelo. No puedo evitar sentir que nuestra sesión fue tres cuartas partes de bronca y una cuarta parte de ánimo, o algo así. En cualquier caso, está claro que no me permitirán trabajar en la operación como es debido hasta que termine de preparar el caso Penry. No puedo hacerlo hasta que los muchachos y muchachas de la Fiscalía de la Corona le digan al inspector jefe de detectives Matthews que están felices como cerdos en el estiércol, y eso no ocurrirá hasta que los contables hayan redactado el informe que entregaremos a la fiscalía.

—Nos faltan unos cuarenta mil, ¿sí? Gastos conocidos por valor de cuarenta mil libras más que los ingresos, incluso teniendo en cuenta el dinero que sabemos que robó.

—Sí, cuarenta y tres mil setecientos cincuenta y cuatro —dice el contable más veterano, pronunciando la cifra exacta, como si yo fuera incapaz de leerla—. Por supuesto, es solo un cálculo. No tenemos recibos de la mayoría de los gastos.

Lo miro. ¿No tenemos recibos? El tipo es un desfalcador, por el amor de Dios. ¿Espera que tenga recibos? Pero en lugar de soltárselo, digo:

—La cuestión es ¿cuándo puede tener su informe?

—Creemos que está programado para que lo entreguemos en la segunda semana de junio. ¿Karen...?

Al parecer la cómplice más joven tiene nombre. Ahora también tiene un objetivo. Encontrar una fecha precisa. Eliminar la incertidumbre numérica. Se sumerge en sus papeles para darme la fecha exacta.

Interrumpo.

—Lo siento, pero eso no sirve. Tenemos que dar cuenta de un agujero de cuarenta mil libras. Necesitaremos su informe de inmediato, aunque sea en forma de borrador.

Discutimos un poco, pero me mantengo firme. Hago que suene como si el agujero de cuarenta mil libras fuera culpa suya, que no lo es. Como si el inspector jefe Matthews estuviera cabreado, que no lo está. Solo para reforzar mis argumentos —y para molestar a la cómplice femenina— aprovecho la oportunidad para desordenar los papeles que tengo delante. Ya no queda ningún ángulo recto. No hay filas de nada. Karen se pone nerviosa.

Al final me impongo. Entregarán un borrador de informe a la Fiscalía de la Corona al final de la semana, y una versión definitiva antes de final de junio. Estoy encantada, pero hago lo posible para ocultarlo. Para celebrarlo, al acompañar a los contables a la salida del edificio, le estrecho vigorosamente la mano a la cómplice mujer durante tres segundos más de lo que ella habría querido.

—Muchas gracias por su ayuda —digo, mirándola a los ojos—. Muchas, muchas gracias.

Cuando ella retira la mano, le aprieto la parte superior del brazo y le lanzo una sonrisa solo para sus ojos. Ella casi sale corriendo hacia la puerta.

Otra vez en el piso de arriba, ordeno las cosas para el día. Se supone que los detectives han de mostrar iniciativa, pero, a juzgar por mi experiencia, a nadie le gusta que muestre demasiada iniciativa, y tengo la sensación de que el inspector jefe Jackson preferiría que mostrara mucha menos. Por otro lado, el inspector jefe Jackson ha pasado menos tiempo que yo con el registro de purasangres de Weatherbys, y una pista es una pista.

Así pues, concierto una cita con la Fiscalía de la Corona. Digo que me pasaré por allí. Comunico a Matthews que eso es lo que voy a hacer y le digo a Ken Hughes (porque Jackson no está en la oficina) que va a tener que poner a otra persona en la atención telefónica de la operación Lohan.

Cuando termino, cojo mis papeles, voy a buscar el coche, salgo del aparcamiento y llamo a la gente de la fiscalía. ¿Les digo que ha surgido algo y pregunto si es posible posponer las cosas? Concertamos una nueva cita para las cuatro de la tarde. Seis horas libres para usar a mi antojo.

Conduzco lo más deprisa que permiten las cámaras de radar hasta Chepstow. Es una ciudad galesa, pero huele a inglesa. Uno de los castillos de Eduardo plantificado en lo alto, sobre el río, para recordarnos a todos cómo son las cosas. Están los invasores y los invadidos. Los ingleses que joden y los galeses jodidos.

La casa de Bettinson es una construcción de ladrillo de la década de 1970, todo puertas correderas y moqueta marrón. Aunque no llego a verla. Tiene la oficina en el garaje. No hay luz natural, solo halógenos encima y en las mesas. Dos escritorios y un portátil. Una impresora. Material fotográfico y equipo de iluminación metido en un rincón.

Bettinson tiene ese aspecto que tienen los fotógrafos. Como si a un adolescente le regalan barba de tres días, resaca y libertad de interferencia femenina. Lleva una camiseta negra y pantalones estilo militar, y un chaleco con muchos bolsillos cuelga del respaldo de una silla. Tiene el cabello castaño y no usa desodorante.

—¿Café?

—No, gracias. Si no le importa, me gustaría ir al grano.

Bettinson es sorprendentemente amable. Tiene que salir a un trabajo, pero está contento de dejarme hojear sus fotos. Me pone en uno de los dos escritorios y me enseña cómo están organizadas las cosas. Hay una carpeta de fotos para cada día. Los nombres de archivo son numéricos y las carpetas están ordenadas por fecha, pero nada más. Una hoja de cálculo aclara los encargos realizados cada día y añade información de facturación y costes. Me muestra cómo pasar entre ver las miniaturas y ampliar las fotos.

—Están ordenadas por fecha, así que si no tenemos una fecha...

—Lo sé. Y no.

—¿Quiere decirme lo que está buscando?

Dudo.

—Estoy tratando de encontrar una relación entre dos individuos. Los dos tenían interés en las carreras. Una foto de ellos juntos en el hipódromo podría establecer una conexión.

No quiero decir más. Estoy paranoica ante la posibilidad de que Jackson descubra que estoy aquí.

—Bueno, tiene algunas fechas, entonces.

Bettinson me da un par de viejos calendarios de carreras de caballos con fechas marcadas, me pregunta otra vez si quiero café, luego se va con su equipo fotográfico.

A juzgar por sus imágenes acumuladas, Bettinson hace de todo. Bodas. Escuelas. Carreras. Un poco de fotografía de noticias. Pero su mayor trabajo de lejos está en el hipódromo y quizás el cuarenta por ciento de sus imágenes están tomadas allí. La mayoría de ellas, inevitablemente, son de caballos, pero el veinte por ciento de las imágenes de Bettinson en las carreras —así que un ocho por ciento del archivo completo— son fotos de propietarios y apostadores, escenas sociales en la pista.

No se me ocurre un método mejor que empezar por la semana anterior a la muerte de Rattigan e ir hacia atrás. Al cabo de cuarenta minutos de trabajo intenso, he cubierto un mes del archivo. Formas de colores se mueven detrás de mis párpados cuando los cierro. Interminables fotos de hombres con chaquetas de mezclilla, morros de caballo, rosetas, trofeos de plata, ceremonias de trofeos con escenarios bajos y anuncios de temática campestre, mujeres aficionadas a los caballos con chalecos acolchados y chicas modernas con grandes sonrisas y escotes bajos. Nada de Penry. Unas cuantas de Rattigan cuando uno de sus caballos ganó algo, pero nada que parezca ayudar mucho.

Me pregunto si se me ha pasado algo.

Compruebo mi buzón de voz, preocupada de que haya un mensaje de Hughes o Jackson. No lo hay.

Sigo trabajando. Más caballos. Más mezclilla. Más rosetas. Cuantas más fotos veo que no son las que busco, menos optimista soy. Cuando vuelve Bettinson, no he encontrado lo que estoy buscando y empiezo a dudar de que haya algo que encontrar. He de irme.

Bettinson me pregunta si he encontrado lo que buscaba y le digo que no.

—¿Son individuos específicos los que está buscando?

—Sí.

—¿Y está autorizada a decir quién?

—Bueno, no lo grite, pero sí, Brendan Rattigan es uno de los dos. He...

—¿Rattigan? Debería haberlo dicho. Joder, tengo un millón de Rattigan.

Bettinson toca la otra máquina. En la que yo no estaba trabajando. El ordenador empieza a salir de la hibernación.

—¿Pensaba que estaba buscando en el archivo completo? ¿Pensaba que estaba mirando su archivo?

—El archivo, sí, ese es el archivo. Los proyectos y el material actual está aquí. De lo contrario nunca encontraría el material. —Busca en el otro ordenador y muestra una lista completa de archivos. Hace clic en el primero y aparece una imagen de Brendan Rattigan sonriendo con un caballo zaino inclinado sobre su hombro—. Hice toneladas de material para Rattigan. Perdí a mi mejor cliente cuando se estrelló ese avión.

Me pregunta si tengo un portátil, que lo tengo, y conecta un cable desde su ordenador al mío para copiar toda la colección. Quinientos sesenta y tres megabytes.

Llego con cuarenta minutos de adelanto a mi reunión con la Fiscalía de la Corona.

11

La reunión en la Fiscalía de la Corona va bien. Consigo menos de lo que quería, pero más de lo que esperaba. Hay alguna clase de plan de todos modos, y están contentos con el material que los contables están preparando.

No es estrictamente necesario, pero vuelvo a comisaría después para terminar unas cuantas cosas y, por supuesto, no puedo resistirme a mirar en mi portátil. En cuestión de cinco minutos he encontrado lo que buscaba. Penry y Rattigan juntos en el hipódromo. Copas de champán en mano. Riendo a carcajadas de algo que está fuera de cámara. Celebrando un caballo ganador, al parecer. Amigos, no simples conocidos. Repaso toda la colección. Quizá me salto algunas fotos —tendré que repetir el proceso de manera más concienzuda en algún momento—, pero encuentro al menos siete fechas en las que Bettinson ha fotografiado a Rattigan y Penry juntos en Chepstow. Quince meses. Siete fechas. El millonario y el desfalcador.

Una de las fechas es de marzo de 2008. Ese hecho me resuena por alguna razón, pero no logro descifrarla. Miro la lista hasta que decido que mirar no es una técnica de investigación útil. También me doy cuenta de que no he hecho ninguna de las cosas por las que he entrado en la oficina, así que me doy prisa y termino pronto.

Trabajo hasta las ocho, luego voy a cenar a casa de mis padres. Es la primera vez esta semana, de manera que no tengo la sensación de estar rompiendo mis propias reglas. Viven en Roath Park. Un lugar de casas grandes, árboles maduros y ocas que pasan volando en dirección al lago, gente que vuelve tarde del trabajo en la ciudad. Solo he de girar por Lake Road para sentirme mejor. Este lugar me calma. Siempre lo hace y siempre lo hará.

Papá no está en casa, en su enorme casa estilo falso Tudor, porque ha viajado por trabajo, pero mamá sí está, y también Ant (diminutivo de Antonia), mi hermana pequeña, que ha cumplido trece y ya casi es tan alta como yo. Yo soy la mequetrefe de la familia, está claro.

Comemos jamón, zanahorias y patatas hervidas y miramos un chef televisivo que nos cuenta cómo cocinar besugo al horno al estilo español.

Ant quiere que la ayude con los deberes, así que subo con ella. Los deberes en cuestión solo nos ocupan quince minutos. Ant espera a que le dé las respuestas y escribe lo que yo le digo. Toca música, juega con su pelo y me cuenta una historia enrevesada del perro de su amiga que se hizo daño en las patas delanteras y ahora tiene una especie de carrito que va empujando. Ant se tumba boca abajo en la cama, dando patadas en el aire. Está en esa época en que es mitad niña, mitad mujer. Me pregunto si yo hacía eso a su edad. Tumbarme boca abajo, dar patadas con los pies detrás de mí. Sintiéndome normal, sintiéndome segura. Tres años antes de que mi vida explotara.

—¿Se hizo daño en las patas?

Ant me mira como si yo fuera idiota y continúa hablándome de esa manera que hace que cada frase sea una pregunta.

—Sí, ¿las patas de delante? No las perdió, pero ¿tiene problemas con las articulaciones? Así que ¿ya no puede caminar con ellas?

Continúa su relato. No me molesto en escuchar y ella no espera que lo haga. Quiere una tele en su habitación y está tratando de recabar mi ayuda para convencer a mamá.

—No se lo pidas a mamá, Ant. Pídeselo a papá.

—Papá me dice: «Pídeselo a tu madre.»

—Lo sé. Y ella nunca va a decir que sí, ¿verdad? Es a papá al que te tienes que ganar

—Kay tiene una.

Kay es mi otra hermana. Dieciocho. Sumamente sexy. Se enfurruña de vez en cuando como cualquier adolescente. Supongo que va dejando un rastro de corazones rotos.

—Ella no la tuvo hasta los dieciséis. Pero has de olvidarte de mamá de todos modos. Cúrrate a papá.

—Bueno, tú díselo igual, ¿vale? A ti te escucha.

No estoy segura de que mamá me escuche, pero me halaga que Ant lo piense. En todo caso, no creo que la vida de Ant vaya a ser mejor con una tele en su habitación.

—Además, puedes verlo todo en iPlayer.

Ant pone mala cara. Creo que la traición entre hermanas, la alienación adolescente y cierto sufrimiento existencial son los elementos centrales de la mirada en cuestión.

Paso un rato más con Ant. Luego bajo y me tomo una infusión con mamá, que está enganchada a algún drama costumbrista de Trollope que tiene en un estuche de varios DVD. Apaga la tele con reticencia.

—¿Aún no lo has visto? Es bueno.

—Todavía no.

—Te prestaré la caja cuando haya terminado.

Sonrío a mamá de una manera que le permite creer que una caja de DVD de Trollope hará que mi vida sea completa. Me quito los zapatos y pongo los pies en su regazo para que me haga unos mimos, una vieja tradición nuestra.

—Parece que Ant quiere una tele.

—Solo porque sus amigas la tienen. En realidad no le gusta tanto la tele.

—Supongo que eso la tendría alejada del ordenador. Dios sabe qué clase de chicos se encuentran allí hoy.

Mamá pone mala cara. Todo era mejor cuando la gente llevaba corsés: esa clase de cara.

—Puedes poner un limitador. Es un chisme que impide que los chicos vean la tele después de determinada hora o lo que sea.

Mamá me aparta los pies por eso.

—Eres tan mala como tu padre.

Le sonrío. Supongo que Ant ya tiene media tele.

—Tendría que irme, mamá. Gracias por la cena.

—No seas tonta, cielo. —Duda un momento, pero no me invita a quedarme a pasar la noche, como hacía durante los primeros nueve meses que viví fuera de casa. Todavía lo hace a veces—. ¿Vendrás el fin de semana? A tu padre le encanta verte.

—A lo mejor.

—Oh, no seas así, cielo. Sabes que le gusta.

Me río y le explico mientras me pongo los zapatos que mi «a lo mejor» significaba que «a lo mejor» vendré el fin de semana, no que «a lo mejor» a papá le gustaría verme. Aun así, la interpretación de mamá resulta instructiva. Cuando ingresé en la policía, papá se enfadó conmigo. Que eligiera hacer eso con mi vida, teniendo en cuenta lo que él había elegido hacer con la suya, no era exactamente traición, pero poco le faltaba. Todo eso enrareció la atmósfera, pero las cosas solo se pusieron verdaderamente difíciles cuando me transfirieron al Departamento de Investigación Criminal. Papá creía que no estaba preparada para eso, y lo dijo. Yo pensé que no era asunto suyo lo que hacía con mi vida, y también se lo dije. Con energía. Tuvimos nuestra primera riña seria; de hecho, una riña que yo creía que había quedado atrás. Tal vez la reacción de mamá indica lo contrario.

—Me encantaría pasar si va a estar —digo—. ¿Está libre todo el fin de semana?

—No, probablemente trabajara el sábado. Ha estado ocupado este año.

Río.

—Está bien. Es bueno estar ocupado.

Mamá tuerce el gesto cuando digo eso. Es una buena chica metodista casada con un hombre que nunca fue un buen chico metodista y a mamá no le gusta nada el negocio que reclama la atención de su marido.

O eso dice. Podría haberse casado con un director de banco.

Le digo a mamá que disfrute de su Trollope, y ella me promete otra vez prestarme los DVD cuando termine. Le digo adiós sin levantarme, pero ella se levanta y me acompaña hasta la puerta de la calle. Es una casa grande cuando no está papá.

Me dirijo a mi casa.

Me he olvidado de las fotos de April y me pillan por sorpresa. No enciendo la luz del salón, sino que prefiero mirar las fotos a la media luz de las farolas de la calle y de la lámpara del techo del pasillo que llega a través de la puerta entreabierta.

Seis pequeñas April. Sin respuestas.

Pero encuentro una respuesta. Enciendo el portátil y compruebo las notas que tomé en todos esos sitios web de carreras de caballos.

Marzo de 2008: el caballo de Penry tuvo algún problema veterinario que le impidió correr durante ocho semanas. Un problema en la pata. Fue la historia de Ant sobre el perro del carrito lo que me lo recordó. Sin embargo, Penry y Rattigan estaban allí, en la pista, como dos colegas, entre champán y bosta de caballo. Amigos del hipódromo sin el caballo.

Estoy cansada. Cierro el portátil y sonrío a April. Recibo seis pequeñas sonrisas como respuesta.

—Ha sido un día largo —le digo.

No hay respuesta a eso, aunque tampoco mi comentario ha sido muy inteligente. Ella solo tiene una noche que se extiende eternamente.

—Sé dónde hacías tus dibujos —digo cambiando de tema.

Sin comentarios.

—Yo dibujaba mucho de niña. Seguramente dibujaba flores igual que tú.

Otra vez sin comentarios, seis veces, lo cual es un montón de silencio para una sala de estar pequeña.

No sé si dibujaba mucho de niña. Por la enfermedad de mi adolescencia, mi infancia parece algo que contemplo desde el otro lado de una colina. Me vuelven pequeños recortes, pero no sé de dónde proceden ni si son ciertos. Tengo una historia de mi pasado más que recuerdos reales y funcionales, pero por lo que sé, eso les pasa a todos.

Quizá las infancias son cosas que vivimos una vez y luego reconstruimos en la fantasía. Quizá nadie tuvo la infancia que cree que tuvo.

—Piensas demasiado —dice April, o al menos, eso es lo que probablemente habría dicho si no fuera por ese temor a la *omertà*.

—Buenas noches, dulce. Hasta mañana.

Duermo bien y sueño con Ant peinándose interminablemente delante de un espejo. En el sueño, quiero que mi pelo sea como el suyo, pero sé que nunca lo será.

12

Cinco de la mañana del día siguiente.

Apolo y un amanecer de dedos rosados ya están ocupados, iluminando el cielo sobre Llanrumney, Wentlodge y todo lo que queda al este. Al cabo de un minuto o dos de despertarme ya sé que no me volveré a dormir.

Me quedo sentada en la cama unos minutos. Es extraño. Vivo en un barrio moderno, repleto de seres humanos y casi no oigo ningún ruido humano. Tengo una sensación extraña en el cuerpo, una especie de hormigueo, pero no consigo expresarlo en palabras y no sé por qué está ahí. Cuando estaba superando mi enfermedad, mis doctores me dieron una serie de ejercicios. Más que nada eran tonterías que tuvieron muy poco que ver con mi recuperación, pero todavía me sirven y los practico ahora. Trata de nombrar la sensación. Miedo. Angustia. Celos. Amor. Felicidad. Asco. Anhelo. Curiosidad.

Mis médicos tenían imaginaciones tan estrechas como su educación y nunca se les ocurrían más de seis u ocho emociones en total. Yo tengo más imaginación de la que me conviene y demasiadas palabras. Una sensación de exceso. Eso también es una sensación, ¿no? Deseo de simplicidad. Envidia del pelo de mi hermana. Tengo un centenar de nombres para un centenar de sensaciones y todas parecen torpes e inapropiadas como monedas de madera. Ropa para un cuerpo diferente.

Mi incapacidad de entender lo que estoy sintiendo me pone de los nervios. Practico la respiración como me han enseñado.

Inspira, dos, tres, cuatro, cinco. Espira, dos, tres, cuatro, cinco. Respiraciones largas y lentas, que reducen mi pulso. Un buen ejercicio. Cuando mi respiración y ritmo cardíaco están en buena forma, me concedo otros dos minutos, luego me pongo una bata encima del pijama y salgo al jardín. Fumo, tomo té y finalmente desayuno un bol de muesli y medio pomelo.

La mañana se vuelve gradualmente más ruidosa. Más tráfico. El sonido de la tele del desayuno en la puerta de al lado. Niños que juegan a pelota fuera. Una furgoneta de reparto. Me gusta. Quiero seguir en bata, quedarme sentada mirando mi estúpido trozo de césped, fumando y sin pensar en nada, pero el deber me llama. Los últimos dos días han sido buenos para mí y no quiero perder el impulso. No quiero perder la seguridad de hacer algo de una forma que me reporte el respeto de mis pares. En un mundo ideal, también me granjearía el respeto de mis jefes, pero no lo puedes tener todo.

Me ducho y me visto; de manera razonablemente apresurada, porque, claro está, he dejado que se haga tarde y estoy en peligro de perderme la reunión de puntual significa puntual. Cuando salgo de la casa, me fijo en mi ropa. Pantalones beis. Botas marrones. Blusa blanca. Chaqueta caqui. La versión de oficina de la ropa de combate. Ah, bueno. No tengo tiempo de cambiarme, y probablemente tampoco lo haría. Transijo a ponerme un lápiz de labios neutro, casi incoloro, sirviéndome del retrovisor del coche. No cambia gran cosa, pero seguro que Ant y Kay lo aprobarían.

A por ellos. Conduzco, demasiado deprisa, hasta la comisaría y llego a la sala de reunión a las ocho y dieciocho. Soy la cuarta en llegar. El hormigueo sigue, aunque más tenue, y me estoy decidiendo a tratarlo como algo bueno, como una energía positiva. Una energía que he de poner a trabajar.

Cuando me conecto con el sitio web de Weatherbys, sé lo que estoy buscando y no me sorprende cuando lo encuentro. Brian Penry solo posee una participación en un caballo de carreras, del que ya sabíamos, cuya existencia ya he comprobado. Sin embargo, Brian Penry tiene un álter ego galés, Brian ap Penri, que tiene participaciones en otros cuatro caballos. Rattigan es copropietario de dos de ellos. Otro tiene al menos a dos hombres relacionados con Rattigan como copropietarios. En el último no veo conexión obvia con Rattigan, pero apuesto a que la relación existe de todos modos. Uno de los caballos de Brian ap Penri ganó en Chepstow el día que el caballo de Brian Penry estaba lesionado y no podía correr.

Cinco caballos, no uno.

Los dos hombres eran amigos, no conocidos.

Y el agujero de 40.000 libras de ayer acaba de crecer para convertirse en algo mucho más profundo y diez veces más oscuro. Me pregunto qué cadáveres habrá en el fondo.

Me levanto y busco las llaves de mi coche antes incluso de desconectarme del sitio.

13

Rhayader Crescent, cerca de Llandaff Road.

Lo ordinario del lugar es casi sobrecogedor. La calle es moderna, pero moderna bonita, casi todo casas de dos plantas. Los toques arquitectónicos son suavemente tranquilizadores: detalles de madera oscura, esos ladrillos caros moteados al fuego para darles un aspecto antiguo, losas de cemento pero con aspecto de ser de piedra o arcilla. Es la clase de calle que los políticos buscan conjurar cuando hablan de las familias trabajadoras de clase media. Una calle para profesores casados con enfermeras. Mandos intermedios y abogados jóvenes. Además, resulta que también es una calle para ex policías corruptos.

Llamo al timbre del número 27. Hay un coche —un viejo Toyota Yaris— en la zona de aparcamiento. No hay ninguna zona reservada a césped o flores. No hay macetas. Los vecinos al menos han hecho un intento de plantar. El clima vuelve a ser cálido hoy, pero pesado. Las distancias se desdibujan en la niebla, mientras que los objetos que están a mano parecen distinguirse de un modo sobrenatural. El mundo entero necesita una buena tormenta para despertarse. O al menos yo.

Estoy a punto de llamar otra vez cuando oigo ruidos desde el interior —una silueta atisbada detrás del vidrio esmerilado—, y a continuación el sonido de la cerradura y la puerta que se abre.

—Señor Penry, soy la detective Griffiths. Nos vimos hace seis semanas en Cathays Park.

Digo esto para azuzar su memoria. Nos conocimos cuando lo interrogaron, pero yo no era, ni de lejos, la atracción principal del día, y no espero que me reconozca. Uso el término Cathays Park, no cuartel general de la policía; en primer lugar, porque Cathays Park es el término que usaría cualquier policía y, en segundo lugar, porque no estoy aquí para que los vecinos cotilleen.

Penry es un cincuentón de aspecto duro. Cabello todavía oscuro, largo y despeinado. Su rostro tiene pocas arrugas, pero las que tiene son muy marcadas. Es la clase de policía que encajaría a la perfección en una serie de televisión de los años setenta, todo chaquetas de cuero y puñetazos. Ahora mismo, lleva tejanos, sin zapatos ni calcetines, y una camiseta vieja y cutre que anuncia algún club de vela. Sus pies son fuertes y marrones, con uñas como tiras de cuerno viejo.

No responde de inmediato, ni abre más la puerta, de hecho no hace nada, salvo mirarme y sonreírse.

—Bueno, tiene que ser importante si te han enviado a ti.

—¿Puedo entrar?

Es una pregunta auténtica, como bien sabe Penry. Si dice que no, significa que no, y la ley inglesa de «mi casa es mi castillo», la ley consagrada desde la Carta Magna, significa que su «no» tiene la fuerza de unos barrotes de hierro. Hace una larga pausa antes de responder.

Y por fin:

—¿Quieres café?

Su pregunta suena a invitación, pero su postura es cualquier cosa menos eso. Todavía está apoyado en la puerta, rascándose el pecho por debajo de la camiseta, mostrándome sus abdominales y pecas y vello corporal mientras lo hace. Oh, ya estamos.

Normalmente no respondo bien al rollo machista, pero estoy siendo muy profesional aquí. Además, Penry se conoce todos los trucos policiales, así que mantengo la calma.

—No tomo café, pero si tiene una infusión, se lo agradecería.

—Tendrás que lavar antes. Las tazas están en el fregadero.

Ah, ahora es cuestión de lavar. Pero sigo siendo profesional.

—Bueno, si prepara las cosas del té, lavaré las tazas.

Esa respuesta provoca un segundo o dos de poses, luego Penry abre la puerta y entra en la cocina. Yo lo sigo.

La casa está desordenada, pero no hecha un asco, solo desordenada como una casa de soltero. O quizá, para ser más precisa, como la casa de un soltero que no espera visita. No habla en broma de las tazas. El fregadero está lleno de vajilla sucia, con una gruesa capa de suciedad en la superficie del agua. La tapa del cubo de basura ha desaparecido y la bolsa está llena de latas de cerveza, briks de zumo y envoltorio de comida preparada.

Penry de manera ostentosa acciona el interruptor de la tetera a la posición de encendido. Me dice que eso es su parte. Se queda detrás de mí, invadiendo deliberadamente mi espacio. No quiero tocar sus tazas ni su vajilla y menos aún poner la mano en la superficie naranja y aceitosa del fregadero. Transijo eligiendo las dos tazas menos asquerosas, abriendo el grifo del fregadero y haciendo un rápido y crudo trabajo de descontaminación. Le entrego las tazas a Penry, me lavo las manos bajo el grifo y lo cierro justo cuando el líquido naranja amenaza con desbordarse sobre el escurreplatos. Hay un desagüe antidesborde en alguna parte, pero no está tragando deprisa, si es que traga.

Penry pone gránulos de café instantáneo en su taza y vierte agua caliente encima. Sin leche. Sin azúcar.

—No tengo ninguna infusión.

Me sonríe, retándome a responder.

—Bueno. Entonces no necesitaré esto. —Cojo la taza sin usar y la tiro al cubo de basura—. ¿Podemos hablar?

Penry deja la taza donde la he tirado. Parece auténticamente complacido con esta interacción y camina con los pies descalzos hasta el salón, que no está ordenado pero tampoco tiene un aspecto demasiado sórdido. Hay vistas hacia la parte de atrás de la casa, donde el jardín de invierno de estilo georgiano se asoma al Cardiff residencial como una goleta en la Cowes Week. Hago una pausa de la longitud suficiente para asimilarlo. El jardín de invierno está vacío, salvo por un envoltorio de plástico y algo de escombros de construcción, barridos en un rincón pero sin retirar. Un par de llaves cuelgan de un clavo en el marco de la puerta. El piano está ahí, pero lleno de polvo por el trabajo de construcción y no veo ninguna partitura.

Penry se sienta en el que obviamente es su sillón —con visión directa a la televisión— y yo me siento en un sofá, donde tengo una vista ligeramente en ángulo de su cara.

—Pensaba que podría querer saber dónde está nuestro caso. También tengo una o dos preguntas más. Y por supuesto, cuanto más coopere, más se tendrá en cuenta su cooperación cuando llegue el momento de la sentencia.

Penry me mira un poco más, luego da un sorbo al café. No dice nada. Fue una lesión en la espalda la que forzó su retirada, y me fijo en que su sillón es uno de esos artefactos ortopédicos. Hay paracetamol en la mesa. Siempre sospechas que cuando un policía se retira con una lesión en la espalda, es sobre todo una cuestión de que el trabajo se ha cobrado su peaje a lo largo de los años. Demasiados años de complicaciones y el retiro como la opción más fácil. El paracetamol, no obstante, sugiere lo contrario.

Enseguida resumo dónde estamos en la preparación del caso después de las reuniones de ayer con la Fiscalía de la Corona y los contables. Avanzo un calendario calculado grosso modo para el juicio.

Penry responde con una pregunta.

—¿Qué edad tienes?

Hago una pausa lo bastante larga para dejar claro que respondo porque quiero hacerlo, no porque esté atrapada por uno de sus jueguecitos estúpidos.

—Veintiséis.

—Pareces más joven, pareces una niña.

—Me cuido bien la piel.

—¿Para quién trabajas?

No respondo de inmediato, y él insiste.

—Gethin Matthews probablemente. O él o Cerys Howells, diría.

—Matthews.

Penry recibe la respuesta con un ligero gruñido, pero ya ha sacrificado un poco de su autoridad. Ha logrado establecer que tengo las respuestas que él quiere, y se le recuerda que la detective Griffiths de cara de niña está aquí representando al viejo inspector jefe Matthews. Es mi primera victoria minúscula. De algún modo se da cuenta, porque vuelve al silencio. Por primera vez, percibo el silbido ligeramente asmático en su respiración, la única cosa que podía oírse en las cintas de los interrogatorios.

Dejo que la pausa continúe. Ahora es mi pausa. Soy su propietaria y la gobierno por si sirve de algo. Cuando hablo, digo esto:

—La cuestión es que los dos somos polis, los dos sabemos de qué va. Robó dinero. Lo descubrimos. Va a ir a prisión. La única pregunta es ¿cuánto tiempo? Es el único factor en el que puede influir.

»Y los dos sabemos que cuanto menos coopera uno, más tiempo le cae. En cierto modo, su vida está jodida, pero puede elegir hasta qué punto está jodida. Hay un rango muy amplio entre un poco y mucho.

»Con sinvergüenzas ordinarios, no espero demasiado. No cooperan, porque no se comportan de manera racional, o porque no pueden soportar ayudarnos, o por lo que sea. Usted no es así. Es un profesional, así que será práctico con estas cosas. Y el hecho de que no nos esté diciendo nada alimenta mi curiosidad sobre ciertas cosas. Y si le importa saber sobre qué tengo curiosidad, se lo diré.

El silencio en la sala adquiere ahora una cualidad congelada, como si pudiera quebrarse como hielo si tratáramos de actuar contra él. Penry no puede decirme que está hambriento de información, porque eso ofendería sus jueguecitos de poder. Por otro lado, no puede decir ninguna otra cosa, porque quiere oír lo que yo tengo que decir. Una vez más, dejo que el silencio haga su trabajo.

—Número uno, ¿de dónde salió su dinero? Parte salió de la escuela, bien, pero gastó más dinero del que robó, o al menos lo hizo su amigo el señor ap Penri.

»Ahora me voy a arriesgar y voy a decir que conozco la respuesta a eso. Creo que el dinero salió de Brendan Rattigan. Pero eso nos lleva a la pregunta número dos: ¿qué servicios se prestaron a cambio de ese dinero? Por lo que sé, los multimillonarios no tienen la costumbre de dar algo a cambio de nada.

»Y número tres, ¿qué sabe exactamente de esto?

De mi maletín, saco la bolsa de pruebas que contiene la tarjeta Platinum de Rattigan. Penry se estira, la mira y me la devuelve. Ni siquiera está fingiendo no estar interesado. Sus ojos castaños tienen una complejidad que estaba ausente antes.

—También es posible que quiera saber dónde la encontramos. Estaba en el número 86 de Allison Street. Una dirección donde encontramos a una mujer muerta y su hija asesinada. La madre también podría haber sido asesinada. Todavía no podemos afirmarlo de manera definitiva.

»Ya ve por qué tengo curiosidad. Si solo se tratara de una tarjeta de débito y del hecho de que compartía interés en las carreras de caballos con su propietario, diría que es todo una coincidencia. Algo que quizá merece la pena investigar, pero no la clase de cosa en la que Gethin Matthews pondría todos sus recursos. En cambio, tal y como lo veo, su silencio lo relaciona con esa casa, ¿no? Cualquier ex policía razonable en su situación estaría cooperando con nosotros para reducir su sentencia. Y no ha cooperado en absoluto. Y cuanto menos nos dice, más nos está pidiendo que lo investiguemos lo más posible. Lo cual convierte un pequeño desfalco en algo mucho más interesante. Algo que quizás está a un paso o dos del homicidio.

Termino.

No digo nada. Penry no dice nada. Como forma de recopilar información, este viaje no ha brindado precisamente una rica cosecha, pero no todas las cosechas tienen el mismo aspecto ni maduran con la misma rapidez.

Me levanto. Saco del maletín el aviso de requerimiento de información que estaba en la ventana de la tienda de Farideh y en cualquier otro local de Butetown. Lo dejo caer en la mesa de café, pero resbala desde allí hasta el suelo. Ni Penry ni yo nos movemos para recogerlo.

—Es la mujer asesinada. Y su hija asesinada. Es el número al que ha de llamar para proporcionar información.

Cierro mi maletín y me dirijo hacia la puerta para salir. Penry no se mueve.

—Por cierto, esta casa es una pocilga —digo en voz alta a través del salón—. Y debería hacerse mirar esa asma.

Fuera, en la calle demasiado luminosa, hago balance. Penry probablemente me está mirando desde el salón, pero si lo está haciendo, no me importa.

Su Yaris es azul oscuro. Hay una mancha de óxido encima del arco de la rueda y al coche no le vendría mal un lavado. ¿Quién tiene participaciones en un puñado de caballos de carreras caros y conduce un coche que, si bien no es una basura, tampoco es exactamente algo bonito? Los únicos cedés que he visto en la casa de Penry eran de música rock moderna y un par de compilaciones de Classic FM. Esos gustos musicales podrían empujarte a comprar un piano, o tal vez no. Pero Penry compró uno. Un piano vertical, un jardín de invierno georgiano y un fregadero lleno de agua aceitosa naranja.

Vuelvo a mirar hacia el salón. Penry me está observando desde la ventana. Sonrío, le guiño un ojo y vuelvo a mi coche.

De regreso a la oficina, mi móvil suena por la llegada de un mensaje de texto.

Como soy extremadamente hábil en la conducción policial, tengo recursos para mirar mis SMS mientras conduzco sin necesidad de poner en peligro mi seguridad ni la del resto de usuarios de la calzada. O eso o soy una idiota egoísta. Y este mensaje es interesante. Dice: JAN NO TA MUERTA MENTIROSOS Y SI TA TIE MAS SUERTE QUE OTROS. Mi primera idea es que se trata de una broma de un colega, mi segunda que es una respuesta al anuncio que puse en la ventana del colmado.

Aparco y meto el coche en un hueco de Cowbridge Road. Respondo al mensaje: PUES Q LE HA PASADO?

Y espero. He aparcado junto a un puesto de *fish and chips*. Sale una madre joven, con sobrepeso, seguida de dos niños con su propio sobrepeso. Uno de los dos, un niño con la cara roja y tensa, empieza a comer de una bolsa de patatas fritas, apartándolas de su hermano y metiéndoselas en la boca con una intensidad salvaje.

Obesidad. Violencia. Drogas. Prostitución. Un millón de formas diferentes de joderte la vida. Brian Penry eligió el desfalco, su propia ruta dulce a la autodestrucción. ¿Qué le hizo tomar ese giro? ¿Y qué explica el Yaris hecho polvo y el jardín de invierno caro y vacío?

Entonces, justo cuando pensaba que no me iban a contestar, llega un SMS. Dice: LA POLI NO JODE A LOS RICOS SOLO A GENTE COMO JAN.

Hay dos formas de leer estos mensajes. La obvia es la forma en que la leerían mis colegas. Son desquiciados. No tienen ningún valor de prueba. Quizás incluso menos que cero, puesto que la acusación del primer mensaje es obviamente falsa. Mis colegas también podrían notar gentilmente que hay una razón para canalizar las solicitudes de información mediante los números gratuitos oficiales y no a través de los móviles personales de los agentes.

Pero no es la única forma de leer estos mensajes. Para empezar, cualquier que sepa lo que le ocurrió a Janet Mancini probablemente tiene escasa educación y es una prostituta drogadicta, de manera que las faltas de ortografía y los anacolutos en realidad podrían significar que quien lo ha enviado está en posición de saber algo. El segundo mensaje es extraño. Está haciendo una conexión —aunque un poco desquiciada— entre la muerte de Janet y la «gente rica». Eso no significaría nada, salvo que la tarjeta de Brendan Rattigan se encontró en la casa ocupada de Janet. Y eso en sí mismo no significaría nada, salvo que Charlotte Rattigan dio a entender que a su marido le gustaba el sexo duro y sucio. Y todo eso podría no querer decir nada, salvo que el silencio congelado que he experimentado con Brian Penry me decía que había grandes cosas que flotaban sin ser dichas.

No llega ningún otro mensaje de texto, así que envío otro. Digo que no voy a volver a hacer otro intento de contactar, pero que se sienta libre de llamar o mandarme un texto en cualquier momento. QUIERO AYUDAR A JAN TANTO COMO TÚ, escribo, y pulso enviar.

Nada tiene sentido.

Es la razón por la que me hice policía, esta ambición de dar sentido a las cosas. Como si los diversos misterios y retos de mi vida pudieran beneficiarse de la solución repetitiva de los enigmas de otras personas. Podría decirse que no me escondo de nada, pero incluso esa frase me intriga. Un acto de ocultación en una mitad. Nada en absoluto en la otra. La frase en sí es un misterio que requiere solución.

Mi cerebro está demasiado ocupado. Supongo que hay una forma de rebajar la presión y esa es asegurarme de que Rattigan está muerto y bien muerto. Hurgo en la parte de atrás del coche para sacar el informe de la SIAA. Encuentro un número y lo marco.

Con una extraordinaria falta de burocracia, me pasan enseguida a la persona con la que necesito hablar.

—Robin Keighley.

Voz inglesa. La clase de voz de la que a los americanos les encanta burlarse. La clase de voz que se asocia con la amanerada aristocracia del final del Imperio. Pero es amable y competente, y con eso me basta.

Me presento y le digo por qué estoy llamando. Le pregunto sobre el accidente aéreo. Él es franco y espontáneo en sus respuestas, que en líneas generales siguen la esencia del informe. El avión había despegado de Birmingham y se dirigía a la casa de vacaciones de Rattigan en el sur de España.

Se encontraron con mal tiempo y el piloto informó de un problema no identificado con el motor del lado derecho. Solicitó permiso al aeropuerto de Bristol para efectuar un aterrizaje de emergencia. Se concedió el permiso. La ruta cambió consecuentemente, luego silencio, después, un breve estallido de radio que solo consistió en dos improperios del piloto y luego nada.

Hablo con Keighley durante unos veinte minutos. El avión era un Learjet, un buen avión, mantenido adecuadamente. Hasta el final del vuelo se siguieron los procedimientos reglamentarios. En cambio, me fijo en una ligera vacilación en la voz de Keighley cuando menciona al piloto. Cuando pregunto, dice:

—Bueno, en realidad nada. El piloto era lo bastante experimentado, pero no había trabajado ni en la RAF ni en ninguna de las grandes líneas comerciales.

—¿Algún significado en eso?

—En realidad no. Los pilotos de la RAF obviamente están preparados para actuar bajo condiciones extremas. Igualmente, cualquier piloto de una gran aerolínea comercial como British pasa por un simulador de vuelo cada seis meses para enfrentarse a cualquier clase de desastre. Estos tipos han de soportarlo todo y aprobar los tests o se quedan en tierra hasta que lo hagan.

—¿Así que era un piloto un poco menos experimentado de lo que le gustaría?

—Menos experimentado de lo que a mí me gustaría, sí. Pero yo me dedico a la seguridad aérea. El piloto de Rattigan estaba completamente cualificado para volar en el avión en el que volaba.

—¿Algún indicio de sabotaje en el accidente? ¿Cualquier cosa? Incluso un suspiro de indicio que no pudiera poner en el informe, porque no había con qué sustentarlo.

—No, nada, pero la mayor parte del avión está en el fondo del mar. No puedo descartar un sabotaje, pero no hay razón para sospecharlo.

—¿Es un tipo de avión del que se sabe que tiene problemas? ¿El accidente encaja en alguna clase de patrón?

—Sí y no, supongo que diría. No, en el sentido de que era un avión perfectamente decente y todo lo demás...

—¿Pero?

—Pero, una vez más, si va a producirse un error humano o de mantenimiento, es más probable que se produzca con aparatos más pequeños, propiedad de gente que no tiene la profundidad de cultura técnica y de seguridad que se encuentra en British Airways o en cualquier aerolínea similar. Por eso la mayoría de accidentes se producen, y siempre ha sido así, en el sector de la aviación general.

—Así pues, dejando de lado cualquier informe oficial, su instinto le dice que alguien la fastidió. Si el avión no estuviera en algún lugar de la bahía de Cardiff, podría tener la ocasión de identificar al culpable. Tal y como son las cosas, está obligado a encogerse de hombros y anotarlo en la cuenta de lo imposible de saber.

—Dejando muy de lado cualquier informe oficial, entonces sí.

—¿Puedo hacer una última pregunta? *Off the record*, no oficial, pura especulación.

—Adelante.

—Vale. ¿Da algún significado al hecho de que el cadáver de Rattigan nunca se encontrara?

Oigo que toman aire al otro lado de la línea. A Keighley le pilla desprevenido el repentino giro en la conversación y responde con cautela.

—Significado, ¿como cuál, por ejemplo?

—Supongamos que existiera la teoría de que Rattigan en cierto modo urdiera el accidente de avión. Que escapara y su piloto muriera. O quizás el accidente fue perfectamente genuino, pero Rattigan aprovechó la oportunidad para desaparecer porque resulta que tenía algún motivo para hacerlo. ¿Hay algunas cosas en las circunstancias del accidente que tendrían más sentido a la luz de una teoría así?

Keighley se queda en silencio durante diez largos segundos. Entonces dice:

—Lo siento, he de pensar en ello. —Y se queda en silencio durante otros quince—. Vale, entonces tendría que decir que probablemente no. No se me ocurre nada, salvo que quizá..., bueno, el cadáver de Rattigan nunca se recuperó. El piloto llevaba chaleco salvavidas y enseguida se recuperó su cadáver y se le identificó. Si Rattigan hubiera llevado chaleco salvavidas, su cadáver también se habría recuperado. Eso es extraño. Contrario a las normas, si quiere. Pero aun así, hay un millón de explicaciones inocentes, todas las cuales podrían ser más probables que su teoría. Si, por ejemplo, sintió pánico y simplemente no pudo soltarse el cinturón de seguridad, entonces se habría hundido con el avión. O si se negó a ponerse el chaleco salvavidas, aunque el piloto se lo dijera, eso también lo explicaría. Cosas más raras se han visto.

Seguimos hablando, y Keighley sigue siendo útil, pero no saco nada definitivo. Estoy mucho más adelante de lo que estaba. Más adelante hacia ninguna parte.

Cuelgo.

El picor de energía que me ha despertado esta mañana sigue ahí y se me ocurre seriamente por primera vez que podría ser miedo. Intento comparar la palabra con la sensación. Esto es miedo. Esto es miedo. Pero no estoy segura. No tengo esa sensación de encaje perfecto entre la palabra y la sensación. No estoy segura de lo que es. Todavía no tengo suficientes pistas.

Conduzco despacio hacia la comisaría, respirando como es debido.

14

A las cuatro de la tarde hay una reunión. Todos participan. Se han recibido los resultados de ADN del laboratorio y se corre la voz de que algunas muestras vienen acompañadas de nombres.

Sería exagerado hablar de alboroto, pero se percibe un desasosiego, un escalofrío, un nivel elevado de energía que surge de la gente que supone que la investigación está a punto de generar resultados reales. Será la primera vez que podremos situar a individuos con nombre en el escenario de los crímenes. Todos los informes, las tomas de declaraciones, el patearse las calles y responder a los teléfonos que hemos hecho hasta ahora, en realidad, no han aportado ni una sola pista con un peso innegable, ni una sola pista sólida.

A las cuatro menos diez, la sala de investigaciones ya está concurrida. Yo he venido armada con mi infusión de menta y una de esas barritas energéticas integrales. Jim Davis está en la máquina de café, que lo atrae como la ubre al lechón.

—Eh, Jim —digo con cierta cautela.

Davis no es mi admirador más entusiasta, pero el Club de Fans de Fiona Griffiths es un grupo muy selecto del Departamento de Investigación Criminal. Me iba mejor cuando vestía de uniforme, probablemente porque tenía menos oportunidades de expresarme.

Davis me saluda con la cabeza, pero está en medio de un murmullo de quejas con algunos de sus colegas. Hay rumores de que los recortes presupuestarios supondrán que no habrá ascensos.

Ni de sargento detective a inspector detective, ni de detective a sargento detective.

—Más trabajo, menos paga. Siempre igual.

Es el veredicto de Jim Davis. Personalmente, no veo que una falta de puestos de inspector detective vaya a afectar mucho las oportunidades vitales de Davis, pero me lo callo. Ahora tiene su café y está a punto de sumergir sus dientes amarillos en otro baño de cafeína. Paso de largo para no verlo. Uno de sus colegas susurra algo —posiblemente sobre mí— y capto la respuesta de Davis: una risa cínica, ju, ju, ju, acompañada por una sucesión apresurada de gestos de asentimiento.

Mis encantadores colegas.

En este punto la sala está llena. Hughes y Jackson hacen su entrada procesional hacia el frente de la sala y todos se quedan en silencio.

Jackson repasa los hallazgos del ADN. El laboratorio ha examinado un centenar de muestras tomadas en la casa. De ellas se ha logrado extraer ADN en un total de treinta y dos muestras, que corresponden a siete perfiles diferentes. De los siete, dos eran los de Janet y April.

Jackson hace un momento de pausa, disfrutando del suspense antes de dar la noticia.

—De los otros cinco perfiles, tenemos cuatro nombres en la base de datos. Eso significa que podemos situar a esas cuatro personas en la casa. No sabemos cuándo estuvieron allí. No sabemos por qué estuvieron allí. Pero al menos estamos en posición de ir y preguntar.

La reunión continúa. Los cuatro nombres son Tony Leonard, treinta y ocho años, drogadicto, pequeño traficante, es lo que tenemos en sus antecedentes. Sin relación conocida con la prostitución. La muestra de ADN en cuestión procedía de un único pelo encontrado en el sofá de velvetón sucio de la sala.

Karol Sikorsky. Cuarenta y cuatro años. Fue acusado hace tres años de usar una réplica de arma de fuego, pero no se lo llegó a condenar por un fallo en nuestra cadena de manejo de pruebas. En cambio fue acusado y condenado por un cargo menor de alteración del orden público. Nacido en Rusia, pero con pasaporte polaco, de lo contrario lo habrían deportado. La unidad antivicio sospecha de su implicación con drogas, prostitución y quizá también extorsión. Una muestra de saliva hallada en un cristal de la cocina, de baja calidad. Una muestra mucho mejor —con calidad de tribunal nada menos— se encontró en la punta de un clavo que sobresalía del marco de la puerta de la sala de estar. Sikorsky debió de pincharse con él cuando se apoyó en la puerta, y quedó tejido suficiente para dejar un rastro de alta calidad de su presencia.

—Un elemento brillante de investigación forense —comenta Jackson—: fijarse en el clavo, investigarlo, extraer una muestra con éxito. Brillante.

Todos damos al SOCO ausente una salva de aplausos.

Conway Lloyd. Treinta y un años. Detenido por desorden público a los veintipocos. Nunca fue a juicio, pero su ADN ha estado en nuestra base de datos desde entonces. Gracias, Gran Hermano. Además, ¿quién necesita libertades civiles? Gran salpicadura de semen en el colchón de arriba. Y se han encontrado pelos. Y saliva. Y más manchas de semen en la moqueta abajo. No es un chico pulido nuestro Conway. Aunque estoy segura de que su madre lo quiere mucho.

Rhys Vaughan. Veintiuno. Podría haber sido el gemelo de Lloyd. Se encontró semen suyo en cuatro ubicaciones distintas, incluido —escucha bien—, un condón anudado que estaba en un pequeño cenicero de porcelana, al lado del colchón de arriba. Bonito detalle. Y también saliva. También pelo.

—Y —dice Jackson, levantando la mano para que nos callemos—, tenemos otro nombre más de las huellas dactilares. Nos pasaron los resultados preliminares anoche, pero quería esperar hasta que tuviéramos también el ADN, para poder planear mejor nuestra estrategia.

El nombre extra es el de Stacey Edwards. Treinta y tres años. Acusada de un par de delitos de prostitución a los veintipico. Cinco contactos con nuestros agentes antivicio en total a lo largo de los años. Se da por sentado que sigue en el oficio. Sus huellas están diseminadas por todo el piso de abajo.

—Incluso —dice Jackson—, en el único lugar donde no esperábamos encontrar nada. —Pausa dramática para crear efecto—. La escoba.

Risas y un estallido de aplausos aduladores.

—Ahora —continúa—, estrategia.

Jackson es listo. El enfoque cabezota consistiría en ir de cabeza a por todos los nombres identificados. Tratar de obtener una confesión. El problema es que es muy probable que cualquiera que entrara en la casa a cometer un homicidio tomara precauciones básicas. Aunque el asesinato no fuera premeditado —y la elección de un fregadero como arma del crimen apunta que el nivel de premeditación fue mínimo, por decirlo suavemente—, cualquier asesino vagamente competente de hoy en día intenta defenderse de la investigación de la escena del crimen. De hecho, nuestro asesino tomó al menos precauciones básicas porque no hay huellas en el fregadero, que las habría recogido perfectamente.

Vaughan y Lloyd, en cambio, no tomaron ninguna precaución. Lo mismo, Stacey Edwards. Quizá Leonard podría haber tratado de limpiar huellas, pero creo que Jackson no ve probable que sea nuestro asesino. De todos los nombres, Sikorsky es el único que se percibe como un posible asesino o un hombre con relaciones con el asesino. El principal sospechoso.

La conclusión de Jackson —que es la misma que la mía— es que necesitamos tratar a al menos cuatro de los cinco nombres con un poco de delicadeza. Tratarlos no como asesinos, sino como testigos. Gente que puede proporcionar información. Eso podría requerir un poco de intimidación, pero no la clase de acción en la que Brian Penry posiblemente destacaba. Jackson empieza a repartir misiones, mientras Hughes escribe una nueva lista de acciones en la pizarra blanca.

Termina la reunión. Cruzo la sala para pillar a Jackson. No soy la primera en llegar, pero soy persistente. Cuando se dirige hacia su despacho, yo lo sigo y entro detrás de él.

Tengo preparada una buena charla de entrada, pero la cara del jefe revela cansancio y la forma en que dice «¿Sí?» no es precisamente alentadora. Decido alterar mi estrategia.

—Stacey Edwards, señor. Si puedo ayudar en eso...

—Fiona. Tenemos a Jane Alexander en eso. Está trabajando con... —Comprueba sus notas—. Davis. Entre lo dos tienen un millón de años de experiencia haciendo esa clase de cosas. Y Jane Alexander es una mujer, no sé si te has fijado, así que tenemos todo el tacto femenino que necesitamos en esto.

No tengo contraargumentos, pero siento un deseo urgente que no comprendo del todo. Uso lo que tengo.

—Señor, si fuera una prostituta. Quizás una amiga de Mancini. Probablemente asustada por la policía. Quizás en posesión de pruebas cruciales. ¿Con quién preferiría hablar, con Jane y conmigo o con Jane y Jim Davis? Estas chicas son...

—Mujeres. No son chicas.

—No sé por qué, señor, pero este caso me importa de verdad. Creo que puedo contribuir. De verdad quiero contribuir.

—Estás contribuyendo. Estás contribuyendo haciendo lo que se te pide que hagas. Es tu trabajo.

—Lo sé, pero...

No sé qué decir, así que no digo nada. Simplemente me quedo allí.

Sin embargo, eso al parecer causa el efecto deseado.

—¿Adónde has llegado con el caso Penry?

Le hago un rápido resumen. Él me escucha a medias y usa el resto de su atención para comprobar mis notas en Groove. He llegado mucho más lejos de lo que él tenía derecho a esperar con el material de la seguridad social y veo que está impresionado. No digo nada de los caballos extra de Penry, de esos extraños mensajes de texto o de mi conversación con Keighley. Llano y simple. Como lo haría la buena detective Griffiths, o al menos como yo imagino que lo haría.

Jackson desvía su atención del ordenador y aparta el teclado con dos dedos. De camino a la puerta, llama a Davis y Alexander. No están allí, pero hay adláteres que corretean a cumplir el encargo.

Al volver a su asiento me dice:

—Si la cagas, si la cagas en lo más mínimo, no volverás a trabajar en una misión delicada para mí.

—Sí, señor.

—Voy a pedirle a Jane Alexander que me informe de manera detallada de tu comportamiento cuando tratéis con Stacey Edwards. Alexander dirige; tú tomas notas. Ella toma las decisiones; tú preparas el té.

—Sí, señor.

Me dedica unos segundos de escrutinio con sus cejas enmarañadas.

—Has tenido que trabajar hasta tarde para hacer todo esto. —Hace un gesto hacia el ordenador.

Asiento. Los repetidos «Sí, señor» están empezando a tensionar mis músculos de la subordinación, y los dejo descansar un poco.

Nuestra conversación llega a su fin con la aparición de Davis y Alexander en el umbral.

—Adelante. Jim, he decidido que necesitaremos un equipo formado solo por mujeres con Edwards. Jane, quiero que tú lo dirijas. Tendrás a Fiona como apoyo. Jim, pásate a ver a Ken Hughes y que te asigne otro cometido. ¿Está todo claro? Muy bien, fuera de aquí.

Al salir, Davis me lanza una de las miradas más negras que he visto nunca. Cuando se va a buscar a Hughes, está diciendo algo entre dientes y la única palabra discernible es «joder». Esta vez no hay duda. Está hablando de mí.

Me pregunto si Jackson me ha puesto deliberadamente en una posición en la que Davis vería que he conseguido apartarlo de una de las misiones cruciales.

Jane observa la retirada de Davis. Está muy claro que está sorprendida por la fuerza de su reacción. Al volverse hacia mí, ajusta su expresión hasta que no muestra nada más que profesionalidad amistosa. El perfecto superior del Departamento de Investigación Criminal. Sin embargo, entre su expresión sorprendida por la hostilidad de Davis y el momento en que se ha redibujado para mí, su rostro ha delatado algo más. Una microexpresión que no ha durado lo suficiente para que la capture y la comprenda, pero si tuviera que adivinar, diría que no está entusiasmada por tenerme de compañera. Lo cual es genial, el efecto que buscaba.

—Vamos y...

Me hace una señal para indicarme que deberíamos irnos y tener un cónclave en su escritorio. Nosotras no tenemos despachos.

—Sí, señora. —Trato de que el «señora» suene ligero y de broma, pero también es respetuoso y genuino. No sé si he tenido éxito. Es impenetrable.

Cuando estamos en su mesa —ella en su silla habitual, yo en una que he cogido de enfrente— digo:

—Supongo que quieres que prepare un informe previo a la entrevista. ¿Preparo lo que tenemos sobre Edwards antes de ir a verla?

Está claro que es una idea nueva para ella. No era la forma en que Jim Davis iba a abordar las cosas.

—¿Un informe? ¿Crees que hay suficiente material para eso?

—Ha tenido cinco contactos con nuestra unidad antivicio a lo largo de los años. Es casi seguro que tenemos a gente con una idea razonable de cómo es. Probablemente ha contactado con la gente de StreetSafe, la organización que se ocupa de las prostitutas. Estoy segura de que querrán charlar con nosotras, siempre y cuando dejemos claro que Edwards no es sospechosa.

—Vale, pero, mira, es viernes por la tarde. Hemos de ponernos con eso. Jackson va a...

—Iré directamente a los registros de antivicio ahora. Luego vamos a hablar con la gente de StreetSafe esta noche, trabajan por la noche, obviamente. Puedo escribir las notas y tenerlas listas por la mañana. Luego las cotejaré con cualquiera de los chicos de antivicio que pueda localizar mañana por la mañana. Deberíamos estar listas para ver a Edwards a mediodía. De todos modos, no tiene sentido visitarla antes.

Alexander levanta una ceja hacia mí como preguntando por qué.

—Porque es una profesional. Trabaja por las noches. A mediodía incluso puede que sea demasiado pronto.

Alexander escucha todo esto con una combinación de sorpresa y diversión.

—¿Siempre eres así? —pregunta.

—¿Cómo? —No sé si ya la he cagado. Si es así, habrá sido mi metedura de pata más rápida. Pongo cara humilde y ansiosa, y de hecho es así como me siento.

—Como un monstruo del trabajo. Si crees que puedes hacer todo eso, fantástico. Pero, mira, si no, simplemente podemos ir a hablar con ella.

Está siendo amable y eso no es algo a lo que esté acostumbrada, así que suelto:

—Normalmente no soy así, pero este caso me ha impactado.

—¿Es tu primer asesinato infantil?

—Supongo. Aunque no creo que sea por eso. O quizá sí.

—Lo es. —Jane me ofrece una sonrisa de apoyo. Sigue rubia y con el pelo impecable, pero creo que acabo de localizar a Jane Alexander el ser humano—. ¿Por qué no te das un descanso? Jim y yo simplemente íbamos a llamar a Edwards. A tocar de oído. Es lo que van a hacer todos los demás.

—¿Te importa si hago lo que te he propuesto? Sinceramente creo que preferiría hacerlo de esta forma.

—Bien. Pero ten cuidado, Fi. Si te implicas demasiado te estrellarás. Siempre pasa.

Quiero preguntarle si habla por experiencia personal, pero no soy lo bastante valiente, y me limito a asentir.

—Sí, sargento.

—Bueno, Fiona. Ten cuidado.

De nuevo en mi escritorio, tengo un mensaje de voz de Robin Keighley. Una adenda a nuestra conversación de antes. Después de reflexionar, había algo extraño en el accidente. El doble improperio del piloto y luego el silencio. «Incluso en una accidente grave, esa clase de patrón es muy inusual. Normalmente esperaríamos un contacto de radio continuado, hasta en los casos en los que el piloto no está seguro de lo que está pasando. No le daría mucha importancia. Podría haber una docena de explicaciones diferentes. Pero ahí está. Ha preguntado si había algo extraño, y sobre esa base he de decir que sí. No mucho. Pero algo.»

Escucho el mensaje tres veces, luego me conecto a la web del *Financial Times* y busco Rattigan Industrial & Transport Ltd. Supongo que nunca se lee demasiado. Investigo durante tres cuartos de hora sin parar.

15

Bryony Williams lleva sudadera y tejanos y una chaqueta de lona encima. Pelo corto y un poco rizado. Es dura, pero de la buena manera. La clase de dureza que no descarta la ternura. Se está liando un cigarrillo sentada en un murete que delimita el jardín delantero de una casa cerrada con tablones.

—¿Quieres uno?

—No, gracias, no fumo.

Me siento a su lado, en el muro.

—¿Mucho trabajo esta tarde? —pregunto.

—Todavía no.

Ella enciende el cigarrillo y tira la cerilla a la calle. El Taff Embankment. Alrededor de las nueve. Anochecer. Las lámparas de sodio naranja producen más luz que las ascuas del crepúsculo en el mar de Irlanda, invisible a nuestra espalda. Blaenclydach Place se encuentra con el río ahí. Detrás de nosotras, una fila de casas eduardianas. Delante, una franja de hierba. Luego el río. El cortacésped ha pasado recientemente y el aire huele a hierba cortada y barro del río.

Una bonita escena. Tranquila. Agradable. Salvo que estamos en el corazón del barrio rojo de Cardiff y, como las estrellas en el cielo que tenemos sobre nuestras cabezas, están empezando a aparecer las primeras prostitutas. Veo a una —chaqueta de cuero, *piercing* en la nariz, falda corta, tacones de ocho centímetros— paseando arriba y abajo por la franja de hierba de enfrente de nosotras. Solo a su tercer paso me he dado cuenta de qué era. Un par de tipos salen del pub Red Lion calle arriba, pasan al lado de la chica y luego se vuelven a silbarle. Ella les hace un gesto ofensivo y los tipos siguen caminando.

—Sabes por qué he venido, ¿verdad?

—Sí, Gill dijo que vendrías.

Gill Parker, coordinadora del proyecto StreetSafe. Lo dirige desde 2004. Santa, heroína, ángel, loca. Elige. Bryony está hecha de la misma pasta.

—Stacey Edwards. Gill dice que la conoces.

—Sí. Conocemos a Stace muy bien. Por desgracia.

—¿Y sabes por qué queremos hablar con ella ahora?

—La verdad es que no.

El tono de Williams no es exactamente hostil, pero tampoco es amable. StreetSafe es un proyecto que proporciona sopa, condones y consejos sanitarios a las prostitutas. Cuando pueden, ayudan a las profesionales a dejar la calle, las drogas y toda esa espiral de autodestrucción. Tienen relaciones con la policía, pero lo que hacemos nosotros y lo que hacen ellas va en direcciones distintas. Imponer la ley es una cosa. Proporcionar amistad y compasión es otra muy distinta.

Se lo cuento:

—Janet Mancini, drogadicta y prostituta a tiempo parcial, muerta, probablemente asesinada. A su hija de seis años también la mataron. Hay pruebas de que las Mancini estaban asustadas, probablemente escondidas antes de morir. Stacey Edwards no era la asesina. —Le hablo del estado de la casa y de las huellas de Edwards en la escoba—. Es probable que Edwards fuera una amiga que trataba de ayudar.

—Probablemente. Las mujeres suelen mantenerse unidas.

Williams no parece dispuesta a ayudar demasiado, así que aplico un poco de fuerza.

—Bryony, has de respetar las confidencias, eso lo sé. Pero mis colegas quieren entrar, tirar la puerta de su casa abajo y someterla a un interrogatorio tipo: «¿Dónde estabas en el momento de su muerte?» Esa clase de situación no va a ayudarla. Probablemente tampoco nos ayudará a nosotros ni a las dos Mancini.

—Entonces ¿qué quieres?

Hay otra profesional trabajando frente a nosotras. Las dos chicas pasan un momento saludándose y luego dividen la calle en dos, y cada una se ocupa de su territorio. No es fácil caminar con esos tacones, así que básicamente se quedan apoyadas a una farola, buscando potenciales clientes con mirada perdida. Me doy cuenta de que están ahí porque está Williams. Ella hace que su mundo sea más seguro.

—Quiero saberlo... todo. De Janet Mancini. De Stacey Edwards. De con quién podría haber trabajado Mancini. De quién controlaba a estas chicas. Quién gana dinero con ellas. Quién podría tener un motivo para matar a Mancini.

Williams mira de soslayo, con media sonrisa.

—Eso suena a pregunta de dos cigarrillos.

—Yo en tu caso, contaría tres.

La sonrisa de Williams se amplía en una risa de verdad.

—Me lo creo.

Se lía otro cigarrillo y empieza a hablar.

La pregunta de quién gana dinero se convierte en la más fácil. Al final, todo se reduce a las drogas. El noventa y ocho por ciento de las prostitutas de Cardiff consumen drogas duras. El dinero que le sacan a sus clientes va directamente a sus camellos.

—¿Y los macarras? Supongo que se llevan su parte.

—Más o menos. La mayoría de los macarras son básicamente los camellos. Así es como consiguen que las chicas se queden. Llámalos como quieras, camellos o macarras.

—Y esta gente, macarras o camellos, son de aquí o...

—Una mezcla. Antes casi todo eran chicas y camellos de aquí. Después vinieron más de Europa oriental. Del sureste. Rumanía, Bulgaria, Albania. Diría que probablemente ahora las extranjeras son mayoría.

—¿Tráfico de personas?

—No lo sé. ¿Qué es tráfico? Si encuentras a una chica albanesa enganchada a la heroína y le dices que ganará más dinero en Cardiff, probablemente elegirá venir. Nadie le pone una pistola en la cabeza. ¿Es tráfico de personas o no? Dímelo tú.

Mientras habla conmigo, está siempre mirando a la calle. Sin decir palabra, de repente se levanta y camina un centenar de metros junto al río. Williams está hablando con una tercera chica, a la que yo ni siquiera había visto. Está ausente cinco o diez minutos antes de volver. Mientras no está, un par de tipos pasan a mi lado al salir del pub.

Me miran al pasar. Sus miradas probablemente no significan nada, pero me siento tasada. También me doy cuenta de que la calle está peor iluminada de lo que había pensado al principio. Asusta. Saludo a los chicos que pasan y ellos me saludan. Probablemente no son puteros. No todos lo son.

Williams vuelve.

—Las chicas querían saber quién eras. He dicho que eras un enlace con la policía.

—Se acerca bastante.

—Sí. De todas formas, tendrás que irte pronto. Estás poniendo nerviosas a las chicas.

—¿Yo?

—Sí, lo sé, lo sé. Antes había bancos aquí, pero el ayuntamiento los retiro porque pensaban que alentaba la prostitución. ¿Qué clase de análisis es ese? Exceso de mobiliario urbano. Sí, vale, ese es el problema.

—¿Janet Mancini? —pregunto.

—Nunca la vi. Nunca oí hablar de ella, hasta que leí los periódicos, vamos. No era profesional a tiempo completo. Si lo hubiera sido, la habríamos conocido. No necesariamente yo, pero sí Gill o alguna de las otras.

—¿Una especie de prostituta aficionada?

—Sí, si quieres llamarlo así. Has dicho que tomaba drogas.

—Sí, pero era luchadora. A veces lo dejaba.

—Debería haber acudido a nosotras.

—Estaba con servicios sociales. Pensaban que lo estaba intentando. Eso lo hace peor.

Williams asiente.

—¿Violencia doméstica?

—Era soltera.

—Habrá violencia en el historial. Siempre la hay.

Dudo un segundo. El mensaje de no la cagues de Jackson resuena con fuerza en mi cabeza, pero no creo que vaya a decir nada malo.

—Bryony, tenemos una corazonada, nada más que eso, de que Mancini podría estar especializada en lo que podría llamarse sexo duro. Una casa ocupada sucia. Quizás unos cachetes, esas cosas.

—¿Cachetes? Estás hablando de violencia contra las mujeres.

—Lo sé, lo sé. Estoy de tu lado, Bryony.

—Sí. Podría ser. Esas cosas dan más dinero. El peligro da más dinero. Si tenía una hija, entonces de una manera extraña podría pensar que estaba protegiéndola al trabajar para menos clientes a cambio de más dinero.

—¿Sabes a qué clientes les gustan esas cosas?

Bryony se me ríe.

—Joder, no. Supongo que a la mayoría.

—¿Reconoces a alguno de estos hombres?

Le enseño las fotos de Brendan Rattigan y Brian Penry. Un tiro al azar.

Williams las estudia antes de devolvérmelas.

—No, aunque este parece chungo. —Refiriéndose a Penry.

—Sí, lo es.

—No los reconozco, pero yo trabajo con las mujeres, no con los hombres. ¿Por qué? ¿Quiénes son?

Le digo los nombres. Brian Penry, fue agente de policía. Brendan Rattigan, fue millonario.

Ella niega con la cabeza.

—Lo siento.

—¿No los conoces de nada? Hasta los rumores nos sirven en esta fase.

—No necesariamente, oh, mierda, he olvidado tu nombre.

—Fiona. Mis amigos me llaman Fi.

—Fi, Fi, Fi, Fi. Soy malísima con los nombres. Lo siento. Pero mira, aquí siempre hay rumores. Las chicas que desaparecen nunca es porque se han mudado. Algo turbio les ha pasado. Hubo una mujer (no diré el nombre) a la que todos decían que la habían matado un par de tus colegas de antivicio. Después se deshicieron de su cadáver en el incendio de un almacén, aparentemente.

—¿Eh?

—Se había trasladado a Birmingham para vivir con su hermana. Recibí una tarjeta suya por Navidad.

Me río de eso, pero no hay mucha alegría en mi risa. ¿Cómo tiene que ser trabajar en una profesión así, donde la violencia es lo habitual y donde el temor a la violencia acecha en todo lo que dices o sabes? Janet Mancini podría haber vivido con todo eso, pero quería algo mejor para April.

Los ojos de Williams han vuelto a la calle. Río arriba, una de las chicas está hablando con un tipo. Luego los dos se alejan. En la luz agonizante, lo único que veo son las piernas largas y blancas de la chica caminando río arriba.

—He de irme enseguida. A cuidar de mi rebaño.

—Claro.

—¿Qué más?

—Stacey Edwards. La veré mañana. ¿Alguna cosa que puedas decirme de ella?

—Stacey. La verdad es que está bien. Consume heroína, por supuesto. Ha estado trabajando con nosotras y de verdad quiere dejarlo. Nos ha ayudado, dándonos a conocer. Su problema es superar la adicción. Con estas mujeres no se trata solo de una cuestión química, es todo. Abuso infantil. Violencia doméstica por parte de parejas y camellos. Golpes de los clientes. Hostilidad policial, las más de las veces.

—Pero era una evangelista para ti. ¿Crees que podría haber estado ayudando a escapar a Mancini?

—Sí. Por lo que dices, Mancini no estaba tan hundida. Tenía más posibilidades. Además... —Su voz se va apagando, preguntándose si debería completar la idea.

—¿Sí?

—Bueno, no sé si ayuda, pero Edwards era muy antiinmigrantes. No creo que sea particularmente racista. Su mejor amiga es una mujer de la India occidental. Es la cuestión profesional lo que no le gusta. Opina que todas estas mujeres de los Balcanes han hecho que el negocio sea más peligroso. Dice que las drogas son peores. Más heroína que viene de Rusia. Original de Afganistán, pero viene vía Rusia. Y entretanto, el trabajo de las mujeres es más duro. La violencia se ha hecho más común.

—¿Por parte de los clientes?

—No, de los macarras y camellos. Todo es más organizado, más desagradable. La cuestión es que si Mancini no tenía nada que ver con los albaneses, Stacey habría hecho lo posible para ayudarla.

—Estamos buscando gente que podría haber conocido a Mancini. Obviamente, Stacey Edwards es una. ¿Conoces a alguien más que podría haberla conocido? ¿Quizá amigos de Stacey?

Williams considera la pregunta y luego niega con la cabeza.

—No. No puedo ayudarte. O sea, sé con quién sale Stacey, pero tengo un deber de confidencialidad.

—Janet Mancini está muerta. Por eso estoy preguntando.

—Y Stacey Edwards está viva. Por eso me callo.

Lo acepto.

—Voy a enseñarte un número de teléfono —digo—. No hace falta que me des un nombre o una dirección, pero ¿puedes decirme si reconoces el número?

Le enseño el número de teléfono que me ha enviado el mensaje de texto esta mañana.

Williams saca su móvil y busca el número entre sus contactos.

—Sí.

—¿Tengo razón al pensar que la propietaria de este número de teléfono es una prostituta que podría haber conocido bien a Janet Mancini?

—No sé si se conocen, pero sí a la primera parte de esa pregunta y muy posiblemente también a la segunda.

—¿Y no es Stacey Edwards?

—No tendría que contestar esa pregunta, pero la respuesta es no. No es Stacey.

Ahora es noche cerrada. Los arbustos de la orilla del río están cuajados de sombras. Williams está bien con su chaqueta acolchada, pero yo ya noto el frío, la noche y el peligro. No me gusta estar aquí y quiero irme.

—Buena suerte, Bryony. Gracias por la charla.

—Siento no haber podido ayudar más.

—No sabes cuánto has ayudado. Ni yo tampoco. A veces los detalles resultan muy útiles.

—Eso espero.

Williams está utilizando su mirada de águila, examinando cierta interacción río arriba que mis ojos no están lo bastante adaptados para ver. También se levanta, preparada para lanzarse a la refriega.

—Una última cosa —digo—. Cuando Mancini murió, nos alertó una llamada anónima a la comisaría. Pero no aquí en Cardiff, sino en Neath. No tenemos ninguna explicación de por qué llamó a Neath. Una mujer.

Williams hace una mueca.

—La hermana de Stacey vive en Neath. Allí es adonde va a esconderse. Si estaba asustada por algo... habría ido a Neath.

—Gracias. Fantástico. Gracias.

—De nada.

Williams me tiende la mano y yo se la estrecho. Nos caemos bien.

—Coge al cabrón que lo hizo —me dice.

—Lo haré. Y tú mantén a tus chicas alejadas de todo esto. —Hago un gesto con la mano hacia la orilla del río y la oscuridad.

—Mujeres, Fiona. Son mujeres. —Pero ella está sonriendo mientras lo dice, y veo que sus dientes blancos y su cigarrillo se pierden en la noche. Santa, heroína, ángel, loca.

Vuelvo a mi coche y cierro las puertas. Normalmente no activo el cierre centralizado cuando estoy dentro, pero ahora lo hago. No me gusta esta orilla y el hedor fluvial me acompaña. Su olor es violencia.

El plan —tan brillantemente concebido junto al escritorio de Jane Alexander— era ir a hablar con un par de voluntarias de StreetSafe, pero ahora mismo no estoy segura de poder afrontarlo. Pienso en llamar a casa, pero es con papá con quien quiero hablar más que con mamá, y estará trabajando y llamarlo al trabajo siempre es una pesadilla. Grita todo el tiempo y nunca capto su atención.

Luego pienso en llamar a Brydon. Todavía no hemos reprogramado esa copa, pero no leo nada siniestro en eso. Lohan está consumiendo un montón de energía del departamento y Brydon lo estará sintiendo tanto como yo. Pero no me atrevo a llamarlo. Él es una criatura del sol, y yo no siento que esté en un sitio soleado en este momento. No desde que el caso ha empezado a atraparme. No sé qué le diría a Brydon.

Juego con el teléfono, necesitada de algo, pero no estoy segura de qué.

Entonces envío un mensaje de texto: HOLA, LEV, ESTÁS POR AQUÍ? BUENO, NADA. FI.

Pulso Enviar. Desde donde he aparcado, alcanzó a ver Blaenclydach Place, donde nos habíamos sentado Bryony y yo, pero lo que hay detrás me queda oculto. Arranco el motor y ya estoy saliendo cuando recibo un SMS.

PUEDO ESTAR SI TE HACE FALTA. ¿POR QUÉ? ¿PROBLEMAS?

No sé qué decir. Sí, Lev. Soy una cagada y temo estar al borde de algo horrible. Así que calmo las cosas.

NO, NO CREO. NO ERA POR NADA. FI.

Me siento mejor de saber que está cerca por si lo necesito. La idea me anima lo suficiente para que llame a otras dos voluntarias de StreetSafe. La información que me dan completa un poco la imagen de Bryony, pero no cambia nada de lo fundamental. La cuestión de Neath parece una pieza de información enorme. Hasta a Jackson le va a encantar si he encontrado a la autora de la llamada anónima.

A las diez cuarenta y cinco, he terminado de entrevistar. Zumbando a casa. Mi coche tiene un navegador por satélite que me alerta de los radares, lo cual va bien, la verdad. No hay mucho para comer cuando vuelvo. Me olvido de comer, me olvido de comprar. Apilo fruta y muesli en un bol, luego desmigo una barrita energética por encima. Es una comida, ¿no? Me lo zampo. Después, cuando estoy ordenando, bueno, mi versión de ordenar, encuentro un viejo paquete de salami y también me lo como, junto con un tomate ligeramente sospechoso. Un festín.

Escribo mis notas, deprisa y furiosa. A las doce y cuarto he terminado. Cierro. La cara séxtuple de April me sonríe.

—Nos estamos acercando, corderito —le digo.

No muestra ninguna señal de que le importe. Llevo despierta desde las cinco y estoy destrozada.

16

El día siguiente, ¿qué voy a decir? Me levanto demasiado temprano otra vez. La clase de despertar que impide cualquier idea de seguir durmiendo. Un extraño picor en el cuerpo, un poco aliviado al saber que Lev está a mano si me hace falta. Fumo otra vez en el jardín, lo cual me lleva mucho más allá del límite semanal que me he autoimpuesto. Luego otro desayuno. Otro viaje a la oficina. Otra reunión. Es sábado, pero difícilmente te darías cuenta. Lohan es la bestia que devora fines de semana y zampa horas extra. Todos están cansados. Todo el mundo trabaja con ahínco.

Ted Floyd, un sargento uniformado y un buen amigo de Jim Davis, se está fumando un cigarrillo rápido a las puertas de Cathays Park cuando yo llego. Floyd fue uno de mis primeros compañeros en mi etapa de formación en el cuerpo, pero ahora no me saluda, de una manera que estoy casi segura de que es deliberada. Genial.

Y ahora esto.

Jane Alexander y yo llegamos al piso de Stacey Edwards un pelín antes de las once y media. Vive en una zona de aspecto peligroso en Llanrumney. Bloques de pisos a la izquierda, casas a la derecha. La clase de casas con escombros de construcción en el jardín de delante; escombros que llevan allí tanto tiempo que han nacido hierbas en medio. Neveras rotas y colchones en descomposición. Y eso son las casas. Los pisos serán peor.

Me he vestido de manera informal a propósito, pero Jane Alexander lleva un traje de chaqueta de hilo verde pálido encima de una blusa con escote en U color crema y ha elegido unos zapatos a juego con el traje. Aquí nadie tiene ese aspecto, ni siquiera las trabajadoras sociales.

Edwards vive en un apartamento de planta baja de uno de los edificios. Su timbre no funciona. Lo pruebo un par de veces y el piso es lo bastante pequeño y lo bastante cutre para que oyéramos el timbre si funcionara.

Alguien dentro baja ruidosamente por la escalera desde los pisos altos y nos deja acceder al vestíbulo. La puerta de la casa de Stacey Edwards es endeble, con la parte delantera de contrachapado pulido. Llamo. Luego llama Jane.

Nada.

He logrado convencer a Gill Parker de StreetSafe de que me dé el móvil de Edwards. Llamo. El teléfono suena en el interior del piso, pero no responden. Jane y yo nos miramos. En la parte delantera del edificio hay una zona de aparcamiento con espacio para seis coches. Solo hay dos sitios ocupados. Hay un Skoda plateado y un Fiat azul oscuro.

Llamo a Bryony Williams y le pregunto si sabe si Edwards tiene un coche y si es así cuál. Ella dice que cree que tiene un Fiat azul oscuro. Le doy las gracias, cuelgo y se lo digo a Jane.

—A lo mejor ha ido a casa de alguna amiga —dice.

Tal vez. El barrio no parece de los de salir a dar una vuelta a pie. Dudo que Stacey Edwards tenga el tipo de vida de ir a dar una vuelta de Jane Alexander. Calle abajo, un sendero hacia el campo está encerrado entre rejas puntiagudas con alambre de espino arriba. Es esa clase de sitio.

—¿Esperamos media hora y volvemos a llamar? —digo, convirtiéndolo en pregunta.

Jane asiente y volvemos a nuestro coche, el de Jane, no el mío. Si fuera el mío, conduciría un poco para que no parezca que estamos vigilando la casa, pero estoy esforzándome mucho en no ponerme demasiado mandona. Por el momento, estoy tratando de ser la agente que Jackson quiere que sea.

Esperamos media hora, casi en silencio. Jane tiene un par de pelos en el hombro de la chaqueta y yo se los quito, con aire ausente, y luego le aliso la tela. Ella se vuelve hacia mí y sonríe. Me pregunto cómo sería besarla. Bastante bonito, probablemente. Cuando estuve en Cambridge, todavía tratando de centrarme, no sabía muy bien si era hetero y tuve una breve fase de lesbiana. Experimentando. Me gustaba besar a mujeres, pero eso era todo. El sexo lésbico nunca funcionó mucho para mí. No lo echo de menos.

No comparto estas ideas con Jane. No estoy segura de que eso fuera positivo para desarrollar nuestra amistad.

Al cabo de veintiséis minutos las dos estamos nerviosas y probamos otra vez con el móvil de Edwards. Sigue sin haber respuesta. No ha ocurrido nada delante del piso y cuando volvemos a llamar, sigue sin haber respuesta.

La hora de la decisión.

Inspeccionamos el piso por fuera, mirando cuando podemos, pero hay unos visillos gruesos sobre las ventanas sucias y no es posible ver gran cosa. Desde la parte de atrás, se ve bien una pequeña cocina —más limpia que la de Penry pero tampoco modélica— y nada más. Hay una ventanita de cristal esmerilado —el lavabo, presumiblemente—, que han dejado entornada para que se ventile. La ventana está a la altura de la cabeza y ofrece un hueco de unos quince o veinte centímetros si se abre al máximo.

El hueco es demasiado pequeño para que se cuele un adulto normal, pero Jane piensa lo mismo que yo. Mira de manera alternativa entre la ventana y yo.

Entrar en una propiedad sin permiso y sin una orden es grave. Obviamente, tienen que existir normas en relación con estas cosas, pero eso no deja de ser un incordio. Te complican la vida, que es precisamente para lo que se concibieron. En cualquier caso, no podemos entrar en la propiedad a menos que hayamos venido a efectuar una detención, o a menos que tengamos motivos razonables para suponer que entrar es necesario para salvar una vida o impedir daños graves a una persona o propiedad.

—Llamaré a alguien de StreetSafe —digo.

Llamo a Bryony Williams al móvil, básicamente para conseguir que me diga que está preocupada por Stacey Edwards. Lo está, pero no me lo dice.

—Bryony, necesito que me digas que estás preocupada por la seguridad de Stacey Edwards y que necesitas que entremos en su casa. Necesito que lo digas con estas palabras.

Ella lo piensa un momento y lo dice. Sostengo el teléfono entre Jane y yo para que las dos podamos oírlo. Entonces le doy las gracias a Bryony y cuelgo.

Jane asiente.

—Lo consultaré antes con Jackson.

Lo hace. Él está de acuerdo, incluso nos pregunta si queremos ayuda. Jane levanta las cejas. Ayuda significa que si queremos a un par de tipos de uniforme para tirar la puerta abajo, podemos contar con ellos.

—No hace falta —digo.

Jane cuelga.

—Supongo —añado.

En la zona adoquinada de atrás hay una horrible mesa de pícnic desvencijada, una de esas cosas todo en uno que incorporan los bancos como parte de la estructura. La arrastramos hasta debajo de la ventana. Pillo a Jane mirándose las manos después, preguntándose dónde podrá lavárselas. No es ella la que va a colarse por un hueco en la ventana del lavabo.

Me subo a la mesa, que se balancea un poco pero no demasiado. Mi versión de «informal» para esta visita consiste en una falda de algodón gris suelta, zapatos planos y una blusa de manga larga. No veo forma de que yo y la falda superemos la ventana simultáneamente, así que me la quito. Jane la coge y me dice otra vez que podemos pedir apoyo. Demasiado tarde en realidad. Cuando una chica está medio desnuda en una mesa de jardín tambaleante debajo de la ventana de un lavabo ya queda poca dignidad que perder.

Abro la ventana al máximo y cuelo la cabeza y los hombros. Al otro lado, hay un váter, una pequeño lavabo con un espejo encima y un montón de cosas. Supongo que probablemente hay una técnica para hacer estas cosas, pero no sé cuál es. Me impulso con las piernas y hago fuerza con los brazos y enseguida me estoy equilibrando sobre el estómago en la apertura de la ventana. Veo mi cara colorada en el espejo y la silueta de Jane a través del cristal esmerilado en el otro lado de la ventana.

Otro impulso. Me rasco los muslos al pasar a través de la ventana y de repente temo que se me va resbalar la mano en el lado interior del alféizar y voy a caer de cabeza. Pero eso no pasa. No estoy segura de cómo lo consigo, pero me deslizo sin que ocurra una calamidad. Estoy dentro. Tengo los muslos arañados y me duelen. Jane me pasa la falda a través de la ventana y me la pongo. Tengo marcas de polvo y moho negro en la blusa, y el pelo lleno de porquería. Jane decididamente no va a querer besarme ahora.

Me lavo las manos y abro la puerta del lavabo, luego abro la puerta de atrás para que Jane también pueda entrar.

Primero probamos en el salón. Nada. O mejor dicho, algunas jeringuillas, trozos de papel de aluminio, velas y cerillas. Y también medio limón viejo. Parte del papel de aluminio está ennegrecido con humo de vela. Jane y yo intercambiamos miradas, pero no hemos venido aquí a encontrar drogas.

Luego el dormitorio. Paredes blancas y cortinas rojas de casa de citas. Una gran colcha granate. Espejo. Y Stacey Edwards. Con las manos atadas con un cable a la espalda. Tiene cinta aislante en la boca. No hay pulso ni respiración. Su piel está a temperatura ambiente. La única expresión de sus ojos es la ausencia de expresión. Ni miedo. Ni rabia. Ni angustia. Ni amor. Ni esperanza.

Jane se acerca al umbral y telefonea. Ahora queremos ayuda. Queremos toda la ayuda posible.

Mientras Jane hace la llamada, me siento en la cama y pongo la mano en el vientre de Edwards. Está completamente vestida y su ropa no parece desordenada. No sé lo que significa, pero quizá significa que no la han violado antes de matarla.

En mi cabeza hay un centenar de ideas, pero una sobresale. Jane Alexander y Jim Davis habrían ido a interrogar a Stacey Edwards justo después de la reunión de ayer por la tarde. No habrían querido mis encantadoras notas de preparación. Jim Davis habría sido un interrogador de mierda. Dudo que Edwards les hubiera dicho algo a ninguno de ellos. Pero la habría visitado la policía antes de su muerte. Habría tenido una oportunidad, una advertencia, una trampilla de escape. Lo más probable es que no la hubiera aprovechado. Las prostitutas drogadictas con autoestima cero normalmente no lo hacen, pero la trampilla habría estado allí de todos modos. Eso es todo lo que podemos ofrecer.

Y yo he sido demasiado lista para eso. Quité a Davis y me puse yo. Convencí a Jane para que preparáramos el interrogatorio antes. Llegamos, ¡oh, qué listas!, justo a tiempo para pillar a Edwards tomándose los cereales de la mañana. Y la encontramos muerta. Sin trampilla de escape. Solo cinta aislante, cables que la atan y —me apostaría mi coche— un chute de heroína y un asesino que le tapó la nariz. Una ligera presión con el índice y el pulgar. Un minuto. Dos minutos. Cinco a lo sumo. Luego se marcharía, trabajo hecho, mientras el alma desdichada de Stacey Edwards salía volando por la ventana.

17

Siete treinta de esa tarde y la reunión se disuelve en la sala de investigaciones. Lohan está ahora a plena potencia. Cuando Janet Mancini murió, la mayoría de los agentes del cuerpo habrían dicho, correctamente, que estas cosas ocurren cuando mezclas drogas y prostitución. No es que quisieran decir que debían ocurrir ni que esté remotamente bien que ocurran, solo que ocurren. Cierto, el asesinato de April lo empeoraba todo, pero parecía un daño colateral. No tomes drogas. No seas una prostituta. A la gente que rompe las reglas le ocurren cosas malas. Si resulta que matan a tu hija, bueno, considéralo un recordatorio de que has de mantenerte en la buena senda.

Pero la muerte de Stacey Edwards no es una coincidencia. La hipótesis de Jackson —que yo y todos los demás compartimos— es que la forma de matar a Edwards estaba concebida para enviar una señal. Que la muerte de Mancini fue un asesinato, no una sobredosis accidental. Que su muerte no fue casual. Que ahora mismo podría haber otras en peligro. El asesinato de Edwards presumiblemente pretendía ser una advertencia. Mejor mantén la boca cerrada.

Cuando los agentes se dispersan, Jackson me hace una seña con el dedo para que lo acompañe a su oficina. Tiene un rostro curtido e inexpresivo. No puedo interpretar nada en él, pero supongo que habrá alguna clase de bronca, porque Jackson parece acostumbrado a eso últimamente.

—Siéntate —dice—. Quiero un té. ¿Quieres algo?

La máquina de café sirve tés y cafés. Para mis infusiones, tienes que ir a una de las *kitchenettes* y preparártela tú misma. No puedo pedirle a un inspector jefe de detectives que me preparé una infusión, así que solo digo:

—No, trato de evitar la cafeína.

—No fumas. Nada alcohol. ¿Nada de cafeína?

Me encojo de hombros. Un encogimiento de «siento no sentirlo».

—¿Eres vegetariana?

—No, no, como carne.

—Ya es algo. —Jackson pone esa mirada de cejas enmarañadas que probablemente me diría mucho si tuviera el libro de códigos. Pero no lo tengo—. ¿Quieres una infusión o algo?

Mi rostro debe de mostrar mi indecisión, mientras trato de encontrar la respuesta correcta. Jackson resuelve el problema abriendo la puerta y llamando a alguien para que traiga té «y algo con gusto a agua de heno para la detective Griffiths». Cierra de un portazo.

—¿Es la primera vez que encuentras un cadáver?

—Sí.

—Es desalentador. Yo he encontrado cuatro. No tiene ninguna gracia.

—Estaba con la sargento Alexander. Habría sido peor sin ella.

—Hiciste lo que tenías que hacer. No debería haber asignado a Jim Davis a ese interrogatorio. Tenías razón en prepararlo. Creo que podemos dar por hecho que Stacey Edwards era nuestra llamante anónima.

—La habríamos encontrado viva si hubiéramos ido directamente.

—Quizás, eso no lo sabes. Puede que no la hubierais encontrado. No sabes dónde estaba anoche. No teníamos motivos para pensar que estuviera amenazada. Y aunque hubierais ido anoche, también podría estar muerta esta mañana.

—Lo sé.

—¿Necesitas un psicólogo?

—No. Al menos, eso creo.

—Está ahí si lo necesitas, solo has de decirlo.

Llegan el té y la infusión. Es de manzanilla y ya le han quitado la bolsita, así que probablemente ha sido una infusión de diez segundos, no de cinco minutos. Sabe a agua caliente con un muy ligero toque de heno, de manera que las órdenes de Jackson se han obedecido al pie de la letra.

—Continúa, pues —dice Jackson, sorbiendo un poco de té—. Adelante, sé que tienes la cabeza llena de teorías y me muero de ganas de oírlas.

—No son teorías. Nada tan avanzado como eso.

—De acuerdo. Mira, mi teoría y la teoría de todos los demás se ha venido abajo hoy. Según esa teoría, algún putero mató a Janet Mancini, deliberadamente o de manera planeada, quién sabe. Luego mató a la niña para silenciarla. Sin premeditación. Sin planificación. Sin sentido. Sin seguimiento. Diría que esa teoría está jodida.

—Yo no tengo ninguna teoría. En serio.

—¿Pero...?

—Pero he visto algunos elementos. Uno, la tarjeta de Brendan Rattigan estaba en esa casa. Es un lugar muy extraño para que se encuentre la tarjeta de un hombre rico. Dos, su mujer vino a decirme que le gustaba el sexo duro. Ella obviamente no compartía ese gusto, y no le hacía ninguna gracia, pero a él le gustaba.

—Sigue siendo especulación.

—En realidad es todo especulación. Nada de esto son pruebas que puedan llevarse a juicio.

—Vale, aceptémoslo. Supongamos que Rattigan conocía a Mancini y que la visitaba. De una forma u otra, ella se quedó con su tarjeta.

—Exacto. Número tres, Brian Penry. Especulación, recuerde.

—Adelante.

—Bueno, la cuestión que me hacía estallar la cabeza con ese caso era que daba la impresión de haber robado más dinero de la escuela de lo que la escuela sabía. Simplemente no podía entender cómo se había comprado todo lo que tenía.

—Eso no viene a cuento.

—Lo sé. Teníamos pruebas suficientes para acusarlo de una docena de cargos de desfalco, así que fue más la curiosidad que otra cosa lo que me hizo seguir rascando. Eso, además de la sensación de que estaba haciendo mal las sumas.

—Pero no las estabas haciendo mal.

—No. O más bien sí, porque había pasado por alto el hecho de que Penry era copropietario de más caballos de carreras de los que sabíamos. Había tomado medidas elementales para ocultar su nombre, nada más. Todos sus caballos parecen ser copropiedad de Brendan Rattigan o sus lacayos. Deducción lógica: Rattigan estaba pagando a un ex policía por algo. Debía de ser algo grande, porque los pagos eran grandes.

—¿Por qué no lo informaste antes?

—Bueno, hay varias razones. Uno, solo ahora acabo de ver la imagen completa. Dos, lo he informado. Está en mis notas más recientes y estará en mi informe al inspector jefe Matthews cuando lo presente. Pero en tercer lugar, es difícil investigar un delito cuando ni siquiera sabes que hay un delito, y cuando ya tenemos pruebas suficientes para condenar a Penry por desfalco. Pensaba que si venía directo con eso, usted y el inspector jefe Matthews me habrían dicho que me olvidara.

—Es posible. Y no sabes que Rattigan estuviera haciendo esos pagos. Podría haber sido cualquiera.

—Podría haber sido cualquiera. Salvo por la coincidencia de la propiedad compartida de esos caballos. Y por el dinero. Todavía no he tenido tiempo de controlar el valor de esos caballos extra, pero la parte de Penry valdrá decenas de miles de libras como mínimo. Has de ser rico para gastar esa cantidad.

—Pero Rattigan está muerto, lo cual lo elimina de la lista de sospechosos.

—Presumiblemente muerto. He hablado con la SIAA (los de investigación de accidentes aéreos) y he preguntado si había algo raro en el accidente.

—Has estado ocupada.

—Y la respuesta fue que no, que en realidad no, aunque un poco sí.

Jackson lo considera un momento y luego dice:

—No. La gente no desaparece así. Y menos gente que tiene cien millones. A menos que haya algo más que quieras contarme.

Esos mensajes de texto en realidad no cuentan. La expresión de Penry no cuenta. El hecho de que su Yaris tenga óxido encima de la rueda o que no hubiera partitura en su piano.

—No, no. No lo creo.

En realidad hay un par de cosas más, pero tan pequeñas que apenas cuentan para nada. Número uno, la última adquisición extravagante de Penry —el jardín de invierno— se produjo quince semanas después del informe sobre la muerte de Rattigan. Eso fue mucho después de su última retirada de fondos ilegal de la escuela. Número dos, aunque Rattigan era rico según todos los criterios, su negocio estaba pasando un mal momento. Su mejor posición en la lista de los más ricos fue en 2006, cuando se le calculó una fortuna de 91 millones de libras. Pero sus negocios eran el acero y el transporte, dos de las industrias más tocadas por la recesión. En el momento de su muerte, en diciembre de 2009, ambas mitades de su empresa registraban pérdidas y él estaba buscando refinanciar parte de la deuda asociada con el negocio del acero. Dado el mercado de crédito en ese momento, era como pedir a sus deudores que le apalearan la cabeza y luego le robaran. Después de que pasó el huracán *FT* calculó el valor de sus negocios resultantes en solo entre 22 y 27 millones de libras. No sé cómo se piensa algo así cuando eres un tipo como Rattigan. ¿Estás triste porque has perdido 65 millones de libras? ¿O contento porque tienes 25 millones y sigues en juego? ¿Y algo de eso te haría fingir un accidente aéreo? ¿Y cómo se relaciona eso con los asesinatos de Janet Mancini y su hija y de Stacey Edwards? No lo sé.

Luego surge otra idea, y esta la comunico.

—La gente de StreetSafe dice que Stacey Edwards tenía un odio especial por los tipos de los Balcanes que se estaban haciendo con el negocio de la prostitución en la ciudad. Su muerte tiene un regusto a crimen organizado, supongo, así que podría haber una conexión ahí. Y los intereses en el transporte de Rattigan eran en su mayor parte comercio con el Báltico, signifique lo que signifique. Al menos desde Rusia al Reino Unido. Quizás alguna clase de conexión de drogas. ¿Quién sabe? Si quieres hacer contrabando de drogas, ser dueño de una naviera es una buena forma de hacerlo.

—Parece un poco voluminoso, ¿no? —Jackson se ríe de mí, pero con una risa amistosa—. Pasar por todos los problemas de hacerte millonario solo para poder entrar drogas en el país.

—Lo sé. Nada tiene sentido.

—Bueno, gracias. Es todo útil. Muy especulativo, pero ya me lo habías advertido. Podríamos conseguir todavía algo útil de forense sobre Stacey Edwards. Entretanto, hemos de hablar con todas las prostitutas que podamos encontrar. ¿Te va bien con Alexander?

—Sí, señor.

—De acuerdo. Entonces las dos podéis seguir trabajando en equipo. Veré si puedo conseguir más agentes mujeres para que puedan ayudar. Brian Penry. ¿Qué crees que deberíamos hacer con él? Podemos traerlo aquí y someterlo a un tercer grado.

—No servirá de nada. Nos engañó todo el tiempo la última vez. Y no es que podamos conectarlo con esta investigación de un modo significativo.

—No.

Es un gran no, rotundo, de policía galés. Un no de final de conversación. Un no de vete a casa y duerme. Un no al que no le importa que la detective Griffiths se levante cada mañana a las cinco con una hormigueante sensación en todo el cuerpo, como una premonición de asesinato.

Jackson comprueba su taza por tercera vez, solo para ver que está vacía. La apoya en la mesa.

—Nos olvidamos de Rattigan. Está muerto. No forma parte de esto. Nos olvidamos de Penry. No tenemos nada para conectarlo y es un hueso duro de roer de todos modos. Como has dicho, parece una acción del crimen organizado. En algún sitio hay gente, probablemente prostitutas, que saben qué está pasando. Las encontramos. Apostamos al máximo en forense. Encontramos a nuestro asesino. ¿Vale?

—Sí, señor.

—Sí como en «he oído lo que ha dicho pero no pienso hacerle caso» o sí como en «sí». Un sí al viejo estilo, vamos.

Sonrío. Mi taza aún está llena. No me gusta el agua con gusto a heno.

—Lo haré al viejo estilo, ¿puedo?

—Muy bien. ¿Qué día es mañana? Cielos, ¿domingo ya? ¿Todavía no te has tomado ningún día libre esta semana?

—No.

—Vale. Mañana te tomas el día. Vete a casa. Haz lo que quieras para relajarte. Quédate durmiendo. Si tienes ganas ven el lunes, eso ayudará. Pero cuídate. Has de tomarte las cosas con calma. Hay que cuidarse en casos grandes como este.

—Sí, señor.

Me levanto y digo buenas noches. Porque así es la vida. No hay ningún sitio al que ir salvo hacia delante.

18

Cojo mis cosas, bajo, abro el coche con el mando a distancia y entro. Simplemente me siento allí, con la puerta abierta y el cuerpo y la mente ociosos. «Haz lo que quieras para relajarte.» ¿Qué hago para relajarme? Fumar a escondidas en mi jardín es la respuesta obvia, pero eso parece demasiado solitario. Deja mucho espacio en mi cabeza para que cunda la confusión. Necesito gente.

No hace tanto calor como antes. Esta tarde ha soplado una brisa del oeste y de repente han caído cuatro gotas gruesas de lluvia. Goterones que aporreaban la calle como el tamborileo de granizo. Las nubes ya se han despejado y la neblina ha desaparecido del aparcamiento, pero se percibe el cambio en la atmósfera. La tarde parece más nítida y brillante que las últimas que hemos tenido.

No puedo evitar recordar la otra noche en el Taff Embankment, observando a las prostitutas desapareciendo en la oscuridad. No puedo imaginar vivir esa vida. No puedo imaginar morir esa muerte.

La gente viene y va. Algunos de ellos —aquellos que me conocen y a los que no les caigo mal— levantan la mano para saludarme. Yo también los saludo con la mano.

No quiero ir a casa. No quiero presentarme en casa de mis padres. No quiero salir con un colega. Tengo más familia —tíos y primos— en las granjas de fuera de la ciudad. En el Gales real, en el viejo Gales. El que mira con incomprensión esta trastornada franja de costa repleta de gente. Eso me gustaría. Un día o dos levantándome a la hora de ordeñar. Paseos por las colinas con águilas ratoneras sobrevolando y chorlitos pavoneándose pomposamente en los arbustos de arándanos. Arreglar cercas y dar de comer a los pollos.

Otro día. No tendría tiempo ni de relajarme allí. Sin embargo, cierro la puerta del coche y arranco. Conduzco hasta Penarth. St. Vincent Road.

Pueblo residencial. Casas victorianas, jardines ordenados. Matorrales de costa que no me gustan: viburno, evónimo y, el que me gusta menos, escalonia. Todos parecen hechos para sobrevivir, no para ser bonitos. Preferiría tener algo que viva y muera deprisa, pero con hermosura. Un jazmín aromático que caería fulminado por la primera ráfaga de viento de diciembre. Al menos, lo habría intentado, no se limitaría a resistir.

Aparco y hago una llamada.

—¿Hola?

—Hola, Ed. Soy yo, Fi.

—Hola, Fi. Me alegro de oírte. ¿Cómo estás? —Su voz es entusiasta, enérgica.

—Sí, no estoy mal. ¿En qué estás?

—En este momento, esta tarde o en mi vida en general.

—Las dos primeras.

—Sirviéndome whisky, preparándome para ver una reposición de *Morse* en la tele.

—¿Qué episodio? ¿No lo has visto antes?

Me dice qué episodio es y me explica que no, que no lo ha visto. Le digo el nombre del asesino, la pista clave y cómo Colin Dexter maniobra con la pista falsa. Oigo que se apaga la tele en el fondo.

—Gracias, Fi. Bueno, ya tengo la noche libre. —No parece completamente emocionado.

—Bien. Pensaba que a lo mejor podría pasarme. Pero no quería ver *Morse*.

—¿Dónde estás?

—Mirando desde la ventana de tu casa. ¿Tienes sofá nuevo?

Él se vuelve, me ve mirando y su expresión es compleja, pero al menos dos terceras partes son de bienvenida. No está mal. Tira el teléfono al sofá probablemente nuevo y lo rodea para venir a abrirme. Nos besamos, mejilla con mejilla, pero de manera amable.

—De todos modos, no es el mejor capítulo de *Morse*. La parte central decae mucho.

Me frota la espalda, de la manera en que estás autorizado a hacerlo con alguien con quien te has acostado.

—Pasa. Pareces cansada. ¿Una copa?

—Estoy agotada, pero no puedo dormir. Estoy en un gran caso que me está resultando muy extraño.

—¿Es una petición de whisky? —Tiene las manos sobre una colección de botellas y copas.

Dudo. Antes evitaba el alcohol por completo. Mi cabeza era demasiado frágil como para tomar algo que pudiera desequilibrarla. Ahora me siento un poco más osada, pero solo un poco, y en este momento no siento la cabeza demasiado sólida.

—Hum. Demasiado alcohólico. Quiero algo con gusto de alcohol, pero que no lo sea.

—¿*Gin tonic* con mucha tónica y solo un poco de aroma de ginebra?

—Y hielo y limón. Suena perfecto.

El bueno de Ed. Me prepara la bebida perfecta, sabe preguntarme si he comido, no le sorprende que no lo haya hecho y saca unos *tortellini* de espinacas y ricota para mí. Me los sirve calientes con un chorro de aceite de oliva y acompañados por un bol de ensalada.

—Caseros —dice, señalando los *tortellini*—. He estado jugando con mi máquina de pasta nueva.

—Bien, me gusta la clase media inglesa —digo con la boca llena—. ¿Quién más hace *tortellini* esperando por si se pasa algún niño abandonado?

—¿Los italianos?

—No te lo discuto. Sus casas deben de estar llenas de abuelas y niños que lloran. Prefiero los divorciados ingleses de clase media, no hay color.

Ed ha pasado del whisky al vino tinto, supongo que siguiendo alguna norma de buena educación inglesa que él conoce y yo no.

Tenemos una relación extraña. Nos conocimos cuando yo era una adolescente medicada hasta las cejas en manos de psiquiatras que creían que su trabajo consistía en hacerme tragar más pastillas si mostraba algún signo de pensamiento independiente, movimiento, emoción o discusión. Sobre todo discusión. Ed —el señor Edward Saunders— era un psicólogo clínico que pensaba que tal vez un poco de razonamiento independiente constituía un signo positivo en un paciente, aunque ese razonamiento tendiera a sugerir que a todos los profesionales de la salud mental —y a los psiquiatras en particular— había que remolcarlos mar adentro en un gran barco que luego sería rodeado por tiburones y hundido. Y para terminar: una carga de profundidad.

En cuanto a Ed, bueno, él simplemente me dedicaba su tiempo. No sé cuántas semanas u horas, porque el tiempo era muy nebuloso para mí entonces. Pero él me trató como un ser humano y finalmente me convertí otra vez en ser humano. No fue solo su ayuda lo que me salvó. Ni siquiera fue lo más determinante. Le debo más a mi familia y a mi propia tozudez. Pero de todo el equipo de salud mental, Ed fue el único al que habría rescatado de ese barco con un helicóptero. Él mantuvo la fe. Fe en mí. Eso era precioso para mí entonces, y lo sigue siendo.

Después perdimos el contacto. Yo fui a Cambridge. Ed siguió siendo una pepita de oro en la montaña de estiércol que es el Servicio de Salud Mental del Sur de Gales. Es un chico del sureste de Inglaterra —padre abogado, hermano que se dedica a algo tedioso y lucrativo en la City—, pero él terminó en el sur de Gales y parece que se ha quedado. Coincidimos otra vez, porque tuvo algún trabajo de investigación en Cambridge durante un par de semestres. Nos encontramos en la calle. Una cosa llevó a la otra. Su matrimonio prácticamente había muerto, pero Ed todavía estaba en el proceso de completar sus ritos funerarios. Empezó una amistad, después pensamos que, como eso iba bien, deberíamos acostarnos juntos. Lo hicimos de vez en cuando durante unos meses. Fue bonito. De hecho, Ed era un buen amante. No sabía que los hicieran tan apasionados en Hertfordshire. Pero nunca pensamos en serio en ser amantes. El sexo se interpuso en la amistad, así que volvimos al punto de partida y allí hemos seguido estando desde entonces. Nos vemos menos de lo que deberíamos, porque él está ocupado y yo estoy ocupada, pero quizá también porque tiene unos sentimientos extraños por haber tenido una relación sexual con una ex paciente.

Ceno como una buena chica. Resulta que estoy famélica, ¿cuando fue la última vez que tomé una comida caliente? Me acabo sus existencias de *tortellini*, hago una seria mella en su reserva de ensaladas y causo daños considerables a una tarta de manzana que encuentro en la nevera. Ed tiene la idea de que soy alguien que come todo el tiempo. Eso solo muestra lo mal científico que es. Si hiciera el experimento de no tener comida en su casa, salvo un poco de salami viejo y tomates decorados con dos tipos de moho diferentes, tendría una visión más equilibrada de mis hábitos alimentarios.

Ed pone queso en un plato —cheddar, de cabra galés y uno francés blando— y volvemos a la sala de estar. Tiene dos niños de su matrimonio, un chico de diez y una niña de ocho. Hay fotos de los dos en diferentes edades por toda la casa, y me fascinan por alguna razón. Veo unas cuantas de cuando la niña, Maya, tenía más o menos la edad de April al morir. Estas en particular captan mi atención. Hay una diferencia vital entre estas fotos de Maya y las que tengo de April. Hay una discrepancia seductoramente importante entre las dos, pero se me escapa.

—¿Qué pasa?

—Nada. Solo trataba de entender algo. ¿Cómo están los niños?

Ed empieza a contarme. Están bien. Les va bien en el colegio. Tienen problemas con su padrastro, un promotor inmobiliario de Barry. Bla, bla, bla.

Nos terminamos el queso, charlamos un rato, nos acurrucamos en el sofá y terminamos mirando la última media hora de *Morse*. Anuncio todos los puntos esenciales de la trama antes de que surjan y Ed me revuelve el pelo o, cuando soy particularmente irritante, me tira de las orejas hasta que digo «¡Au!». Cuando *Morse* se termina, seguimos con *Newsnight*.

Terrorismo. Recortes. Una discusión sobre la reforma educativa. Hablamos de si Jeremy Paxman se ha blanqueado los dientes.

Cuando *Newsnight* se hace demasiado aburrido hasta para nosotros, yo me acuesto sobre el pecho de Ed.

—Si quisiera salir contigo otra vez, ¿lo harías?

Me besa con dulzura en la frente.

—Probablemente.

Me siento encima de él. Noto que empieza a tener una erección. Reboto un poco arriba y abajo para retribuirle los tirones de orejas. Él me agarra para que no pueda hacerle demasiado daño, pero más que nada me deja rebotar sobre él.

—Creo que no deberíamos —digo—, pero me gusta saber que no necesariamente dirías que no.

—No, necesariamente no.

—¿Por qué nunca vienes a verme?

—No lo sé, supongo que estás ocupada.

Eso no es respuesta de ninguna clase y escapo de su agarre para rebotar de manera más vigorosa, lo bastante fuerte para que haga una mueca.

—Responde como es debido —exijo.

—Vale, pues. Creo que si vengo a verte, terminaremos en la cama. Terminaríamos juntos otra vez.

—¿Y no quieres eso?

—No, no es eso. No estoy seguro de que sea lo que tú quieres. No quiero estar por ahí esperando a que te decidas. Esperando a que descubras quién eres.

—¿Crees que no lo sé?

—Estoy seguro de que no. Eres una obra en curso.

Pienso en rebotar un poco más, pero decido que tiene razón en todo y que tener razón no necesariamente merece un castigo. Le doy un pellizco cariñoso y bajo de encima de él, palpando el suelo en busca de mis zapatos.

—Eso es lo que más me gusta de ti, señor Edward Saunders.

Tú no eres una obra en curso en absoluto. Eres el artículo acabado. Retractilado y listo para enviar.

Sonríe con dulzura, observando cómo me preparo para irme.

—Lo tomaré como un cumplido.

—Lo es. De mi parte lo es.

Entro en la cocina a buscar una bolsa de plástico para poder robarle el queso.

—¿Qué estás haciendo?

—Robarte el queso.

Él deja que me lo lleve. Nos besamos en la mejilla, lo mismo que al llegar, pero también decimos que pronto nos veremos, y creo que los dos lo pensamos.

Al salir, miro otra vez esas fotos de Maya, y esta vez lo entiendo. Entiendo lo que me resulta desconcertante en ellas. Me río de mí misma por ser tan idiota.

En el camino de vuelta conduzco por una vez sin rebasar el límite de velocidad, mientras la lluvia pinta la carretera de negro delante de mí. Llevo las suites de chelo de Bach en mi cargador de cedés y lo pongo lo bastante alto para que el ruido del limpiaparabrisas no se interponga. Ojalá tuviera que conducir más rato. «Como el día que fuimos al paraíso por Kensal Green.»

Llego a casa. No hay escalonias, ni tampoco mucho por lo que animarse. Mi casa es muy magnolia. Magnolia, blanco y acero inoxidable, y a mí no me gusta nada de eso.

La April séxtuple me sonríe cuando me acuerdo de poner el queso en la nevera.

Cojo un vaso de agua y me siento enfrente.

Al mirar las fotos de Maya, finalmente descubrí lo curioso de mis fotos de April. Todas las que tengo son de la escena del crimen. April a quien le falta la parte superior de la cabeza. April con una sonrisa, pero sin ojos. Seis pequeñas April muertas, y ni una sola viva. Hasta ahora no me había fijado en que todas mis fotos eran de April muerta.

Me sonrío y siento que ella también me sonríe. Siete sonrisas. Subo caminando lentamente, lleno la bañera y me concedo ponerme un buen rato en remojo, pensando vagamente en si he de quitar las fotos o dejarlas y añadir alguna de las de vestido de fiesta, playa y manzana de caramelo.

Preguntas para otro momento, pero probablemente me quedaré con las fotos que tengo. Nunca me han asustado los muertos. No son ellos los que causan problemas.

19

Me despierto antes de las seis de la mañana, todavía demasiado temprano, pero al menos ahora ya me lo espero. Bajo en camisón, me preparo una infusión, cojo unos cereales y vuelvo para desayunar en la cama. Luego, como la casa parece demasiado silenciosa, salgo al coche, todavía en camisón, para conseguir el cedé de chelo de Bach. Lo pongo a volumen lo bastante alto para oírlo desde arriba y continúo desayunando en la cama. Bendición del domingo por la mañana, solo que tres horas fuera de lugar.

Repaso mentalmente la conversación con Jackson. Tiene razón, por supuesto. Mis sospechosos son, uno, un hombre muerto, y dos, un hombre que va a ir a la cárcel de todos modos. Además, por supuesto, no creo que ninguno de ellos matara realmente a las Mancini o a Edwards. Solo creo que están implicados. Eso significa que, además de tener un sospechoso muerto y un sospechoso a punto de ser encarcelado, también me falta un delito con el que conectarlos. No recuerdo al pie de la letra toda mi formación para el Departamento de Investigación Criminal, pero estoy casi segura de que hacía falta un delito antes de empezar a detener a gente, viva o muerta.

El problema es que intuiciones como las mías se llevan fatal con la forma en que funcionan las investigaciones policiales. Hay un viejo chiste sobre un intento irlandés de subir al Everest. Fracasó porque se quedaron sin andamios. Jo, jo. Pero es justamente así cómo lo escalaríamos nosotros los policías. La única diferencia es que no nos quedaríamos sin andamios. Seguiríamos subiendo, tubo tras tubo, tornillo tras tornillo. Interrogatorios. Declaraciones. Pruebas de ADN. Huellas. Un millón de datos. Miles de horas de análisis paciente y minucioso. Implacable, metódico, ineludible. Y un día, cuando tus dedos congelados están transportando otra plancha del andamio, te das cuenta de que te has quedado sin montaña. El sol te da en horizontal. Has llegado arriba de todo.

Así es como Jackson planea esta escalada en particular, y tiene razón. Atrapará a su asesino.

Pero ¿atraparé yo al mío? No le hice promesas a Jackson. Cuando me pidió un sí de la vieja escuela, de los que denotan obediencia, le respondí con una pregunta. A mi modo de ver, eso me permite un poco de iniciativa particular. Y él es un cabrón astuto. Quizás hasta le gustó que quedara así. En cualquier caso, no hay tiempo como el presente.

No hay tiempo salvo para el presente, si se reduce a eso. Es una idea aterradora cuando la piensas demasiado.

Me visto deprisa. Mi ropa informal habitual requiere una capa base de tejanos y camiseta, más lo que el clima o la ocasión demanden. Pero hoy hace demasiado calor para tejanos. Veinticinco y subiendo. Así que voy a por algo más veraniego. Una falda plisada rosa beis y una camiseta a rayas pistacho y café. Ropa de verano. Buen humor de verano.

Abajo, cojo el cedé de Bach y cruzo la ciudad con entusiasmo. Eastern Avenue está casi completamente vacía, así que enseguida llego a mi destino, incluso sin acelerar.

Rhayader Crescent. Los profesores, enfermeras, mandos intermedios y abogados jóvenes aún están en la cama, o quizá bostezando ante una tostada, o preparándose para un día de enfrentarse a niños hiperactivos. El policía corrupto del número 27 no muestra señal alguna de hacer nada de eso. El Yaris está ahí. El capó está frío. No hay luces en la casa. No hay señal de vida.

Casi seguro que el policía corrupto del número 27 está durmiendo arriba. Se levanta tarde.

No tengo ningún plan, lo cual veo como algo positivo. Nada puede ir mal. Un pasaje lateral conduce al patio trasero y lo recorro, aunque solo sea para llamar menos la atención. Una señora en un jardín situado en diagonal está sacando la colada. Me mira, pero no dice ni hace nada. No hay razón para hacerlo. No tengo pinta de ladrón y no es una mirada a un ladrón. Las gaviotas sobrevuelan Victoria Park, buscando algo que hacer.

Me siento en el escalón y espero a que la señora entre en su casa.

Las llaves de Penry me han estado preocupando. Su casa tiene forma de ele, con la extensión de la cocina formando el brazo de la ele. En el codo de la ele está el jardín de invierno. Las llaves del jardín de invierno estaban a la vista de todos en la casa, no hay razón para que no lo estén, pero son igualmente visibles desde el jardín. Un ladrón armado con un ladrillo podría romper fácilmente un cristal, coger las llaves y entrar. Es elemental, y Penry era policía.

Eso es lo que me hizo pensar en primer lugar.

Yo no voy a romper ninguna ventana, pero apostaría a que Penry no tiene amigos en esta calle. Gente a la que saluda, quizá, pero no colegas con los que ir al pub. La calle es demasiado residencial para eso, demasiado esposa y 2,4 hijos. Así que no hay vecinos que te guarden una llave.

Luego está el fregadero de su cocina. No es un hombre desaseado, pero tampoco organizado, no siente ningún orgullo por la casa. Es un hombre hombre. Latas de cerveza en el cubo de la cocina. Más cervezas en el pub. Esa clase de hombre necesita una mujer o una llave extra. Y no tiene mujer.

La señora de enfrente se mete en su casa y yo centro mi atención en la puerta de atrás, la de la cocina, no la del jardín de invierno.

Giro el pomo muy despacio. Está cerrada.

No hay macetas. Un par de ladrillos y unos cuantos troncos de jardín podridos de distintos tamaños, pero nada debajo. El marco de la puerta está encastrado en la pared, así que no hay nada escondido encima o en los costados. Nada.

¡Maldita sea! Siento una breve inyección de frustración, pero enseguida queda sustituida por una sensación de seguridad. No me equivoco. Lo sé. Mi interpretación de Penry es correcta. Tiene que haber una llave extra en alguna parte. Tiene que estar.

Entonces lo comprendo. El jardín de invierno fue lo último, no lo primero. Esas llaves en el marco van contra las normas más elementales de seguridad, pero Penry las dejó en un punto en que ya ha desfalcado tanto dinero que tiene que saber que lo pillarán. Fue un acto de desidia, pero Penry no siempre ha sido así.

Me vuelvo y examino el jardín. Soy Penry. Acabo de retirarme. Carrera honorable terminada por una lesión. Pensión policial. Hombre soltero. Necesito tener unas llaves a mano, pero no voy a ser estúpido con eso. Ni siquiera he completado el experimento mental cuando llego a una zona con suelo de ladrillos viejos en la parte de atrás, con banco, cenador tambaleante y barbacoa. Miro el banco, luego la barbacoa, después la zona de ladrillos en sí. En el lado más cercano a la cerca del jardín hay un ladrillo suelto. Lo levanto junto con un puñado de mortero viejo y una llave me hace un guiño desde el hueco.

20

¿Puerta delantera o trasera?

Parece que las llaves encajarán en la puerta de atrás, así que lo pruebo y abro a la primera. Estoy en la cocina. Continúa el aspecto sórdido. Ha sacado de la basura la taza que tiré y la ha dejado en un rincón de la encimera. Vuelvo a tirarla al cubo. Para recordarle que sea más ordenado.

Con los zapatos en la mano me adentro más en la casa. Todavía es pronto, aún no son las siete y cuarto. Seguro que Penry no se levanta temprano, pero no sé si tiene el sueño ligero. Desde luego no me gustaría encontrármelo aquí. No estoy exactamente asustada, porque estoy demasiado en Babia para sentir algo tan específico como eso, pero reconozco los síntomas. Latido cardíaco acelerado. Respiración rápida. Un nerviosismo de excesiva alerta. Nada bueno.

Pero quiero estar aquí.

El jardín de invierno sigue vacío. Tengo el impulso de subir la tapa del piano y tocar una pieza, hacer un poco de ruido. No lo hago, por supuesto. Sigo sin ver ninguna partitura y cada vez más tengo la sensación de que Penry ni siquiera sabe tocar el piano. Una sala de música sin música. Un jardín de invierno vacío.

La sala de estar parece igual que la última vez. El aviso de solicitud de información está doblado encima de la mesa. Lo despliego otra vez para que Penry pueda leerlo con más facilidad y marco con un círculo el número al que la gente ha de llamar si tiene información.

En el rincón de la habitación, al lado del equipo de alta fidelidad, hay un móvil cargándose. ¡Ah! Gracias por la amabilidad, si no le importa... Me meto el teléfono en el bolsillo y miro a mi alrededor para ver si hay algo más que merezca la pena llevarse. No lo hay. No hay papeles. No hay agenda ni libreta de direcciones. No veo casi nada encima del único escritorio —algunos cables de ordenador, un dispensador de notas, una taza con bolis, algunos listines de teléfono—, y el único cajón está cerrado con llave.

Probablemente la llave del cajón está en alguna parte, y probablemente hay más cosas que encontrar, pero he perdido los nervios. Ahora el miedo me ha atrapado de lleno y no me gusta estar aquí. No quiero hacer ruido y arriesgarme a despertar a la bestia.

Así que me marcho. Lo más rápida y silenciosamente que puedo. Cierro y dejo la llave donde la había encontrado. No vuelvo a sentirme segura hasta que estoy en el coche, e incluso entonces conduzco diez minutos antes de empezar a jugar con mi juguete nuevo. Hay veintiséis números en la agenda de direcciones, que copio en mi libreta. No hay mensajes en el buzón de entrada ni en el de enviados. Compruebo los mensajes de voz, pero me pide una contraseña. Intento 0000, luego 1234 y luego 9999 y me quedo bloqueada. Estúpida. Su fecha de nacimiento, 4 de mayo, 0405, era probablemente una mejor opción. Y me he olvidado de coger el cargador. No importa. Veintiséis números es un buen botín.

Conduzco hasta casa y me preparo una infusión de menta. Bach suena muy apagado para un momento así, de manera que lo sustituyo por *No Angel*, de Dido. No es la música más *cool* del mundo, pero si lo que buscas es algo *cool* te has equivocado de puerta. Mi ambición máxima es la normalidad. Vuelvo a meterme en la cama, completamente vestida salvo que me quito la falda, con Dido gritando debajo de mí. Vete, chica.

Veintiséis números de teléfono y un día entero para jugar con ellos.

Empiezo por los fijos. Decido que soy una floristería que está preparando los repartos del lunes. Llamo al primer número —de Cardiff— y me sale un contestador. Sin nombres. Solo «La persona a la que llama no está disponible» en una voz pregrabada.

No me sirve. Cuelgo. El segundo número solo dice «Jane» en el teléfono de Penry, pero el mensaje del contestador habla de «Jane y Terry». Tomo nota, pero no dejo mensaje.

En el tercero responde una mujer. Suelto mi perorata. Me falta una dirección para la entrega de mañana. Tengo el 22 de Richard Court, pero tiene que haber una confusión porque me aparecen tres entregas para esa dirección. La mujer se lo traga y me da su dirección, que está en Pontprennau, en el campo de golf. Digo: «Oh, sí, en el club de golf.» Y ella dice: «Exacto, justo al lado del club de golf.»

Luego le pido que me confirme su nombre «porque hemos de hacer la entrega a la persona correcta».

No hay ninguna lógica en lo que acabo de decir, pero la mujer responde «sí, por supuesto» y me dice que se llama Laura Hargreaves.

—Gracias, Laura —digo—. Está bien. Probablemente la veré mañana.

—Oh, muchas gracias. Me encantan las flores. Me pregunto de quién serán.

—Bueno, no estoy autorizada a decírselo, pero es un ramo encantador el que le han encargado. ¿Cuál es su color favorito?

—Oh, no lo sé. Probablemente crema en flores. Me encantan las rosas, pero en realidad me gustan todas las flores.

Prometo un ramo enorme de rosas color crema y cuelgo. Ahora estoy disfrutando. Es bonito repartir un poco de alegría. Hago otras veintitrés llamadas, contacto con catorce personas, y consigo doce direcciones y diez nombres. Hago otra ronda de llamadas a los números en los que solo me ha salido el buzón de voz y esta vez recopilo otro nombre y dirección. Creo que sería una buena empleada de floristería. Soy encantadora por teléfono, aunque esté mal decirlo de mí misma.

En el piso de abajo, Dido se ha quedado sin canciones, y de todos modos he de salir. Envío unos cuantos mensajes de texto a personas con las que no he contactado, luego me paso por Sainsbury y compro para toda la semana. Tengo la teoría de que si compro un montón de comida sana y fácil de preparar, empezaré a comer como es debido. No la versión de como es debido de los *tortellini* caseros, pero bueno, yo solo soy una chica de floristería. No somos pijos. Compro algunos extras, incluida una de esas begonias en maceta que vienen con su propia cesta de Caperucita Roja. Es un poco cursi para lo que la quiero, pero tendrá que servir.

Pago. Me largo a casa. Dejo la compra. Hago algunas llamadas más. Preparo una comida para dos. Es un poco difícil saber qué preparar, porque no estoy segura de cuándo llegará mi invitado ni de cuánta hambre tendrá, así que me conformó con unos *bagels*, crema de queso, salmón ahumado y zumo de naranja. Y es fácil añadir unos huevos revueltos si es necesario. Adecuado para cualquier hora del día o de la noche en mi opinión.

Pongo Paloma Faith en el cedé. Pienso en pasar la aspiradora, pero decido posponerlo una semana más. No tengo ningún gusto musical. Nunca sé quién soy, así que compro al azar y pruebo diferentes cosas preguntándome si algún día encontraré mi verdadero ser. ¿Lo sabré si ocurre?

Mientras espero un poco de iluminación, saco la tarjeta SIM del teléfono de Penry y la echo en una tetera con agua hirviendo, luego la seco y vuelvo a ponerla en el móvil. Penry querrá corregir cualquier daño que estoy causando, pero nadie tiene una buena copia de sus contactos. Si destruyo su tarjeta SIM, probablemente conseguiré un poco de espacio extra para maniobrar.

Lamentándolo, quito mis fotos de April de la pared y me enfado al ver que el Blu-Tack ha dejado marcas. Recojo los trozos de Blu-Tack con la uña, pero ya sé que no voy a hacer nada más por la pared.

21

Penry llega a las cuatro.

Mi nombre y dirección están en la guía, pero no soy la única Griffiths de Cardiff, ni siquiera la única F. Griffiths. Cuando Penry aparca su Yaris viejo y feo, está muy claro que no está seguro de que se trate de la dirección correcta. Probablemente piensa que esta casa insulsa es demasiado lujosa para una humilde detective. Lo saludo por la ventana y le dedico una sonrisa tranquilizadora.

En la puerta, le digo que pase, pero él pasa empujándome con el hombro, agresivo.

He puesto su teléfono en el suelo del salón, junto con la begonia de Caperucita Roja y una pequeña cinta navideña. Mi forma de decir gracias. Él coge el teléfono, pero deja la maceta.

En este momento, estoy en la cocina poniendo la tetera.

—¿Qué coño es esto? —dice Penry en el umbral.

—No estoy segura. Creo que lo llaman *brunch*, pero supongo que es más una merienda ahora. No estaba segura de a qué hora vendría. Hay huevos revueltos si tiene hambre.

No dice nada de los huevos, ni de si prefiere té o café. Supongo que café, así que lo preparo. Yo nunca tomo, pero lo tengo para las visitas; solo hay instantáneo si no le importa. Pongo cuatro cucharadas de café y lo revuelvo. Infusión de menta para mí.

—¿Sabe por qué la gente a la que no le gusta el café dice que le gusta el aroma del café?

Penry no responde. Todavía no se ha movido del umbral.

—Bueno, a mí no. A mí no me gusta ni el aroma ni el sabor.

Me siento. La cocina es el sitio más bonito de la casa. No porque haya hecho nada para que sea bonito, sino porque está razonablemente limpia y tiene una puerta cristalera que da al jardín. Cuando el día es medianamente bueno, la cocina es luminosa y aireada.

—Sírvase. Pase. Es salmón ahumado «Sainsbury, note la diferencia», pero creo que solo lo cobran más caro y no se nota la diferencia. ¿O usted la nota?

Penry parece un conversador bastante pasivo, pero se acerca a la mesa, aparta una silla y se sienta.

—Eres una puta loca —dice.

—Oh, estos están mejor tostados, ¿no? —Me encargo de tostar los *bagels*—. Es una investigación de asesinato, ¿sabe? Janet y April Mancini. Ahora también Stacey Edwards.

No reacciona al nombre de Edwards. No esperaba que lo hiciera, pero merecía la pena intentarlo.

—En realidad la encontré yo. Me colé por una ventana y allí estaba. ¿Quiere saber cómo murió?

Penry no responde, pero yo se lo digo igualmente, sin olvidarme de mencionar las ataduras con cables ni la cinta aislante.

—Obviamente todavía no hay resultados de la autopsia, pero murió igual que Janet. Colgada como un cuadro. Vías respiratorias bloqueadas. El doctor Price, que hizo la autopsia de las Mancini, calcula que hacen falta un minuto o dos. Índice y pulgar. Solo así.

Pongo un *bagel* en su plato y otro en el mío. No he comido nada desde el desayuno, así que tengo hambre de verdad y me lo como enseguida. Penry ha de tener hambre porque pone un poco de salmón en el *bagel* y empieza a comer. No ha acercado la silla a la mesa. No va a comer con plato, cuchillo y tenedor. Y no va a probar la crema de queso, lo cual es una pena.

—¿Has llamado a alguien?

—Sí, a todos. Creo que su madre es simpática. Me llamó encanto y me dijo que «Dios te bendiga» dos veces. Le dije que recibirá mañana unos tulipanes, así que será mejor que los encargue.

Penry abre la boca. No para comer, sino para decir algo. Tampoco es un comentario de «puta loca», porque hay un cálculo profundo en sus ojos. En silencio, le insto a decir lo que está meditando, pero decide no hacerlo. Ni siquiera se le ocurre otro insulto. Solo pone un trozo más de salmón en el *bagel* y se levanta. Listo para irse.

Yo también me levanto para verlo salir. Estamos de pie en el espacio entre el salón y el pasillo cuando Penry se vuelve hacia mí. La mitad de mí cree que va a decir algo útil. La otra mitad cree que va a insultarme. Pero ambas mitades se equivocan. Fracaso absoluto. Sin casi ninguna advertencia ni echar la mano hacia atrás, me da un bofetón en la cara con la mano abierta. Estoy anonadada —literal y metafóricamente— por la fuerza del golpe. El tortazo me hace trastabillar por el pasillo y creo que me golpeo la cabeza en la pared opuesta. En todo caso, cuando me recupero, estoy caída al pie de la escalera. Penry se cierne sobre mí.

Es gigantesco y va a matarme.

No digo ni hago nada. No puedo. Mi visión está atravesada por flechas negras y rojas. Tengo sangre en la boca. Siento la cabeza como si unos profesionales la hubieran hecho detonar y luego la hubieran vuelto a montar con cinta aislante. Sinceramente, no sabía que un solo golpe pudiera hacer esto. Nunca he carecido de seguridad física, pero jamás me habían golpeado así. Ha sido como si un muro de ladrillos se hubiera estirado para golpearme. Tengo la falda subida por encima de las rodillas y sin pensarlo me la estoy colocando bien con la mano derecha. Esa es la extensión de mi resistencia. Incluso la mano la noto débil.

Así es como me siento. Rendición total. Nunca había sabido antes lo que significaba. Nunca había sabido lo total que puede ser.

Penry se alza sobre mí durante unos pocos segundos más, luego da media vuelta y se va. Solo cuando se cierra la puerta —y no inmediatamente— intento levantarme.

Agito las piernas delante de mí y me muevo hasta quedarme sentada en el peldaño inferior. Reviso los daños. El lado derecho de mi cara, donde me ha golpeado Penry, está pasando del entumecimiento y el asombro al dolor y la furia. Me acaricio suavemente la mejilla con las yemas de los dedos. Todo está amoratado, pero no hay nada roto ni ningún corte. Creo que la sangre que noto en el interior de la boca procede del choque entre mi mejilla y mis dientes. También tengo un corte en el otro lado de la cabeza, donde me he golpeado con la pared. Noto que tengo los dientes sueltos, pero creo que es por el *shock*. También me duele todo el cuello, aunque supongo que es solo el efecto combinado del *shock* y el latigazo cervical. Tengo un gusto en la boca que identifico como vómito.

No estoy furiosa con Penry. Que me haya pegado me parece una respuesta justa a que le haya robado el teléfono. Podría haberme hecho mucho más daño del que me ha hecho. Estoy enfadada ante mi propia debilidad. ¿Por qué coño vivimos en un mundo en el que las mujeres están en una desventaja tan grande con los hombres? ¿Por qué mis genes me han hecho crecer a un metro cincuenta y siete cuando mi hermana Kay mide metro setenta y tres y Ant va rápidamente por el mismo camino? No es que ninguna de ellas hubiera tenido la menor oportunidad con Penry. Abdominales, pecas y vello corporal.

Me levanto.

El experimento va bastante bien. Siento que tengo un equilibrio extraño —como cuando sales de la piscina después de nadar un buen rato—, pero todo funciona como debería. Entro en la cocina, escupo algo de sangre en el fregadero y vierto un poco más de agua caliente a mi infusión.

¿Llamo a Lev?

¿Llamo a papá?

¿Llamo a Jackson?

¿Llamo a Brydon?

No hago nada de eso. Subo al piso de arriba y casi me alegro del dolor de cabeza que estoy empezando a sentir, porque es un signo de funcionamiento normal. En el espejo del cuarto de baño, el lado derecho de la cara se ve hinchado, pero de un modo asombrosamente normal, teniendo en cuenta cómo me siento. Veo la expresión confundida en mis ojos, pero solo porque sé que está ahí. Todavía noto el mundo torcido y desbaratado.

Me preparo un baño caliente y me vuelvo loca con las sales de baño. El cuello me duele horrores.

Solo puedo sentir tres cosas: entumecimiento, dolor y miedo. Cuando el entumecimiento empieza a remitir, las otras dos cosas ocupan su lugar.

Y abajo, en mi teléfono, oigo que llegan los primeros mensajes de texto.

22

El resto de la tarde parece que empieza bien. Después de mi largo baño, me tomo alguna aspirina más. Ya estoy dos por encima del límite, pero no me importa. El martilleo en mi cabeza es ahora un ruido de fondo sordo. Opto por medicarme para volver a mi aturdimiento.

Me quedo tumbada en la cama, tratando de secarme al aire antes de vestirme, pero termino echando una cabezadita de un par de horas. Duermo profundamente, sin soñar. Lo echaba de menos. Me faltaba una siesta y estas dos horas las siento como una bendición.

Son las siete y media cuando por fin me levanto, y hay una extraña normalidad de tarde estival en el aire. Unos pocos cortacéspedes todavía en marcha. Niños a los que gritan que se bajen de las bicis y entren a cenar. Un par de tipos gordos con piernas blancas y poco favorecedores pantalones cortos diciendo estupideces por encima de una cerca de jardín. Una abuela que vuelve a casa después de pasar el día con la familia. Si alguien estaba haciendo un publirreportaje sobre las delicias de la vida burguesa en Pentwyn, bien podrían querer ensamblar escenas como estas. No es deslumbrante, pero es real. Encantador, de un modo mesurado. Seguro.

Luego bajo. Más allá del último escalón. Más allá del trozo de pared donde me he golpeado la cabeza. A través del umbral por donde Penry sacó el brazo y me abofeteó. Hasta el salón, donde concibió su movimiento y empezó a ejecutarlo.

Me siento mal. Físicamente mal. De hecho, he de cruzar corriendo la cocina para inclinarme sobre el fregadero y hacer unas arcadas secas para ver si sale algo. No saco nada, pero la sensación no desaparece.

¿Seguridad? La idea es absurda. Nada que ver con el mundo real. Penry entró aquí, comió salmón y luego me pegó. Le dejé entrar. Eso lo sé. Prácticamente lo invité a venir, pero qué demonios va a impedir a alguien que entre si quiere. Sí. Mi puerta está cerrada con llave, y en cuanto termino de hacer arcadas secas encima del fregadero, compruebo los cierres de todas las puertas y ventanas de la casa. Pero la casa en sí se siente frágil. He visto construir estas mierdas. Todo el mundo lo ha visto. Unos pocos bloques de cemento de baja densidad. Un poco de material aislante amarillo. Y ya está. Alguien podría atravesar la pared con unos cuantos golpes de mazo. Y eso es la pared, por el amor de Dios. ¿Qué demonios hago con las ventanas? La ventana que da a la franja de césped de delante, mi estúpida zona de aparcamiento pavimentada, es solo una invitación para entrar. Hola, señor ladrón. No puedes alcanzarme. He cerrado las puertas. He cerrado las ventanas. Soy como los tres cerditos, rosas, petulantes, riéndose entre dientes del gran lobo malo que está fuera. Y luego, oh sorpresa, el gran lobo malo recuerda que puede que haya suspendido matemáticas en la secundaria. Puede que no sepa leer un libro sin mover los labios. Pero no lo necesita. Hay una ventana. Un golpe seco y ya no será una ventana, sino un cartel de «pase por favor». Pase por favor, empiece a asar a esos cerdos al espetón, porque nadie dentro va a ser capaz de pararle. Viólala. Arréale. Átale las manos con cable y tápale la boca con cinta aislante. Experimenta. Diviértete. Sírvete.

Y eso no es todo. La cosa mejora. Porque no solo hay una ventana en esta casa, hay montones. Cada habitación tiene al menos una. Elige entre tus métodos de entrar, porque no hay ni una sola habitación en esta casa que esté a salvo del asalto.

Es una idea descabellada, lo sé, pero me tiene en sus garras. No sé en qué habitación estar. Tengo un cuchillo afilado de la cocina y un martillo que mi padre me dio cuando me trasladé aquí. Cierro todas las cortinas y enciendo las luces en cada habitación. Vuelvo a poner a Paloma Faith, no porque quiera escuchar ni una sola palabra de lo que tiene que decirme de la vida, sino solo para hacer ruido. También enciendo la tele. Hay gente en esta casa, señor lobo, y no sabe cuántos ni lo grandes o feroces que son.

Estoy temblando. No creo que el temor sea visible en el exterior, pero el interior cuenta más. Es una vibración que me recorre y que no puedo controlar o parar.

Tres veces estoy a punto de llamar a Lev, antes de contenerme. ¿Qué puede hacer él de todos modos? No es un guardaespaldas. No puede protegerme de esto.

La cabeza me dice que Penry no es un riesgo. Y no lo es. Eso lo sé. Darme un bofetón esta tarde era un ojo por ojo. De alguna manera extraña, prefeminista, según un razonamiento atávico negro como el carbón, yo me lo he ganado. Yo lo invité. Literalmente. Yo quería que Penry supiera que había estado en su casa, quería que supiera que era yo quien se había llevado su móvil. Quería complicar las cosas y ver qué ocurría. Y por eso me dio una bofetada. No lo culpo. Es un ladrón y un loco autodestructivo, pero no es un asesino. Ni se le acerca. No me dio una patada cuando estaba en el suelo.

Sin embargo, ¿qué hay de las siluetas oscuras que se pierden de vista detrás de Penry? Alguien mató a Janet Mancini. Alguien aplastó la cabeza de April Mancini con un fregadero. Alguien tapó con cinta la boca de Stacey Edwards, le ató las manos a la espalda y le tapó la nariz hasta que murió. A Stacey Edwards la mataron, presumiblemente, porque sabía demasiado del caso Mancini y alguien pensó que era probable que hablara de ello. Pero si ella era una amenaza, ¿acaso la detective Griffiths no lo es más todavía? No se puede acaba con toda una investigación policial, por supuesto, pero la detective Griffiths ha ido por libre. Solo un poco, pero lo justo. Ha levantado un rincón de la moqueta en un trozo de la habitación que sus colegas no están muy interesados en mirar. No ha encontrado mucho, pero sigue mirando. ¿Quién sabe qué podría encontrar a continuación?

Estas ideas no son cómodas. Tomo el camino de menor resistencia. El inevitable. El que sé que terminaré tomando.

Llamo a papá. Le pido que venga a recogerme. Tarda un poco en reaccionar, pero dice: «Claro, cielo. Ahora voy.» Me siento junto a la puerta de la calle, con mi cuchillo y mi martillo, escuchando a Paloma Faith luchando contra la tele y tratando de oír cualquier ruido del exterior. Ahora mi dolor de cabeza es terrible. Me siento como si tuviera la mandíbula dislocada. Noto escalofríos cada veinte segundos, más o menos. No puedo contenerlos. Ni tampoco soy capaz de volver la cabeza, porque si vuelvo la cabeza veré el último escalón, y medio espero verme todavía tumbada allí hecha un guiñapo, con la falda por encima de las rodillas. Incapaz de evitar lo que va a ocurrir a continuación.

Mi primera acción real es llamar a una floristería abierta las veinticuatro horas y pedir tulipanes para que se los envíen a la señora P, «Con amor de Brian». Haciendo las paces. Mi voz es de madera, y cuando cuelgo vuelvo a tener sangre en la boca.

Mi padre, Dios lo bendiga, está aquí en menos de quince minutos. Papá no es de los que se retrasan. Es lo mejor que tiene. Oigo su coche a pesar de la continuada guerra entre Paloma y la tele. Todavía con el cuchillo y el martillo en la mano, apago la tele, la música y algunas luces. Papá llama a la puerta. Como es como es, una sola llamada nunca es suficiente.

—Fi, niña, soy papá.

Grita, no habla. Con papá todo es gritado, no hablado. Otra ventaja en el contexto presente. Meto el martillo y el cuchillo debajo del cojín del sofá y voy a abrir.

No puedo fiarme de mi mente ni siquiera entonces. En mi cabeza se desarrollan escenas que no pueden existir. Mi padre obligado a punta de cuchillo. Obligado a gritar «Fi, niña» en mi puerta delantera. Vigilado por hombres de negro que retienen a mi madre y mis dos hermanas en una habitación minúscula con ventanas tintadas. Todo tonterías. Aun así, me hace falta un esfuerzo de voluntad para abrir la puerta.

Papá está ahí. No hay ningún cuchillo. Ni pistolas. Ni habitación minúscula. Solo su Range Rover todoterreno plateado.

El habitual beso de presión al entrar en mi casa, porque papá es el hombre definitivo de «mi casa es tu casa», pero estas cosas son recíprocas.

—Salmón ahumado y *bagels*, cielo. Haces bien las cosas.

Un cacho de salmón y *bagel* desaparece en su bocaza.

—¿El césped está bien? Parece correcto. Ahora no crece muy deprisa, pero con un poco más de sol todo rebrotará.

Habla tanto para sus adentros como para mí y parte de su idea de «tu casa es mi casa» supone que inspecciona mi césped, abre y cierra los cajones de mi cocina y deja la puerta de la nevera de par en par para hacer inventario de mis reservas de alimentos.

—Fantástico —dice al concluir su inspección, lo cual en su boca no significa nada, es más un signo de puntuación que otra cosa—. ¿Necesitas coger algo, cariño? ¿Colgaré esto, vale?

Cuelga el espejo del salón en su gancho, pero no antes de rascar las marcas de Blu-Tack en la pared de detrás.

Sería fácil ver a mi padre como alguien mandón y metomentodo, pero no es nada de eso. No es de esa manera. Si le dijera que prefiero el espejo donde estaba, de pie delante de la falsa chimenea, ligeramente torcido para que lo único que puedas ver en él sea tu pierna desde el tobillo a la rodilla, diría simplemente: «Tienes razón, cariño», y descolgaría el espejo otra vez y trataría de asegurarse de que encajara en la marca que ha dejado en la moqueta, ni un centímetro fuera de su posición original.

Preparo una bolsa: camisón, cepillo de dientes, una muda de ropa, unas cuantas cosas más, mi teléfono. Todavía estoy temblando, pero los temblores han vuelto adentro. Son internos, no externos. En el cuarto de baño, me pongo un poco más de maquillaje. Colorete. Algo en los ojos y los labios. No me engaña, pero no tiene que hacerlo.

Cuando bajo, papá está en el salón, preparado y esperando.

—¿Te ha pasado algo en la cara? Parece hinchada.

Me pone la mano en la barbilla. No la sostiene exactamente, más bien la sujeta.

—Ayer fui al dentista. Tuvo que ponerme unas inyecciones. Al principio no me dolió, pero hoy está irritado.

No baja la mano enseguida. Como si fuera un experto en antigüedades valorando un hallazgo ligeramente inesperado. Pero por fin me suelta.

—Malditos dentistas —dice, y se va otra vez a apagar luces.

Mira cómo cierro con llave. Me lleva a su coche. Me habla de la situación con la que me voy a encontrar. Ant y Kay están en casa, pero Kay quiere irse a acostar temprano después de una gran fiesta ayer noche. Mamá ya ha cocinado y todos han comido ya, «pero todavía queda un buen trozo de carne de la cena, cielo, y le he pedido a mamá que ponga una patata al horno para ti. Mi comida favorita. Solo con un poco de mantequilla y sal. Delicioso».

Es todo un don que tu comida favorita sea siempre la que estás a punto de consumir. Papá tiene una comida preferida cada día, a veces más.

Vamos en el Range Rover por calles tranquilas. Su coche es más grande, más silencioso, más alto y más lujoso que el mío. Mi temor queda encerrado en la casa que he dejado atrás. No puede seguirme hasta aquí. Me parece que nunca he tenido miedo de nada cuando estoy con papá.

Llegamos a casa. Mamá ha sacado dos platos. Uno para mí, otro para papá. Carne y patatas al horno en ambos. Y rábano picante. Y mostaza. Y un buen cucharón de ensalada de repollo, zanahoria y cebolla con mayonesa.

—Maravilloso.

El asombroso deleite de papá es genuino, aunque era inconcebible que mamá hubiera preparado un plato para mí y lo hubiera dejado a él sin patata. Bebemos agua.

Hay una hora o dos de conversación familiar. A Ant le gusta que toda la familia esté unida, así que disfruta quedándose por aquí. Ha habido noticias en el frente de la televisión en la habitación, pero no logro discernir cuáles son porque todos hablan a la vez y solo tengo dos orejas.

Kay también se queda un rato. Insistiendo a papá para que le permita tomar media copa de vino. Mamá lo desaprueba —«¡en domingo!»—, pero Kay lo consigue de todos modos, rápidamente servido cuando mamá no está mirando. Kay va vestida de manera informal para ella. Con mallas. Un top de lentejuelas negras. Descalza. Un gran collar de plata, pero sin pendientes. Está imponente, pero siempre lo está. Piernas largas, piel sedosa, fotogénica. Le gusta formar parte de las cosas, aunque la adolescente que hay en ella tiene que luchar para no implicarse demasiado. Por eso se sienta de lado a la mesa y escucha más que habla, pasando el dedo por el borde del vaso, haciéndolo cantar.

A mí también me encanta formar parte de las cosas. Las familias son cosas raras. De alguna manera, los genes de papá y mamá se han juntado para crear la rareza superintelectual de pez fuera del agua que soy yo, y aun así todos nos llevamos bien. Nos queremos mucho unos a otros. Hay una sensación de pertenencia que ha sido rara para mí. La sensación más preciosa de todas.

Al final se disuelve la reunión. Ant se va a acostar. Kay a su habitación. Mamá al salón a ver un poco de tele antes de acostarse.

—Vamos fuera, ¿quieres? —dice papá.

Se refiere a su guarida. Ni siquiera está en la casa, sino en un estudio separado construido encima de lo que había sido la casita de piscina en el jardín. Esa casa de la piscina había sido el *grand projet* más preciado de papá, pero mamá lo había convencido de abandonarlo después de que pasara un año entero sin que nadie la usara.

Fuera también significa el mundo de papá. Lejos de la utopía mucho más ornamentada de mamá, donde la aspiradora trabaja constantemente y todo está ordenado con precisión. El mundo de papá. Un espacio de pantallas de televisión de plasma gigantes. Enormes sofás de piel. Fotos de sus clubes. No solo barras deslumbrantes, interiores caros y llamativos, sino también de las chicas: chicas de barra de baile, que sirven copas, con faldas cortas o sin falda y con biquini que atraen a los puteros. Chicas, la mayoría de las cuales estarán alrededor de la edad de Kay o la mía, aunque papá logra evitar esa idea, o al menos logra almacenarla en un sitio seguro, donde no pueda causar ningún daño. Y en todo caso, las fotos de chicas no son una forma de porno suave en lo que a papá respecta. Tienen tanto o tan poco de objeto de deseo como el resto de las cosas de la estancia.

Sus cosas. Cuesta incluso nombrarlas, porque hay un movimiento interminable, una colección que varía constantemente. Ahora mismo, papá es incapaz de contener su alegría sobre su última adquisición. Me muestra un rollo gigante, envuelto en una bolsa de fieltro verde, sobre la mesa de billar.

—¿Qué crees que es, amor? A que no lo adivinas. Es para mamá. Es alucinante. ¿No lo sabes? No lo has intentado. Pero nunca lo adivinarás de todos modos. Ven, mira, te lo enseñaré.

Lo desenrolla. Es un trofeo de plata gigante. Más pequeño que la Heineken Cup de rugby, pero no mucho. Papá lo ha hecho grabar con la frase: «A la mejor mamá del mundo, Kathleen Griffiths.» Solo está esperando que llegue un estante. El plan es instalar el estante encima de la puerta de la cocina y poner la copa allí un día por sorpresa. No será un regalo de cumpleaños ni nada por el estilo. Simplemente ocurrirá. A mamá le gustará la idea, pero no el objeto. Estará allí unos meses, hasta que papá se haya olvidado de él. Luego ella le encontrará algún inconveniente. O adquirirá una bonita reproducción victoriana y se preguntará en voz alta dónde podría ponerla. «Quizás encima de la puerta de la cocina, pero, ah no, tonta de mí, mi encantadora copa está allí y allí ha de estar, ¿no?»

Se las ingeniará de una forma o de otra. No pasará mucho tiempo antes de que la copa vuelva a la guarida de papá, la casa adquiera otra bonita escena de caza victoriana y la atención de papá se traslade a otra cosa completamente distinta.

Y fuera también significa el sitio donde papá se descomprime. Donde su enorme energía encuentra su lugar. En su largo trayecto desde el tarambana de Cardiff al empresario de éxito, diría que esta casita de piscina convertida en estudio ha desempeñado un papel casi tan central como la mano eternamente paciente de mamá corrigiendo el rumbo al timón.

Durante media hora, papá viene y va siendo papá. No bebe mucho, pero le gusta todo el ritual del cristal tallado y el decantador, así que me convence de que me tome un whisky, que sabe que no me beberé, y se sirve otro, del que tomara unos sorbos antes de olvidarse de él. Yo me trago otro par de aspirinas cuando no está mirando; simplemente las mastico y las trago sin agua. Mi dolor de cabeza sigue ahí y aún tengo la cara irritada, pero se pasará.

Entretanto, la conversación de papá se calma poco a poco. Habla de sus clubes. Dos en Cardiff. Uno en Swansea. Planes para uno grande en Bristol, el más grandes de todos, pero los planes se han aparcado un poco por la recesión. Lo extraño es que se ha convertido en un gran hombre de negocios, cauto y audaz al mismo tiempo. Meticuloso en la planificación, hábil e intuitivo en la ejecución. Me pregunto si se habría llevado bien con Brendan Rattigan si lo hubiera conocido. Supongo que sí.

No obstante, también estoy pensando en mí. He huido de casa hoy porque no podía estar allí, pero mis ventanas serán igual de frágiles mañana. Las siluetas oscuras que se adivinan más allá de Penry serán igual de oscuras, igual de peligrosas.

A veces me pregunto si tengo un sentido exagerado del peligro. En ocasiones, no con mucha frecuencia, pero al menos una vez al mes, me despierto por la noche completamente aterrorizada. Sin razón alguna que yo conozca. Simplemente a veces me pasa. Quizás a otra gente también le pasa y no habla de ello, pero no lo creo. Creo que es solo cosa mía.

Papá está hablando de cuestiones de seguridad a las que sus clubes han tenido que enfrentarse recientemente. El ocasional idiota con un cuchillo. El borrachín que se pone violento.

No premedito la idea, simplemente me sale:

—Sí, a veces creo que debería tener pistola. Nunca se sabe lo que puede pasar.

Es lo único que digo. Una idea estúpida que no habría durado un momento, pero papá está en ello al momento.

—¿Qué quieres decir, cariño? Quieres convertirte en agente armada, ¿es eso? ¿Los detectives están autorizados a llevar pistolas?

Retrocedo de inmediato. No, no quiero unirme a ninguna unidad de respuesta armada. No, no veo que la Policía del Sur de Gales piense que la detective Griffiths sea la persona adecuada para llevar armas pesadas. No, probablemente es una idea estúpida.

—¿Te refieres a tener una pistola en casa? ¿Un arma con licencia? Pero sabes que hoy en día puedes conseguir una escopeta o algo para salir de caza. Rifles de aire comprimido, esa clase de cosas. Pero no dejarán que la gente lleve pistolas fuera de una galería de tiro. Y no les falta razón. Hay mucha gente loca. Si pudiera prohibirlas del todo, lo haría.

—Sí, yo también. No quería decir nada. Solo que, como dices, hay algunos idiotas por ahí.

—¿Te preocupa algo, Fi? Si es así, tienes que decirlo, cielo. Quizá la policía no es el trabajo adecuado para ti. En fin, no me interpretes mal, eres fabulosa. El Departamento de Investigación Criminal tiene mucha suerte de tenerte, no importa lo que yo haya dicho. Pero no deberías correr riesgos.

Hace una pausa, las sombras de nuestras antiguas discusiones cruzan por nuestro presente iluminado por la luz de una lámpara.

Su sospecha de cualquier cosa relacionada con la policía. Su miedo. Mi determinación de seguir en la carrera que he elegido. Dos personas obstinadas, atrincheradas.

Y para ser justa con papá —y quizá no lo entendí tan bien como debería haberlo hecho—, también está preocupado por mí. Siempre ha sido protector conmigo, el doble o el triple durante mi enfermedad y después. No quería que fuera a Cambridge. Durante las primeras semanas de mi primer trimestre, se pasaba cada dos o tres días con la excusa de que tenía negocios en East Anglia —que seguro que no era así—, hasta que le pedí que no volviera hasta el final del trimestre. Luego, incluso cuando mi vida se recompuso otra vez —sin recurrencia de la enfermedad, notas excelentes, algunos amigos—, sintió que una carrera en la policía era algo absolutamente equivocado para mí. Demasiado peligro. Demasiada tensión. Riesgos físicos y mentales. Le habría encantado que me quedara en casa. Que trabajara para él como gerente de oficina o algo así. No de cara al público, sino arreglando las cosas por detrás. En su imaginación, nos veía como un posible *dream team*, y he de decir que podríamos haberlo sido.

Pero eso no ocurrió. Ayudar en los clubes de barra de baile de papá no era mi idea de una carrera, y después de más o menos un año de uniforme, papá gradualmente empezó a perder la esperanza de convencerme. Fue entonces cuando pagó el depósito para que yo pudiera comprarme la casa. No quería que me trasladara, pero lo aceptó, aunque su versión de aceptarlo significara que durante los primeros meses siempre aparecía, porque justo pasaba por delante.

El caso es que la actual pausa abarca todo ese debate en unos pocos segundos de silencio. Es la forma de papá de decir que siempre puedo dejar la policía, volver a casa y trabajar con él. Mi silencio es mi forma de decirle: «Gracias, papá, pero ni hablar.»

Nuestra discusión se desenvuelve en unos pocos intercambios de nada en absoluto.

Luego termina. Termina en una tregua.

—Cuídate, cielo. Si necesitas algo, solo tienes que decirlo.

—Lo haré, papá. Gracias.

Es hora de irse a dormir. Me siento oceánicamente agotada. Esta noche, ya lo sé, voy a dormir bien. Estoy en casa.

23

Llego tarde a trabajar, pero he dormido bien. Llevo dentro uno de los desayunos de mamá, y Kay ha hecho algo parecido a la magia con mis moretones con base y maquillaje. Me ciño a mi teoría del dentista, y parece que ella se la cree. Mientras trabaja, me cuenta que está pensando en formarse como terapeuta de belleza. No tengo ni idea de lo que significa eso —¿te ofrece terapia si eres guapa?—, pero tendría mi respaldo. Todavía esta hinchado, pero al menos no tiene ese color morado anaranjado. Bastante bien.

Ken Hughes, que ha tomado nota de los nombres de los agentes ausentes en la reunión de la mañana, me ve llegar a mi escritorio dos horas tarde. Empieza a soltarme una bronca, pero juego mi carta de urgencia dental y la juego antes de que él se ponga en marcha en serio. Me deja enseguida.

Otra gente también está siendo antinaturalmente agradable conmigo. No son mis dolores dentales lo que los conmueve, sino más bien que encontré el cadáver hace dos días, un suceso que aparentemente me vale un tratamiento especial. Parece que no hay una ruta más rápida a la compasión de tus compañeros de trabajo que tropezarte con un cadáver. La gente es tan positiva y amable conmigo que pensarías que la he matado yo.

En todo caso, es hora de ponerse al día. Las primeras veinticuatro a cuarenta y ocho horas de una investigación tienden a moverse con rapidez, y la rama Stacey Edwards de la operación Lohan está empezando a producir datos, aunque ayer fuera domingo. Entretanto, la mayoría de la gente cuyo ADN los situó en la casa de Mancini ha sido interrogada y las transcripciones y resúmenes ya están disponibles en Groove.

Rhys Vaughan y Conway Lloyd han sido localizados e interrogados por separado. Ken Hughes dirigió el interrogatorio con Vaughan. Lloyd tuvo el placer de recibir las atenciones de cejas pobladas de Jackson. Pero ni Vaughan ni Lloyd tenían mucho que ofrecernos. Ambos pagaron a Janet Mancini a cambio de sexo. Ambos juraron que no buscaban nada pervertido. Ninguno de ellos había visto a April Mancini, aunque había suficiente espacio en el piso de arriba para que la niña estuviera en una habitación mientras Janet estaba ocupada en la otra. Rhys Vaughan juró que no tomaba ninguna droga. Conway Lloyd reconoció un consumo ocasional de marihuana y cocaína. Los dos hombres fueron categóricos al afirmar que no tomaron drogas con Mancini. Vaughan reconoció cuatro visitas; Lloyd, dos. Ambos hombres pagaron por un completo. Vaughan había abonado entre 60 y 80 libras por sus placeres. Lloyd se había gastado 120 libras en ambas ocasiones. Ambos encontraron a Mancini en el Taff Embankment —no muy lejos de donde yo me senté con Bryony Williams— y desde allí habían ido caminado o en coche hasta Allison Street. Mancini no había sido muy habladora. Según las encantadoras palabras de Vaughan en la transcripción: «Me refiero a que no pagabas por escucharla.»

Según Brydon, que vino a comisaría ayer y estuvo presente durante parte del interrogatorio Hughes-Vaughan, el joven casi se estaba meando de miedo. Un chico estúpido que pagaba por sexo, sin querer aceptar que estaba financiando una industria que de manera rutinaria mata o lesiona a sus profesionales. Lloyd aparentemente era más de lo mismo.

Hasta ahí esos dos.

Al tercero que dejó su ADN en la casa, Tony Leonard, lo han traído esta mañana y ahora están interrogándolo.

A Karol Sikorsky, cuyo ADN también se encontró en la casa, aún no lo han localizado, pero las investigaciones avanzan enérgicamente. Me fijo en que Brydon está en el equipo que persigue a Sikorsky.

—¿Alguna pista? —le pregunto.

Se encoge de hombros.

—No conocemos ninguna dirección, pero tenemos cierta idea de con quién sale. No es un hombre muy bueno, suponemos.

—¿Crees que es nuestro asesino?

—Podría ser. Es posible. Conexiones con el crimen organizado. Ha poseído armas. Y estuvo en la casa.

—¿Qué pasa con Stacey Edwards? ¿Tenemos mucho de ella?

—No demasiado. Al menos no lo han mencionado en la reunión. Creo que te pondrán a hurgar en su historial. Material de los servicios sociales.

—Oh, genial. Papeleo.

Puedo predecirlo todo por adelantado. Padre alcohólico y abusivo. Madre enferma mental. Retirada de custodia. Casas de acogida. Problemas de conducta. Dificultades en la escuela. Un aborto en algún momento del camino. Drogas duras. Prostitución. Y después de un período adecuado, muerte. Otro choque frontal, una vida que termina brutalmente.

—No sé por qué Jackson siempre me suelta lo peor.

—No lo hace. También estarás interrogando con Jane Alexander. Eres la única detective que está en la lista de interrogadores.

Si se trata de eso, la caza de Sikorsky es definitivamente el elemento más urgente de la operación Lohan por el momento, y el hecho de que hayan destinado a Brydon a esa cuestión es una buena pista sobre la manera en que lo consideran Jackson y Hughes. Si hay un ascenso a inspector detective a la vista, Brydon estará entre los candidatos.

Ambos hacemos una pausa, después los dos empezamos a hablar a la vez. Me deja hablar a mí.

—Hemos de quedar para esa copa —digo.

—¿El miércoles, quizá? Sujeto a requisitos operativos.

Brydon ha dicho la parte final poniendo una falsa voz seria, un poco más profunda y lenta que su forma de hablar normal. Quiere decir que si Lohan sube una marcha —tal vez porque encuentran a Sikorsky—, puede ocurrir cualquier cosa.

—El miércoles —digo—. Suponiendo que no estés dándole una buena tunda a Sikorsky en algún sótano.

—O rompiéndole los dedos.

—Ja, ja. Muy gracioso.

—O atravesándole la mejilla con una mesa.

—Oh, jo, jo, jo. ¿No tenías que largarte a sacarle brillo a las nudilleras?

Brydon me hace una mueca y se va. Cuando tuve mi pequeño contratiempo con el tipo que me tocó los pechos, le rompí tres dedos, y seguidamente le di una patada en la rótula con la punta de la bota, y así fue como conseguí dislocársela. Por desgracia, cayó ligeramente de lado y se cortó la mejilla en un canto de la mesa. El canto de la mesa era afilado y le atravesó la carne; solo se detuvo al tocar los dientes. A mis queridos colegas les encanta tener cualquier excusa para recordarme todo eso, aunque supongo que el chiste perderá la gracia después de unos pocos centenares de repeticiones. Entretanto, me consolaré con el dulce bálsamo de un trabajo interminable para mantenerme animada.

Trabajo como ponerme al día con todo lo que ha estado ocurriendo en las últimas treinta y seis horas.

Trabajo como hurgar en el pasado de Stacey Edwards y redactar resúmenes e informes en Groove.

Trabajo como ir a ver a Jane Alexander, porque ella y yo estamos en la lista para interrogar prostitutas. Bev Rowland y una mujer detective de Neath hacen pareja para interrogar a otras. Dicen que también vendrá otra mujer detective de Swansea. No sé con quién formará pareja.

Y trabajo como comprobar mis números de teléfono. Tengo once nombres y direcciones de mis llamadas de florista. Cuatro de ellos resultan ser números de la familia, de un modo u otro. De tres de ellos no sé gran cosa, pero hay una franca camaradería masculina en las respuestas, y los nombres no aparecen en rojo en nuestro sistema de registros criminales. Supongo que en algún momento tendré que investigarlos más, pero ahora mismo no tienen prioridad.

Eso deja otros cuatro nombres. Todo mujeres, pero ninguna

está fichada por antivicio, y al menos tres de las direcciones están en partes buenas de la ciudad, donde no esperaría particularmente encontrar prostitutas que vivan o trabajen. La cuarta dirección era más marginal, pero cuando llamo otra vez, me encuentro con una voz enérgica y seria y un rumor familiar de fondo. No puedo estar segura, pero no me parece que los contactos telefónicos de Penry tengan mucho que ver con la prostitución, así que una de las vías más fáciles de investigación parece inútil. No obstante, hay espacio para seguir pensando.

De los números de teléfono de Penry, en ocho no he podido contactar con un ser humano. A esos ocho envié un SMS: HEMOS DE VERNOS LO ANTES POSIBLE. ESTE TELÉFONO PUEDE SER PELIGROSO. MENSAJE A MI NUEVO NÚMERO. BRIAN. Di mi número de teléfono y hasta ahora he recibido cinco mensajes de texto. De esos, cuatro simplemente están desconcertados. ¿ES UNA BROMA? —decía uno de los mensajes típicos—. TE VEO EN EL PUB. MIKE.

Pero el último de los cinco tiene premio. NO VUELVAS A CONTACTAR CONMIGO. OLVÍDAME. OLVÍDAME. FLETCH.

Me gusta todo en ese mensaje. Me gusta el hecho de que está adecuadamente escrito y puntuado. Me gusta la repetición del «olvídame». No es elegante, sino conciso, y prefiero la concisión a la elegancia. Lo mejor de todo, me encanta el Fletch. Un apodo que no es más que un apellido recortado. No sé quién puede ser el señor o la señora Fletcher, o cómo él o ella encaja en este enigma. No sé si es un enigma o dos o quizá más, pero sé que ahora mismo preferiría encontrar a Fletcher que al oscuramente amenazador Karol Sikorsky.

Cuando me estoy maravillando del texto de Fletcher, se me acerca Jane Alexander.

—¿Estás bien?

—Sí. Dentista de emergencia el fin de semana. Parece que alguien me ha estado pisando la mejilla.

—Vaya, sí, lo siento. Eso parece irritado.

—Oh, te referías...

—Sí. Después del sábado. Fuiste valiente al pasar por la ventana.

Me encojo de hombros. Puedo ganarme reputación de dura, aunque no sea muy merecida.

—Me alegro de que estuvieras ahí.

—Aun así. ¿Estás lista para salir otra vez esta tarde?

—¿Patrulla de prostis?

—Sí. —Me ofrece un sí ligeramente severo—. ¿Empezamos después de comer? ¿A las dos?

Acepto. La hora está bien. Cuando Jane se va, llamo a Bryony Williams. Responde, pero hay un barullo de fondo, como si pidieran a unos doscientos niños que hicieran todo el ruido posible.

—¿Puedes hablar? —digo, una vez que he logrado hacerle saber quién soy.

—Claro, dame un segundo. —En algún sitio se cierra una puerta y el nivel de sonido baja—. Lo siento. Mi trabajo diurno es de profesora de dibujo. No les pasará nada por estar solos.

Le pregunto si podemos reunirnos para comer. Resulta que está trabajando cerca y quedamos en reunirnos en Cathays Park a la una. Me ayudará. Voy a estar toda la tarde hablando con prostitutas con Jane y quiero estar lo mejor preparada posible antes de irme.

Busco en el sistema informático algunos Fletcher interesantes, pero no encuentro ninguno que llame mi atención. Miro en el expediente del caso Penry. No recuerdo ningún Fletcher allí y mi memoria para esas cosas normalmente es buena, pero parece el lugar obvio donde mirar. No encuentro ninguna satisfacción allí.

Diez cincuenta. He de irme dentro de dos horas. Dos horas para encontrar a Fletcher. Fabricante de flechas. Eso significa Fletcher. Un hombre misil. Un hombre de armas.

Hago todo lo posible para localizarlo. Nuestras bases de datos. Periódicos. Google. Hago todo lo que debería hacer un buen policía y no encuentro nada que tenga sentido. O bien no veo la conexión o se me está pasando algo obvio.

Después se me acaba el tiempo. Es la una en punto. Corro al parque y llego a la vez que Bryony Williams.

24

Butetown.

La mañana empezó bien, pero las nubes han entrado desde la bahía de Cardiff y ahora se han reunido sobre el suelo caliente de las calles, como si estuvieran ansiosas por cortar toda escapatoria. La ciudad proyecta la sensación de lo que es: una mancha de ladrillo y cemento incrustada en un estrecho hueco entre la tierra y el cielo, más hermosa que ninguno de los dos. Esta es la capa donde empieza la violencia. Estamos a solo trescientos metros del 86 de Allison Street y los fantasmas de ese lugar están presionando.

Jane Alexander, como siempre, se muestra animada, brillante, eficiente. Yo, todavía preocupada por el día de ayer, no me parezco en nada. Tengo el cuello agarrotado, como si algo se hubiera salido de sitio con el golpe de Penry y todavía no se hubiera recolocado. Pero no se trata tanto de una cuestión física. Más bien es algo mental. Como si parte de mi ecuanimidad, de mi confianza, se hubiera desprendido. No dejo de recordarlo, no el golpe en sí, sino más bien el estado en que me quedé en el instante siguiente. Una muñeca de trapo tirada en el peldaño de abajo.

No es un buen estado.

No es un buen estado para afrontar nuestra tercera entrevista del día —las dos primeras han sido insulsas e inútiles—, que empieza cuando se abre una puerta en un umbral oscuro y una cara pálida se acerca a nosotras desde la oscuridad que se extiende detrás. Una cara pálida, aterrorizada.

Ioana Balcescu. Prostituta.

Sin vínculos conocidos con Janet Mancini o Stacey Edwards. Sin vínculos conocidos con el crimen organizado. Solo tenemos sus datos de los registros que la unidad antivicio mantiene por rutina. Va vestida con mallas y una camiseta suelta de algodón. Pelo largo, oscuro, sin estilo, sin peinar siquiera. Un rostro fino, no exento de atractivo. Pero no es la forma de la nariz de Balcescu lo que capta la atención ni si sus labios son lo bastante gruesos. Lo que capta la atención son los cardenales oscuros, morados, en torno a los ojos. El corte en el labio y la mandíbula hinchada. La forma en que un brazo sostiene al otro, haciendo como de cabestrillo. La prudencia en cada paso doloroso.

Me descubro mirándola asombrada, como en un espejo. Me siento expuesta, y casi espero que Jane se vuelva, me mire de pies a cabeza y diga: «Sabía que no fue el dentista.»

No hace tal cosa, y el momento pasa. Balcescu no quiere hablar con nosotras, pero estamos ante su puerta y ella no puede reunir la fuerza necesaria para mandarnos al cuerno. Vamos al salón, que está a medio camino entre una sala de estar de mala muerte y el tocador de una fulana. Hay una luz roja y un gran póster sin enmarcar de una chica en *topless* con los labios entreabiertos y los ojos medio cerrados, bajándose el tanga. Hay unas cuantas fotos más, no tan grandes pero más explícitas. También hay copas de vino sucias, una revista de programación televisiva, una factura del gas, una tele portátil.

Jane Alexander se sienta en el borde del sofá, como si apoyarse en el respaldo fuera a transformarla en una prostituta drogadicta. Va vestida como se viste siempre: demasiada clase para lo que la rodea ahora. Y aunque es muy profesional para mostrárselo a Balcescu, yo me doy cuenta enseguida de que no está cómoda. Siente que no hace pie. Cuando explica por qué estamos aquí, su voz es excesivamente formal. Rígida y no relajada.

Intervengo.

—¿Te importa, Ioana? Llevamos toda la tarde en marcha, y si tuvieras una taza de té sería genial. —Me he fijado antes, al trabajar con estas mujeres de los Balcanes, en que todas están asustadas de la policía. No esperan que las protejamos. Suponen que estamos aquí para encarcelarlas o para apalearlas o para extorsionarlas. Esas sensaciones pueden ser útiles o perniciosas en una situación de interrogatorio, en función de la manera en que lo utilices. Mi instinto me dice que hemos de proceder con delicadeza, con mucha delicadeza—. Si me dices dónde tienes las cosas, podemos preparar el té juntas.

Ioana me lleva a la cocina. Jane se queda donde está. Yo en su lugar estaría curioseando por la sala, pero Jane no lo hace.

Ioana se detiene en la puerta de la cocina. Yo entro, lleno la tetera —anticuada, de metal— y la enciendo. Encuentro tres tazas, las lavo, encuentro bolsitas de té y lo preparo. No hay infusiones, pero se trata de relajar a Ioana, no de tomar una infusión.

Levanto la mano y le toco el ojo muy suavemente.

—Pobre. Tiene un aspecto horrible.

Ella aparta la cabeza, pero yo insisto con suavidad. Le pongo una mano en el costado, que se estremece al contacto.

—Te han dado una buena paliza, ¿eh?

No hay respuesta.

Le levanto la camiseta muy despacio: moretones en todo el costado, por delante y por detrás.

—Dios mío, pobrecita.

Tiene costillas prominentes y pechos pequeños, como de niña. Me pregunto si padece algún trastorno alimentario. Cuando toco una de sus costillas, donde el hematoma está peor, hace una mueca. Una posible fractura.

Vuelvo a bajarle la camiseta. No hay nada premeditado en mi expresión de compasión. Es tan real como las paredes y el aire.

—¿Has ido a un hospital?

Pregunta estúpida, porque la respuesta es inevitablemente un «no».

—¿Cómo tomas el té, Ioana? ¿Cuánto azúcar?

—Uno, por favor.

—¿Sabes qué? Hoy te pondré dos terrones. Has tenido un *shock* y una taza grande de té dulce hará maravillas. Fue ayer cuando te hicieron daño, ¿eh? Esos moretones tienen un aspecto horrible.

Ioana no responde directamente, pero ajusta la cabeza de una manera que me hace pensar que ayer es la respuesta correcta. El té está hecho y Ioana trata de coger una de las tazas.

—No, dame, no lo cojas, tú solo ocúpate de ti. Yo te seguiré.

Ella vuelve a la sala. Yo la sigo con las tazas.

—Bueno, Ioana, ¿dónde estarás más cómoda? ¿En el sofá grande, quizá? Jane, ella es Jane, por cierto. No has de llamarla sargento Alexander, y a mí puedes llamarme Fiona o solo Fi si lo prefieres. Jane, ¿puedes dejarle sitio?

Jane se levanta, con aspecto de sentirse incómoda, pero al mismo tiempo aliviada de que sea otra persona quien dirige las cosas por el momento.

—Ioana —digo—, ¿por qué no te sientas aquí? O túmbate si estás más cómoda. ¿Dónde te duele más? Puedo ir a buscarte una almohada arriba si quieres. Te dejaré el té aquí para que puedas cogerlo con facilidad. Ahí, eso está mejor.

Al cabo de un momento, Jane también capta la idea y la detective rubia que da un poco de miedo se transforma en algo más maternal. De hecho, ella hace de mamá mejor que yo cuando está en vena. Levanto otra vez la camiseta de Ioana para que Jane pueda ver sus heridas. Jane observa en silencio y con cara de dolor.

—Mira, Ioana —digo, intercambiando miradas con Jane y obteniendo su permiso para continuar—, vamos a hacerte unas preguntas. No tienes que decirnos nada en absoluto. No eres sospechosa de nada. No somos de inmigración y no te vamos a pedir que nos enseñes el visado ni el pasaporte ni nada por el estilo. ¿Eso lo entiendes?

Asiente.

—Bueno, si quieres que te llamemos señora Balcescu y te tratemos de usted lo haremos, pero si no te importa prefiero llamarte Ioana. Es un nombre encantador. Igual que Joanna, ¿no?

Otro microgesto de asentimiento.

—Mira, estamos aquí porque entendemos que puede que conocieras a Janet Mancini. ¿Es así?

Una pregunta que sugiere la respuesta. Mala praxis policial, pero Jane me permite que siga adelante con ella.

Ioana asiente.

—Es horrible lo que ocurrió allí. No sé si también conocías a Stacey Edwards, ¿la conocías?

Esta vez no hay asentimiento. Tensión. Miedo.

—Bueno, ¿sabes qué?, no nos metamos con eso ahora. Seguro que, después de lo que ocurrió anoche, no hace falta que te lo recuerden. Probablemente tienes miedo de que si nos cuentas demasiado vuelvan. ¿Es de eso de lo que tienes miedo?

—Sí. —Un asentimiento firme. Todavía el miedo, pero al menos ahora hay algo más en la sala.

Intercambio miradas con Jane. Ella debería dirigir este interrogatorio. Ha dirigido los dos anteriores mientras yo tomaba notas. Eso es lo que dijo Jackson. Si no recuerdo mal, sus palabras precisas fueron: «Si la cagas, si la cagas en lo más mínimo, no volverás a trabajar en una misión delicada para mí.» Pero hay más de una forma de cagarla, y aunque no estoy completamente segura de lo que significa la mirada de Jane, no significa «cállate ahora mismo», de modo que voy a continuar.

—Vale, Ioana, no queremos meterte en problemas, así que vamos a ponértelo muy fácil. Y quiero que sepas que hemos venido en un coche sin marcar. ¿Sabes lo que eso significa? No es un coche de policía con sirena y todo, sino un coche normal. Y parecemos dos personas normales. Nadie sabe que somos agentes de policía y no se lo vamos a decir a nadie. ¿Lo entiendes?

»Bien. Y creo que vas a necesitar ayuda. Creo que has de ir a ver a un médico.

Ioana inmediatamente empieza a protestar y yo levanto la mano para detenerla.

—Sé que no quieres ir al hospital. Está bien. Pero si mandamos a alguien aquí, todo irá bien. Lo haremos igual. Con un coche sin marcar. No un coche de policía. Solo un médico con ropa normal. Con el mismo aspecto que cualquier otra persona. ¿Está bien?

»Y también sé que conoces a Bryony Williams. ¿Sabes a quién me refiero? La mujer de StreetSafe. Pelo corto, rizado.

Ioana asiente. El nombre la tranquiliza un poco.

—Yo la he visto a la hora de comer. Me ha dicho que tiene un programa al que puedes acudir a pedir ayuda con las drogas. Sabemos que tomas heroína, caballo, pero no te preocupes. No vas a tener problemas con nosotras. Solo queremos ayudar, ¿verdad, Jane?

Jane es rápida en asentir y otra vez intercambiamos miradas. Esta vez estoy casi segura de que me está diciendo que continúe. Y lo hago.

—Ioana, cielo, lo que de verdad nos gustaría hacer es sacarte de todo esto. Sé que da miedo, pero es lo que queremos y lo que quiere Bryony. No has de decir que sí ahora, simplemente no digas que no. Haremos las cosas pasito a pasito. ¿Entiendes lo que quiero decir? Un pasito cada vez.

—Sí.

El sí de Ioana está medio diciendo que entiende, medio diciendo que acepta el trato. Si fuera un vendedor sabría que este es el momento de máxima recompensa, de máxima vulnerabilidad. Me acerco al sofá donde está tumbada Ioana y le pongo una mano en el brazo. La dejo ahí. Contacto humano, sin amenaza, sin dinero, sin drogas, sin exigencias. ¿Cuándo fue la última vez que Ioana sintió eso?

Nos quedamos un momento en silencio. Confío en que Jane mantenga la boca cerrada, porque hay algo precioso en este silencio.

—Ioana —digo al fin—, sabes que hemos de hacerte unas preguntas. Lo siento, pero es así. No quiero que digas nada en voz alta. Solo di que sí o que no con la cabeza. Si no lo sabes, levanta las cejas. Sí, eso es. Solo serán unos minutos. No apuntaremos nada. Solo queremos saberlo. Luego nos iremos otra vez. La siguiente persona que verás será el médico. Después quizá Bryony. ¿Te parece bien? ¿Entiendes lo que he dicho?

Asentimiento.

—Bueno, pues vamos a empezar.

Jane se mueve en su asiento. Si yo estoy haciendo preguntas, ella tendría que tomar notas y yo acabo de descartar eso. Estoy actuando fuera de procedimiento. No es nada grave, pero la hace sentir incómoda. Lo acepta de todos modos. Bien por Jane. Tiene la libreta en el regazo, pero por ahora no la toca.

Momento para mi primera pregunta.

—¿Conocías a Janet Mancini?

Asentimiento.

—¿Y tal vez también a la pequeña April?

Asentimiento. De soslayo, con un atisbo de no.

—Muy bien. No conocías mucho a April, pero la conocías de vista. ¿Estuviste allí la noche del asesinato?

Negación.

—No, no creo que estuvieras allí, pero es una de esas cosas que hemos de preguntar. Mi jefe se pondría hecho una furia si no lo hiciera.

Sonrisa.

Todavía tengo la mano en su brazo. No voy a moverla si ella no lo hace.

—Bueno, voy a preguntarte si conoces a algunas otras personas. De algunas de ellas habrás oído hablar. De otras no. De otras tal vez sí o tal vez no. Ya veremos. ¿Vale?

Empiezo.

Comienzo con nombres que he obtenido en parte de Bryony Williams y en parte de los registros policiales. Chicas de Europa oriental metidas en prostitución. Apuesto a que Ioana conoce a la mitad, y así es. De hecho, a más de la mitad. Se está poniendo cómoda con la cuestión de decir que sí o que no con gestos, y esa es la principal razón para que pregunte.

—Muy bien. Lo estamos haciendo genial. Ahora algunos nombres más. No conocerás a muchos de estos. Conway Lloyd.

Desconcierto. Negación.

—Rhys Vaughan.

Negación.

—Brian Penry.

Negación.

—Tony Leonard.

Negación, pero no muy segura.

—Vende drogas. De la estatura de Jane, más o menos. Pelo oscuro. Entradas. Ya sabes, calvo.

Hago mímica de la palabra calvo para ayudar a Ioana a comprenderlo. Ella sonríe —de manera sesgada, porque el lado derecho de su cara no le sirve de gran cosa salvo para causarle dolor—, pero una sonrisa sigue siendo una sonrisa. Va acompañada por una mini señal de asentimiento, que significa «más o menos».

—Pero no es de él de quien tenemos que preocuparnos, ¿no?

Negación. Muy definitiva. Diría que Tony Leonard le debe a Ioana Balcescu una caja de bombones.

—¿Y Karol Sikorsky?

Miedo. Ni asentimiento. Ni negación.

—¿Fue él quien te hizo todo esto? —Señalo su cuerpo magullado.

Una negación muy lenta.

—Muy bien. Fue uno de sus amigos. Alguien de su grupo al menos, ¿verdad? Solo niega con la cabeza si me equivoco.

Ningún asentimiento.

Ninguna negación.

Pero sus ojos me dicen que sí. Uno de los cómplices de Sikorsky. Otra vez intercambio miradas con Jane. Ella lo está interpretando igual.

Continúo, con mucha cautela.

—Ioana, creemos que Karol Sikorsky podría ser un hombre muy peligroso. Queremos pillarlo y encerrarlo. Pero necesitamos tu ayuda. Creo que Karol Sikorsky forma parte de un grupo de hombres que trae a chicas como tú de Rumanía y países de alrededor a Cardiff y al sur de Gales en general. Probablemente te cuentan lo maravillosa que será tu vida aquí, pero cuando descubres que no lo es, no puedes escapar. ¿Tengo razón hasta aquí?

Asentimiento. Un asentimiento de buena calidad, listo para un tribunal.

—Bien. Gracias. También creo que ese mismo grupo de hombres se ha puesto violento. Esos hombres han de estar en prisión y queremos meterlos allí. Quiero que hagas una cosa por mí. Si sabes que Sikorsky es responsable de la muerte de Stacey Edwards simplemente di: «Sí.» Eso no significa que necesariamente la matara él, pero sí que tuvo algo que ver con eso. Que estuvo muy implicado. Si esas cosas son ciertas, por favor, di: «Sí.»

Ningún asentimiento.

Ninguna negación.

Un silencio helado, más grande que el cielo, más vacío que el océano.

Dejo que el silencio se extienda lo máximo posible, antes de insistir una última vez. Ahora o nunca.

—Si nos ayudas, podremos detenerlo. Podremos impedir que te haga daño. Podremos impedir que haga daño a otra. Ioana Balcescu, ¿Karol Sikorsky fue responsable del asesinato de Stacey Edwards?

—Sí.

—¿Y también de los asesinatos de Janet y April Mancini?

—Sí.

—¿Y también de tus heridas?

—Sí.

—¿Tal vez porque sabías que lo había hecho él? ¿Tal vez te dio esta paliza para advertirte que te mantuvieras en silencio?

—Sí.

No es del todo correcto describir sus respuestas como palabras. Apenas mueve los labios. Sus ojos dicen que sí. No he sabido en ese momento —y no creo que Jane lo haya sabido tampoco— si se ha oído en la sala algún sonido real. No importa. Un sonoro sí funciona igual de bien que uno silencioso. Me doy cuenta de que Jane ha tomado notas de mis últimas cuatro preguntas y respuestas de Ioana. Quiere pruebas que puedan presentarse en un tribunal. Notas tomadas en el mismo momento del interrogatorio. La clase de prueba que forma una acusación. Pero ahora también soy consciente de mi promesa a Ioana.

—Ahora mi colega Jane ha tomado notas. No de toda la entrevista, solo de esta parte final. Las necesitamos, porque queremos detener a Sikorsky y meterlo en la cárcel. Durante el resto de su vida, espero. Como mínimo hasta que sea un hombre muy viejo. Pero te he prometido que no tomaríamos notas. Si quieres que rompamos estas notas, lo haremos. Solo tienes que pedírnoslo. Solo has de decirlo en voz alta.

Pasa un segundo. Dos segundos. Cinco segundos.

Suficiente para mí. Suficiente para Jane. Desde nuestro punto de vista, el punto de vista policial, el punto de vista que siempre está pensando en si algo funcionará en un tribunal, hay una enorme sensación de alivio, pero sé que Ioana se siente de manera opuesta a nosotras. Le preocupa haber firmado su propia sentencia de muerte, y quizá lo ha hecho. En el país donde nació no hay que fiarse de la policía. Lo mismo es cierto aquí. Ioana no tiene que preocuparse de que estemos a sueldo de la mafia. No tiene que preocuparse por la corrupción, criminalidad y violencia. Pero ha de confiar en nuestra discreción, y una torpe declaración pública o una frase oída en un pub puede bastar para que Ioana reciba la retribución que teme. Si nos han visto entrar en la casa, eso también podría costarle la vida.

Durante unos segundos tengo la sensación de que, al responder como lo ha hecho, Ioana estaba eligiendo poner fin a su propia vida. Terminarla valerosa y desinteresadamente, pero aun así terminarla, abandonar la batalla eterna.

Sintiéndome incómoda, completo mis preguntas tal y como Jane me insta a hacerlo en silencio.

—Bien. Gracias. Ahora te haré una última gran pregunta antes de terminar. ¿Puedes darme más nombres? ¿Amigos de Sikorsky? ¿Los que le hacen el trabajo sucio? ¿Quizá los hombres que vinieron aquí ayer? Si me das nombres, podremos detenerlos. Los detendremos y los enviaremos a prisión durante mucho tiempo. Eso es lo que queremos hacer. Queremos cuidarte a ti y a gente como tú. ¿Lo entiendes?

Un asentimiento, pero asustado. No quiere decírnoslo. No va a hacerlo de todos modos. Diría que la cooperación de Ioana casi ha concluido. A juzgar por su expresión, Jane piensa del mismo modo.

—¿Puedes disculparnos un momento, Ioana? Solo necesito charlar un momento con mi colega. Tú quédate aquí tumbada. Avisa si necesitas algo.

Jane y yo vamos al pasillo, donde hablamos en un murmullo acelerado. Le cuento la extensión de las lesiones de Ioana, que ella no ha visto tan completamente como yo. A Jane le preocupa que las pruebas recogidas sobrevivan en un tribunal. Es algo marginal, eso seguro. Cualquier abogado defensor podría despedazarlo, incluso acusarnos a nosotras de aplicar una presión excesiva a la testigo, de romper el procedimiento al no anotar toda la conversación. Es justo. Si yo fuera abogado defensor, haría lo mismo.

Por otro lado, como le señalo a Jane y como ella sabe muy bien, la disyuntiva era actuar como lo hemos hecho o no recoger ninguna prueba en absoluto. Coincidimos en que en cuanto salgamos de la casa, tomaremos independientemente nuestras propias notas de la reunión, las firmaremos y las compararemos. Con suerte, los dos relatos serán idénticos o casi.

La otra gran cuestión es cuánto más podemos conseguir si continuamos. El manual dice que deberíamos hacer otra batería completa de preguntas. Señorita Balcescu, ¿puede decirnos cuándo fue la última vez que vio a Janet Mancini? Descríbanos sus contactos con Karol Sikorsky. ¿Es consciente, señorita Balcescu, de que se trata de una investigación de homicidio y de que la ocultación de pruebas puede constituir un delito? Así, más o menos, es como se han desarrollado las últimas dos entrevistas y el resultado ha sido un gran cero.

—¿Puedo entrar ahí, las dos solas, y ver si me dice algo? —pregunto—. Si pillamos a esos cabrones, probablemente podremos convencerla de que haga una declaración. Yo en su lugar no diría nada mientras estuvieran libres. Por ahora, supongo que nos irá mejor siendo muy delicadas.

Jane piensa. Está tensa por esta situación, me doy cuenta. Le preocupa separarse del radio de contacto con el manual. Yo no estoy tensa. Me siento más cómoda aquí. Es el radio de contacto lo que me tensa.

Jane asiente.

—Vale. Veré si puedo conseguir un médico, aunque en realidad tiene que ir a un hospital.

Me siento aliviada. Quería pasar un rato a solas con Ioana, pero no quería forzar la mano.

Vuelvo a entrar en la sala y me siento otra vez con Ioana. Me mira —ojos oscuros del este de Europa, su mejor rasgo— y yo la miro. Ninguna de las dos dice nada. No necesita un médico ni un par de policías entrometidas. Necesita una máquina del tiempo. Necesita volver a cuando tenía ocho o nueve años, o menos. Volver a ser recién nacida. Necesita padres diferentes, una educación diferente, un pasado diferente. Necesita estar en un planeta completamente distinto en una vida completamente distinta. No importa desde qué lado leas los signos, está galopando hacia un final desgraciado.

A través de la pared, oímos a Jane al teléfono con comisaría, pidiendo que venga un médico a hacer una visita. Así es como hacemos las cosas en el planeta Normal. No es así cómo han sido nunca las cosas en el mundo de Ioana.

—Lo has hecho bien —le digo—. Jane está pidiendo un médico para ti. Llegará pronto.

—Gracias.

—Puedes confiar en él, déjale pasar.

—Vale.

—¿Hay algo más que puedas contarme de Karol Sikorsky? ¿Dónde vive? ¿Quiénes son sus amigos? ¿Alguna cosa?

Ella niega con la cabeza y aparta la mirada. Decido no insistir más. En cambio, le enseño mi tarjeta y escribo mi número móvil en la parte de atrás.

—Esta soy yo. Me llamo Fiona. Puedes llamarme cuando quieras. Si quieres decirme algo más (tal vez sobre la persona que te pegó), puedes llamarme, ¿vale? La dejaré aquí.

Pongo la tarjeta debajo del cojín del sofá, para que sepa dónde está, pero lejos de la vista de miradas no deseadas. No quiero que la encuentren los matones de Sikorsky, por el bien de Ioana y por el mío.

—Será mejor que me marche —le digo—. ¿Quieres algo de la cocina antes de que me vaya?

—No, gracias. Estoy bien.

—¿Quieres ver la tele? La pondré ahí. —Coloco la tele y el mando a distancia, luego me agacho a su lado y le cojo la mano—. Lo has hecho muy bien. Has sido muy valiente. Has ayudado a mucha gente.

Incluso a mis oídos, suena como si no esperara que sobreviva, y quizás es así. Pero ella me agarra la mano y sonríe. Probablemente su vida no ha estado llena de gente diciéndole que lo ha hecho bien.

Luego, no sé lo que me posee, pero pregunto:

—Ioana, ¿puedo hacerte una última pregunta? ¿Has oído hablar de un hombre llamado Brendan Rattigan?

No estoy segura de lo que esperaba al hacer esta pregunta. Ni siquiera creo que Rattigan esté vivo. Estoy convencida de que Penry y Rattigan tramaban algo, y que ese algo está relacionado con los asesinatos del caso Lohan. Pero creo que he hecho la pregunta porque quiero saber cómo demonios la maldita tarjeta de débito terminó en la casa ocupada de Janet Mancini. Curiosidad ociosa. Hablar por hablar.

Pero eso muestra por qué has de preguntar.

Ioana trata de incorporarse. Esas costillas rotas la detienen y grita de dolor. Jane ha terminado con la llamada de teléfono y abre la puerta para ver lo que está pasando. La apertura de la puerta interrumpe lo que Ioana estuviera a punto de decir. Así que no dice nada: su punto fuerte en todo este interrogatorio. Pero en su rostro hay asombro, temor y angustia.

Jane y yo nos miramos una a otra.

—¿Puedes decirme algo de él, Ioana? ¿Lo que sea?

Mala técnica de interrogatorio. Una pregunta demasiado inespecífica. Demasiado abierta. Lo único que consigo es la mirada fija de Ioana y un prolongado gesto de negación. No sé si es un no, no lo dirá o un no, no está muerto. A mí me parece que las dos cosas. En todo caso, el momento pasa y Ioana ha vuelto a su mundo, remoto y reservado.

Nos despedimos y nos vamos.

La calle de Butetown parece un planeta diferente. Un poco sucio, pero normal. Un lugar donde no apalean a las mujeres ni las aterrorizan para que no hablen. Las nubes que me habían molestado antes siguen ahí, pero tienen un aspecto normal y tranquilizador.

—¿Qué demonios ha pasado ahí?

No se lo digo. O más bien miento. Ioana se ha incorporado. Se ha hecho daño. Está inquieta. Está aterrorizada.

Jane no hace comentarios. Solo dice que será mejor que escribamos nuestras notas en cuanto lleguemos al coche. Un regreso al manual. Una calle anodina de Cardiff. Planeta Normal.

25

Habíamos planeado otros dos interrogatorios hoy, pero los posponemos. Parece más importante ocuparse del de Balcescu. Nos alejamos un par de manzanas, hasta la estación de ferrocarril, solo para no estar a la vista de la casa de Balcescu. Escribimos nuestras notas sentadas una al lado de la otra en el coche de Jane, donde el sonido más alto es el de los bolígrafos sobre el papel. Jane tiene otro pelo suelto en el hombro y quiero quitárselo, pero solo quiero hacerlo porque quiero que se vuelva hacia mí con una sonrisa, y solo quiero eso porque lo que he visto en la casa de Balcescu me ha aterrorizado y me ha dejado ansiosa de consuelo. Probablemente es mejor no intentar conseguirlo solicitando un mimo a un oficial superior. He tenido buenas intuiciones sobre estas cosas. No funcionaría.

Termino mis notas antes que Jane. Ella me mira de soslayo, y me doy cuenta de que yo también le parezco intimidante. No por mi gusto en el vestir, obviamente, ni por mis aptitudes sociales. Pero me siento muy cómoda con las palabras. Puedo escribir notas o resumir documentos en la mitad de tiempo que la mayoría de mis colegas.

Me resulta ligeramente extraño sentirme intimidada por Jane cuando ella se siente intimidada por mí. Estas cosas deberían anularse mutuamente, ¿no?

Como me siento extraña, le digo a Jane que voy a salir a tomar un poco el aire. Y en cuanto abro la puerta del coche, entre poner la mano en la manija y abrirla a la posición máxima, me doy cuenta de dónde encontraré a Fletcher. A veces lo mejor que se puede hacer es también lo más obvio.

Llamo a información telefónica y pido el número de Rattigan Industrial & Transport. Me pasan a una centralita. Pregunto por el señor Fletcher. Me dicen que no hay nadie con ese nombre en la sede central de la empresa y me preguntan en qué división está. Estoy preparada para esa pregunta. El metal no parece tener una gran relación con el caso. Transporte podría ser. Todos esos barcos que vienen del Báltico podrían ir cargados con heroína afgana suficiente para mantener enganchadas a un buen número de prostitutas. Drogas y sexo. Un negocio, no dos.

Pregunto por la división de transporte y me pasan con otra centralita, esta en Newport.

—Con el señor Fletcher, por favor.

—Ahora le paso... Oh, un momento, por favor. —Susurros ahogados en el fondo, después la voz de la recepcionista más clara otra vez—. Lo siento, ¿quiere hablar con Huw Fletcher, ¿no?

Pito, pito, colorito.

—Sí —digo.

—Lo siento, Huw Fletcher ya no trabaja aquí. ¿Hay alguien más que pueda ayudarle?

—¿No trabaja aquí? Tenía una cita con él para esta semana. Estaba llamando para confirmarla. —Pongo voz de ofendida. Una voz de «¿Qué clase de empresa es esa?».

—Sinceramente, me temo que no tenemos ni idea de dónde está. Hace dos semanas que no está, pero si quiere hablar con uno de sus colegas en el departamento de programación, estoy segura de que alguien allí podrá ayudar.

Probablemente hay algo inteligente que decir en este momento, pero, si es así, no se me ocurre. Murmuro unas disculpas y cuelgo.

¡Premio! Todavía no sé lo que tengo, salvo que es algo especial, algo que el inspector jefe de detectives Jackson sin duda debería saber, aunque no se me ocurre ninguna forma de decírselo. No creo que la despierta y atenta detective Griffiths me dé las gracias por delatar a su gemelo malvado, la detective Griffiths que entra en las casas y roba teléfonos.

Vuelvo tranquilamente al coche y dejo que Jane termine. Cuando lo ha hecho, volvemos a Cathays Park sin apenas hablar.

Durante un rato, la rutina se impone. Mecanografiar notas, reunión con Ken Hughes porque Jackson no está en la oficina, introducir la información en Groove. Todo esto es de prioridad máxima, porque ahora tenemos base para detener a Karol Sikorsky por los asesinatos de Stacey Edwards y April Mancini. Una base sólida. Por primera vez da la sensación de que el caso está al borde de que ocurra algo. No podemos detener a nadie sin base razonable para la sospecha. Una muestra de ADN y un historial delictivo no proporcionan esa base. Esas dos cosas más el testimonio de Balcescu sí. Una vez que tengamos una orden de detención, seguirá una orden de registro. Con suerte y si hay viento a favor, no hará falta nada más para resolver el caso. La oficina zumba otra vez, y Jane y yo somos las heroínas del momento.

Son casi las siete de la tarde cuando termino. Quiero localizar a Brydon para compartir unos momentos con su cara más que amistosa, pero no lo encuentro. En estas grandes investigaciones, todos están en algún otro sitio, o demasiado ocupados para pararse a hablar.

Al final, recojo y me voy a casa, solo para descubrir que no puedo quedarme ahí. La sensación de hormigueo que he tenido todos los días de la semana pasada está presente otra vez, ahora convertida en un invitado permanente. Le pido que revele su identidad. «Es miedo. Esto es miedo.» Pruebo la frase en mi cabeza, pero no sé si encaja o no. Lo que es peor, me fijo en que cuando piso con fuerza, apenas llegó a sentir levemente los dedos y los talones tocando el suelo. Cuando golpeo la encimera de la cocina, o aprieto la palma de la mano contra la punta de un cuchillo, las sensaciones físicas del golpe o el pinchazo parecen proceder de un lugar muy lejano, como noticias viejas en blanco y negro o transmitidas a través de una línea telefónica chisporroteante. Me estoy quedando entumecida, física y emocionalmente, y eso no es nada bueno. Es como empieza lo malo. Así es como empieza siempre.

No hago tonterías en estas situaciones. He aprendido a no hacerlas. Llamo a mamá y le digo que me quedaré otra noche, si le parece bien. Dice que por supuesto, que vaya enseguida. Pongo unas cosas en una bolsa y me preparo para salir.

Lo último antes de irme es poner esas fotos de April. La pequeña April, ciega y muerta. La pequeña April con un fregadero donde debería tener los sesos. Una sonrisa séxtuple y un secreto que yo no puedo ver porque estoy demasiado débil. Pero tampoco me entretengo mucho con ella. Lo único que necesito es descanso y cordura. Ahora mismo ambas cosas son precarias.

26

Durante dos benditos días, la vida continúa. Vida ordinaria. Trabajo a montones. Comida de cantina, descontento de oficina. Es intenso, pero es lo que conozco. Me gusta.

Hay una fuerte sensación de que se progresa en Lohan. Se ha localizado e interrogado a conocidos de Karol Sikorsky. Según Dave Brydon, que ha llevado a cabo dos de estos interrogatorios, y que ha oído hablar de los que han llevado a cabo otros, los colegas de Karol Sikorsky no son la clase de tipos que te encantaría ver en la fiesta de cumpleaños de tu hija. El primero de los interrogatorios de Brydon fue con Wojciech Kapuscinski.

—Un hueso duro de roer. Un tipo realmente peligroso, en mi opinión. Tenía un par de condenas por agresión con resultado de lesiones —en realidad un delito bastante menor—, pero no eso no es ni la mitad.

Le creo. La foto y los pormenores de Kapuscinski están en Groove. No solo lo han condenado por posesión de armas además de por las agresiones, sino que tiene el aspecto de un abnegado soldado de infantería del crimen organizado: rostro duro, ojos estrechos, cabeza rapada, chaqueta de cuero. La clase de físico que obtendrías levantando peso y evitando la verdura: el aspecto de gorila gordo pero fuerte.

Brydon y Ken Hughes hicieron ese interrogatorio y no sacaron nada.

—El cabrón no nos dirá nada. La verdad es que no lo esperábamos, aunque no tenía coartada ni niega conocer a Sikorsky.

Brydon no lo dice, pero no tiene que hacerlo. Estas cosas no funcionan porque un matón se quiebre y confiese algo. Funcionan porque aplicas presión. Eso es innegable. Un elemento probatorio de cámara de circuito cerrado aquí. Una llamada telefónica allá. Quizás algo nuevo de forense. Antes de no mucho tiempo, has rascado lo suficiente para presentar cargos de alguna clase, y entonces las probabilidades empiezan a reequilibrarse a tu favor. Logras pequeñas revelaciones adicionales, elementos de información desvelados a cambio de favores menores. Obtienes órdenes de registro para entrar en lugares que antes habían estado vetados para ti. Aumentas la presión y antes de no mucho tiempo consigues una filtración, la grieta en el dique que hará que todo se derrumbe.

Y entretanto, de manera inesperada, otro gran avance. La Agencia Contra el Crimen Organizado (ACCO) —a la tercera vez de pedírselo— ha proporcionado una dirección en Londres donde se cree que Sikorsky se ha atrincherado de vez en cuando. Bev Rowland me dice que Jim Davis (que sigue sin hablarme, y estoy segura de que continúa destilando veneno contra mí en el flujo de cotilleo de la oficina) ha estado haciendo correr la voz de que la ACCO quiere quedarse con la investigación del caso Lohan. Diría que no es probable que lo consigan. Todos sospechamos la presencia del crimen organizado, pero en esta fase no hay suficiente base para que la ACCO nos quite el caso. Además, Jackson es un inspector jefe de detectives respetado. Su investigación ha estado bien dirigida. Tenemos algunos nombres. Necesitamos conseguir más pruebas tangibles pronto, pero la investigación no se ha encallado, está progresando. Por el momento, Jackson está haciendo gestiones para que pongan bajo vigilancia el domicilio de Sikorsky en Londres, con la esperanza de que el tipo sea lo bastante tonto para aparecer por allí. Si eso no ocurre, solicitará una orden de registro.

Jackson está encantado con todo esto, porque, el martes después de comer, viene a vernos a mí y a Jane Alexander al escritorio de la sargento.

—Sobre el interrogatorio a Balcescu —dice—, bien hecho. Buen trabajo.

Decimos nuestros «Gracias, señor» y Jane reluce como si alguien acabara de decirle que puede ser delegada de la clase.

—¿Esta se está comportando? —Eso es lo que dice Jackson al preguntarle a Jane sobre mí.

—Sí, señor. Más que eso, en realidad. Creo que lo hizo de maravilla con Balcescu. Fue Fiona quien...

Jane está a punto de decir algo bonito, pero el «Alexander dirige» de Jackson resuena en mi cabeza y no quiero que él sepa que me he salido de la vía, ni aunque sea por una buena causa.

—Yo fui la que preparó los tés, señor. Ella lo toma con leche y sin azúcar —digo, señalando a Jane—. Balcescu lo toma con uno de azúcar, solo que le puse dos, dadas las circunstancias.

»¿Su té estaba bien, no? —Eso a Jane.

—Estaba bien.

—Bien.

Jackson dice «Bien» otra vez y se aleja. Jane se vuelve hacia mí con sorpresa. Le digo que quiero que Jackson piense que sé cómo acatar órdenes:

—No siempre es mi fuerte —añado.

—No hace falta que lo jures.

Por un momento da la impresión de que Jane va a decir algo más, pero no lo hace, y volvemos a lo que estábamos haciendo.

Trabajo encantador. Tedioso, necesario, seguro.

El martes por la noche vuelvo a casa, pero una vez más me asusta, me parece vacía y vulnerable, así que salgo de apuros y pasó una noche feliz con mi familia. Papá y yo no hemos tenido más conversaciones sobre pistolas, pero me pregunta si he revisado mi alarma de robos recientemente. Le digo que no. ¿Quién revisa una alarma antirrobo? Yo no sabía que tenías que revisarla. Dice que enviará a alguien y, como nada de lo que diga va a impedírselo, no digo nada.

El miércoles es sobre todo un día de papeleo, y no estoy descontenta con eso. El único interrogatorio que hemos hecho Jane y yo es de manual y aportó escasa información, y eso está bien. No me viene mal un poco de aburrimiento en mi vida en este momento.

Aparte de Balcescu, Jane y yo no hemos encontrado nada útil en nuestros interrogatorios, pero yo he disfrutado trabajando con ella. Salvo que esta vez ella hace las preguntas y yo tomo notas. Ella lo hace todo siguiendo el manual. Yo también. La tranquilidad de la rutina. Tres de las chicas con las que hemos hablado han sido reacias a decir más que el mínimo. Tania, una chica galesa del interior, habló de manera incesante, sobre todo respecto a lo que hacían y no hacían los puteros, pero no comunicó nada de mucho valor. Me pareció despistada y confusa, pero no una víctima estereotípica. Hablaba de sexo de manera interminable y me di cuenta de que le gustaba. Disfrutaba con la abundancia de sexo. Al parecer a algunas prostitutas les gusta.

En resumen, ha habido peores formas de pasar el tiempo. Escribir informes es una forma placentera de pasar la mañana.

Huw Fletcher me molesta. Importa. Sé que importa, pero no tengo forma de atraerlo a nuestra investigación. Dejó el trabajo de una manera tan abrupta como para que sus colegas estén desconcertados, pero no tan desconcertados como para llamar a la policía. Envió un mensaje de texto posiblemente turbio, lo cual solo sé porque entré en la casa de un sospechoso y le robé el móvil. E incluso ese mensaje de texto solo es significativo si crees que Penry es significativo, y solo crees eso si crees que Rattigan lo es. Y Rattigan está muerto, lo cual significa —a ojos de mis colegas— que no importa. Yo no lo veo de esa forma, por supuesto. Yo creo que un muerto importa tanto como cualquier otro, pero ¿qué otra cosa podría pensar alguien como yo?

A media tarde, estas cavilaciones me preocupan lo suficiente para que llame a Bryony Williams.

Ella responde después del tercer tono. Le digo quién soy, luego voy directa al grano.

—Bryony, he de pedirte un favor.

—Claro, no hay problema.

—Para empezar, ¿puedo preguntarte si alguna vez has oído hablar de un tipo llamado Huw Fletcher? Alguna conexión con la prostitución o con las drogas, pero no puedo decirte nada más.

—¿Huw Fletcher? No. Nunca lo había oído mencionar.

—Vale, está bien. Pero mira, creo que este tal Fletcher está implicado en algo sucio. Algo sucio que tiene que ver con las mujeres a las que tratas de proteger. No puedo decirte por qué, pero tengo razones serias para pensarlo. El problema es que no puedo revelarte el testigo que me ha dado el nombre de Fletcher y no puedo presentar a Fletcher en la investigación a menos que pueda proporcionar indicios que lo relacionen con ella. Quiero que tú seas ese indicio.

—¿Qué quieres que haga?

—Solo di que has oído rumores de las chicas con las que trabajas de que Huw Fletcher ha estado implicado en tráfico de personas y prostitución. Has oído rumores y me los has querido pasar.

—Vale. Sí, no me importa decir todo eso.

—Puede que algún día te pidan que digas lo mismo ante un tribunal.

—Lo entiendo. Está bien.

—Podrías encontrarte con que te hagan las mismas preguntas en el curso de una investigación de personas desaparecidas.

—Vale. —Un vale arrastrado esta vez—. ¿Quién es la persona desaparecida? ¿Fletcher?

—Sí.

—Muy bien, adelante pues. De perdidos al río.

—Bryony, eres una estrella. ¿Qué hay por encima de una estrella. ¿Un quásar? Algo así.

—Está bien. No todos los días un agente de policía me pide que me invente pruebas.

Colgamos. Todavía no hago nada, pero me siento mejor al saber que las posibilidades acaban de ampliarse. Fletcher, Fletcher, hombre misil.

Esta tarde, se dan los requisitos operativos para que Brydon y yo estemos en posición de salir juntos. Quedamos en reunirnos en un bar a las siete y media.

—Me da oportunidad de ir al gimnasio y a ti tiempo para prepararte. Cambiarte o lo que sea.

¿Cambiarme? No pretendía hacerlo. Ni siquiera sé si Brydon

me estaba insinuando que debería hacerlo, o si se trataba de simple torpeza masculina. Pero la torpeza nos afecta a los dos. ¿Somos amigos? ¿Colegas? ¿Una potencial pareja? Los dos estamos inseguros, pero supongo que estamos dispuestos a averiguarlo.

En todo caso, me gusta que me hayan dicho lo que tengo que hacer. Salgo de la oficina puntualmente a las cinco y voy a casa. Me siento extraña al volver. La casa no me transmite sensación de seguridad, pero ya no la siento tan radicalmente amenazadora como después de la visita de Penry. Abro la nevera y me sorprende encontrarla llena de comida. Había olvidado que la llené el domingo. Pienso en fumar, pero lo descarto. Subo por la escalera y trato de descubrir qué ha de llevar una chica a una cita que podría no ser una cita. Luego oigo que una furgoneta aparca fuera.

El terror me inunda.

El cuchillo y el martillo están abajo. Debería habérmelos subido. Mis cortinas están abiertas y debería haberlas cerrado.

Un hombre sale de la furgoneta, camina hasta la puerta de la casa y llama. Parece un hombre cualquiera. Podría ser un lampista. O venir a leer el contador. O a entregar algo.

Pero ¿qué aspecto tienen los asesinos? ¿Qué aspecto tenía el hombre que mató a Stacey Edwards?

No me muevo. No sé qué hacer. El hombre llama otra vez y dejo que el sonido haga eco en el silencio.

A continuación, el hombre vuelve a su furgoneta. Saca un teléfono y marca. Puedo verlo, pero tengo la precaución de retroceder lo suficiente de la ventana de arriba para que él tenga dificultad en verme.

Afortunadamente, la ventana del dormitorio está entreabierta. Solo diez centímetros para que entre el aire, y hay un cierre en la ventana que impide que se abra más. Pero el hueco basta para que pueda oír la conversación del hombre. No del todo, pero casi. Tiene voz fuerte y está preguntando por el señor Griffiths. Mi padre.

El temor desaparece otra vez. Sigo temblorosa, pero me muevo otra vez. Mi cerebro, que estaba completamente bloqueado, puede empezar a funcionar. Bajo, agarrándome a ambas paredes al hacerlo, y abro la puerta.

—¿Fiona Griffiths? Me ha enviado tu padre. Quería que echara un vistazo a la alarma y a alguna que otra cosa más.

El sur de Gales está lleno de gente que mi padre conoce. Supongo que a muchos de ellos les paga, de un modo o de otro, pero la relación nunca parece relacionada con un empleo, y mucho menos con un pago. Es solo que si Tom Griffiths te pide un favor, se lo concedes, sabiendo que de una forma o de otra se te recompensara. Nunca he pensado mucho en cómo funciona todo esto. Simplemente es así. «Me ha enviado tu padre.» Cinco palabras que significan que mi problema está resuelto.

—Pase. Lo siento. ¿Ha llamado? Estaba arriba y no estaba segura...

Es una excusa débil, pero no hace falta que sea mejor. Al hombre (Aled esto o lo otro, la gente de papá por lo general solo trabaja con el nombre de pila) no le importa. Ya está dentro, sacando el panel frontal de mi alarma antirrobo, pidiéndome que marque mi código de acceso mientras mira ostentosamente hacia otro lado; después hace unas pruebas y comprueba conexiones. Y no deja de hablar en ningún momento: la instalación de una gran alarma en una empresa de conservas de Newport; las tonterías que hace la gente con sus códigos de acceso; la importancia del mantenimiento.

Al principio, estoy irritada, porque no quiero tener que quedarme ahí dándole charla cuando estoy a punto de salir, pero enseguida me doy cuenta de que le importa un pimiento si tiene a alguien al que hablar o no. Le digo que voy a subir y lo hago. De hecho, es extraño decirlo, pero me resulta más fácil prepararme para salir con él abajo. Me pierdo menos en mis pensamientos. Tomo decisiones más sencillas, mejores. Este vestido (azul medianoche, de Monsoon, bonito pero no recargado). Este collar (de plata y con cuentas, un viejo recurso). Estos zapatos (azul oscuro de tacón bajo, bastante cómodos para caminar). Pongo todas estas cosas en la cama y luego me lavo y me seco el pelo. Tiene el mismo aspecto después que antes, pero me gusta saber que he hecho el esfuerzo.

No quiero vestirme mientras Aled Nosequé sigue en la casa, así que bajo a meterle prisa. Ha terminado con la alarma antirrobo y está ocupado borrando las marcas de Blu-Tack con un estropajo de fibra metálica y alcohol.

—Las retocaré después. Si no, volverán a salir.

—¿Quiere una taza de té? —Lo ofrezco porque es lo que dices a los trabajadores, y a los amigotes de papá les gusta el té como a cualquiera.

—Bueno, si vas a prepararlo, blanco, sin azúcar. Hay una puerta de armario suelta allí.

Y de hecho, cuando entro en la cocina, descubro lo que había sido una puerta de armario que funcionaba perfectamente en el suelo.

—Hay que ajustar la bisagra —dice Aled—, a lo mejor no te has dado cuenta. No se abría bien. Enseguida la volveré a poner. Parece que quieres salir ¿no?

—Sí, dentro de un ratito.

No tengo prisa, no son más que las seis y cuarto, así que preparo el té y trato de recordar si me había fijado antes en algún problema con el armario. Un poco ruidoso, quizás, al abrirse. No gran cosa. Aled Loquesea está ocupado ahora con botes de pintura y silbando.

Prefiero la charla a los silbidos, así que le paso el té, invitándolo a la conversación.

Es como invitar a un mormón a hacer una lectura, como invitar a un yihadista a dar un sermón. Aled Enciasfinas es un torbellino de charla, es el Muhammad Alí del ruido blanco. Cotilleos, fragmentos pequeños y desconectados, comentario político o preguntas que se formulan pero que no invitan a una respuesta pasan por sus labios en un torrente interminable. No digo apenas nada y me maravillo de su capacidad de parlotear.

Cuando está volviendo a recolocar la puerta del armario, una cosa que dice capta mi atención. Ha estado quejándose de las bandas juveniles en el centro de la ciudad, luego ha hablado de pistolas y cuchillos, después —con una dulce inconsistencia muy suya— cambia el foco de su monólogo a la excesiva regulación de los clubes de tiro.

—A la gente no le gusta eso, claro. Por eso proliferan estos sitios. Sin regulaciones, como..., no debería decirte esto siendo lo que eres. Hay un sitio donde han convertido un establo en una galería de tiro. No es nada chungo, no sé si me entiendes, es solo para gente que quiere divertirse un rato. Pistolas, esa clase de cosas, nada chungo, ya te digo. Está en Llangattock. Si coges la carretera de Llangynidr desde Heads of the Valleys y sales en Llangattock es el establo que está al superar la colina. Muy grande y blanco. Probablemente necesitaran orejeras para las ovejas, ¿eh? Salud y seguridad.

Con esa idea su charla se va perdiendo otra vez en una dirección diferente. Ahora está con el fascismo de la salud y la seguridad. Cosas malas sobre el gobierno. Cosas malas sobre el ayuntamiento. Pero no por mucho tiempo. Las manchas de Blu-Tack han desaparecido. La puerta del armario vuelve a estar colocada. La alarma antiincendios está en perfecto estado. Aled Enciasfinas abre y cierra el resto de los armarios para comprobar que funcionan correctamente.

—Perfecto —me dice al cerrar las puertas.

Recoge sus cosas y se va silbando. La casa parece extrañamente tranquila sin él. También un poco más segura, aunque no me había preocupado por la alarma antirrobo.

Me levanto, me visto y me pongo un poco de maquillaje. No suelo hacer ese esfuerzo, pero si me concentro en eso puedo tener buen aspecto. No estaré fantástica como Kay. Eso nunca estará a mi alcance. Pero bien. Una chica atractiva. Era todo lo que esperaba conseguir, y siento una especie de alivio de satisfacción al lograrlo. Más que alivio. Placer. Me gusta. Me gusta el aspecto que tengo esta noche.

A las siete y diez salgo de la casa. Todavía noto una corriente subyacente de ansiedad sobre mi seguridad física. Meto el cuchillo de cocina en mi bolso, pero el cuchillo es bastante pequeño, y el bolso va a juego con mi vestido, tiene ribetes plateados y alardea de un extravagante lazo de seda, así que por lo que a mí respecta sigo en el cielo de las chicas. Llego al bar casi a la vez que Brydon.

—Caray, Fi, estás espléndida.

Lo habría dicho de todos modos, porque Brydon es galante, pero la expresión de su cara y la forma en que no deja de mirarme me dicen que habla en serio.

—Tú también, señor B —le digo, y dejo que me lleve dentro.

Los primeros cuarenta minutos que estamos juntos son bastante torpes, a decir verdad. Ninguno de los dos ha decidido todavía la cuestión de si es una cita o no antes de llegar. O mejor dicho, creo que hemos decidido que debería ser una cita, pero no sabemos muy bien cómo pasar de la camaradería de la charla profesional a las intimidades de una cita.

Después de cuarenta arduos minutos, Brydon pide la cuenta de manera bastante abrupta y dice:

—Vamos a cenar.

El restaurante que ha elegido está a solo unos minutos —estamos cerca de Cathedral Road, al otro lado del río desde Bute Park y nuestras oficinas—, pero él camina medio paso por delante de mí, avanzando un poco más deprisa de lo que yo puedo hacerlo, y saca pecho y echa los hombros hacia atrás, como si fuera un soldado preparándose para el combate. Me doy cuenta de que es su forma de preparar un asalto en toda regla a la fortaleza Fi, y me conmueve, aunque preferiría ligeramente que mis potenciales pretendientes no consideraran una cita conmigo como algo similar a entrar en combate. Es posible que haya sido quisquillosa con él en el bar. En ocasiones lo soy sin darme cuenta, es mi posición habitual por defecto. No está bien cuando se trata de hacer ostentación de encantos femeninos.

Me decido a hacerlo mejor.

Cuando llegamos al restaurante —un local bonito, «cocina galesa moderna», 15 libras el plato principal, nada menos—, le digo que es un sitio encantador. En la mesa, protagonizamos un momento de comedia en torno a mi silla. Yo estoy a punto de apartarla y sentarme cuando me doy cuenta de que Brydon quiere hacerlo como un caballero y apartarla para mí, a fin de que yo pueda sentarme graciosamente como una dama. Tardo un poco en darme cuenta y hacemos un estira y afloja con la silla antes de que yo comprenda que estoy haciendo algo mal y pase de la manera más rápida posible a mi modo de dama con garbo. Entonces, porque no soy buena con estas cosas, empiezo a sentarme antes de que él esté preparado, y a Brydon apenas le da tiempo a poner la silla debajo de mí para evitar el desastre.

Brydon se queda un momento paralizado —él también es torpe—, luego se echa a reír, y yo también, y la situación se relaja. Su aire de severidad se disipa visiblemente. Yo le sonrío cuando estamos sentados y le digo otra vez que es un sitio encantador. Llego hasta el punto de dejar que me convenza para pedir una copa de vino blanco. Me doy cuenta de que estoy funcionando como si siguiera instrucciones de un manual de citas, pero he comprendido que eso normalmente le va bien a la gente. Yo soy la única a la que le parece raro.

Desde ese momento, las cosas van mucho mejor.

El manual dice que tienes que pedirle a tu *partenaire* que hable de sí mismo, y lo hago. No puedo preguntarle sobre el trabajo sin sonar demasiado a poli, y no sé casi nada de su vida privada, así que le pregunto por su época en el ejército. Me parece una pregunta anticuada.

—Bueno, Dave, ¿cómo es que nunca me has hablado de tu etapa en el ejército? ¿Por qué te alistaste?

Al decirlo, me siento como una mala presentadora de un programa de debate. Bronceado de bote y sonrisa idiota. Pero funciona. El manual funciona. Brydon me habla de su paso por el ejército. En 1998, se alistó en los paracaidistas y lo enviaron al conflicto de Kosovo al año siguiente. Es característicamente modesto en la forma en que dice lo que dice, aunque por lo que sé tiene un cajón lleno de medallas al valor. Una amiga mejor que yo ya habría conocido algunos de estos detalles, y me siento un poco avergonzada por no haberlos descubierto antes.

A partir de ese momento, me ciño al manual. Cuando llega el entrante, le digo que está delicioso. Luego llega el plato principal. Le digo que es maravilloso. Cada uno prueba el plato del otro. Brydon me dice otra vez que estoy preciosa. Yo me acuerdo de sonreír un montón de veces.

También trato de corresponder a la sinceridad de Brydon. Una gran pregunta para mí. La cuestión de la que todos querrían saber más —esos dos años de enfermedad— es terreno vedado por lo que a mí respecta. Cuanto menos diga de eso, mejor. Pero hago lo que puedo. Le cuento trocitos de Cambridge. Le hablo de mi familia. Entonces Brydon dice con una sonrisa:

—¿Tu padre ha sentado la cabeza, no?

Yo desvío la pregunta y le hablo del club que papá quiere abrir en Bristol. Él me pregunta si quiero otra copa de vino y le digo que no.

—El alcohol y yo no nos llevamos bien. Ahora no estoy mal, pero no quiero forzarlo.

No hablamos mucho de trabajo, pero sí contamos por qué hacemos lo que hacemos. Para Brydon era el paso más natural. Quería dejar el ejército.

—No tanto por el peligro, sino más bien porque me puse cínico con la forma en que los políticos nos utilizaban. No sabía si estaba marcando la diferencia y pensaba que en la policía podría usar mis aptitudes día sí y día también para marcar la diferencia.

En otros labios habría sonado a mentira con pretensiones de superioridad moral, pero no en los suyos. Cuando lo dice es que dice la verdad. Me encanta que sea tan sencillo para él. Lo admiro.

Después dice:

—Sigamos. ¿Y tú? ¿Por qué ingresaste?

Río.

—Si te lo digo, pensarás que estoy chiflada.

Espera que siga adelante y se lo diga de todos modos, pero no lo hago. Cuando estás loca de verdad, como yo lo estoy (o lo he estado), tienes cuidado con lo que revelas y lo que no revelas. Pero aquí está.

Fi. Es si al revés.

Griffiths. Un apellido muy común, pero con otros dos «if» acechándome desde el mismo centro. Mi apellido es, literalmente, lo más incierto que pueda haber. El único sonido sólido, el único al que en realidad puedes aferrarte, es esa G inicial, y no hay que fiarse.

La primera vez que me fijé en estas cosas fue cuando tenía nueve o diez años y la sensación de mareo que me provocó no me ha abandonado nunca. Todo mi nombre suena precario, como una conjetura. En parte fue por eso que me pareció bien convertirme en detective. Por fin me convertí en lo que mi nombre implica: una practicante de los condicionales. Si Rattigan. Si Mancini. Si Fletcher. Si Penry. Si la pobre Stacey Edwards. Un millón de condicionales y todos esperando a que los resuelva.

Brydon me mira con sus ojos grandes y serios.

—Pero yo ya sé que estás chiflada —dice.

Sigo sin contárselo, pero se ha ganado otra sonrisa.

Cuando salimos del restaurante, solo son las once menos cuarto. Brydon está haciendo esa maniobra masculina de dejar espacio para dar cabida a cualquier posibilidad. Ir a su casa para disfrutar de ocho horas de sexo desenfrenado. Un casto beso en la mejilla y una promesa vana de hacer lo mismo otra vez. Está dejando que decida yo. Mala idea de todas todas. Suelo tomar estas decisiones sin correr riesgos.

Trato de adivinar qué es lo dice el manual. Por lo que sé, el procedimiento estándar para una chica en una cita es: cita mala, despedida educada; cita buena, beso recatado.

Por lo que a mí respecta ha sido una buena cita. El inicio fue complicado, pero todo el mundo tiene derecho a empezar con mal pie. Después de eso, creo que lo hemos pasado bien. Creo que Brydon lo ha pasado bien. Estoy en el umbral del restaurante, vacilando ridículamente.

—¿He de acompañarte a tu coche? —dice Brydon. Me está sonriendo. O más bien se está riendo de mí, pero de una manera agradable.

Me acompaña. Aire caliente y calles silenciosas. La luz del día o su recuerdo sigue presente en el cielo. Me siento un poco mareada, pero no necesariamente mal. Estoy casi segura de que puedo sentir que mis pies tocan el suelo, y mi corazón parece estar bien, aunque un poco distante. Aun así, el caso es que me siento mareada. Cuando doblamos la esquina de Cathedral Road, empiezo a caminar directamente hacia el tráfico, donde una serie de vehículos que se mueven con rapidez están preparados para aplastarme. Brydon, con sorprendente destreza, me agarra y tira de mí para que me quede en la acera y no me atropellen. Con la misma destreza, mantiene su brazo en mi hombro al cruzar la calle. No estoy tan mareada, porque siento su mano en mi brazo desnudo.

La chica de la cita está desconcertada con eso. Está vencida, pero le gusta el resultado. Me gusta que tenga su mano encima de mí. Me gusta el peso de su brazo en mi hombro. No puedo creer que haya ocurrido esto, pero me gusta.

Caminamos doscientos metros más allá de mi coche, porque no he avisado a Brydon cuando hemos pasado por delante. Ahora me pregunta dónde está y volvemos hasta allí. En lo único en lo que puedo pensar es en su brazo sobre mi hombro y en el cielo violeta desteñido.

Cuando llegamos al coche debo tomar una decisión, pero está bien. He decidido. Pongo la espalda contra el coche para poder apoyarme en él y empezar a mirar a Brydon. Él está en su sitio, es el buen sargento detective. Su magisterio en el procedimiento de chico en cita estándar es aterrorizadoramente completo. Tiene una mano en mi espalda y de algún modo me acerca a él para que nos besemos. Un buen beso. Solo por un momento, mi cerebro se apaga y mis sentimientos toman el mando. Algo se mueve en mi estómago.

Tranquila ahora, Griffiths. Calma.

Ahora noto que la situación es peligrosa. Mis trabajadores de salud mental estaban encantados cuando experimentaba sentimientos humanos normales, naturales, ordinarios, sin complicaciones. Una nota positiva en sus hojas de entrevistas de control clínico. Algo de lo que alardear al tomar cafés en vasos de plástico en la Decimoctava Conferencia Anual de Psiquiatría de Esto y lo de Más Allá.

Yo también estoy complacida de tener estos sentimientos. De verdad. Pero estas cosas no son sencillas para mí. Sé que demasiado de golpe puede hacer volcar mi frágil barca y dejarme mucho peor que antes. Todo el asunto de la operación Lohan no ayuda. Es un factor de riesgo. Las ansiedades que he tenido desde que

Penry me dio el bofetón son lo mismo, peor todavía. Mi pequeña barca ya está en alta mar.

Nos besamos una vez más y siento la urgencia del deseo. Me atrae. Ocho horas de sexo desenfrenado me parecen ahora una buena opción. Pero otra vez estoy en posesión del control de mí misma y sé lo que necesito hacer. Después de un segundo beso, me aparto, aunque con delicadeza.

—Gracias por la cena, sargento detective —digo.

Él me hace un pequeño saludo.

—Detective Griffiths.

—La próxima vez invito yo —le digo.

—¿Habrá próxima vez?

Asiento. Es fácil.

—Sí. Sí, la habrá.

27

Mi casa.

Angustia en la puerta. Hay una luz de seguridad en la parte delantera, así que no me preocupa que haya posibles acechadores fuera. Son los posibles acechadores dentro lo que me aterroriza. Sé que la alarma antirrobo funciona ahora como es debido, igual que estaba perfectamente segura de que funcionaba como es debido antes, pero es un miedo que va más allá de la razón.

A la mierda los sentimientos, confía en la razón, me digo. Un viejo eslogan que ahora no necesito mucho.

Meto la llave en la cerradura. La giro. Entro. La alarma empieza a emitir un pitidito, como siempre, y marco mi código para silenciarla.

Casa vacía. Luces encendidas, como las he dejado. Sin ruido. Nada raro.

Mi cerebro está repasándolo todo, pero mi corazón galopa como si no le interesaran mucho las palabras del jefe que tiene arriba. Voy a cerrar la puerta de la calle. Cuando llego allí, mi pie roza algo en el suelo.

Miedo instantáneo.

Miedo instantáneo e irracional. Supero la sinrazón y me obligo a mirar a mis pies. Es solo una hoja de papel. Un folleto publicitario o algo así. Cierro la puerta con llave, compruebo dos veces la cerradura y me agacho a recoger el papel.

No es un folleto.

Dice: «Sabemos dónde vives.» Sin nombre. Papel de oficina

normal. Impresora casera normal. No hace falta llevarlo a forense, porque ya sé que no hay nada que encontrar.

El pánico es instantáneo y convulsivo. Me arrodillo junto a la puerta, repitiendo las mismas arcadas secas que hice después de la marcha de Penry. Me aferro al bolso de manera obsesiva con la mano derecha, para sentir el mango del cuchillo. Estoy preparada para acuchillar a través del bolso si hace falta, a través del extravagante lazo de seda y todo.

Durante diez minutos, el miedo es como dos ensayos y un golpe de castigo en contra. Griffiths, F. todavía tiene que salir de su propio campo. Quiero llamar a papá para que venga a rescatarme. Llamar a Brydon para que venga a rescatarme. Le daré la mejor noche de su vida si lo hace. O llamar a Lev y poner su efectividad amenazadora otra vez a mi servicio.

Pero esos viejos eslóganes sirven de algo. A la mierda los sentimientos, confía en la razón. Papá, Brydon y Lev son todo recursos provisionales. Sirven para una noche, pero no para toda una vida. Estoy atrapada por el miedo y necesito ocuparme de mí misma. Y además, tengo la extraña sensación de que papá ya me ha ayudado.

Después de verificar otra vez que la puerta está bien cerrada, voy al teléfono del salón. Llamo a Brian Penry. Al fijo, porque puse su SIM en la tetera. Suena cuatro veces y luego responde.

—Penry.

—¿Brian? Soy Fiona Griffiths.

Hay una breve pausa. Yo haría una pausa en su lugar. Pero quizá solo necesita tiempo para decidir la actitud correcta conmigo. ¿Actitud de poli de película de los años setenta? ¿Actitud de «puta loca»? ¿Actitud de te voy a arrancar la cabeza? Opta por ninguna de ellas y solo dice:

—Bueno, ¿en qué puedo ayudarte hoy?

—¿Su madre recibió esos tulipanes? Los envié. Me sentía mal.

—Sí, los recibió. Gracias.

—Vale...

No sé cómo responder a eso. Le robé su teléfono. Él me golpeó. Yo le compré tulipanes a su madre. Es difícil saber quién está en deuda con quién.

—He recibido una nota esta noche. Por la ranura del buzón. Dice: «Sabemos dónde vives.»

—Es un poco un clisé, ¿no?

—No estaba pidiéndole crítica literaria. Ya sé que es un clisé.

—En todo caso, yo sé dónde vives. Me diste *bagels* y salmón ahumado, ¿recuerdas?

—No era suya. Eso lo sé.

—Pero me llamas a mí.

—¿Sabía que Huw Fletcher desapareció de las oficinas de Rattigan en Newport hace dos semanas? Es que tenía su número en la tarjeta SIM.

Un largo silencio. Dejo que se consuma.

—Escucha. Nada de esto ha de ser tu problema. Tienes al jefe Jackson en la investigación de homicidio, ¿verdad? Deja que él dirija las cosas. Él pillará a ese tipo. Forense. Circuito cerrado. Todo eso.

—Lo sé.

—Ya no has de hacer nada más.

—Solo que yo ya lo he hecho. Aparte de cualquier otra cosa, tengo gente enferma que me echa notas amenazadoras en el buzón.

Hay un suspiro, o quizá no es un suspiro sino una simple toma de aire, al otro lado de la línea.

—Huw Fletcher es un idiota. No es un idiota peligroso, no es peligroso para ti, vamos. Si quieres saber mi opinión, no creo que pase mucho tiempo antes de que sea un idiota muerto. Yo no le di tu dirección. Sí le di tu nombre. Formaba parte de la explicación de que el mensaje de texto que enviaste no era mío. Usé tu apellido. No usé tu nombre. Dije que eras policía.

Hago el mismo cálculo que él acaba de hacer. Hay un montón de Griffiths en Cardiff, pero no tantas F. Griffiths. Si Fletcher sabía que era policía, probablemente le bastó una llamada a la centralita de Cathays Park para averiguar mi nombre. Desde luego, no le darían la dirección de mi casa, pero a lo mejor todas las F. Griffiths de Cardiff han recibido ese mensaje en su buzón esta tarde.

—Es la clase de cosas que hacen los idiotas —dice Penry—. No significa que tengas que preocuparte.

—Vi a una prostituta el lunes. No creo que la conozca. Ioana Balcescu. Alguien le había dado una paliza. No fue un cliente. Más bien una paliza de castigo. No nos dijo nada en absoluto. —No es cierto, pero quiero protegerla—. Eso sí, mostró mucha alarma en relación con un par de nombres.

—¿Ah, sí?

—No su nombre, aunque lo mencioné.

—Muy amable.

—De nada. No, los dos nombres que la preocupaban eran Karol Sikorsky... —Dejo una pausa por si Penry quiere hacer un comentario, pero no lo hace— y Brendan Rattigan.

—Brendan Rattigan está muerto. ¿Lo sabías? Accidente de aviación en el estuario del Severn.

—Lo sé. Es sorprendente que siga aterrorizando a las prostitutas en Butetown.

—Sí.

Una larga pausa. Sería el final de la llamada, salvo que ninguno de los dos va a colgar.

—¿Quieres un consejo de alguien que fue un policía decente? —dice Penry al final.

—Acepto cualquier cosa.

—Pues aléjate de esto. No hay nada que puedas hacer, y ya te has fijado en que Brendan Rattigan es perfectamente capaz de hacer daño a la gente desde la tumba. Dispuesto a todo. Aléjate.

—¿Usted se ha alejado?

Ríe.

—Yo fui un policía decente. No quiere decir que lo sea ahora.

—Y quizá yo ya estoy metida, aunque no sepa en qué.

—Quizás.

Otro silencio. Luego me dice:

—¿Estás bien? ¿Después de que te pegara?

—Estoy bien, no se preocupe por eso.

—No me preocupaba.

—Bueno, gracias de todos modos, Brian. Ha sido útil.

—Y Huw Fletcher es un idiota. Confía en mí.

—Lo hago, por extraño que sea. ¿Puedo hacerle una pregunta más? Brendan Rattigan, ¿cómo de muerto cree que está?

Penry ríe. Una risa auténtica. Sin disfraz ni engaño.

—Bueno, no estaba presente en ese momento, pero diría que está bien muerto. Puede que me equivoque.

Nos deseamos mutuamente buenas noches y cuelgo. Es extraño, pero descubro que confío en Penry. No sé si es porque fue policía, y al final los policías están juntos en lo bueno y en lo malo. O si tiene que ver con el hecho de que me pegara. Si eso ha exorcizado algo en nuestras relaciones mutuas.

Si la nota era de Huw Fletcher y Fletcher es un idiota inofensivo que pronto podría estar muerto, no tengo por qué preocuparme más ahora que antes de esta tarde. Por otro lado, sinceramente no sé si estoy metida o no en lo que demonios sea. Y si el peligro real procede del posiblemente muerto Brendan Rattigan, entonces el eje Penry-Fletcher no es en modo alguno la única forma en que podría haber agitado el problema. Están todas esas llamadas y los mensajes de texto que mandé a los números de la agenda de Penry. Está mi asombrosa capacidad de asustar a Ioana Balcescu al mencionar el nombre de Rattigan. Quién sabe por qué rutas la noticia de mis actividades podría haber llegado a gente que podría considerarme candidata a un castigo o a algo peor.

No es un pensamiento positivo. Si esa gente hace conmigo lo que hizo con Ioana no sobreviviré. Volveré al lugar donde estaba de adolescente. Lo mismo que estar muerta.

Los terrores que con tanta frecuencia me han asaltado por las noches podrían estar acechando en mis horas de vigilia. Un cuchillo oculto en un bolsa de seda azul no es armamento suficiente contra algunas amenazas.

Y sin considerar mis acciones más de un momento, estoy en la puerta, a punto de marcharme. Al meterme en el coche me doy cuenta de que sigo vestida para salir, con tacones y todo. La lógica sugiere volver a entrar y cambiarme, pero siempre tengo una chaqueta de lana y botas en la parte de atrás del coche, y ahora mismo prefiero ponerme en movimiento.

Las calles están vacías. Normalmente pisaría a fondo, pero teniendo en cuenta adónde voy, soy una buena chica y me mantengo diez kilómetros por debajo del límite de velocidad. Hasta Pontypridd. A Treharris y Merthyr. Luego por la carretera de Heads of the Valleys hacia Ebbw Vale. Formas y tonos de minas de carbón. Sus fantasmas.

Giro en Llangynidr. Ahora es parque nacional. No es exactamente montañoso, sino un páramo alto. No hay mineros muertos aquí, solo ovejas que se alzan blancas entre matas de hierba. Me detengo un momento para comprobar mi posición y oigo el viento que silba a través de la hierba. No hay coches. Ni edificios. Ni gente. En algún momento hubo canteras aquí, pero no sé dónde están ni sé si todavía funcionan.

Al girar hacia Llangattock, me asalta la repentina preocupación de que no encuentre el establo. No hay señales. Conduzco de noche. Mi navegador por satélite está tan a oscuras como yo, pero entonces llego a lo alto de la colina. Hay un pequeño lugar de paso y bajo por un camino rural. A unos cuatrocientos metros diviso un gran establo blanco con una luz encima de la puerta. Justo donde Aled dijo que estaría. Veo la maquinaria de granja, un gran patio de hormigón y no mucho más, porque la luz es débil.

El camino está cerrado con una verja, pero creo que de todos modos me sentiré más segura caminando que conduciendo. Cambio mis bonitos zapatos de tacón por botas de escalar y me pongo la chaqueta de lana encima del vestido. Hace más frío aquí. En parte por la altura y en parte por estar fuera de la ciudad. El cielo está medio tapado: algunas estrellas, en medio de largas extensiones de negro. El patrón de luces revela el paisaje: un brillo naranja hacia Crickhowell y Abergavenny, prácticamente nada en la mole de las Black Mountains que se cierne detrás.

Estoy asustada, pero es un miedo bueno. La clase de miedo que alienta la acción, no la clase de miedo que hace que me arrodille al lado de la puerta tratando de vomitar la cena. Me siento despejada y decidida.

Camino hacia el establo. He dejado el cuchillo y el bolso en el coche, porque parecen estúpidos aquí. Descubro que casi estoy disfrutando de la experiencia.

De pronto oigo un movimiento de pies repentino. Mi adrenalina responde al instante, pero solo son ovejas —veo sus caras gordas, estúpidas, encantadoras, mirando a través de la oscuridad— y sigo caminando.

Llego al patio de hormigón. No hay nadie allí. Ningún otro sonido que los que pertenecen a una granja por la noche. No sé lo que esperaba encontrar ni lo que esperaba hacer. Hay una gran puerta corredera de metal, como las que tienen en almacenes industriales, pero está cerrada, y aunque no lo estuviera, no podría moverla. Al lado hay una puerta más pequeña. Tamaño humano, no del tamaño de un tractor. Pruebo. Está abierta.

Entro.

Es un sitio enorme. Los establos lo son, obviamente, pero hay algo en el techo enorme y en la inmensidad del silencio que altera algo en ti, te guste o no. Sigo adelante, como si entrara de puntillas en una catedral.

El establo está iluminado —si ese es el término correcto— por dos bombillas incandescentes que cuelgan de cables. Puede que cada una proporcione cien vatios, pero en este espacio y esta oscuridad la luz parece renunciar a toda esperanza antes de llegar muy lejos. Debajo de la bombilla más cercana, hay unas pacas de paja que marcan una línea en el establo. Más abajo, debajo de la otra luz, hay una fila de objetivos de papel. Con forma humana, no con forma de diana. Siluetas en blanco y negro. Negro para felicitarte por un disparo en el pecho, blanco para señalar un tiro al brazo o la cabeza.

Cuando llego a las pacas de paja, encuentro una pistola. No sé de qué tipo. Al lado hay una caja de cartón con balas.

Sé que las pistolas tienen un botón de seguridad y juego con él, tratando de descubrir si el seguro está puesto o no. No tengo ni idea. Solo hay una forma de averiguarlo.

Me siento medio idiota y medio Cagney y Lacey. Adopto la postura. Piernas separadas. Brazos fuera. Mirada fija. Disparo.

Nada.

Muevo lo que creo que es el seguro a la única otra posición en que puede estar y hago lo mismo otra vez.

Esta vez dispara. El ruido es asombrosamente alto. Como cuando Penry me golpeó, el equivalente en audio de eso. No sé si mis oídos son sensibles o si las pistolas realmente suenan tan alto o si es el volumen brutal del silencio en el establo lo que me sorprende.

Al bajar la pistola, que tiembla ligeramente en mis manos, me fijo en que también hay orejeras en la paja. Ni siquiera sabría cómo llamarlas si Aled Caradequé no hubiera mencionado el término. El buen Aled. Uno de los chicos de papá. Siempre puedo confiar en papá. El solucionador definitivo, el tarambana de buen corazón.

Ya que estoy aquí, supongo que puedo aprovechar el tiempo.

Aprendo a cargar la pistola, sacando el cargador de la empuñadura. Practico haciéndolo hasta que parece simple. Cierro los ojos y descargo y recargo la pistola en la oscuridad; luego quito el seguro con el pulgar. Probablemente podría hacerlo más rápido, pero al menos lo hago. En la paja hay cuatro cajas de balas en total.

Decido que puedo gastar una caja en práctica.

¡Fuego! ¡Fuego! ¡Fuego!

Ojos cerrados. Me vuelvo hacia los objetivos y ¡fuego!, ¡fuego!, ¡fuego!

Hay unas doscientas cincuenta balas en la caja. Disparo unas ciento cincuenta. Algunos de mis tiros no aciertan al objetivo. Muchos otros tienen zonas de impacto blancas: cabeza, mano, entrepierna, pierna. Pero hay mucho negro. El objetivo al que apunto casi no le queda nada en el centro, está destrozado.

Me duelen los brazos por el esfuerzo de sostener la pistola. La bajo y me siento a descansar con el arma al lado. Había una chica pija en mi año en Cambridge, también estudiante de filosofía, que ponía nombre a todas las posesiones significativas de su vida. Puso nombre a su oso de peluche, claro, pero también a su coche. Hasta su teléfono tenía nombre. Igual que sus dos portátiles y su cámara. Que yo sepa también ponía nombres a sus cuchillos y tenedores, no sé hasta dónde pueden llegar estas cosas en la aristocracia inglesa. Yo no soy de las que pone nombres, pero si lo fuera, creo que esta pistola sería lo primero a lo que se lo pondría. La llamaría Huw, quizás. Estúpido, pero no por ello carente de un potencial de peligro. O Brendan, muerto como un pescado pero todavía aterrorizando a las prostitutas. O quizá Jane Alexander, limpia, elegante y asusta un poco.

Decido terminar de disparar esta caja de municiones, luego me marcho con la pistola y una caja más de balas. Si hay más de doscientas cincuenta personas que vienen a por mí, tendré que arriesgarme con el cuchillo de cocina.

Me levanto otra vez y empiezo mi rutina. Brazos juntos —olvidando el dolor—, pies separados, los dos ojos abiertos, respiración calmada. Fuego. Fuego. Fuego.

Hago la media vuelta. Trato de disparar con una mano. Mi precisión es decididamente peor, pero de todos modos no me gustaría ser el objetivo.

Y entonces, al prepararme para otra rutina de cierra los ojos, media vuelta, disparo, me doy cuenta de repente de que la puerta por la que he entrado está abierta. Hay un hombre de pie allí. Gorra. Camisa a cuadros debajo de una gruesa chaqueta de mezclilla. Edad indeterminada. Podría ser de treinta años. Podría ser de sesenta. Me está mirando directamente. Inclina la cabeza para saludarme, pero por lo demás no dice ni hace nada. Por primera vez, me fijo en que al otro lado del establo, en el lado que permanece sin iluminar, en la oscuridad, hay animales moviéndose. Ganado vacuno, supongo. Las ovejas estarán en el campo. Apenas distingo unos ojos ámbar brillando en la oscuridad. Me pregunto qué piensan las vacas de mis disparos. No sé si es algo que oyen con frecuencia o casi nunca.

No lo sé. Me quito las orejeras.

—Baja los hombros —me dice el hombre—. Y manos relajadas. Sin tensarte. Aprieta el gatillo con suavidad. No querrás que se encasquille.

—Vale.

—¿Eres diestra?

Asiento.

—Entonces el pie izquierdo ligeramente adelantado. Solo ligeramente. A una distancia igual a la de los hombros. Elige otro objetivo.

Vuelvo a la pistola. La galería de tiro ha perdido parte de su penumbra, ahora que mis ojos se han adaptado por completo. Sintiendo los ojos del hombre en mi espalda, adopto una posición y vacío un cargador de diez balas en cuestión de tres o cuatro segundos. Trato de mantener los hombros bajos y las manos relajadas. No me subo las orejeras, pero esta vez ya me espero el ruido y me gusta. Llena el espacio.

Me vuelvo hacia el hombre, que solo asiente.

Lo interpreto como un «continúa» y vacío otros cuatro cargadores. Me concentro en hombros y manos y mi precisión mejora. No tengo nada con lo que compararlo, pero en general diría que está bien.

Me vuelvo hacia el hombre.

—Muy bien. Mantén las manos relajadas.

—Gracias.

Otro asentimiento. Vuelvo a disparar, pero esta vez me pongo las orejeras y continúo hasta acabar la caja. Manos relajadas, balas imparables. Cuando me vuelvo otra vez, el hombre ya no está.

Ahora tengo los brazos muy cansados, pero estoy contenta. Cojo la pistola. (Y a ver, equipo de diseño de Monsoon, ¿dónde he de meter esto? Los vestidos están muy bien, pero no están hechos para llevar armas ocultas.) También cambio de idea y me llevo dos cajas de balas y no una. Cuando el ejército de no muertos de Rattigan emerja de la bahía de Cardiff para atraparme, tendrán que ser al menos 501. Estoy preparada para acabar con cualquier cifra menor.

Al salir del establo, paso al lado de las vacas y les prometo que podrán dormir un rato a partir de ahora. Sale humo de su aliento, pero no hacen más comentarios. Un centenar de ojos ambarinos me siguen.

En el patio nada ha cambiado. No hay nadie. Nada se mueve.

Recorro el camino hasta mi coche y vuelvo por donde he venido. Estoy pensando en Penry. En Huw Fletcher y Brendan Rattigan.

Pero sobre todo estoy pensando en ese beso con Dave Brydon. ¿Ahora soy su novia? Creo que nunca había sido la novia de nadie antes. Probablemente lo más cerca que he estado es con Ed Saunders, pero no creo que Ed me considerara nada formal ni siquiera entonces. Una amante y una amiga sí. Pero ser una novia es algo que todavía no he experimentado.

Al pensar en todo esto ahora, y pese a todos mis encantos de cactus, me doy cuenta de que me gustaría ser la novia de Dave Brydon. La clase de novia que recordaría su cumpleaños, que se comportaría de manera apropiada delante de sus padres y pensaría en ponerse las bragas más caras el día de San Valentín. No sé si eso es un acto que pueda llevar a cabo, pero la idea me seduce. Estoy preparada para intentarlo. Me siendo mareada de pensarlo. Me da vértigo.

Y en el último tramo a casa, al volver a entrar en la ciudad desde los valles, pienso en papá. He supuesto que ahora está en el buen camino, porque me lo dice y en general creo en lo que me cuenta. Y sin embargo, papá ha procurado la pistola y lo ha hecho con remarcable rapidez y genialidad teatral. Podría preguntárselo directamente, por supuesto, pero no es así como manejamos las cosas. Cuando me uní al cuerpo de policía, dejé claro que en casa funcionábamos con una política de «No preguntes, no cuentes». Yo nunca he preguntado. Él nunca me ha contado. Y por lo que a mí respecta, me alegro de dejar así las cosas.

También me pregunto si la inquietud de papá cuando ingresé en el Departamento de Investigación Criminal se debía a que todavía tenía cosas que esconder. Cosas que no habría querido que mis hermanos y hermanas del cuerpo conocieran. No es la primera vez que me lo he preguntado, pero es la primera vez que tengo una duda real respecto a la respuesta.

Llego a casa después de las dos. Me acerco a la puerta de la calle con tacones, cajas de municiones en una mano y una pistola en la otra. Por primera vez en lo que se me antoja una eternidad, no siento miedo en absoluto.

28

La hora de acostarse. Es más fácil ahora de lo que ha sido recientemente.

Dejo la cama donde está y saco un futón y un edredón de repuesto que guardo debajo. En teoría, el futón es para los invitados, aunque no me acuerdo de ningún huésped que lo haya usado. Pongo el futón en el suelo, donde no puede verse desde la puerta. En la mejor tradición de estas cosas, apilo almohadas en mi cama habitual para que parezca que hay alguien durmiendo allí. Luego me acomodo en el futón, con un vaso de agua y un reloj despertador cerca de la cabeza y la pistola cargada a mano. Apoyo una silla contra la puerta, que no impedirá la entrada a nadie, pero hará mucho ruido en el caso de que alguien entre.

Todo esto es exagerado. Lo sé. Pero me siento segura y duermo como un cachorro, que es lo único que importa.

Por la mañana, el despertador suena demasiado pronto. Me siento cansada, porque necesito otras tres horas de sueño. Pero ¿a quién le importa? Por lo menos, he perfeccionado el arte de dormir en mi propia casa. Y ni siquiera he fumado desde el sábado, lo cual en mi caso es bueno, sobre todo teniendo en cuenta cómo están las cosas con Lohan.

Me levanto y examino el lugar donde vivo. Estoy justo en el corazón del planeta Normal. Tal vez soy el residente más extraño, pero eso no me importa. Me gusta un lugar donde los padres van a trabajar por las mañanas y la gente protesta cuando el correo llega tarde. Si el ejército de los no muertos de Rattigan está esperándome fuera, van todos bien disfrazados. Hay algunas nubes que salpican el cielo, de esas altas y señoriales que parecen barcos que llegan desde el oeste. Pero no hay muchas, y el sol ya está en marcha. Va a hacer calor.

A la deriva en la planta baja. Como una nectarina directamente de la nevera. Preparo té. Como algo más, porque los ciudadanos del planeta Normal no pasan solo con una nectarina. Entro en el cobertizo y abro una ventana allí, porque cuando fuera hace calor, el cobertizo se pone a hervir. Se calentará un montón, incluso con la ventana abierta, pero cierro la puerta con llave de todos modos. Siempre lo hago.

Tenía intención de ducharme y esas cosas, pero ya lo hice todo ayer por la noche y ya he dejado que pase demasiado tiempo para hacerlo otra vez. Puntual significa puntual, Griffiths. Aparte de olerme las muñecas para asegurarme de que no huelen a galería de tiro, hago lo mínimo posible.

Pero tengo que vestirme. Eso es fácil, por lo general. Elegir un conjunto insulso y adecuado de la serie de conjuntos insulsos y adecuados que tengo en el armario. Casi no tenía nada que no fuera negro, azul marino, beis, blanco, gris marengo o de un rosa tan apagado que lo mismo podrías llamarlo también beis. Nunca pensé que esos colores me sentaran especialmente bien. No tenía ninguna opinión al respecto. Era solo una cuestión de seguir la regla de oro: observa lo que otros hacen y haz lo mismo. Una paleta de colores apagados clásicos parecía la forma más segura de lograr el efecto adecuado.

Sin embargo, desde que Kay cumplió catorce o quince años ha estado haciendo campaña para que le dé vida a mi armario. No es que esté vibrante de vida. Todavía parece una exposición de ropa de oficina 2004-2010. De todos modos, tengo opciones que no habría tenido hace unos años. Y hoy veré a Dave Brydon. Él me verá. Quiero que se fije en mí, y quiero que lo haga con ojos hambrientos, excitados y apasionados.

Prescindo de mi ropa interior funcional habitual y me pongo un sujetador y unas bragas de una de las gamas más pijas de M&S. Encaje blanco. Veraniego y sexy. Nadie más que yo lo verá, pero es un comienzo. ¿Y luego qué? Al principio estoy indecisa, luego opto por un vestido verde menta vaporoso y una chaqueta de hilo. Sandalias marrones. Más maquillaje del que suelo llevar, lo cual tampoco es decir mucho.

Me miro en el espejo. Los espejos no te dicen nada que no sepas ya, ¿eh? Este sí. Veo una mujer joven. Guapa. Marco sin dudar la casilla guapa. También ansiosa. Parece un poco desesperada por ver al hombre que podría estar a punto de ser su nuevo novio. Buena suerte, hermana, pero no creo que la necesites.

Puntual significa puntual me hace salir corriendo. He puesto mi pistola en el bolso, pero las cajas de balas se quedan en la casa. Brumbrum a trabajar, o tan brumbrum como permite el tráfico. Una cámara casi me pilla, pero estoy casi segura de que he frenado a tiempo. La pistola pasa del bolso a la guantera al entrar en el aparcamiento.

Llego a tiempo para oír la gran noticia de la noche. Han seguido adelante y han registrado la casa de Sikorsky en North London. Jackson está en Londres con el inspector detective Hughes. Hay más gente en camino para apoyarles. No hay reunión hoy, porque no hay nadie para dirigirla y porque nadie quiere oír hablar de ayer cuando la acción es hoy.

Es una noticia ligeramente rara, y no solo por mí. La gente está un poco perdida en la oficina. El detective Jon Breakell, el pobre tipo que se ha pasado una semana examinando sin demasiado entusiasmo grabaciones de cámaras de circuito cerrado en busca de algo que pudiera ser útil, ahora se enfrenta a otro día haciendo exactamente lo mismo, pese a saber muy bien que en Londres podrían estar ocurriendo cosas que harían que su esfuerzo resulte absurdo.

Y yo también estoy perdida. Hoy iba a ser mi día de ver a Dave Brydon. Mi día de vestido verde vaporoso. Mi día de maquillaje y zapatos de chica. Hoy no iba a ser un día como cualquier otro día de mi vida. Iba a ser mi primer día de practicar para ser la novia de Dave Brydon, y tenía muchas ganas de que llegara.

Lo encuentro en su escritorio, recogiendo unas cuantas cosas antes de partir hacia Londres para unirse al jefe.

—Hola, Fi —me saluda.

Ningún contacto. Ningún beso. Solo una expresión en la mirada me dice que no me he imaginado la noche pasada.

—¿Puedo verte? Ya sé que tienes prisa. Dos minutos.

Vacila. Nos estamos viendo. Estamos a menos de un metro de distancia en una oficina bien iluminada y ninguno de nosotros ha perdido la facultad de visión. Es evidente que Brydon no quiere la clase de relación de oficina en la que los dos estemos siempre escapándonos al cuarto del material para darnos el lote, y yo tampoco. Y aun menos quiere la clase de relación de oficina que se interponga entre el trabajo y él.

Pero yo presiono.

—En las escaleras de la sala de impresión. No creo que nadie vaya a usarlas ahora, y hay puerta arriba y abajo que oiremos si alguien las usa. Yo voy allí ahora. Tú me sigues cuando termines aquí.

—Vale. Dos minutos. Te veo allí.

Bajo por la escalera a la sala de impresión, después me quedo en el recodo de la escalera, donde nadie puede verme. Estoy preocupada y ansiosa. Incluso esta espera me parece demasiado larga.

Entonces la puerta de arriba se abre y Brydon empieza a bajar ruidosamente. Es pesado y ligero al mismo tiempo. Pesado porque es un muchacho grande, y ligero porque es atlético por naturaleza y transmite energía en cada movimiento que hace.

—Hola.

—Perdona que te rapte, pero tenía que verte. Lo siento.

Brydon está un peldaño por encima de mí y yo estoy hablando a la altura de su ombligo.

—Lo primero es lo primero, Fiona —me dice.

Baja un peldaño, luego me levanta y me pone en el peldaño que él había ocupado antes. Todavía no estamos a la altura de los ojos, pero casi.

—¿Veo a la detective Griffiths con vestido? —dice—. ¿Se ha notificado a todas las autoridades relevantes?

Es el humor de Brydon, lo tomas o lo dejas.

—Y tacones —digo—. Mira.

Me sonríe. Una sonrisa bonita, pero sé que la mitad de su mente está ocupada por el reloj. Ha de salir hacia Londres lo antes posible.

Sigue sin haber sonidos en la escalera. Se oye un zumbido de la sala de impresión donde una de las máquinas de Tomasz está funcionando, pero nada que tenga que molestarnos.

—Solo quería decirte que necesito tomarme las cosas con calma.

—Vale.

—Es solo... Las cosas se complican un poco en mi cabeza, y despacio suele irme mejor que deprisa.

—Vale.

—No quiero que pienses que porque...

No sé lo que intento decir, así que termino sin decir nada.

—No quieres que piense que, aunque casi hiciste que te atropellaran en Cathedral Road anoche, tienes alguna clase de voluntad de morir.

—Eso es —digo—. Es exactamente lo que estaba intentando decir.

Por un momento pienso que me va a besar otra vez y realmente quiero que lo haga. Siento que el deseo me arrastra como el viento. Pero no lo hace. Por fortuna para mi compostura, se arrepiente del beso y solo me toca la nariz con el dedo índice.

—Despacio está bien —dice.

Se está riendo de mí otra vez y me doy cuenta de que está bien que se rían de ti. ¿Alguna vez Ed se rio así de mí? Creo que no.

Luego se marcha, subiendo la escalera. Pesado y ligero. Abriendo tan fuerte que la puerta golpea contra el tope. En el hueco de la escalera resuena el ruido de su partida, una reverberación de madera contra metal, luego vuelve al silencio.

Me siento en el escalón, resituándome. Mi pulso es alto, pero firme. Cuento mis respiraciones, tratando de reducir el ritmo a un estado más relajado. Muevo piernas y pies para asegurarme de que puedo sentirlos de manera normal, y en gran medida puedo hacerlo.

Estoy sintiendo algo, y creo que sé lo que es. Pero hago el ejercicio de manual, y el manual dice que he de recorrer un rango de sentimientos hasta encontrar el que mejor encaja.

Temor. Ansia. Celos. Amor. Felicidad. Asco. Anhelo. Curiosidad.

Temor. Ansia. Celos. ¡Amor!

Amor.

Esto no es amor. Todavía no. Pero va en esa dirección: amor, además de una buena salpicadura de felicidad. Esta es la primera vez en mi vida que siento esos gemelos preparándose para fijar su residencia. Poneos cómodos, amigos. Mi casa es vuestra casa.

No obstante, continúo con el ejercicio. Noto el sentimiento. Lo nombro. Lo siento. Pongo las dos cosas juntas. Quédate con el sentimiento. No te olvides de nombrarlo. Date tiempo. Y no dejes que te supere. No pierdas de vista el ritmo cardíaco. Vigila la respiración. Comprueba que sigues en tu cuerpo. Siente esos brazos. Siente esas piernas. Puede ser útil golpear el suelo con los pies para asegurarte de que te sientes bien hasta los pies.

La puerta de arriba se abre otra vez. Dos personas. Ninguna de ellas es Dave Brydon. Tampoco los conozco. Me siento en el escalón para dejarles sitio. Me miran, pero no dicen nada, solo entran en la sala de impresión.

No es amor y no es felicidad. Pero es como si estuviera en el pasillo y pudiera oír la música que llega desde la sala. La risa, la luz de velas. Todavía no estoy allí. Conozco la diferencia. Solo he tenido una cita con Dave Brydon. Nada que constituya ni remotamente una relación. Son los primeros, muy primeros días, y a partir de aquí puede pasar cualquier cosa. Pero por una vez en mi vida, por una vez en mi vida chiflada y desesperada, no solo estoy en la misma zona horaria, sino que realmente estoy a un grito de distancia de los gemelos amor y felicidad.

Noto los sentimientos, uno por uno, milagrosamente. El trasero en un escalón de cemento. Golpeteo de corazón. Un vestido verde vaporoso y zapatos con tacones de siete centímetros. Un hombre que me ha levantado al otro escalón porque estaba hablándole a la altura de su ombligo. Esto es lo que los humanos sienten cuando se están preparando para enamorarse.

Me levanto de mi escalón y vuelvo a subir lentamente a mi escritorio. Esto es lo que sienten los humanos. Esto es lo que es ser normal. Fiona Griffiths, ser humano, lista para la acción.

Pero hoy no está claro cuál es exactamente la acción. Hay un mensaje de voz de Jane Alexander. Su hijo está enfermo y no ha encontrado a nadie que lo cuide, así que está clavada en casa. Me dice que la llame si hace falta. Entretanto, en cambio, mis entrevistas para el día probablemente han terminado; a menos que encuentre a un sargento detective que interrogue prostitutas conmigo, lo cual, dada la reciente noticia, probablemente no logre. Jackson y Hughes y casi todos los demás que cuentan no están en la comisaría y no quieren que contacten con ellos.

Tengo una pila de varios trabajos burocráticos tediosos, pero pocos de ellos son urgentes. Al otro lado de la oficina, un par de detectives están apilando tazas de café vacías y tratando de derribarlas lanzándoles una pelota de rugby blanda. Hay gritos y risas cuando lo consiguen, más gritos cuando fallan. A veces pienso que tiene que ser mucho más fácil ser un hombre.

Saco las notas que tomé sobre todos esos archivos de servicios sociales. April y Janet. Stacey Edwards.

Hay un millón de puntos en común entre sus historias, pero tenía que haberlos. No cualquier persona adulta se convierte en una prostituta. Son las fracasadas: hogares rotos, infancia complicada, algunos pasos desastrosamente errados en la adolescencia. Tanto Janet como Stacey terminaron en servicios sociales porque sus padres estaban locos o enfermos, o eran violentos o inútiles. De hecho, nunca conocieron a sus padres. El Estado se hizo cargo. ¿Qué clase de persona puede atravesar eso y no terminar un poco loca?

Es parte de lo que me conecta con el *Show de Janet y April*. Janet tuvo una existencia de mierda, pero luchó por darle a su hija una vida mejor. Fracasó, y aun así, no es su fracaso lo que me atrapa, sino la profundidad de su intento.

Inevitablemente, tengo las fotos de April en pantalla mientras reviso todo esto. Las interesantes en las que está muerta, no las de la niña de la manzana de caramelo. No es cierto que April esté tratando de decirme algo. Sería más preciso decir que ya lo sé, sea lo que sea, y el trabajo de April consiste en recordármelo. Y sin embargo, no sé de qué se trata. Aparto la mirada del escritorio y miro a los chicos que pasan el rato con la pelota de rugby.

Debería estar haciendo otras cosas.

En Londres están registrando la casa de Karol Sikorsky.

Anoche Dave Brydon me besó, y hoy casi me ha vuelto a besar.

En la guantera del coche tengo una pistola. En casa tengo cuatrocientas noventa balas. El resto ya están en la pistola.

Estoy pensando en esto cuando me levanto a preparar una infusión. Voy de camino a la *kitchenette* cuando empieza a sonar un teléfono. No está en mi escritorio —es el de Mervyn Rogers—, pero como no hay nadie cerca lo cojo.

Es Jackson.

—¿Quién habla? ¿Fiona?

—Sí. Me parece que Merv no está. ¿Quiere que...?

—No, no te preocupes por eso. Escucha. Estamos en la casa de Londres y nos hemos encontrado con más o menos un kilo de lo que estamos más que seguros de que es heroína. Irá directamente al laboratorio, obviamente.

—Vale, así que quiere que vaya al laboratorio y...

—Sí. A ver si podemos establecer una conexión entre el material que tenemos aquí y el material que encontramos en el 86 de Allison Street.

—¿Y Tony Leonard? ¿Kapuscinski? Gente así. ¿Quiere que empiece a ver si podemos relacionarlos con las drogas?

—Exactamente. Y escucha, quiero tantas órdenes de registro como podamos obtener. Leonard. Kapuscinski. Colegas de Sikorsky, básicamente. ¿Crees que hay alguna oportunidad de que tu prostituta...?

—Ioana Balcescu.

—Exacto. ¿Hay alguna posibilidad de que aumente las pruebas? ¿De que añada más nombres?

—No lo sé. Puedo intentarlo. Pero si tenemos razón, hay muchas prostitutas que podrían testificar contra estos tipos.

—A ver qué puedes conseguir. Aunque sean cosas menores, está bien. Solo necesitamos justificar la detención y la orden de registro. Quiero empezar a interrogarlos con una hoja de cargos al lado.

—Me pondré con eso ahora mismo.

—Usa mi nombre en vano si te hace falta. No dejes que las cosas se detengan por falta de recursos.

—No lo haré.

—Así me gusta. Cualquier problema, gritas. Cualquier avance, me llamas al momento.

—Sí, señor.

Jackson ha colgado antes de que termine de decir «señor». La comisaría parece más tranquila todavía ahora. Por un momento, me olvido de que estoy en el escritorio de Rogers, luego me acuerdo de mi infusión, pero decido no prepararla.

Llamo inmediatamente al laboratorio y les informo de los sucesos de Londres. El laboratorio de Londres actuará de enlace con nuestro laboratorio de todos modos, pero nunca viene mal dejar que ambos grupos noten nuestro aliento en su nuca.

Llamo a Jane Alexander y le digo que más le valdría estar aquí, con el problema de con quién dejar al niño o sin él. Se lo piensa brevemente.

—Veremos qué puedo hacer —dice—. Estaré contigo en cuanto pueda.

Llamo a Ioana Balcescu, pero ni siquiera me sale el buzón de voz. No creo que nos dé nada más de todos modos, pero seguiré intentándolo.

Mervyn Rogers ya ha vuelto a su escritorio y yo me paso y le ofrezco un resumen condensado de los comentarios de Jackson.

—Tú fuiste uno de los tipos que interrogaron a Tony Leonard, ¿no?

—Sí.

—Básicamente Jackson quiere que vuelvas a traerlo aquí y le hagas un interrogatorio tipo tercer grado. Dile que podemos conectarlo con una red de tráfico de drogas importante en Londres, además de con el asesinato de las dos Mancini. Y Stacey Edwards. Básicamente, aterrorízalo.

Rogers sonríe. Es la clase de tarea que le encanta. Soy consciente de que he añadido un poco de sal a las instrucciones que me ha dado Jackson, pero si hay una infracción de procedimiento es mía y no de Jackson; y estoy segura al noventa y nueve por ciento de que él preferiría que Rogers se ponga duro con Leonard lo antes posible. La carrera y el carácter de Leonard sugieren que es una pieza menor, lo cual significa que es más probable que sucumba a la presión.

—Empezaré a hacer llamadas —añado—. A ver si alguien puede nombrarlo como camello.

—Genial.

Vuelvo a mi escritorio. Llamo a Bryony Williams a StreetSafe, pero mi llamada va a su buzón de voz y no dejo mensaje. En cambio, sí encuentro a Gill Parker. Le digo dónde están las cosas y qué quiero de ella.

Ella suena dudosa.

—Puedo preguntar si quieres. Te avisaré si alguna de nuestras mujeres responde a esos nombres.

—Gill, eso no nos sirve, lo siento. Es un rumor, y estamos en un punto en que necesitamos más que eso. Necesitamos base para hacer detenciones. Eso significa sospecha razonable, y eso significa material específico, mujeres con nombre que proporcionen declaraciones grabadas sobre delitos de los que han sido testigos. No hemos de hacerlo público, solo necesitamos material para poner delante de un magistrado.

—Sí, pero...

Gill empieza a hablarme de las razones por las que no puede hacer lo que quiero. Habla como si se hubiera tragado el diccionario de psicojerga de los trabajadores sociales. Cada tres palabras dice algo como «apoyo», «facilitar», «potenciar». Es la clase de lenguaje que normalmente desencadena mi coprolalia. Por eso he empezado por llamar a Bryony. Insisto de todos modos.

Señalo a Gill que es difícil ayudar a una trabajadora del sexo a enfrentarse con una imagen negativa de sí misma cuando la trabajadora del sexo en cuestión está comatosa con heroína, tiene cinta aislante en la boca y un hijo de puta traficante de sexo le está tapando las fosas nasales.

Estoy siendo buena, así que no lo llamo hijo de puta.

Gill me dice que esta noche «debatirá el asunto con las colegas». Le recuerdo que hasta el momento han matado a dos prostitutas y han apaleado a otra. Le recuerdo que podría haber otras de las que ni ella ni nosotros tengamos noticia.

—Esto procede de lo más alto, Gill. Necesitamos cooperación máxima. Se liará la de Dios si no lo entendemos.

Uso la expresión «liarse la de Dios», pero todavía lo cuento como muy profesional. Gill me dice otra vez que hará lo que pueda y cuelga.

Llamo otra vez a Jane Alexander. Suena tensa y dice que puede estar lista a las tres y trabajar por la tarde, si me parece bien. Le digo que está bien y empiezo a concertar algunas entrevistas.

Hago justamente eso, unas llamadas. Números de teléfonos que tenemos en nuestra base de datos. Algunos más que consigo de otras fuentes, incluidos los de algunas de las chicas que ya he visto. Sobre todo, me encuentro con buzones de voz, pero conecto con una chica —Kyra— que parece pensar que un interrogatorio policial será de lo más divertido. Probablemente está colocadísima de jaco, pero lo organiza para que me reúna con ella y «las chicas» en una casa situada justo al lado del Taff Embankment esta tarde.

Resultado. Espero que Kyra siga colocada, porque estará más comunicativa de esa forma. Le envío un SMS a Jane para que sepa el lugar y la hora y cojo el fijo otra vez para hacer más llamadas.

Pero no las hago.

No puedo. No puedo dejar de lado la cuestión de Huw Fletcher, y eso significa que no puedo convencerme de hacer las cosas que Jackson querría que hiciera y de la forma en que querría que las hiciera. Pero lo intento. De verdad. Tengo el teléfono en la mano, tratando de obligarme a hacer esas otras llamadas. Y casi lo consigo, pero al final llamo a la división de transporte de Rattigan y solicito que me pasen con Huw Fletcher. El mismo lío que antes, salvo que esta vez pido hablar con un colega —Andy Watson— y le digo quién soy.

—¿Detective Griffiths? Sí. ¿En qué puedo ayudarle?

—Estoy llevando a cabo una investigación que podría implicar al señor Fletcher, y comprendo que lleva un tiempo desaparecido.

—Exacto. Hará dos semanas, dos semanas y media desde la última vez que lo vimos.

—¿Y han denunciado su desaparición?

—No, yo... No, no lo hemos hecho.

—¿Ha tratado de contactar con él en sus números de contacto habituales?

—Eh, sí. —Watson lo comprueba brevemente con una compañera de trabajo, luego dice con más confianza—. Sí, fijo y móvil. También por *mail*. Él puede consultarlo desde casa.

—¿Y no hay respuesta?

—No.

—Así que un hombre desaparece dos semanas y media sin explicación, no han obtenido respuesta a sus intentos de comunicarse con él y no se han molestado en notificarlo a las autoridades. ¿Es correcto?

Traga saliva al otro lado de la línea. Eso es lo que me gusta de estar en la policía. La capacidad de intimidar. Sonar amenazadora sin hacer amenazas. Me encanta.

—Sí —dice Watson—, es correcto.

Y yo digo:

—Si quiere, puede hacer una denuncia formal de su desaparición ahora. Necesitamos una denuncia ciudadana para empezar una investigación de personas desaparecidas.

—Sí. Sí, de acuerdo. Lo haré.

—Bien. Hay varios documentos que habría que cumplimentar. Pasaré a verle. Estaré allí en media hora.

Watson está de acuerdo y yo cuelgo.

Añado unas notas en Groove. Buen procedimiento policial. Siguiendo un chivatazo de Bryony Williams, que trabaja ayudando a las prostitutas, hago una llamada para investigar a Huw

Fletcher. Descubro que Fletcher ha desaparecido. Considero ese hecho relevante para la operación Lohan. Decido seguir investigaciones sobre el terreno. A Jackson no le gustará, porque no estoy haciendo té y tomando notas, pero cambiará de opinión cuando comprenda que estoy sobre una buena pista. Al menos, ese es mi razonamiento.

Estoy a punto de decirle adiós a mis pequeñas April en pantalla, pero en lugar de apagar el ordenador, abro una imagen de Brendan Rattigan. La cara muerta de un hombre muerto, o tal vez la cara viva de un hombre vivo. Hubo un tiempo en mi vida en que no habría podido manejar esa ambigüedad en absoluto, pero ahora mismo no parece molestarme mucho. De hecho, casi me gusta. Hay algo aburrido en que la gente solo sea una cosa o la otra. No es el gato de Schrödinger. En este caso es el millonario de Schrödinger. Brendan Rattigan y su ejército de los no muertos, construyendo castillos en el fondo de la bahía de Cardiff.

—Voy a buscarte, socio —le digo.

Él me mira con desdén, pero eso no va a impedir que vaya.

29

De cerca, Newport es feo, pero hay un propósito en su fealdad. Es industrial. Se fabrican cosas y se transportan. Un lugar de gaviotas y grúas en los muelles. Líneas eléctricas, rotondas, almacenes, camiones. Acero y agua de mar.

Las oficinas de Rattigan están en un edificio de bajo alquiler de la periferia de la ciudad, cerca de Usk Way, en la orilla occidental del río. La hierba que rodea el aparcamiento está tan corta que se ve quemada y marrón. Los parabrisas de los coches captan el sol y lo proyectan sobre el asfalto. Al otro lado de la calle hay un campo, con hierbas espinosas de marisma y un cartel que ofrece tierra en venta.

El edificio de Rattigan tiene laterales de metal corrugado pintado de un color entre gris y azul. Un cartel dice el nombre de la compañía, sin más detalles. Aquí Rattigan no se ha gastado sus millones. En recepción, me hacen pasar enseguida hacia una sala de prensa. ¿Quiero té? ¿Café? ¿Agua mineral con gas? ¿Coca-Cola? Una chica con la expresión de un ternero me pregunta estas cosas, como si proporcionarme líquido sirviera para desviar la ira del Departamento de Investigación Criminal. La pongo nerviosa al decirle que no a todo. Enseguida, aparece Andy Watson, dos de sus colegas varones y una secretaria. Están todos ansiosos. Los hombres me dan tarjetas de visita, como si me importaran.

Empiezo con expresión severa y la información fluye como vino dulce en una fiesta de chicas.

Huw Fletcher fue visto por última vez el 21 de mayo de 2010, cuando estuvo todo el día en la oficina.

No se presentó a trabajar el 24. Ni el 25. Ni ningún día de la semana. Su secretaria —Joan, la que ahora está en la sala conmigo— lo llamó al móvil y al fijo, y dejó mensajes. También se envió un *mail*. Pueden traerme una copia del mensaje de correo si la necesito. La pido, y enseguida traen el texto. Tardo más o menos un minuto en leerlo, aunque solo tiene dos líneas y ningún interés en absoluto, pero el silencio asusta a los que están asustados, por eso lo genero en abundancia. No obstante, estoy interesada en las fechas. Las Mancini fueron encontradas muertas la noche del domingo (23), pero las habían matado a última hora del viernes o a primera hora del sábado. El momento de la desaparición de Fletcher podría ser mera coincidencia, pero por lo que a mí concierne, la coincidencia es tranquilizadora.

—Obviamente, si enviaron un mensaje de correo, eso significa que el señor Fletcher tiene acceso remoto a sus *mails*.

Sí.

—¿Pueden saber desde aquí si lo ha abierto?

Hay cierta discusión al respecto. El consenso es que no, aunque quizás algún experto informático diría lo contrario. No insisto. En cambio, digo:

—¿En qué fecha le dejaron esos mensajes?

La secretaria, Joan, dice:

—Envié el mensaje el veintisiete. Eso sería el jueves. Creo que llamé y dejé los mensajes también ese día. Fijo y móvil.

Anoto la fecha en mi libreta. Lenta y silenciosamente.

—¿Puede darme toda la información de contacto que tenga de él, por favor?

Sí, sí, por supuesto. Joan sale corriendo de la sala para hacerlo. Me vuelvo hacia los hombres.

—¿Quién de ustedes es el jefe de Fletcher?

El hombre sentado en medio, Jim Hughes, dice que es él. Hughes parece un hombre gordo que ha perdido peso. O eso o tenía una piel que le iba dos tallas grande. Tiene pelo oscuro y una tez casi mediterránea.

—¿Es normal que sus empleados desaparezcan así?

—No, no es normal. No.

—Puedo entender que el lunes no se preocupara demasiado. Un día solo es un día. Pero el miércoles o el jueves de esa semana, debería haber empezado a preocuparse.

—Sí.

—Sí, ¿pero no hizo nada ni se lo contó a nadie?

Hughes está menos preocupado por mi actuación que ningún otro de los presentes, pero también se esfuerza en resultar útil.

—Enviamos a alguien (Andy, fuiste tú, ¿no?) para ver si estaba en su casa. No había señal de nadie. No había coche. Supusimos que se había marchado.

—¿No intentó contactar con su familia?

—¿Familia? No está casado. Vive solo.

Eso es una noticia para mí, pero lo oculto.

—Me refiero a padres. Otros parientes.

Hughes levanta las manos.

—No tenemos detalles de contacto de su familia. Ni siquiera sé dónde están.

Joan vuelve a la habitación con una hoja de cálculo con información sobre Huw Fletcher. Una dirección, entre otras cosas. La cojo sin decir gracias, pero le pido que deje nuevos mensajes en todas las líneas de Fletcher y en su correo electrónico. Le pido que le diga al señor Fletcher que se está montando una investigación de personas desaparecidas y que establezca contacto urgente con Fiona Griffiths. Dejo el número gratuito estándar.

Vuelvo mi atención a Hughes.

—Así que pasan semanas y no se lo dice a nadie. ¿Por qué no?

Una breve pausa para serenarse. Es un tipo sagaz el señor Hughes.

—¿Por qué no? Es una pregunta justa, y estoy ligeramente avergonzado por la respuesta. Pero aquí está. Cuando Huw trabajaba aquí, y cuando el señor Rattigan estaba vivo, los dos tenían una relación inusualmente estrecha. Solían pescar juntos. Pesca de altura, no de pie en la orilla de un río. Huw iba y venía, tenía sus propios horarios, iba a la suya, la verdad. Quiero decir que si estaba una semana fuera, era así y punto. No siempre me avisaba por adelantado, pero siempre volvía. Al principio, yo trataba de mantenerlo a raya, pero si había salido con el señor Rattigan o por un asunto del señor Rattigan, no iba a tener suerte con eso.

—¿Pesca de altura? ¿En el extranjero o...?

—No lo sé. Supongo que...

—¿Supone?

—Bueno, siempre he supuesto que tenía que ser local. Nunca parecía que hubiera visto el sol.

—¿Y después de la muerte del señor Rattigan?

—Lo mismo. Se iba un poco menos. Quizás una vez al mes durante varios días, y simplemente lo contábamos como vacaciones o baja por enfermedad. Suponía que estaba haciendo trabajos o gestiones para la familia. No debería hacerse en horas de la empresa, para ser sincero, pero...

—Y en esta ocasión, el veinticuatro de mayo y a partir de entonces, ¿pensó que era más de lo mismo?

—Supongo. La verdad es que no me gusta trabajar así. Si se había ido, mucho mejor. Y si hubiera vuelto, lo habría despedido. Ahora que el señor Rattigan ya no está entre nosotros no tengo que ser igual de indulgente.

—¿No tiene ni idea de lo que podría haber estado haciendo para el señor Rattigan o la familia?

—No.

—¿Tenía algún área en la que fuera experto? ¿Talentos especiales?

—No.

—¿Era bueno en su trabajo? ¿O, más concretamente, cuál era su trabajo? ¿Qué hacía para usted?

—Control de envíos. Gestión de calendarios. Preparar las reservas para los exportadores. Localizar contenedores que desaparecen. Ocuparse de problemas de clientes. Cosas aburridas, en realidad, a menos que uno esté en el negocio. Huw lo hacía bien, pero no era nada especial.

—¿Se ocupaba de algún sector en concreto, o todos hacen de todo?

Hughes mira a Watson y al otro hombre, que apenas ha hablado.

—Todos hacemos de todo, supongo. Andy y Jason quizá se ocupan más de Escandinavia. Huw se ocupaba más de los barcos que procedían de Kaliningrado, y de alguno de San Petersburgo. Pero cualquiera de nosotros hace lo que hay que hacer.

—¿Y siempre trabajan desde aquí? ¿O tienen que ir al Báltico?

—De vez en cuando, sí. Sobre todo se trabaja por teléfono y por correo electrónico, pero siempre ayuda conocer al cliente. Andy estuvo en Estocolmo la semana pasada y, Jason, estarás en Gdansk, ¿cuándo, la semana que viene?

—¿Así que Fletcher habría ido a Rusia de manera ocasional? ¿A San Petersburgo y Kaliningrado?

—Sí. Y en ocasiones, quizás hace un tiempo, pasaba tanto tiempo en Suecia como en Rusia. Es lo que tiene trabajar en una naviera del Báltico.

Hago otras preguntas y las respuestas no son demasiado esclarecedoras. ¿Qué mercancías transportan? De toda clase. Pasta de celulosa y papel. Metales. Contenedores. Vehículos. Algunos petroquímicos. Cualquier cosa.

No se sabía que Fletcher tuviera un problema con la bebida. Ni tampoco con las drogas. Sin problemas económicos ni de salud. Relleno el formulario de personas desaparecidas. Pido una foto y me dicen que verán qué tienen y que me la enviarán por correo electrónico.

—¿Les caía bien? ¿Se relacionaban socialmente con él?

Todos se miran unos a otros, pero es Hughes quien dice:

—No mucho. Sentíamos que se estaba tomando libertades. Yo estaba esperando que volviera para poder despedirlo.

Me voy de la oficina. En el aparcamiento llamo a comisaría con la dirección de Fletcher y pido un registro de automóvil. Me llaman con los detalles, y les pido que pongan la matrícula en la lista de buscados. Si Fletcher está en su coche y conduciendo será detectado por la primera cámara o coche de policía que pase.

Pero no creo que esté conduciendo.

Me dirijo otra vez a mi coche y llamo a las prostitutas de las que tengo el número. La mayoría no contestan. Una lo hace y no quiere hablar. Otra contesta y dice a regañadientes que no le importa vernos a mí y a Jane por la tarde. Podría hacer otras llamadas, pero decido dejarlo para después. Al menos, lo he intentado.

Sigo conduciendo hasta que encuentro un sitio que vende comida y como.

Hace cuarenta minutos que he salido de Rattigan Transport. No demasiado, quizá. Conduzco sin rumbo durante otros quince minutos y me dirijo a la casa de Fletcher, al otro lado de la M4, en Bettws. Un sitio bonito, pero habría sido más bonito todavía si no estuviera a un kilómetro de la autopista y a no mucho más de uno de los pueblos más feos del mundo. Casas de ladrillo modernas, con doble acristalamiento y muy cómodas. Badenes en la calle y coches bonitos en los senderos de entrada.

Nada remarcable ni en la casa ni en la calle, salvo que hay un Toyota Yaris azul oscuro no muy bien cuidado aparcado delante del domicilio de Fletcher, con la ventana bajada, y el brazo peludo de Brian Penry marcando el ritmo de una música inaudible.

No me sorprende verlo. Todavía no sé cuáles son las líneas oscuras que conectan a Rattigan, Fletcher y Penry —aunque tengo algunas ideas—, pero sé que Penry ha sabido protegerse. No en el caso del desfalco. Robó cantidades estúpidas de una manera estúpida, porque de alguna manera quería que lo pillaran y lo castigaran, pero aun así, se ha mantenido al margen de lo malo. Estaba convencida de que tendría alguna forma de controlar los mensajes de correo o de teléfono de Fletcher, o al menos de mantenerse informado si la policía empezaba a seguir la pista de Fletcher. Por eso fui tan explícita al pedir que Joan, la secretaria, dejara mensajes a Fletcher en todos los números de teléfono y de correo electrónico que tuviera. Por eso quería darle mi nombre.

No estaba segura de si algo de eso llegaría a Penry ni de qué haría yo en caso contrario, pero ya no he de preocuparme por eso. Aquí está Penry.

Baja del Yaris y se apoya en él, esperándome.

—Bueno, bueno, detective.

—Buenos días, señor Penry.

—La casa del misterioso señor Fletcher.
—El misterioso y desaparecido señor Fletcher.
Penry mira a la calle. No hay más coches. No hay más polis.
—No hay orden de registro.
—Exacto. Estamos haciendo investigaciones preliminares sobre una persona cuya desaparición se ha denunciado. Si tiene información que pueda estar relacionada con ese asunto, le rogaría que la comunique.
—No, no tengo información, detective.
Pero saca una llave del bolsillo. Una llave Yale de bronce, que sostiene brillando a la luz del sol.
—Quiero que sepas que no tengo nada que ver con nada de esto. Gané dinero que no debería haber ganado. No denuncié algunas cosas que debería haber denunciado. La cagué. Pero no la cagué de la misma manera que él. —«Él» equivale a un gesto con el índice que equivale a Huw Fletcher—. No soy esa clase de idiota. Y no soy esa clase de cabrón.
Me estiro a coger la llave.
Él la aparta, la limpia con un pañuelo para eliminar huellas y sudor, y me la ofrece. La cojo.
—Es hora de ver la clase de idiota que usted no es —digo.
Penry asiente. Estoy esperando que actúe, pero no lo hace, se queda apoyado en el Yaris y sonriéndome.
—¿Vas a entrar sola?
—Para empezar sí. Porque estoy sola.
—¿Sabes?, cuando yo era un detective joven e ingenuo también habría hecho eso.
—Los oficiales inexpertos han de usar la iniciativa al enfrentarse a situaciones imprevistas.
No sé por qué estoy hablando como un manual nada menos que con Penry. Quizá porque me siento extraña hablando con él en esta situación. La última vez que lo vi casi me arranca la cabeza, una idea que me hace retroceder un poco.
—Eres como yo. ¿Lo sabes? Eres como yo y terminarás como yo.
—Puede ser.

—No puede ser. Seguro.

—¿Sabe tocar el piano al menos?

—No. Ni una sola nota. Siempre pensé que me gustaría, pero tengo un piano nuevo en la casa y nunca lo he tocado.

—En eso soy igual. —Asiento con la cabeza—. En eso seríamos iguales.

Su media sonrisa se extiende a tres cuartos y se mantiene unos tres cuartos de segundo antes de desvanecerse. Me hace un medio saludo, vuelve a meterse en el Yaris y se aleja, despacio porque están los badenes.

La calle está desierta y silenciosa. La luz del sol ocupa el espacio vacío como un ejército invasor. Solo estamos yo, una casa y una llave. Mi pistola está en el coche, pero puede quedarse donde está. Sea lo que sea que hay en la casa, no va a empezar una pelea, o al menos eso espero.

Me acerco a la puerta, meto la llave y la giro.

Siento una especie de asombro cuando la llave gira. Es como girar la página de un cuento de hadas y descubrir que el cuento continúa justo igual que antes. En algún momento, este cuento en concreto ha de terminar.

La casa es... solo una casa. Probablemente hay otras veinte casas en la misma calle que son exactamente como esta. Sin cadáveres. Sin figuras escuálidas de gerentes de naviera encadenados a radiadores. Sin armas. Sin alijos de droga. Sin prostitutas que se han inyectado heroína ni niñas pequeñas con solo la mitad de la cabeza.

Entro de puntillas por la casa, encogiéndome por su silencio acumulado. Me he quitado la chaqueta y me envuelvo la mano con ella cuando toco tiradores o muevo objetos.

No me gusta estar aquí. Creo que Brian Penry tiene razón. Me parezco más a él que a, pongamos, David Brydon. Ojalá no fuera cierto, pero lo es.

En el dormitorio hay una gran cama de matrimonio, bien hecha, con sábanas blancas y un edredón de color malva.

En el cuarto de baño solo hay un cepillo de dientes. Todos los objetos de perfumería son de hombre.

En el salón, tres moscas negras y gordas zumban contra el cristal de la ventana. Una docena de sus camaradas yacen muertas en el suelo.

En la cocina abro armarios y cajones, y en el lugar donde se guardan trapos de cocina e individuales, hay también dinero. Billetes de cincuenta libras. Gruesos fajos de billetes. Sostenidos con gomas. Hay bolsas de basura y papel de aluminio y aún más fajos de billetes en el cajón de debajo. Con un dedo, y todavía a través de la chaqueta, paso uno de los fajos. Todos los billetes son de cincuenta.

Ya no me gusta nada estar aquí. No me gusta ser Brian Penry. Quiero volver al plan A, que consistía en practicar para ser la nueva novia de Dave Brydon. Experimentar con mi supuesta ciudadanía del planeta Normal.

Cierro el cajón y salgo de la casa. La cerradura se cierra detrás de mí. Encuentro una vieja maceta de terracota en el jardín y guardo la llave de Penry debajo.

De nuevo en mi coche. Descubro que estoy sudando y tengo frío al mismo tiempo. Trato de recuperar la sensación que he tenido en la escalera de la sala de imprenta, esa sensación de estar cerca del amor y la felicidad. De ser vecina de los gemelos preciosos. Ahora no la encuentro. Cuando piso con fuerza, apenas noto los pies al impactar con el suelo.

Llamo a la policía de Newport. Es lo único que puedo hacer, y me siento aliviada cuando termina el silencio.

30

El día se vuelve loco y la locura me mantiene cuerda.

Newport no está en nuestro territorio, pertenece a la policía de Gwent. Por lo que a todos respecta, no hay conexión real entre Huw Fletcher y la operación Lohan, así que ni siquiera debería estar aquí. Pero ya que estoy aquí, me quedo.

Lo primero que ocurre —de manera impresionantemente rápida, debo decir— es que aparece un coche patrulla. Dos agentes, de uniforme.

Me identifico y les digo que estaba siguiendo una pista menor de un caso del Departamento de Investigación Criminal que se investiga en Cardiff. Informo de la esencia de mi conversación con los compañeros de trabajo de Fletcher y les muestro la llave que he «encontrado» debajo del macetero.

—¿Ha preguntado a los vecinos?

—Sí —les digo, porque me he acordado de hacerlo hace solo unos minutos—. La mayoría no están. La pareja con la que he podido hablar no ha visto al individuo en varias semanas.

El agente con el que estoy hablando —un sargento de aspecto inteligente al que parece que le gusta comer— llama por radio a la central. Necesita aprobación para entrar en la propiedad y enseguida la obtiene.

Coge la llave, se acerca a la puerta, pulsa el timbre y luego llama con la mano. Una llamada muy ruidosa, con la aldaba con la cabeza de león que probablemente era motivo de orgullo y dicha para Huw Fletcher.

Por un momento, tengo la loca sensación de que Huw Fletcher simplemente saldrá a abrir. Me doy cuenta de que no sé qué aspecto tiene. Imagino un cuarentón ligeramente gordo con alopecia y tejanos que le sientan mal. Lo imagino abriendo la puerta, cabreado por el coche de policía que está en el sendero, por los uniformados que están a su puerta. Imagino a todos volviéndose lentamente a mirarme, a la chica con la pistola en la guantera y la cabeza llena de pájaros.

Un prolongado momento de comedia. El final de mi carrera.

Pero eso no ocurre. No ocurre nada. Nadie viene a la puerta. El sargento y su colega usan la llave para entrar en la casa. Yo los sigo, porque me parece estúpido no hacerlo. Miramos en el salón, en la cocina, en el dormitorio, en la sala adjunta. Abrimos armarios, miramos debajo de las camas. No está Huw Fletcher. Nada.

El sargento dice:

—Miremos en la nevera. A ver si hay leche.

Dios te bendiga, sargento. Eres un honor y un orgullo para nuestro cuerpo. Entramos en la cocina. El sargento abre la nevera, porque la presencia de leche fresca indicaría que la casa se ha usado recientemente. Su colega abre un par de armarios de cocina. Como no hay nada más que hacer, yo abro los cajones.

El sargento no encuentra leche fresca. Su compañero no encuentra nada que no esperara encontrar. Pero yo encuentro todo el dinero, justo donde lo había visto antes.

—Cielo santo —digo, retrocediendo rápidamente—. Miren eso.

El sargento lo mira y también dice «Cielo santo». El otro agente va más allá y exclama:

—¡Joder!

El sargento se agacha, saca el dinero de los cajones y examina como es debido el efectivo. Calculo que cada paquete contiene cincuenta billetes. Cincuenta de cincuenta, lo cual hace 2.500 libras por fajo. Y hay decenas de fajos. Hay más de 100.000 libras entre papel de aluminio y trapos de cocina.

Salimos rápidamente de la casa. La casa no es exactamente la escena de un crimen, pero está bastante claro que los chicos del

Departamento Forense querrán echar un vistazo. El sargento está contactando constantemente con sus superiores por radio. Enseguida llega un inspector detective de Newport.

Y de repente mi papel se vuelve más delicado. Todo el mundo me está mirando. El inspector detective de Newport, un tipo llamado Luke Axelsen, me mete en su coche, me ofrece un cigarrillo y dice:

—Muy bien, dispara. ¿Qué sabes?

—No mucho. En realidad no mucho.

—Buen comienzo.

Pero se lo cuento. Le hablo de Bryony Williams y de lo que supuestamente me ha dicho.

—¿Eso fue ayer? No parece un seguimiento muy urgente.

—No, no lo era. En realidad, Williams no creía los rumores. Solo los mencionó porque se lo pregunté. Era una pista de prioridad baja. Cuando llamé a Rattigan Transport esta mañana y confirmé que el tipo había desaparecido, se convirtió en una prioridad un poco más alta.

—Sí, ya veo por qué.

Se muerde el labio inferior, pensando. Está pensando que no quiere entregar este caso a Cardiff ni a la Policía del Sur de Gales. Quiere quedarse el caso en Gwent.

—Por si le sirve —digo amablemente—, no creo que tengamos lo suficiente para relacionar este caso con Lohan. Sigue siendo un rumor.

Le gusta oír eso y luego continúa la locura. Axelsen reúne un equipo para investigar la desaparición de Fletcher. Da una charla al equipo y luego me pide que les informe desde mi propio ángulo. Yo soy concisa, porque de todos modos no tengo mucho que ofrecer. Me preguntan de dónde creo que ha salido el dinero y les digo que no lo sé. Drogas. Prostitutas. Drogas y prostitutas. Desfalco. Solo Dios lo sabe.

—Solo manténgannos informados de cualquier cosa que encuentren. Nosotros haremos lo mismo.

Todo esto consume un par de horas o más. Vuelvo a tener hambre, pero no consigo encontrar nada comestible. Mando un mensaje de texto a Brydon. No sé qué decir, así que solo escribo: ESPERO QUE TODO VAYA BIEN. TE VEO PRONTO. FI. XX. Me gustan esas X. Me gusta que por una vez signifiquen algo.

Llamo a Jackson, porque supongo que debería comunicarle lo que está pasando, pero me sale el buzón de voz y dejo un mensaje inconexo. No soy buena con los contestadores. Me quitan mi encanto e ingenio naturales.

Luego ya no sé qué hacer. Quiero que me trasladen temporalmente a la investigación de Fletcher, pero eso requiere que lo ordene Jackson y no yo. Además, ahora debería estar en Cathays Park, hablando con prostitutas en una patrulla con Jane Alexander.

Como no sé qué más hacer, empiezo a dirigirme a Cardiff. Llego hasta la M4, manteniendo la mirada en la izquierda, como hago siempre, para ver cómo aparece y desaparece el mar entre los árboles y los muelles. Me inquieta en cierta manera que algo tan grande, con un vientre tan profundo y oscuro, se las arregle tan bien para ocultarse. El océano Atlántico, el cementerio más grande del mundo.

Pienso en Penry. No tanto en cómo ha interceptado esos mensajes de Fletcher, sino más bien en por qué ha venido. ¿Por qué me ha ayudado? ¿Por qué me ha dado una llave? Pienso que es porque el Brian Penry honrado quería hacer algo para redimir al Brian Penry que ha metido la pata. Quiero que me caiga mal, pero no lo consigo. Hay demasiadas cosas mías en él.

Estoy pensando en todo esto, conduciendo por el carril lento con Radio 2 echándome encima una retrospectiva de pop británico, cuando recibo una llamada en el móvil. Me lío con el manos libres, pero al final lo logro, y cuando lo hago, la voz de Dennis Jackson retumba en el potente equipo de sonido del Peugeot.

—Fiona, ¿qué coño está pasando?

El sistema de sonido envolvente hace que me dé la sensación de que es todo el universo el que me está haciendo esa pregunta: Dios saliendo del sistema cuadrafónico a plena potencia.

—No tengo ni idea, señor —digo con un grado justo de veracidad, pero le comunico los elementos que conozco. Una conversación con Bryony Williams. Una llamada telefónica esta mañana—. Todo se desarrolló a partir de ahí.

—¿Es otro vuelo en solitario, detective Griffiths?

—Más o menos, supongo. No pretendía serlo.

—Porque no me gusta que los agentes vayan por libre en mis investigaciones. Y especialmente no me gusta nada, lo aborrezco, cuando he dado instrucciones detalladas y específicas a primera hora para que se avanzara en la principal línea de investigación en un caso de asesinato.

—Sí, señor.

Le cuento a Jackson lo que he hecho en ese frente hasta el momento. Las llamadas al laboratorio. A Bryony. A Gill Parker. A Jane Alexander. La charla con Mervyn Rogers. Mis primeros intentos para preparar posteriores entrevistas con prostitutas.

He conseguido mucho, de hecho, y Jackson suena un poco más aplacado.

—Y Rogers está en el caso, ¿verdad?

—Creo que ahora está dándole duro a Tony Leonard, señor —digo, preguntándome si estoy siendo impertinente o simplemente en sintonía con el humor del jefe.

—Sí, espero que sí.

El sistema de sonido queda un momento en silencio, lo cual significa que o bien Dios está pensando o he perdido la señal. Pero es lo primero, porque Dios vuelve otra vez.

—¿Sabes cuánto dinero han encontrado en esa casa? Hasta el momento, digo. Todavía están levantando el suelo.

—No, señor.

—Doscientas veinticinco mil libras hasta ahora. Ciento cincuenta mil en la cocina. Más en la habitación. Más en el cuarto de baño. Axelsen acaba de decírmelo.

No sé exactamente qué decir, así que no digo nada.

Jackson tampoco sabe qué decir. Se queda un momento en silencio antes de continuar.

—Bien, entretanto quiero que hagas lo que te he pedido. Eso significa insistir para que el laboratorio no se olvide de las comparaciones de heroína. Significa trabajar con la sargento detective Alexander para lograr declaraciones de trabajadoras del sexo de Cardiff. Significa encontrar una forma de conseguir órdenes de registro de los lugares que podrían estar relacionados con los asesinatos de Lohan.

—Sí, señor.

No lo digo en voz alta, porque no creo que haga falta, pero acabo de obtener acceso policial a un lugar que contiene pruebas que sugieren en gran medida un delito grave. Jackson está pensando en la misma línea, porque lo siguiente que atruena en el altavoz es:

—¿Crees que hay una conexión de drogas? ¿Es lo que estás diciendo?

—Fletcher trabajaba en una naviera. Preparando envíos del Báltico. Sobre todo de Rusia. Fue allí en numerosos viajes largos. Además está el efectivo. Sikorsky tiene un montón de heroína en Londres. Fletcher tiene un montón de efectivo en Newport. Si hay drogas, tiene que haber dinero, y quizás acabamos de encontrarlo. Además, la mayoría de la heroína procede de Afganistán, lo cual significa que la ruta de transporte por Rusia podría tener sentido. Es todo circunstancial, pero las conexiones están ahí.

—Y has logrado descubrir la conexión gracias a que una trabajadora comunitaria te ha pasado un rumor de una prostituta que probablemente está colgada como un cuadro cuando lo dice.

—Bueno, había una persona desaparecida. Y relacionada, aunque sea remotamente, con la casa de Mancini.

—Muy remotamente. —Otra larga pausa—. Escucha, ¿estás conduciendo?

—Sí, señor. Por la M4 de vuelta a Cathays Park.

—Vale, aparca cuando puedas y llámame.

Dios cuelga sin esperar respuesta.

Estoy en Pentwyn y no muy cerca de poder hacer una parada legal, pero aparco en cuanto puedo y llamo otra vez.

Cuando lo hago, Jackson es breve y va al grano.

—Bueno, mira. Te dije que no me jodieras. Te dije que hicieras lo que tenías que hacer cuando tenías que hacerlo y que no fueras por libre. Y no puedes hacer eso, ¿verdad? No puedes hacer eso.

Parte de mí quiere pelea. En realidad, señor, hice todo lo que me pidió y lo hice deprisa y lo hice bien. Acabo de hacer también otras cosas. Oh, sí, y por cierto, he obtenido acceso a una casa con doscientas veinte mil libras conseguidas casi con total seguridad de forma ilegal y he lanzado una investigación de personas desaparecidas hacia el objetivo más probable.

Pero no lo digo. Solo me quedo un momento en silencio mientras Jackson me lanza cohetes.

—Fiona, ¿qué te hizo perseguir a Fletcher? No me cuentes que era un rumor de una conspiración, porque no me lo creeré.

—Tiene un poco que ver con eso, señor, pero hay otra parte de la que no puedo hablarle. Lo siento.

—No es tu padre, ¿verdad?

—No, nada que ver con él. He hecho una promesa a alguien y he de mantenerla.

Hay una pausa. Ruido en la línea. Radiación de microondas de la formación del universo.

—Me encantaría hacerte una advertencia formal. De verdad. La fuerza policial es una organización estructurada. Hay razones para las estructuras y trabajamos mejor porque existen.

—Sí, señor.

—No es como... No es la forma en que trabaja tu padre. No es la forma en que, no sé, trabaja algún departamento de filosofía de Cambridge.

—No.

—Y me duele decirlo, pero por más que me gustaría meterte la bronca por esto, no puedo. He hablado con Alexander y Rogers en el laboratorio y me han dicho que has estado en el caso. Y has encontrado doscientas mil libras en dinero de drogas.

—Gracias. —Sí, gracias. Se ha fijado. Aleluya.

—Pero no estás a salvo. No estoy seguro de que seas la clase de detective que podemos usar en la Policía del Sur de Gales. O eres muy buena o absolutamente horrible o un poco de cada cosa. Y horrible no me sirve. ¿Lo entiendes?

—Sí, señor.

—He hablado con Gethin Matthews y Cerys Howells, y están de acuerdo con mi valoración. No vas a poder ponerlos de tu lado contra mí ni al revés. Estamos en el mismo sitio en esto.

—Lo entiendo.

—Muy bien. Ahora, si pregunto qué quieres hacer a continuación, interrogatorios con Jane Alexander en Cardiff o añadirte a la investigación de Gwent, ¿qué me dirías?

—Me gustaría hacer las dos cosas. Lo más posible. Creo que Jane y yo estamos trabajando bien con nuestras prostitutas, pero no creo que debamos perder de vista el ángulo de Fletcher.

—¿Podrás hacer las dos cosas?

—No estoy segura. Lo de las prostitutas es una cuestión de tarde o de noche. Quizá podría trabajar en Newport por la mañana y luego ir a Cardiff por la tarde.

—Muy bien, de acuerdo. No te mates, pero que te flageles un poco no me importa. Llamaré a Axelsen y le diré que te espere. No te metas en problemas con él, porque si lo haces, te asesinaré. Te asesinaré literalmente.

—Sí, señor.

—Y no vuelvas a ir por libre conmigo bajo ninguna circunstancia. ¿Está claro?

—Sí, señor.

—De acuerdo.

Jackson cuelga. Estoy en Pentwyn y no me han despedido.

31

Han pasado seis días casi sin darme cuenta. Un pez oscuro en un canal urbano. El sueño y yo no somos los mejores amigos en este momento. Duermo un promedio de cuatro o cinco horas por noche, y eso solo con el futón y la pistola. No es la forma regular de conseguir un poco de descanso, lo sé, pero ya hace tiempo que renuncié a ser la pequeña señorita Regular. Estoy cansada todo el tiempo y no estoy comiendo como es debido, pero voy sobreviviendo. Voy pasando. Cuando me despierto al alba, bajo a fumar, luego vuelvo a subir y leo en la cama, tomo una infusión y escucho música. No es dormir, pero no es un mal sucedáneo. De todos modos es lo único que tengo.

Las mañanas las paso en Newport. La policía de Gwent ha tomado una parte del edificio de Rattigan Transport y nuestro pequeño equipo trabaja en una sala de reuniones. Huele a portátil recalentado, papel de fotocopiadora y sudor masculino. Y al mío también, claro. El aire acondicionado es otro elemento en el que Rattigan parece que ahorraba.

Y las cosas que aprendo. Cosas que nunca habría sospechado que existieran. Como, por ejemplo, pesca de altura en aguas de la costa británica. La imagen que tienes de ello —Hemingway y antebrazos fuertes, y sol de Florida y merlines de cuarenta kilos colgando de la báscula— es mentira. Quizá no lo sea en el golfo de México, pero es una mentira de tamaño oceánico si estás hablando del estuario del Severn y el mar de Irlanda.

En aguas británicas, adonde iban a pescar Brendan Rattigan y su amigote Huw Fletcher, no pescas merlines. No pescas atunes. No coges ningún pez que quieras colgar de una báscula para enseñárselo a tus amigos en el pub.

Pescas bacalao. Pescadillas. Arenque, por el amor de Dios. Rodaballo. Peces pequeños de agua fría que nadan en mares pequeños de agua fría. Olas grises y lluvia. Es un deporte para tipos que se llevan el té en termos y luego alardean de lo pésimo que fue el clima.

Esa primera mañana, llamo a Cefn Mawr y me sale otra vez la señora Titanio. Le digo quién soy. Es gélida conmigo. Hostil. No dice nada que no debería, pero eso es lo que consigues cuando pagas bien a tu personal. Incluso su hostilidad tiene clase.

—Mire —digo—, lamento haberle hecho pasar un mal rato la última vez. La investigación era importante y las preguntas había que hacerlas.

—Tal vez.

—No he de molestar a la señora Rattigan esta vez, pero quizá pueda hacerle a usted unas sencillas preguntas. Solo tres. Literalmente.

—Muy bien.

—Primero, ¿ha oído hablar de un hombre llamado Huw Fletcher? ¿Tal vez era amigo o colega del señor Rattigan?

—No, nunca.

—¿Ha oído hablar de un hombre llamado Brian Penry?

—No.

—Muy bien. Última pregunta. Cierta persona actualmente bajo investigación asegura haber hecho pesca de altura con el señor Rattigan. No solo una vez, sino muchas. Durante varios días a veces. En el Reino Unido, probablemente. O zarpando desde ahí. Así que el mar de Irlanda, el Atlántico Norte. Quizás en el mar del Norte o el Báltico.

Ni siquiera he terminado cuando Titanio me interrumpe:

—No, su información es incorrecta. Nunca he oído que el difunto señor Rattigan mostrara interés alguno en pescar. Ni siquiera pescaba en el río de al lado de casa. No se me ocurre nada que pudiera haberle interesado menos. ¿Eso será todo?

Tiene un repugnante tonito de triunfo en la voz. Quiere que crea que he metido la pata, que me he equivocado, que los policías son idiotas. Por eso digo, muy afectuosamente.

—Eso es excepcionalmente útil. ¿Ningún interés en la pesca? Excelente. Muchas gracias.

Digo eso para ofenderla y enfadarla y cuelgo con la satisfacción del trabajo bien hecho.

Pero fue un momento destacado. Durante el resto del tiempo, yo y tres agentes de la policía de Gwent simplemente repasamos montañas de datos tediosos. Barcos y rutas utilizados por Rattigan Transport. Cuestiones de logística. Contactos de clientes. Conocimientos de embarque. Aranceles aduaneros. Almacenes de depósito. Mensajes de correo electrónico. Listados de llamadas. Extractos bancarios.

Nadie sabe lo que estamos buscando. Suponemos que lo sabremos cuando lo veamos, salvo que no creo que lo hagamos. O bien ya lo tenemos delante de las narices o no está. Reunimos a Jim Hughes y sus colegas y les presionamos para que proporcionen cualquier foto que tengan de noches con clientes o cualquier otra imagen que puedan tener de los contactos de Huw Fletcher. La mayoría de ellos no tienen nada en absoluto, pero resulta que Andy Watson tiene unas cuantas en su teléfono y empezamos a recopilar nombres y fotos. Podemos cotejar los nombres con los registros del sistema policial. Podemos empezar a mostrar las fotos a prostitutas y a la gente de StreetSafe. Todo da la sensación de un intento de pescar en la oscuridad. El frío, la lluvia oscura.

Así son mis mañanas.

Las tardes son más o menos el polo opuesto de todo ello. Mi rutina ahora es esta. A las dos de la tarde estoy en Cathays Park. Me pongo al día con el papeleo durante más o menos una hora; luego, a las tres, me reúno con Jane Alexander. El domingo no, por supuesto. Más o menos me tomo el día libre, y el sábado es medio día, aunque estoy demasiado destrozada para relajarme. Pero aparte de esos descansos que no se sienten como descansos, insistimos, hablando con tantas prostitutas como podemos, tratando de ganarnos su confianza, tratando de encontrar para Jackson un elemento que permitirá solucionar el caso.

Al empezar, nuestra técnica era simple. Juntábamos tantas prostitutas como podíamos en un solo lugar —en sus propias casas o pisos, por supuesto; evitamos por completo Cathays Park—, y las sobornábamos con pasteles y chocolate si hacía falta. Luego les mostrábamos fotos. Cantidades de fotos. Fotos de las víctimas: Janet y April Mancini, Stacey Edwards, Ioana Balcescu. Fotos de cualquiera relacionado con la escena del crimen o con los principales sospechosos: Sikorsky, Kapuscinski, Leonard, Vaughan, Lloyd o cualquier otro al que se pueda relacionar con esos nombres, con Sikorsky, en particular. Cualquier imagen de circuito cerrado que pudiéramos considerar relevante por alguna razón. Fotos de la investigación Fletcher en Newport: clientes de navieras rusas que podrían tener alguna relación con las drogas. Pilas y pilas de fotos.

No funcionó. El primer par de días no nos llevaron a ninguna parte. Kyra, que había sido tan estúpidamente franca al teléfono conmigo, se cerró como una almeja al comprender lo que queríamos. Las otras chicas eran hoscas. En cuanto les mostramos las fotos que eran realmente significativas —Sikorsky, Kapuscinski, Stacey Edwards— dejaron de hablar. Se comieron nuestro pastel, se pasaron los cigarrillos y se escurrieron de nuestras preguntas como adolescentes en una familia. Jane se puso en plan policial con ellas, y el ambiente se deterioró por completo.

Después de dos días de eso, a sugerencia mía, probamos con otra táctica. Le pedimos a Tomasz que imprimiera montones de fotos de famosos de Internet. Estrellas de cine, actores de televisión, cantantes. Tomasz, inteligentemente, añadió fotos de gente que solo era conocida en Polonia o en los Balcanes, fotos que harían que las chicas de Europa oriental charlaran.

Y charlaron. La conversación fluyó. Juntamos todas las fotos de manera que no estaban ordenadas en modo alguno, y las chicas hablaron mucho más. Cuando les mostramos la foto de Tony Leonard, dos de las chicas contaron que les había vendido drogas en el pasado reciente. Las fotos de Sikorsky y Kapuscinski hicieron que se cerraran, pero también la forma en que se cerraban resultaba significativa: una señal de que sabían cosas que no querían decir, no solo una protesta general contra el hecho de tener policías en su salón.

Al salir esa tarde de la casa —de dos plantas con dos habitaciones arriba y otras dos abajo a unos doscientos metros del Taff Embankment—, Jane Alexander estaba desbordante, haciendo una pequeña danza de triunfo en el suelo, una Ginger Rogers delgada y rubia bailando hacia el río.

—Eso ha sido brillante —me dijo—. Probablemente ha sido lo mejor que me ha pasado desde que entré en el Departamento de Investigación Criminal.

Llamó a Jackson a su móvil, y lo localizó en casa. Le contó que teníamos una sospecha razonable para detener a Tony Leonard por delitos de drogas, y terreno suficiente para solicitar una orden de registro de su casa.

Escuchó un poco a lo que Jackson tenía que decir.

—Sí —dijo—. Sí... sí.

Con cada nuevo «sí», trataba de ponerse el pelo detrás de la oreja, solo para inclinarse otra vez hacia delante, causando que el cabello le cayera sobre la cara. Cuando colgó el teléfono, hizo otro movimiento de triunfo con el puño.

—Jackson va a preparar un registro de madrugada. Parece que el laboratorio de Londres acaba de confirmar que la heroína de Londres coincide con la de las muestras encontradas en Allison Street. Esto podría ser lo que resuelva el caso.

Como Jane estaba obviamente complacida me permití chocar las manos con ella. Me sentí como una idiota al hacerlo —y no creía que registrar la casa de Tony Leonard fuera a darnos lo que necesitábamos—, pero me gustaba Jane en el modo Ginger Rogers, y no quería ser una aguafiestas.

Claro, Jackson organiza una batida y empieza a poner patas arriba la casa de Leonard. Como estoy mucho en Newport, no me entero de todos los detalles, pero apuesto a que a los chicos que lo hacen les encanta. A Mervyn Rogers lo han asignado el interrogatorio, y le encantará. Es un interrogador duro y Leonard será un objetivo débil. Hay posibilidades de que Leonard diga algo que involucre a Sikorsky.

Entretanto, Jane y yo seguimos quemándonos las pestañas, pero sin conseguir nada.

Sikorsky sigue libre. También Fletcher. También Kapuscinski. Y también Brian Penry, que probablemente sabe que todo se aguanta por las costuras y mantiene la boca cerrada mientras hay gente que muere.

He dejado de saber quién soy.

32

El jueves me siento hecha jirones.

He tenido mi peor noche. Tres horas escasas de sueño. Fumar en camisón en el jardín durante dos horas desde el amanecer. Luego volver a la cama a por mi infusión de menta, barritas energéticas y Amy Winehouse cantándome desde el piso de abajo.

Pienso en Brydon. En mi fin de semana libre —el que no sentí como un fin de semana y durante el cual nunca me sentí fuera de servicio— tratamos de tener una segunda cita. Quedamos en el mismo bar que la primera vez. Cathedral Road. Todo muy clase media. Me vestí bien y me lavé el pelo solo para él. Me acordé de sonreír y de preguntarle a Brydon cosas sobre él. Recordé todo sobre cómo tenía que ser femenina y ágil y apreciativa y no dura. Pero la cita siguió siendo un fracaso. Después de hacerle a Brydon la misma pregunta por tercera vez (Entonces ¿qué te gusta hacer cuando hace calor? No te veo como un tipo que toma el sol), él tomó el control.

—Fi, ¿estás durmiendo bien?

—No.

—¿Tienes pesadillas?

—No.

—Pero se trata de este caso, ¿no? Está comiéndote la moral.

—Supongo. Todo el mundo me lo dice.

—¿Pero no tienes pesadillas?

Negué con la cabeza. O no me acordaba.

Brydon asintió. Este hombre fue soldado y probablemente

sabe algo de pesadillas. Después de la copa, Brydon me llevó a la pizzería de al lado. Yo pedí una ensalada, y él me corrigió añadiendo una pizza y un zumo de naranja grande a mi petición. También se aseguró de que me lo comía, convenciéndome para que me acabara los trozos que quería dejar.

Al final dejé que me mandara, probablemente me olvidé de sonreír mucho y de hacer preguntas, pero estoy casi segura de que tampoco dije nada ofensivo. Cuando había comido todo lo que podía, Brydon pidió la cuenta y me llevó a casa.

—No te preocupes, Fi. Sea lo que sea terminará pronto. Y no hay prisa. Con nosotros, quiero decir. Podemos ir con calma, ¿vale? Duerme. Tómate el día como viene. Y estaremos bien.

Asentí. Lo creía. Nos besamos. En realidad no pude sentir el beso, pero estos días no estoy sintiendo mucho. Ahora mismo, he vuelto a la cama con infusión de menta en la mesita de noche, Amy Winehouse gritando debajo de mí y la pistola descansando sobre el estómago. La pistola es la única cosa que puedo sentir, y no la suelto en ningún momento cuando estoy aquí.

A las ocho y media, Amy Winehouse se ha quedado en silencio. Vuelvo al negro. Llamo a Axelsen a Newport y le digo que no me encuentro bien y que no volveré esa mañana. A él no le molesta. No creo que me quiera en su equipo.

Aún no han localizado a Sikorsky.

Bajo interrogatorio de Rogers y su banda, Tony Leonard ha reconocido traficar con drogas. Drogas que compraba a Sikorsky. Conoce a Kapuscinski de vista, pero nada más.

Me siento cada vez más separada de mí misma, de la investigación, de Brydon, de todo. Como sé que necesito contacto humano cuando estoy en este estado, lo hago todo siguiendo el manual. Llamo a mamá, charlo con ella. Llamo a Bev, charlo con ella. Llamo a Brydon, me sale el buzón de voz pero no dejo mensaje y prefiero enviarle un mensaje de texto.

Llamo a Jane, que está en comisaría. Le digo que me tomo la mañana libre. Ella me dice que no me preocupe:

—Lo necesitas de verdad.

Me dice que tiene más interrogatorios con prostitutas preparados para esta tarde, pero «vente solo si sientes que puedes. Necesitas un poco de descanso».

Ella y yo nunca sabemos cómo llamar a las prostitutas. Ellas se llaman «chicas», lo cual parece condescendiente. Nosotras sobre todo las llamamos «prostitutas», lo cual parece despectivo. Gill Parker siempre se refiere a ellas como «comunidad de trabajadoras del sexo», lo cual a mí me suena a un cruce entre una importante industria de exportación y un grupo de niñas con necesidades especiales. Lo cual, bien pensado, al menos tiene la virtud de la precisión.

A mediodía, me doy cuenta de que en realidad no he comido nada. Aparto la pistola de mi vientre, me visto y me largo en busca de algo para comer. Entro en una tienda de sándwiches junto al Aldi, al final de Glyn Coed Road. Es una tienda espantosa, pero al menos ahí sé lo que me hago y logro que la adormecida empleada extienda una pasta de atún y maíz dulce en una *baguette* un poco vieja. Completa el sándwich con una hoja de lechuga que tiene los bordes marrones. Pero es comida.

Me siento al sol a comer.

En un trozo de hierba frente al Aldi, me fijo en mi móvil. Un mensaje de Brydon. He olvidado que había vuelto a Londres, y su texto dice: CREO QUE SEGUIRÉ AQUÍ MAÑANA. TE VEO CUANDO PUEDA. DAVEX. Ahora me envía un mensaje de texto con un beso al final, aunque ha encontrado una forma masculina de hacerlo, convirtiendo Dave en Davex. O quizá simplemente está cansado de poner el espacio. O quizás estoy analizando de más. Pienso en contestar con otro SMS, pero cuanto peor está mi cabeza, con más fuerza me aferro a los procedimientos operativos estándar. El procedimiento operativo para una chica que quiere una cita es tomarse las cosas con calma, y eso hago. No volveré a llamar ni a enviar un mensaje de texto hasta esta tarde.

Sin embargo, no puedo apartar el teléfono. Sigo mordisqueando mi *baguette*, que no tiene tan mal gusto en la boca, pero luego se convierte en masilla de decorador en el estómago. Tenía razón de tomarme la mañana libre, pero me siento un poco perdida. Me gusta la charla de colegas. Hasta me gustaría que Jim Davis estuviera en el caso conmigo, chupándose los dientes amarillos y riendo con su cínico «ju, ju, ju, ju».

Sigo progresando con la *baguette*, pero el extremo romo tiene una armadura que no puedo penetrar. Recojo el último trozo de atún con los dedos, me lo trago y tiro todo lo demás.

Luego no dudo más. Me chupo la gota de atún de los dedos y envío un mensaje de texto. A Lev. Mi contacto, no el contacto de papá. Mi propio ayudante personal de último recurso. Un trotamundos del lado oscuro.

Mi mensaje de texto dice: SI ESTÁS AQUÍ, ME GUSTARÍA VERTE. FI.

Antes de llegar a mi casa, recibo otro: ESTA NOCHE.

Siento alivio. Lev está viniendo. Todo irá bien.

Por la tarde, con Jane, estamos sentadas con cinco prostitutas en una habitación, junto a Llanbradach Street. Fotos. Pastel de chocolate. Cigarrillos. Cortinas en las ventanas y moqueta tan gastada que se ve la urdimbre. Con la batería de la alarma de humo quitada para que no se dispare. Un lazo rosa encima de la lámpara de la mesita, porque sin él todo el conjunto corría el riesgo de tener demasiado estilo.

Chicas tontas cambiándose ropa, comparando ropa interior y riéndose de la foto de George Clooney y sin contarnos nada que nos permita salvarlas del cabrón que va por ahí asesinando a sus amigas.

Pierdo el control. Jane les ha enseñado la foto de Wojciech Kapuscinski, y ellas quieren pasar a otra rápidamente. Y pierdo el control.

Grito. Grito de verdad. Estas cosas no son solo una cuestión de volumen, aunque le doy el máximo posible, son también una cuestión de energía. De gritar de verdad. Y yo grito de verdad.

—No la toques —le grito a la chica, Luljeta, que está a punto de apartar la foto de Kapuscinski—. No te atrevas a tocarla, joder. Conoces a ese hombre, ¿verdad? Mírame. ¡Mírame! ¿Conoces a ese hombre? ¿Sí o no? Dime sí o no, joder. ¡No mientas!

Luljeta está aterrorizada. La habitación —y eso incluye a Jane Alexander con su vestido de hilo azul celeste sentada junto a mí en el sofá— queda sumida en un silencio absoluto. Y Luljeta asiente.

—Sí.

—¿Cómo se llama? Dime su nombre.

Luljeta hace una pausa, tratando de usar alguna táctica, pero estoy demasiado cabreada para las tácticas. Abro la boca lista para gritar otra vez, pero Luljeta se me adelanta. Su voz es frágil pero sincera.

—Wojtek. Un polaco.

—¿Apellido?

Luljeta se encoge de hombros, pero probablemente es real. Probablemente no conoce el apellido.

—¿Kapuscinski? Wojciech Kapuscinski. ¿Es correcto?

—Sí, creo.

—¿Y qué sabes de él? He de saberlo todo. No solo has de hablar tú, Luljeta. Todas.

Hace falta tiempo y he de gritar un par de veces más, pero lo conseguimos. Kapuscinski es uno de los matones de Sikorsky. Sikorsky tiene la reputación de haber organizado y quizá cometido los asesinatos de las Mancini y de Edwards. Todo eso son rumores. No se obtienen órdenes de registro por rumores. Pero entonces Jayney, una de las chicas galesas, se sube la camiseta. Tiene hematomas y cortes en todas partes, desde la línea de las bragas hasta los hombros. Hematomas viejos ahora, amarillos y morados, pero siguen siendo horrendos. No son solo de puñetazos. Me parecen de botas, y quizá también de un palo o una barra de hierro o algo parecido.

—Esto me lo hizo él —dice. Está llorando al decirlo y señala la foto de Kapuscinski—. Es el que más usa Sikorsky. Dijo que yo había estado comprándole a otro, pero no lo hice. Solo había estado consumiendo menos. Había tenido la gripe y no estaba trabajando, pero no me creyó. Solo vino y...

Janey continúa.

Ahora hace falta el modo de policía perfecta de Jane. Su lápiz se mueve sobre las páginas de su libreta, anotando nombres, fechas, lugares, horas. El reconocimiento de Jayney suscita otro similar de Luljeta y siguen más confesiones. De hecho, son acusaciones, pero tienen la sensación y el sonido de confesiones. Cuando termina, tenemos pruebas materiales no solo contra Sikorsky —que ya las teníamos—, sino también contra Kapuscinski, un ruso llamado Yuri y alguien más llamado Dimi.

Detenciones que hacer. Órdenes que solicitar.

Jane tarda unas dos horas en abrirse paso entre las pruebas que van surgiendo. Yo apenas participo. Me siento seca y vacía. Debería tomar notas para complementar las de Jane, pero no puedo. Lo hago ver, pero no consigo apuntar nada. Jayney se ha bajado la camiseta, pero yo puedo ver a través de ella. Ahora todas estas chicas me parecen desnudas. Cuerpos pequeños cubiertos de moretones. Moretones que existen aquí y ahora, en el caso de Jayney. Moretones que solo existen en el pasado o en el futuro —o en el pasado y en el futuro— en el caso de las otras chicas presentes. Moretones que continuarán existiendo, multiplicándose, sin que importe qué grupo de cabrones controle el negocio de la droga, porque siempre que mujeres jóvenes vendan su cuerpo a cambio de sexo, habrá hombres con chaqueta de cuero que se asegurarán de que los beneficios terminan en otras manos, en otros puños.

Dos veces, mientras Jane está haciendo sus cosas, me tapo los ojos. Quiero ver si puedo sentir lágrimas. No puedo, pero no sé si la gente puede sentir que llora o hay que hacer una comprobación física para asegurarse. Aunque no haya lágrimas ahora mismo, tengo una sensación dentro que podría ser la que normalmente acompaña al llanto. Pero no lo sé. No soy la persona más adecuada para saberlo.

Me gustaría matar a Sikorsky y Kapuscinski y Fletcher y Yuri y Dimi. A todos.

Y luego, después de acabar con todos, me gustaría resucitar al ahogado y comido por los peces Brendan Rattigan de las aguas de la bahía de Cardiff, para poder matarlo a él también.

Dejo que Jane se ocupe de lo suyo y me siento a su lado, aturdida. Me alegro de que esté aquí.

Cuando salimos a la calle son las nueve de la noche. Jane ha hecho aparecer un cárdigan azul marino como por arte de magia y se lo pone. Yo llevo pantalones y una blusa blanca, pero no tengo frío, o no en ese sentido.

—¿Estás bien? —pregunta Jane.

—Sí.

Jane blande su libreta.

—Yo me encargaré de esto si quieres. Jackson querrá saberlo.

Asiento. Sí, Jackson querrá saberlo. Tiene lo que quería.

—Si quieres..., eh, si quieres contárselo a Jackson conmigo, deberías hacerlo.

Estoy desconcertada con eso. No lo entiendo. Presumiblemente digo o hago algo que indica mi desconcierto, porque Jane lo explica.

—Se lo diré de todos modos. Que has sido tú la que lo ha conseguido. No sé cómo sabías hacer eso, pero ha funcionado bien. Me aseguraré de que Jackson lo sepa.

Niego con la cabeza. Yo no sé hacer nada. Solo lo he hecho.

—Perdí el control, Jane. Nada más. No podía soportar más que esas chicas mantuvieran la boca cerrada. Solo se me ha ido la pinza.

—¿Estás bien?

—Sí. —Todo el mundo me pregunta eso ahora—. Creo que iré a casa. ¿Está bien? Siento dejarte con todo el seguimiento.

—Vete a casa.

El cielo es de ese azul medio de las noches de verano, ni luminoso ni oscuro. Las farolas se están encendiendo, pero no hacen falta, todavía no. La casa de detrás de nosotros está callada. La pequeña calle eduardiana también está casi callada. Al fondo, el río fluye, manteniéndose en silencio. Un insecto del río, confundido por la luz de la farola, termina revoloteando en mi pelo. Jane lo ahuyenta.

—Gracias —digo.

Ella me sonríe, me arregla el pelo en el sitio donde ella y el insecto lo han alborotado.

—Conduce despacio —dice.

Asiento con la cabeza y hago justamente eso. Sobria y segura, y por debajo del límite de velocidad. Pero no es lo que quiero. Parte de mí quiere exactamente lo contrario: un recorrido de dos horas por carreteras vacías y sin cámaras de velocidad. Una carretera de curvas por los Brecon Beacons y las Black Mountains. Una puesta de sol que nunca muere del todo, que solo te hace señas para que continúes hasta el siguiente valle, la siguiente pendiente, la siguiente curva. Sin tráfico, sin rumbo ni destino.

No consigo eso, pero llego a casa de una pieza.

Hay una comida preparada en el congelador y la pongo directamente en el microondas. Está helada en la parte central cuando me la como, pero al menos como.

Pienso en fumar, pero decido no hacerlo.

Me doy un baño caliente. Considero poner algo de música, pero no se me ocurre nada que vaya a alterar nada, así que dejo el silencio.

Al salir del baño no me vuelvo a poner la ropa de oficina. Lev vendrá dentro de un rato y no es un tipo de ropa de oficina. Me pongo tejanos, zapatillas de deporte y una camiseta. Añadiré un forro polar si salimos.

Luego llama Brydon. Está en Londres, pero acaba de oír la noticia que ha llevado Jane a Cathays Park. Enorme excitación, aparentemente. Quiere hablar de todo ello, pero lo corto. Hemos pasado suficiente tiempo hablando de cosas de trabajo en nuestras vidas, así que durante veinte minutos hablamos de tonterías: tonterías bonitas, cariñosas, que no llevan a nada. Entonces bosteza y le digo que debería acostarse.

—Nos vemos, Fi.

—Sí, nos vemos pronto. Te echo de menos.

—Yo también. Cuídate.

Tengo una imagen de él haciéndome el amor en el suelo del salón. Urgente e intenso. Sin demasiadas palabras. Ni demasiado suave ni demasiado solícito. Un sexo que deja marcas de mordiscos. Me pregunto si el sexo es así para la gente común. No ha sido así para mí, ni siquiera con Ed Saunders.

Nos decimos adiós.

Daría una cabezada si pudiera, pero tengo una subida de adrenalina y no sé cuándo vendrá Lev. Nunca lo sé, salvo que será demasiado tarde. Nuestro Lev no es una persona madrugadora.

Tengo la tele encendida. Ya ha acabado *Newsnight*. Hay una película en blanco y negro en BBC2. Aparece violencia contra las mujeres. La miro con el sonido apagado y aun así solo puedo ver los moretones de Jayney. Ni siquiera debería estar viéndola, la verdad. En algún momento después de medianoche, empiezo a dormitar. Y entonces oigo el motor de un coche que se detiene fuera de la casa y veo un par de faros apagándose.

Cojo el bolso, compruebo la pistola, voy a la puerta.

33

Lev.

Tiene el mismo aspecto de siempre, lo cual no es decir mucho. Tejanos viejos, una sudadera muy lavada, zapatillas. No es un tipo grande, quizás un metro setenta y dos, algo así, y no particularmente ancho. Delgado y musculoso en su delgadez, lo que esperarías en un navegante o un escalador. Pelo oscuro, siempre un poco demasiado largo y nunca muy peinado. Piel ambigua que podría situarlo en cualquier lugar en el arco que va desde España a Kazajstán y más allá, aunque estoy convencida de que no es español. Su edad es similarmente indeterminada. Pensaba que tenía mi edad cuando lo conocí, un poco mayor quizá, pero no mucho. Después me di cuenta, por uno o dos fragmentos de su pasado que se le escaparon, de que podría ser un poco mayor. Podría estar en cualquier punto entre los treinta y los casi cincuenta. Sinceramente, no podría reducirlo más que eso. En lo que te fijas de Lev —o más precisamente en lo que no te fijas en absoluto y luego te quedas pensando— es la forma en que se mueve. Como un gato. Ese sería el término normal, pero imagino que el que fuera que concibió esa reina de los clisés nunca pasó mucho tiempo mirando gatos, que están siempre lamiéndose o encontrando nuevas vías para rascarse. Lev no es nada parecido a eso. Es sobre todo tranquilo, pero hay cierto aplomo en su calma, un potencial para pasar a la acción en un instante, lo cual significa que su quietud tiene más movimiento que cualquier otra clase de movimiento. Más movimiento y más violencia.

—Hola, Fi —dice, con la luz proyectándose en el exterior desde el pasillo y sus ojos ya comprobando el espacio de atrás.

—Lev. Hola. Pasa.

No nos besamos ni nos damos la mano. No sé por qué no. Pero es difícil conocer qué reglas sociales se aplican cuando estás en su presencia. No creo que él lo sepa.

Lo dejo vagar por la casa un rato sin decir nada. Es su procedimiento normal cuando visita. Puertas, ventanas, salidas. Lugares para esconderse. Puntos ciegos. Armas potenciales. Mi cocina se transforma en una especie de jardín de invierno en la parte de atrás, es decir, en una gran zona acristalada que se abre a un jardín oscuro. Lev lo va tocando todo hasta que encuentra el interruptor de la luz de seguridad, que baña el jardín de atrás con 150 vatios de brillo halógeno. La deja encendida.

Ya está satisfecho. Coge una silla y se sienta. Ahora me inspecciona a mí.

—¿Qué pasa?

—No gran cosa. Solo quería verte.

—Claro.

—Quieres algo. ¿Té? ¿Café? ¿Alcohol?

—¿Sigues cultivando?

—Sí.

—Entonces no quiero té, café ni alcohol.

Río, me levanto y cojo las llaves. Abro la puerta cristalera y salimos. Lev pisa el jardín y empieza a valorar el aire y a mirar por encima de las vallas. Yo me dedico al candado del cobertizo y lo abro.

No hay gran cosa dentro, porque no me gusta la jardinería. Un cortacésped y una azada, y nunca he usado la azada. Y está el banco con las lámparas de sodio y mis plantas de marihuana. Las pobres han pasado demasiado calor recientemente, pero no les va mal. Traje las semillas de la India cuando estuve allí de estudiante, y estas plantas son sus hijas y nietas. Compruebo que están regadas, pero por lo demás las dejo estar. Más o menos he dejado de fumar resina, pero seco las hojas en el horno y luego guardo bolsitas bajo llave en el cobertizo. Ahora saco una bolsa de buen tamaño y vuelvo a cerrar.

Lío un porro en la cocina, pero decido que también quiero una infusión, así que dejo que Lev ponga el agua. Lo hace, luego pasea por el salón para revisar los cedés, haciendo ruidos de desaprobación antes de encontrar algo de Shostakóvich que fue un regalo de un amante muy pasajero, creo. Enseguida el aire se llena con los tonos oscuros del pesimismo ruso procedentes del fagot y un mar de violines.

—¿Sabías que en mil novecientos cuarenta y ocho Shostakóvich dormía fuera de su apartamento, junto al hueco del ascensor?

—No, Lev. Es sorprendente que no supiera eso.

—Habían denunciado su obra. Por segunda vez. La primera vez fue en la década de mil novecientos treinta.

—Bueno, ya veo que eso haría que alguien duerma junto al hueco del ascensor.

—Pensaba que iban a detenerlo y no quería que la policía molestara a su familia.

—Por el amor de Dios, Lev, ven y colócate.

El porro está preparado. Será mi segundo del día, pero fumar en sociedad está excluido de mis reglas normales, lo cual hace que fume dos o tres porros por semana, normalmente en mi jardín. Cuatro o cinco veces siento que tengo la cabeza bajo presión y necesita alivio. Nunca fumo tabaco.

Preparo una infusión de menta para mí y saco chocolate. Ni siquiera me preocupo por Lev, porque sé que se las arreglará solo y lo hace. Prepara té negro, tóxicamente fuerte, encuentra una jarrita de agua caliente y coge un poco de mermelada de frambuesa Bonne Maman de la alacena. Una mermelada ligeramente mohosa a juzgar por la forma en que Lev arruga la frente y vacía unas cucharadas en el fregadero antes de venir a la mesa. Entonces me siento yo, fumando, tomando té y comiendo chocolate, mientras Lev fuma, echa mermelada, té y agua caliente en su taza y se bebe eso.

—Bueno, ¿qué pasa?

Niego con la cabeza. No porque no haya nada que decir, sino porque no sé en qué orden decirlo. Tal vez no importa. Empiezo de manera aleatoria.

—Tengo una pistola.

—¿Aquí? ¿En la casa?

Cojo el bolso y le doy la pistola.

Lev alcanza su máxima expresión con ella, como sabía que sucedería. Mueve la corredera para ver si hay una bala en la recámara, que no la hay. Saca el cargador para ver si está cargada, que lo está. Comprueba el seguro. Comprueba la mira. Comprueba la sensación y el peso. Sin el cargador, y sin bala en la recámara, apunta y dispara. Primero estáticamente, todavía sentado y a un objetivo ficticio e inmóvil. Después en movimiento: él, la pistola y el objetivo imaginario.

—Es una buena pistola. ¿La has disparado?

—Sí. En una galería de tiro. Aprendí a mantener los hombros bajos y las manos relajadas.

Se lo muestro.

—Bien. ¿La empuñadura está bien? Tienes manos pequeñas.

—Está bien, creo. Es una pistola pequeña, ¿no?

—*Tak*.

Tak, lo sé por mi colega Tomasz Kowalczyk, el rey de la impresión, es «sí» en polaco. También estoy casi segura de que Lev no es polaco, aunque no estoy del todo segura de su nacionalidad. Estoy convencida de que las palabras extranjeras que incorpora en su inglés proceden de media docena de idiomas diferentes, o quizá más.

—¿Has disparado de verdad?

—No.

—¿Por eso me has llamado?

—Supongo. No lo sé.

—¿Estás amenazada?

—No. No lo sé. Puede ser.

—No es una respuesta muy lógica para una chica de Cambridge.

—Nadie me ha amenazado. No exactamente. Un tipo me pegó, pero eso es algo completamente diferente.

—¿Te pegó? ¿Cómo? ¿Qué ocurrió?

Se lo cuento. No solo los titulares, sino la versión completa.

Lev necesita que lo representemos para poder visualizar dónde estaba yo, dónde estaba Penry, dónde caí, qué ocurrió a continuación.

—¿No le pegaste?

—No.

—Pero ¿estabas en el escalón, aquí, en esa posición?

Lev me ha hecho adoptar exactamente la posición en la que estaba después de que Penry me pegara. Con el trasero en el primer escalón. Piernas estiradas. Cabeza y torso desplomados contra la pared. Es muy extraño estar aquí. Aterrador. Lev no es Penry. No es tan alto y fuerte. Pero desde el suelo cualquier hombre parece medir tres kilómetros.

—Sí, en esta posición. Ya te lo he dicho.

—Y el tipo, ¿cómo se llama?

—Penry. Brian Penry. No es tan mala persona en realidad. Creo que me cae bien.

—Así que Penry. Yo soy Penry. ¿Estoy donde tengo que estar?

—Sí. No, un poco más cerca de la pared. Sí, ahí. Ahí.

Ahora estoy realmente inquieta. Penry es siniestro. Lev es siniestro. El mismo lugar. La misma postura. Como la luz del pasillo está detrás de la cabeza de Lev, casi podría ser Penry.

—Vale. Soy Penry. Acabo de pegarte. ¿Qué llevas puesto?

—¿Qué? Una falda. Es un puto día de verano, Lev. Llevaba falda, ¿vale?

—No. Eso me da igual. Los zapatos. ¿Qué clase de zapatos?

—Planos.

—No sé qué significa planos. ¿Tienen suela, algo pesado?

—No, Lev. No vivo en una zona de guerra. Soy una chica. Y era un día de verano.

—Vale, así que sin zapatos. Aún puedes golpear la rodilla. Hazlo.

—Lev, ahora tengo una pistola. Penry me golpeó una vez y se fue. No necesitaba pegarle. Simplemente salió y se marchó en su coche.

—¿Me estás diciendo que fue táctico? ¿Decidiste no golpear?

—No, no fue así.

—Soy Penry. Te he pegado una vez. Voy a volver a pegarte. A lo mejor voy a matarte. A lo mejor te violo y luego te mato. Probablemente eso. Primero te violo.

Hace un ligerísimo movimiento hacia mí. Hay algo amenazador en él, con la luz detrás de la cabeza, la forma en que su voz se tensa, la forma en que se contiene. Ahora estoy aterrorizada. Quizás es la marihuana que se deja sentir, pero no lo creo. No me pongo paranoica con eso. Me calma. Por eso empecé a fumar y por eso sigo haciéndolo. Automedicación. Pero la droga no ayuda en nada con el terror que estoy sintiendo ahora. Me siento igual que me sentí en el escalón con Penry. Tal vez se trata de un recuerdo corporal, pero no es menos terrorífico por eso.

—Te violo, luego te mato.

Lev se acerca unos milímetros.

Y entonces un instinto se apodera mí. Instinto de lucha. Instinto asesino.

Lanzo la pierna de encima, la derecha. Apunto a la rótula y golpeo limpiamente. Lev cae hacia atrás, y voy a por los testículos, pisando dos veces con el talón. A continuación me coloco para empezar a golpearle en la garganta hasta que le destroce la laringe y la tráquea y el pobre cabrón esté de rodillas boqueando y rogando clemencia y listo para sentir un rodillazo en la cara.

—Bien, bien. Muy bien.

En realidad, Lev nunca deja que le haga daño. Ha retirado la rodilla en el último segundo posible, así que he impactado en la parte alta de la pantorrilla. En cuanto a los pisotones en los testículos, me ha agarrado la pierna con ambas manos y ha contrarrestado el peso y las ha desviado al muslo.

Pero yo no estoy allí. No estoy en el mundo en el que está Lev. Práctica de combate desarmado. Toda una serie de movimientos y contramovimientos. Estoy jadeando, en parte por el esfuerzo, pero sobre todo por una marea de sensaciones que no reconozco. Ni siquiera las siento realmente como sensaciones. Solo me siento mareada y fuera de mi cuerpo y con ganas de golpear la tráquea de Lev hasta que esté respirando a través de un agujero en mi zapato.

Sé que está hablando conmigo y me cuesta concentrarme en sus palabras. Hago lo posible. Se repite.

—¿Estabas asustada? Cuando ocurrió, ¿estabas asustada?

—No, mucho más que eso. Aterrorizada. Me sentí impotente.

—Pero no estabas impotente. Podrías haberlo incapacitado. Como ahora mismo.

—Lo sé. Pero no estaba en ese espacio mental entonces.

—Nadie lo está cuando ocurre. Has de encontrar una forma de estar así en esto. —Lev chasca los dedos.

Entonces, como Shostakóvich está haciendo algo que hace feliz a Lev, levanta un dedo para pedir un momento de apreciación silenciosa y escuchamos un rato los violines y oboes.

Volvemos a la cocina. He de terminar el porro y Lev necesita té con mermelada.

—La otra situación en la que estuviste. No hace poco. El año pasado o cuando fuera. Cuando lesionaste a ese tipo.

—Ya hemos hablado de eso.

—Hablemos otra vez. Solo has estado en dos situaciones, ¿verdad? Hemos de comprender cómo reaccionas.

—Vale, en una situación, golpeé al tipo. En otra situación, deje que me golpeara y estaba tan aterrorizada que no sabía qué hacer a continuación.

—Bien. Entonces volvemos a la primera situación. La representamos otra vez.

Doy una intensa calada al porro hasta que llego al cartón que uso como filtro y la última hebra de hierba ha desaparecido en mis pulmones. A veces no sé por qué involucro a Lev en las cosas. Él nunca las deja estar. Y claro, es exactamente por eso que lo involucro. Tiro la colilla del porro en los restos de mi infusión y muevo la silla para situarla en relación correcta con la mesa.

—Estoy aquí. Detective en formación Griffiths, novata, anotando en su libreta. Tú estás de pie, paseando. No siento que esté pasando nada raro. Entonces te pones detrás de mí. De ese lado no. De este. Bajas el brazo y me tocas el pecho.

Lev baja el brazo y pone su mano en mi pecho. No hay nada

tentativo en su contacto. No hay ninguna disculpa ni nada sórdido. Para Lev se trata de realismo.

—¿Preparado? —digo.

No hace falta que lo pregunte. Lev siempre está preparado. Todavía tiene la mano en mi pecho.

—Preparado —dice.

Entonces me muevo. Lo más parecido posible a la forma en que ocurrió. Silla atrás. Levanto la mano para darle en la mandíbula. Noto que Lev retrocede en una imitación de dolor y sorpresa. Eso aparta la mano que me magreaba el pecho y me da espacio para agarrarle los dedos y tirárselos hacia atrás en sentido contrario a su línea de movimiento. Así le rompí los dedos al tipo cuando ocurrió de verdad. Ahora estoy de pie y puedo darle una patada en la rótula. Lev aboga por las rótulas, al menos cuando se trata de mí. Si lucho con alguien, voy a perder si esa lucha dura más de unos segundos. Lo mismo ocurrirá si alguien me agarra: será demasiado fuerte para mí. Rótulas y en menor medida testículos representan mis principales medios de inmovilizar a mi adversario. Por esa razón, la mayoría de la instrucción que he hecho con Lev se ha concentrado en esas partes delicadas del cuerpo.

En esta ocasión, una vez que he golpeado su rótula en un golpe limpio, para.

—Ahora caigo, ¿sí?

—Sí. Más o menos de costado. Así. Sí.

—Pero hubo algo más ¿no?

—El tipo rueda al caer. Yo lo empujo contra la mesa. Una acción instintiva. Pero empujo demasiado fuerte y el borde de la mesa se le clava en la mejilla. Hay mucha sangre.

—¿Y entonces?

—La lucha ha terminado. Tenía tres dedos rotos y una rótula dislocada. Además estaba gimoteando como un niño de seis años y le salía sangre por una brecha en la mejilla.

—Vale, pero está en el suelo aquí. ¿Cómo había caído? ¿Hacia aquí? ¿Así?

—Sí, así. No, con las piernas un poco más separadas. Sí. Exactamente así.

—¿Y entonces?

—Lev, fue la primera vez que ocurrió. No estaba en un estado mental normal.

—Por supuesto que no. Era una pelea.

Esa es la clave para Lev. La razón por la que enseña *Krav Magá*. La razón por la cual las fuerzas especiales israelíes desarrollaron esa técnica. Peleas, peleas reales que no ocurren en alfombras de tatami. No empiezan con gente que se saluda. Empiezan en pubs, en callejones, en lugares donde no querrías luchar. Se usan las armas que se encuentran a mano. No hay reglas. No te dejan rendirte graciosamente y saludar respetuosamente a la persona que te ha derribado.

Krav Magá es estrictamente mundo real. Funcional. En *Krav Magá* no tienes instructores que te dicen: «Y si tu asaltante viene con una espada...» Se trata de utilizar lo que tienes. Bajo riesgo, maniobras eficientes. Pasar lo más deprisa posible de la defensa al ataque. Máxima violencia, máxima incapacitación. Rápido, sucio, decisivo.

En Hendon, cuando estaba en la academia de policía, aprendimos un conjunto de técnicas más basadas en el *jiu-jitsu*. Útil y bonito. Pero yo les llevaba mucha ventaja. Había estado aprendiendo *Krav Magá* con Lev desde Cambridge, y mi objetivo personal durante la formación en Hendon consistió en no revelar lo mucho que realmente sabía. Pasé ese curso con la nota más baja posible. Fiona, pequeña, libresca, rara. Nadie esperaba otra cosa.

—Vale —digo, porque sé que Lev no lo dejará hasta que se lo cuente—. Solo me quedo encima del tipo y le pateo entre las piernas hasta que casi no puedo sentir los dedos de los pies.

—¿Quedó incapacitado?

—Un testículo reventado. Todo lo demás se curó bien.

—Y tus jefes. ¿Tuviste problemas por eso?

—Sí, algunos. Más de lo que habría querido, pero todos me creyeron cuando dije que él lo empezó. Les dije que estaba aterrorizada. Les dije que seguía intentando agarrarme y que hice un uso razonable de la fuerza en autodefensa.

A Lev, cuyo sentido del humor está enterrado tan profundamente como una centrifugadora de partículas iraní, esto le resulta divertido y lo repite dos veces.

—Uso razonable de la fuerza. Uso razonable de la fuerza.

Pero eso agota su suministro de alborozo y se centra en otras cosas. Prueba el té, descubre que se ha enfriado, que yo me he terminado el porro y Shostakóvich ha quedado en silencio. Encuentra más música y pone la tetera a hervir.

—No es miedo, es trauma.

Dice trauma con una de sus pronunciaciones no estándar. *Troma. Troma.*

—Cielo santo. ¿Por qué iba a estar traumatizada? Alguien me abofetea en el pasillo de mi propia casa y estoy aterrorizada. ¡Qué extraño!

—Entonces no. Cuando el tipo te agarró el pecho.

—Eso no fue traumático. Solo una reacción exagerada.

—Exactamente. ¿Y por qué lo hiciste?

—¿Por qué? Lev, yo no soy como tú. Tú has pasado media vida preparándote para estas situaciones. Yo no.

Niega con la cabeza.

—Mira, sé el aspecto que tiene la inexperiencia. Preparo gente. Lo sé. Esto no es inexperiencia. Esto es trauma. En ocasiones hace que estés tan aterrorizado que no puedes moverte. Otras veces te vuelve loco. Ahora mismo, cuando hemos estado practicando en el pasillo, y decidiste no asustarte, estabas furiosa por dentro. Solo estábamos practicando, pero estabas furiosa por dentro. Lo he notado.

—Me has asustado. Lo has hecho a propósito. Penry no dijo las cosas que tú dijiste.

—¿Y? Solo eran palabras, y esto también eran palabras. Tienes el trauma dentro. Por eso me ha sido tan fácil.

Estoy enfadada con todo esto. No sé exactamente por qué le he pedido a Lev que venga. O mejor dicho, supe desde el momento en que conseguí la pistola que tendría que obtener instrucciones de Lev sobre la forma de usarla. Él mostraría desprecio por las galerías de tiro. No es ahí donde se disparan las pistolas reales. Querría que practicara con una pistola de la misma forma en que practicamos *Krav Magá*. Cansada. Con mala luz. Con movimiento. Luces que oscilan. Corriendo. Objetivos móviles. Demasiadas cosas más en marcha. Ruido. Todo el asunto de manos relajadas, hombros bajos, pie izquierdo adelante son tonterías. Algo de lo que preocuparse en una galería de tiro y en ninguna otra parte de la tierra.

Pero, típico, el maldito Lev nunca funciona según mi agenda, solo según la suya. Y ahora mismo su agenda está inventando una teoría de mierda sobre mi pasado.

—Lev, cuando era adolescente tuve una crisis. Una crisis enorme, muy mala, muy grave. Cosas que no comprenderías. Si quieres llamarlo trauma está bien. Era trauma. Pero si estás tratando de implicar que hubo algo más, entonces te equivocas. Craso error. Nunca me han violado. Hasta que llegó ese idiota, nadie me había tocado de manera inapropiada. He tenido una familia sana, estable, encantadora. Ni siquiera he estado nunca en una pelea hasta que empecé a recibir lecciones tuyas.

—Tuviste una crisis. ¿Cuándo?

—Cuando tenía dieciséis años. Duró hasta que tenía dieciocho.

—Y en Cambridge, cuando te conocí, ¿qué edad tenías?

—Diecinueve. Todavía estaba en recuperación. Todavía lo estoy. Siempre lo estaré.

Conocí a Lev en Cambridge. Era un recién llegado a Inglaterra y ganaba dinero enseñando técnicas de combate a estudiantes. Yo me apunté. Entonces no sabía por qué. Ahora tampoco lo sé. No he tratado de analizarlo. Solo me siento más segura al saber que puedo ocuparme de mí misma si he de hacerlo.

—¿Y no me has hablado de esa crisis hasta ahora?

—No se lo cuento a nadie, Lev. Nunca se lo cuento a nadie.

—Vale, deja que lo entienda. Tú eres la feliz pequeña Fiona Griffiths, paseando por la vida, luego viene esta gran crisis sin razón alguna. Y cuando termina la crisis y estás en una situación complicada, o te conviertes en una mujer furiosa o estás demasiado asustada para moverte. Entonces ¿por qué iba a pensar yo en un trauma?

Silencio. O al menos, silencio entre nosotros. Violines de la puerta de al lado.

Lev se da cuenta de que el agua ha hervido y prepara más té para él. Levanta las cejas para preguntarme si quiero un poco. Pero no quiero té. No quiero un porro. Quiero alcohol, que anula mi mente mucho mejor que cualquier porro, y que apenas toco porque he tenido malas experiencias con él. Veces en que casi sentí que la enfermedad volvía, que trepaba por mis huesos y me sonreía como un esqueleto al que le faltan dientes. Por eso soy una porrera que solo toma infusiones, o casi.

—Quizá la crisis fue el trauma —agrego—. Durante dos años, no sabía si estaba viva o muerta. No puedes saber lo que es. No podrías.

Mal comentario.

Mal comentario para Lev.

Chupa más mermelada de su cucharita y toma un sorbo de té. Entonces se arrodilla frente a mi silla. Hace que lo mire a los ojos. Castaños e insondables. Tan profundos como la historia. Tan vacíos como huesos.

—Durante casi dos años, estuve en Grozny. Grozny, Chechenia. Los rusos estaban allí. También rebeldes. Bandidos. Yihadistas. Mercenarios. Espías. Todos los cabrones de la tierra estaban allí. Cabrones armados. Yo estaba allí porque... no importa. Me quedé porque había una señora con un niño que me importaban mucho. Durante casi dos años. Por lo que era, todos me querían, nadie confiaba en mí, era... horrible, Fiona. Era horrible. Todos los días. Amigos que mueren. A veces hay amigos que matan. Todo lo malo que puede ocurrir está ocurriendo, y eso es normal. Así son las cosas. ¿Estoy vivo o muerto? No lo sé. Durante dos años, no lo sé. No solo yo, sino todo el mundo en Grozny. Todo el mundo en Chechenia. Sé cómo es, Fiona. Lo sé.

Hago un gesto con las manos para pedir perdón.

—Lo siento, Lev. Lo siento. Así que quizá lo sabes. Quizá lo tuyo fue todavía peor. Pero lo mío era diferente. No estaba en Grozny. Estaba en Cardiff. Y lo horrible no ocurría fuera, sino que ocurría dentro. Simplemente llegó y me atrapó.

Lev asiente.

—Trauma.

—De ninguna parte. Trauma del espacio exterior —contraargumento.

—¿Duermes bien?

—Sí. Como un bebé. Mejor desde que tengo la pistola.

—¿Y antes?

—Antes... A veces bien, a veces mal.

—¿Sueños?

—Nunca sueño.

Y eso es cierto. Nunca sueño salvo las veces que me despierto presa de un terror blanco y no tengo idea de qué es lo que me aterroriza. Noches con lagunas de terror en medio y sin ninguna razón. Una calavera que me sonríe en la oscuridad. Noches en que tengo dificultades para identificar mis emociones.

—¿Miedo? ¿A veces te asustas sin ninguna razón?

Estoy a punto de hablarle de esas noches de terror, pero desisto. Recuerdo esa sensación de hormigueo que casi no puedo localizar. Ha sido peor recientemente, pero la he notado desde que alcanzo a recordar. Quizá miedo es el nombre correcto. Quizás esa sensación es miedo.

Le digo a Lev que «quizás» e instantáneamente sé que «quizás» es equivocado. Esa sensación es miedo. Y lo he tenido toda mi vida. Así que me corrijo.

—Sí. No quizá. Sí.

Lev asiente.

—Trauma. Tienes trauma. ¿Cómo lo llaman los americanos? Todos sus soldados vuelven a casa con ello.

—TEPT, trastorno por estrés postraumático.

—*Da*. Eso. TEPT. Tú tienes eso.

Lo dejamos ahí.

No puedo discutir más. Nunca me han agredido. Nunca me han violado. Mi hogar es tan seguro y protegido como pedir se pueda. Ni siquiera me marginaron en la escuela, por el amor de Dios. No tuve tíos complicados. Nunca me han tocado en una parada de autobús ni magreado en el cine. La pequeña protegida. Esa soy yo.

Salvo que Lev tiene razón. Lo sé. Tengo el trauma en los huesos y nunca estaré en paz hasta que me enfrente a ello.

Me levanto. Estoy demasiado cansada. Lev está sentado y le froto la nuca y le masajeo los músculos hasta los omóplatos. Durante un minuto, solo eso, nada más. Yo haciendo masaje. A él le gusta. Violines.

Me pregunto qué edad tiene. Me pregunto qué más ha visto. En realidad no sabemos nada uno del otro.

—Gracias, Lev. ¿Te quedas? Me voy a la cama. Las llaves están allí si las quieres.

Le enseño las llaves del cobertizo. Hay un cincuenta por ciento de probabilidades de que Lev se quede toda la noche, fumando maría y escuchando a Shostakóvich. Hay un cincuenta por ciento de posibilidades de que se haya marchado por la mañana. Antes le pagaba por la formación en *Krav Magá*, pero dejé de hacerlo hace tiempo. No sé por qué. Él simplemente dejó de pedirme dinero. Ahora, no sé cuál es nuestra relación. No es amistad. No de una forma normal. Pero los dos somos bichos raros. Yo por mi cabeza; él por su historia. Quizá lo que tenemos es una amistad de bichos raros.

—Buenas noches, Fiona.

La pistola sigue en la mesa de la cocina y la empuja hacia mí. Sabe que dormiré con ella.

—Si tienes un problema recuerda que tienes trauma. Tu instinto te dirá que hagas demasiado o demasiado poco. Las dos cosas están mal. Usa la cabeza, no esto.

Se señala el corazón.

Asiento. Sé lo que quiere decir. Tengo un eslogan para eso.

—A la mierda los sentimientos, confía en la razón —digo.

Él sonríe y lo repite. Le gusta.

—A la mierda los sentimientos, confía en la razón.

34

Estoy muy cansada. Demasiado cansada.

He dormido decentemente por Lev, pero aun así me acosté tarde y mi despertador me despierta a las siete y cuarto. Cinco horas escasas de sueño, y ha sido mi mejor noche desde hace tiempo.

Parpadeo y me despierto. Sigo en el futón, no en la cama. Mi mano encuentra la pistola antes que el despertador.

Me doy una ducha. Lev está durmiendo en el rellano de arriba. No sé por qué ha elegido ese sitio, pero tiene que haber alguna razón. Se levanta cuando yo paso, o al menos abre los ojos. Con Lev, nunca puedes saber qué es despierto y qué es dormido. Vuelvo a mi habitación a buscar una almohada y se la doy —aunque había una cama en la habitación sobrante si la hubiera querido— antes de ir a ducharme. Incluso después de la ducha, mi rostro parece cansado. Elijo ropa cómoda y bajo. Lev ha dejado bolsas de hierba en toda la mesa de la cocina. Le lío un porro para cuando se levante, luego guardo el resto. Como algo.

Voy a trabajar. No porque quiera, ni porque me importe nada. Solo porque sé que es lo que hay que hacer.

Sé que he estado un poco rara recientemente —más rara de lo normal, supongo—, pero siento que algo se ha intensificado esta noche. Es por Lev. Por él y sus teorías del trauma.

Troma. ¿El mío o el suyo? A lo mejor él ya no es capaz de distinguirlos. Me pregunto qué estaba haciendo en Chechenia. No es un buen sitio donde estar. *Troma*.

Al conducir hacia Cathays Park, golpeo el volante con la palma de la mano, aprieto los dedos de los pies. Puedo sentir mi cuerpo, pero muy poco. Como si estuviera anestesiada. A través de capas de guata. Bev Rowland me saluda con un hola cuando nos cruzamos y tardo medio segundo en recordar quién es.

Ocho y media. Jackson dirige la reunión de la mañana. Viste una camisa arrugada, sin corbata ni chaqueta. Ha estado levantado toda la noche y tiene aspecto cansado pero feliz.

—Lo haremos breve —dice—. La mayoría de vosotros ya sabéis lo más importante. Anoche, dos agentes, la sargento Alexander y la detective Griffiths obtuvieron pruebas de que tres hombres (actualmente identificados como Wojciech Kapuscinski, Yuri Petrov y un tercer hombre que por el momento solo conocemos como Dmitri) han cometido agresiones graves contra trabajadoras del sexo de esta ciudad. Una mujer, Jayney Armitage, exhibió señales de una paliza extremadamente grave, lo cual constituye de por sí un delito grave, pero como sabéis creemos que estos hombres están relacionados con Karol Sikorsky y es muy probable que también con los asesinatos de la operación Lohan, lo cual representa nuestro foco principal.

»Por la noche, hemos logrado detener a Kapuscinski y Petrov. Ahora están siendo interrogados. Compartían piso en Butetown, a menos de un kilómetro de Allison Street, y huelga decir que ahora mismo tenemos a nuestra gente de forense en su piso. El piso está hecho un asco, lo cual es bueno, porque incrementa las posibilidades de encontrar algo valioso. Todavía no hay noticias definitivas, pero estamos en ello.

»También quiero decir públicamente que esta investigación debe mucho a Alexander y Griffiths. No es fácil conseguir que estas trabajadoras de la calle hablen. Ellas lo han conseguido. Muchos agentes habrían fracasado. Bien hecho.

Va a continuar, pero lo interrumpe una salva de aplausos. Jane ni siquiera está aquí. Anoche terminó tarde y tiene una familia de la que ocuparse. Yo no sé qué hacer o sentir, así que me quedo allí sentada con cara de idiota; una tarea que cumplo con considerable facilidad.

Jackson continúa.

Cuando detuvieron a Petrov, tenía una agenda negra con una dirección de Cardiff con las letras KS en cirílico. Suponemos que las iniciales corresponden a Karol Sikorsky y la casa en cuestión está bajo vigilancia. Si no hay movimiento en la casa en veinticuatro horas, se solicitará una orden de registro.

Entretanto, el detective Jon Breakell tiene su momento de gloria. Imágenes de circuito cerrado de hace un mes en Corporation Road sitúan a Sikorsky y Mancini juntos. Él también recibe una salva de aplausos.

El registro de llamadas de teléfonos móviles ya ha establecido que Sikorsky estuvo en las zonas relevantes de los tres incidentes bajo investigación: las Mancini, Edwards y Balcescu.

Se ha enviado a algunos agentes, entre ellos Jim Davis, a la casa de Ioana Balcescu para ver si está dispuesta a proporcionar una declaración formal.

Me siento un poco rara con todo esto. La investigación se mueve rápidamente hacia un cierre. Quizá Sikorsky ya ha vuelto a Polonia o a Rusia o al lugar del que proceda, pero si no lo ha hecho, es cada vez más probable que lo encontremos y lo detengamos. Puertos y aeropuertos han permanecido vigilados desde que obtuvimos la muestra de ADN en Allison Street. La Interpol tiene sus datos.

En cualquier caso, Kapuscinski, Petrov y Leonard están todos detenidos por posibles delitos. Una vez que hayamos completado el trabajo forense sobre las propiedades relacionadas con ellos, es altamente probable que podamos presentar también cargos de asesinato. El ambiente en la sala es de alborozo. Al viejo estilo de Jackson. Viejo y fiable. Lo único que necesitamos ahora es a Sikorsky para que el alborozo de todos sea completo.

Sé por qué Davis ha sido enviado a reinterrogar a Balcescu. Jane Alexander no está disponible. Yo estoy aquí, pero reventada. Cuando las investigaciones alcanzan esta fase, todo el mundo ha de estar dispuesto a hacer cualquier cosa, aunque no sea la persona ideal para el trabajo.

Sé todo eso, pero no puedo evitar pensar en Jim Davis hablando a Ioana. «Le pedimos que confirme las declaraciones que hizo en su entrevista previa con las agentes Alexander y Griffiths el lunes 31 de mayo. Estamos pidiéndole de manera imprudente que ponga en peligro su propia vida. Le estamos pidiendo que no tenga en cuenta mis dientes amarillos y el cabello asombrosamente rubio de la sargento detective Alexander. ¿Alguna pregunta, señora Balcescu, ju, ju, ju?»

Pienso en el cuerpo apaleado de Ioana. En los moretones de Jayney. En el cadáver de Stacey Edwards. La cabecita ciega de April. Imágenes que debería evitar. No me estoy sintiendo bien.

Troma.

Jackson pone fin a la reunión invitando a formular preguntas o a señalar otros puntos que merezcan ser mencionados.

Quiero levantar la mano. Quiero decir que en Newport, un hombre ha desaparecido dejando 200.000 libras en efectivo. Quiero decir que miré a los ojos de Charlotte Rattigan. Que a su marido —¿su difunto marido?— le gustaba follarse a chicas de la calle. Quiero decir toda clase de cosas, pero no puedo, porque aunque he cosechado una salva de aplausos por ser la detective del día, a nadie salvo a mí le preocupan estas cosas. Si tratara de decir algo, sería como los dibujos de la página posterior del periódico. Las curiosidades del final del boletín de noticias. «Y ahora otras noticias curiosas...» Esa sería yo. El conejo doméstico atrapado en un árbol. El gato que baila con un perro en un vídeo de YouTube.

Boca cerrada.

La reunión se levanta. Todos sienten que el éxito es inminente. Estamos a punto de pillar al asesino. Trabajo hecho. Cervezas para todos. ¿Para todos? No, no exactamente, porque la actriz de comedia de la oficina, la señorita Fiona Griffiths, no bebe cerveza. No es una agente de policía real, ves, pero estamos orgullosos de nuestros esfuerzos para aumentar la diversidad. ¡Mira! Mírala bebiendo agua con gas. Mírala comiéndose una barrita energética. Ahora contratamos a toda clase de gente y todavía pillamos a los malos.

Bev Rowland me busca, preocupada por mi aspecto enfermo. Tiene la cara tan redonda como la luna, pero más amable y más comunicativa. Empieza a intentar animarme, pero hoy no soy maleable. Le digo que voy a ponerme al día con unos mensajes de correo electrónico antes de irme. No le digo que estoy planeando irme a Newport, y ella acepta mi respuesta.

Coincidimos en reunirnos a tomar un té después de comprobar nuestros *mails* y yo subo.

Un error. Hughes me atrapa en mi escritorio. Es una trampa, una trampa hughesiana.

Dice algo sobre horarios y notas de interrogatorio. No estoy escuchando realmente. Ahora ya no es su caso. Lohan depende de Jackson. Penry depende de Matthews. Fletcher depende de Axelsen. Cuando sintonizo otra vez, Hughes está diciendo algo sobre la autopsia de Stacey Edwards. Me está diciendo que, como he hecho un buen trabajo en la última, puedo ocuparme también de esta. Puedo acompañarlo el lunes por la tarde, para tomar notas mientras Hughes y el doctor Aidan Price tratarán de dejarse en evidencia mutuamente en lo que seguramente será un partido aburrido de campeonato. Será una disputa tensa, pero apuesto por Price.

Había olvidado que habría una autopsia de Edwards. Por supuesto, tienen que hacerla, simplemente no había pensado en ello.

—Sí, bien —digo—. Está bien.

Pero no puedo elaborar lo que siento respecto a ver a Edwards otra vez, porque no entiendo nada de nada. Continúo diciendo «Sí, señor» cada vez que hay un hueco y finalmente hasta Hughes tiene bastante y se va otra vez. Miro mi correo electrónico durante veinte minutos. No sé qué estoy haciendo. Envío un mensaje de texto a Brydon. Él me llama. Charlamos diez minutos, que es todo el tiempo libre que puedo permitirme. Tomo una infusión de menta y me las arreglo para tener una conversación medio sensata con Bev antes de dirigirme a Newport.

El equipo de Rattigan Transport se ha reducido a solo dos personas, y ninguna de las dos está en el caso a tiempo completo. Tenemos una casa llena de dinero, una persona desaparecida, pero no hay un crimen tangible. Habría más urgencia al respecto si hubiera un crimen como Dios manda. Debería haber dejado un cadáver en la bañera de la casa de Fletcher antes de llamar a los uniformados.

Llego a la sala de conferencias y al ordenador que me han asignado. La chica que tiene la expresión de un ternero me consigue un té imposible de beber en un vaso de plástico que se hunde cuando trato de cogerlo.

Una vez que me acomodo en mi escritorio, la niebla me reclama otra vez.

Una vez me fui a caminar por las Black Mountains con mi tía Gwyn. El día empezó neblinoso pero agradable, con los collies corriendo delante de nosotros a través de los helechos, un poco de hielo, un día bonito. Luego la niebla se hizo más espesa, como si la luz se hubiera endurecido o se hubiera hecho más densa. Y luego el mundo desapareció. Se desvaneció en el silencio y el frío. Los collies aún iban y venían. No creo que tuvieran ningún problema. Pero Gwyn y yo de repente nos convertimos en trotamundos del vacío, un Vladímir y Estragón de las montañas. Pese a que Gwyn conocía esas colinas de toda la vida, tuvimos que descender hasta que un seto nos detuvo, y entonces lo bordeamos el resto del camino, con el seto siempre a nuestra derecha, hasta que al final llegamos a la verja y el sendero por el que habíamos entrado. Si se nos hubiera pasado la verja, creo que podríamos haber vagado allí eternamente.

Hoy es como ese día, solo que sin los collies, sin Gwyn y sin esa bendita verja. Axelsen está hoy más presente que nunca. Va y viene, controlando las cosas. Lo escucho asignándome una tarea —elaborar una lista de clientes del extranjero visitados por Fletcher en los últimos dos años, por ejemplo— y yo le digo que sí, y dos horas después tengo una hoja de garabatos y estoy intentando recordar lo que he de hacer. Axelsen cree que me lo tomo a broma. Igual que el resto del equipo. Les digo que lo siento y que lo haré mejor.

En cuanto les digo eso y me dejan sola, la niebla inmediatamente desciende otra vez. No puedo recordar lo que he dicho cinco minutos antes.

Bacalao, pescadilla, arenque, rodaballo.

¿Y el halibut? ¿Qué es un halibut? Una especie de pescado plano, creo. Google me dice que puedes pescar halibut en el Atlántico Norte. Me dice que durante seis meses, el halibut o fletán tiene ojos en ambos lados del cuerpo y nada como un pez normal. Luego, después de seis meses, un ojo migra al lado opuesto, el pez rota noventa grados en el agua y pasa el resto de su vida con los ojos mirando al techo del mar, y sin posibilidad de mirar hacia abajo: un pez con vértigo.

No me imagino a Rattigan queriendo pescar halibut.

Cada vez que Fletcher salía en un «viaje de pesca» había un barco de Rattigan procedente del Báltico. Normalmente de Kaliningrado, en ocasiones de San Petersburgo. Eso sería un hecho más impresionante si Rattigan no operara una flota de tales barcos.

Kaliningrado. Exportaciones principales: gangsterismo ruso, heroína afgana, criminalidad que combina organización capitalista con asesinos soviéticos. Lo mejor de ambos mundos.

Me olvido de lo que Axelsen me ha pedido que haga, así que en lugar de eso llamo a todos los barcos que se alquilen para una salida de pesca en la costa del sur de Gales. Les pregunto si sería posible inspeccionar su registro para ver quién los encargó, cuándo, durante cuánto tiempo y adónde fueron. La mayoría de ellos no ponen pegas. Un par dicen que no hay problema, pero que necesitarán derivarlo a otro sitio en sus, sin duda colosales, estructuras. Un patrón de Gales occidental cuelga cuando le digo quién soy. Un poco más de investigación me dice que el que me ha colgado es Martyn Roberts, con sede en Milford Haven, y tiene antecedentes penales por atraco a mano armada y por agresión.

Le cuento todo esto a Axelsen la siguiente vez que lo veo.

—¿Crees que Rattigan iba a pescar con Fletcher?

—No.

—¿Entonces por qué iban a querer alquilar un barco de pesca?

—No lo sé.

—¿Recuerdas que Rattigan posee toda una flota de barcos? ¿Qué si quisiera un barco podría comprarse uno? ¿Que el trabajo diario de Fletcher era conseguir barcos para la flota de Rattigan?

—Sí.

—¿Y que Rattigan lleva casi un año muerto?

—Sí.

—¿No crees que es una pista falsa?

—Puede ser.

—¿Tienes esa lista que te he pedido? —me pregunta.

Arrugo los ojos y empiezo a reflexionar seriamente sobre esa cuestión, pero entonces la niebla vuelve otra vez y no parece que lleguen las respuestas. No puedo recordar qué lista quería.

No sé si estará interesado en oír hablar del halibut, pero hay una expresión en su cara que sugiere que no, así que no digo nada, lo cual es una pena, porque es un pez interesante. El halibut tiene el vientre blanco, de modo que desde debajo parece como el cielo y la parte superior del cuerpo es oscura, por eso desde arriba parece el suelo del océano. Un lado claro y un lado oscuro. Y el lado claro avanza a ciegas.

—¿Te encuentras bien? No tienes buen aspecto.

—No me encuentro bien.

—¿Has tenido un accidente o algo?

Niego con la cabeza. No recuerdo el día demasiado bien, pero recordaría eso, seguramente.

—Parece que hayas tenido un *shock*. ¿Por qué no te vas a casa, descansas un rato, te tomas el fin de semana con calma? No sirves de nada tal como estás.

Asiento. Trato de parecer prudente, como si estuviéramos sopesando algo juntos y después de la debida consideración me mostrara a favor de su valoración.

—Iré a casa. Sí. Buena idea. Lo siento.

No estoy segura de por qué le estoy diciendo que lo siento, salvo que «no sirves de nada» es una expresión que he oído antes, y no de buena manera. Pido perdón otra vez y me siento al escritorio para recoger las cosas. Axelsen sale a atrapar criminales y a hacer del mundo un lugar mejor.

No obstante, antes de irme, escribo «*shock*» en Google y me sale una página de la Wikipedia. Me ofrece tres alternativas.

- *Shock* circulatorio, una emergencia médica de carácter circulatorio.
- Trastorno de estrés agudo, frecuentemente llamado *shock* por profanos en la materia, un trastorno psicológico en respuesta a sucesos aterradores.
- Trastorno de estrés postraumático, una complicación a largo plazo del trastorno de estrés agudo.

Tardo un rato en comprenderlo.

También había tardado un rato en descubrir todas estas cosas interesantes sobre el halibut. Pero no tengo un *shock* circulatorio. Eso es algo que ocurre en los hospitales y no tiene nada que ver conmigo.

TEPT. Eso es lo que Lev me dijo que tenía, pero es una cuestión a largo plazo. Una respuesta continuada a algo que ha ocurrido antes.

En cambio, el trastorno de estrés agudo es más interesante. «Frecuentemente llamado *shock* por profanos en la materia.» Es un poco duro llamar al detective Axelsen profano en la materia. Es un inspector detective de la policía de Gwent, por el amor de Dios, pero profano o no, quizá tiene parte de razón. Esto es lo que la Wikipedia dice al respecto.

> Trastorno de estrés agudo (también llamado «reacción aguda al estrés», «*shock* psicológico», «*shock* mental» o simplemente «*shock*») es un trastorno psicológico que surge en respuesta a un suceso aterrador o traumático.

Un poco más adelante leo los síntomas:

> Síntomas comunes entre quienes sufren trastorno de estrés agudo son: entumecimiento; desapego; desrealización; despersonalización o amnesia disociativa; reexperimentación continuada del suceso por medio de pensamientos, sueños y *flashbacks*.

¿Entumecimiento? Sí, eso lo tengo. ¿Desapego? Sí, eso también. ¿Desrealización? No estoy demasiado segura de lo que es, pero si es lo que parece, entonces lo tengo. ¿Despersonalización o amnesia disociativa? Sí, eso lo tengo a lo grande y lo había tenido mucho más. Una despersonalización de campeonato. Insuperable y rara vez igualada. Pero luego está ese último elemento. Reexperimentación recurrente del suceso por medio de pensamientos, sueños y *flashbacks*. No. ¿Qué suceso? Trato de encontrar algo en la Wikipedia que me diga qué suceso debería experimentar, pero no encuentro nada. Pero ¿qué pasa con mis terrores nocturnos? ¿La laguna de horror a media noche? ¿La calavera que me sonríe en la oscuridad? ¿Esas cosas cuentan como sueños o *flashbacks*?

Si cuentan, entonces marco todas las casillas. Y las marco en grande. Las marco bien.

Pero ¿cuál es el suceso? No hay ningún suceso. Lev piensa que existe y el profano Axelsen cree que existe, pero no existe. No hay suceso.

Esto es extraño. Incluso en mi estado confuso, sé que es extraño. Cuando enfermé ya hubo esta gran investigación del porqué. ¿Qué lo desencadenó? Mi estado era algo que las adolescentes criadas en un entorno estable no deberían sufrir. No tenía sentido. Los psiquiatras insistieron y los servicios sociales trataron de endilgar sus locas teorías a mis pobres padres. No llegaron a ninguna parte. No hubo explicación que le diera sentido, así que toda la cuestión —ciertamente en mi caso y pienso que en el de todos los demás— se dejó a un lado. Mi enfermedad era solo una de esas cosas que no tienen más lógica que un terremoto. Lugar equivocado, momento equivocado, mala suerte.

Y ahora, cuando menos me lo espero, Lev y Axelsen me están diciendo que lo piense otra vez. Reexperimentación recurrente del suceso. No hay ningún suceso, pero Lev y Axelsen y la Wikipedia difieren.

A mi lado, el teléfono suena. Uno de mis compañeros de equipo lo coge.

Hay una conversación apagada, que no sigo porque estoy a tope en mi búsqueda del conocimiento y no puedo preocuparme por nimiedades. La conversación telefónica termina. El compañero de equipo se acerca.

—Era Axelsen que llamaba para ver si ya te habías ido.

—Ah, sí. —Ahora lo recuerdo.

—¿Te acompañaré al coche, vale? ¿Podrás conducir?

Asiento con la cabeza. Muy dócil. Muy sumisa. Me acompañan al aparcamiento y conduzco a casa con tanta precaución que me pitan en la M4 por ir a sesenta en el carril de vehículos lentos.

35

Llego a casa vagamente expectante, pero no hay nada allí. Lev se ha ido, como suponía. No hay mensajes en el contestador, ni de texto.

La cocina está ordenada. No he limpiado yo, sino Lev. Me ha dejado una nota en la encimera: «A la mierda los sentimientos, confía en la razón.» De hecho, es un muy buen eslogan, así que me lo digo a mí misma.

Empiezo a aplicarlo. Piensa, Griffiths, piensa.

Primero, todo este asunto sobre el *shock*. Está claro que cumplo con la mayoría de los síntomas del TEPT. Está claro que ahora mismo tengo la apariencia y actúo como alguien que sufre un *shock* de campeonato.

No obstante, al mismo tiempo, me falta el ingrediente más crucial de la fórmula, un «suceso aterrador o traumático». Eso es un enigma, pero no hace falta resolverlo ahora.

Decido dejarlo.

A continuación, he de encontrar una forma de rebajar estos síntomas. No estoy controlándolos bien en este momento, y sé que todo puede ponerse muy negro. Hago una lista de mis técnicas estándar para enfrentarme a la locura. Mi lista es: 1) fumar un porro, 2) sepultarme en el trabajo, 3) ir a quedarme con mi madre y mi padre, 4) ejercicios de respiración, etcétera.

Inmediatamente tacho el primero. Fumé demasiado ayer y la droga solo llega hasta cierto punto. Es una automedicación excelente, pero solo me ayuda cuando los problemas son suaves o moderados. Ahora mismo, van de moderados a graves, y tienen pinta de agravarse más.

La segunda técnica probablemente también pasará a mejor vida. La policía de Gwent acaba de mandarme a casa. En la operación Lohan todos me miran de manera extraña y me dicen que me vaya a casa. No tengo ningún trabajo en el que sepultarme. Y el trabajo tampoco estaba ayudándome.

El tercer punto es más interesante. Probablemente funcionaría. No inmediatamente, pero al cabo de unos días estaría bien. Pero parece un paso atrás. Un paliativo, no una cura. Decido dejarlo de lado y volver a pensármelo en caso de emergencia.

El número cuatro es como un par de zapatos cómodos o un cereal rico en fibra. Va bien, pero es muy soso. De todos modos, el cuarto es un buen punto. Volveré a él pronto.

Sin embargo, por ahí anda un posible número cinco. Hacer el amor. Nunca he tenido muchos amantes. Unas cuantas mujeres al principio. Luego en Cambridge dos o tres chicos torpes y con granos, asquerosamente ansiosos de acostarse con cualquier cosa con faldas, y yo estaba asquerosamente superdispuesta a permitírselo. Más tarde un novio sí pero no después de Cambridge. Un buen tipo. Ahora tiene una librería. Y Ed Saunders. Ed fue el único con el que me sentí bien. En la cama y fuera de ella. Con Ed, creo que solía utilizar el sexo como forma de percibirme. Un truco semejante a fumar marihuana o correr a la casa de mamá y papá.

Y ahora Brydon. Parte de mí quiere salir corriendo hacia Brydon. Llevarlo a la cama. Hacer el amor con urgencia suficiente para poder usarlo como una forma de sentirme yo misma otra vez. Usarlo.

Me basta con comprender eso para decidirme en contra. Con Brydon, quiero hacer las cosas bien. Quiero aprender el arte de ser una novia. Una novia como es debido. Permanente y estable, para la cual hacer el amor simplemente sea hacer el amor. Nada más que eso. No una forma jodida de automedicación.

Me preparo una taza de té y paso cuarenta minutos haciendo ejercicios. Primero de respiración. Inspira, dos, tres, cuatro, cinco. Espira, dos, tres, cuatro, cinco. Cuando llevo quince minutos de eso, empiezo mi rutina corporal. Muevo los brazos. Muevo las piernas. Las siento cuando las muevo. Piso el suelo con fuerza para ver si puedo sentir los pies. Ed Saunders estaría orgulloso de mí, aunque podría preocuparse un poco si descubriera mis ideas sobre la cuestión de hacer el amor. O quizá ya lo sabe.

Creo que ya lo sabe.

Un día le pediré perdón.

Pero por ahora he de concentrarme en cosas más inmediatas. He hecho lo esencial, pero ¿luego qué? ¿Qué debería hacer a continuación? ¿Qué quiero? No se me ocurre nada, así que saco un papel otra vez y escribo: «¿Qué me importa?»

Casi de inmediato, escribo en grandes letras mayúsculas APRIL MANCINI. Muevo el bolígrafo, preparada para añadir más nombres a la lista. Janet Mancini. Stacey Edwards. Ioana Balcescu. Los nombres de las víctimas. Y quizás hay otras cosas, otra gente de la que quiero saber cosas. Rattigan. Fletcher. Penry. Sikorsky. Pero mi bolígrafo no se mueve. APRIL MANCINI. Ella es la que me importa. Ella es lo único que me importa. La chica de la manzana de caramelo.

De repente me doy cuenta de que me he olvidado de su funeral. Prometí que asistiría. Incluso prometí avisar a la amable señora —Amanda creo que se llamaba— que telefoneó a la línea de ayuda al principio y empezó a llorar cuando le dije cómo habían muerto Janet y April. Ella también iba a venir al funeral.

Llamo a comisaría. No consigo encontrar a nadie que lo sepa o le importe. Llamo al hospital. Lo mismo. Pero no estoy a plena potencia, así que probablemente le estoy preguntando a la gente equivocada del modo equivocado. Opto por llamar a Bev Rowland. Ella no lo sabe, pero promete averiguarlo; y así es, me llama al cabo de diez minutos. El funeral será el martes, el día después de la autopsia. A menos que aparezca algo inesperado en el depósito el lunes, Stacey Edwards y Janet y April Mancini serán incineradas al día siguiente.

Le doy las gracias a Bev y cuelgo.

Me siento más humana al instante. Sé lo que estoy haciendo.

He de preparar un funeral adecuado para April. No sé por qué, pero lo hago. April me necesita.

Llamo a su escuela. Insisto en que me pasen a la directora. Me topo con un poco de resistencia por parte de una secretaria obstruccionista, pero ahora estoy acelerada y soy difícil de resistir. Me lo llevo todo por delante hasta que consigo contactar con la directora y le digo que toda la clase de April tiene que ir al funeral. Ella me dice que ya hay clases planificadas. Le digo que alguien aplastó la cabeza de April Mancini con un fregadero y que ella no tendrá la suerte de poder ir a clase. La directora argumenta, con aspereza, que el crematorio está demasiado lejos de la escuela y que es tarde para organizar el transporte. Le digo que en eso tiene razón y le pregunto cuándo quiere el transporte y cuántos niños hay en la clase de April. Diez minutos después, vuelvo a llamar, después de contratar un autocar para que recoja a los niños. La directora me dice que muy bien. Hasta me da las gracias.

Brum, brum. Estoy acelerando. Siguiente parada, vecinos. No los vecinos del piso ocupado, porque apenas conocían a Janet, sino los del barrio de Llanrumney donde vivía. Consigo que una copistería me imprima 500 volantes. Nada más. Simplemente escribo los detalles del funeral y al pie una solicitud de información: «Janet y April Mancini fueron asesinadas. Llama. Discreción garantizada.» Eso y mi número de teléfono.

Conduzco hasta el barrio y encuentro a un par de chicos haciendo el pavo con bicicletas BMX. Les ofrezco cincuenta libras por distribuir mis volantes en todas las casas y pisos del barrio. Veinte por adelantado. Treinta cuando hayan terminado. Les digo que comprobaré tres puertas al azar para asegurarme de que se han entregado los volantes. Ellos discuten un momento y luego acceden. Me quedo un rato para comprobar que están metiendo los volantes en los buzones y me largo.

Hay un centro de atención a drogadictos al que Janet recurría. Me paso por allí y les pido que pongan un aviso. Una mujer servicial sirve tés y dice que lo enviará por *mail* a algunas personas que podrían estar interesadas. Bravo por ella. Le pregunto si conoce centros de mujeres que puedan estar interesados en el funeral. Me dice que sí y se pone a trabajar de inmediato. Le digo que es un ángel.

Llamo a Amanda, la mujer que lloró. Le digo cuándo es el funeral y llora otra vez. Promete asistir y dice que llamará a las demás madres.

Vuelta a Llanrumney. Los chicos siguen metiendo volantes en los buzones. Con ver eso me basta. Les doy las treinta libras.

Les pregunto si quieren otras cincuenta por hacer lo mismo calle arriba, por donde se movía Stacey Edwards. Me miran como si estuviera loca y lo tomo por un sí. Llamo a la copistería otra vez y pido que impriman más volantes, solo que con el nombre de Stacey Edwards en lugar de los de Janet y April. Le digo a los chicos dónde pueden recoger los volantes y les pido que llamen cuando hayan terminado.

Los chicos se van pedaleando, encantados con mi incapacidad de conseguir un precio decente.

Brum, brum.

¿Qué más? Flores. Música.

Llamo al crematorio de Thornill. ¿Qué hacen con la música? Tienen cintas. No quiero grabaciones. Quiero un organista. Quiero un coro. Quiero un desfile de trompetistas, joder. Después de una pequeña discusión, parece que puedo conseguir un cuarteto de cuerda y un vocalista por 400 libras. Eso me parece caro, pero digo que sí. Pido un trompetista, pero, vaya, se han quedado sin existencias.

Tengo esta conversación mientras voy conduciendo al mercado de Cardiff. No en el manos libres, sino haciendo equilibrios con el teléfono, el volante y el cambio de marchas mientras conduzco. Sé que suena mal, pero ayuda a aumentar la concentración y hace maravillas con la coordinación. Es como frotarte el estómago y darte golpecitos en la cabeza al mismo tiempo, solo que más difícil.

Llego al mercado cuando están cerrando. Son un montón de paradas en un palacio, como si unos cuantos empresarios refugiados se hubieran quedado pillados en la terminal de un ferrocarril victoriano y hubieran montado el negocio allí. Ya están descolgando las camisetas de deporte, guardando la bisutería étnica. Bajando las persianas en verdulerías y quioscos. Un ambiente agradable de final del día. Una caja de manzanas rojas que liquidan a dos libras el lote.

Doy una vuelta en busca de un puesto de flores, encuentro uno y le pregunto al tipo cuánto cuestan sus flores. Me mira como si acabara de ladrarle. Señala los cubos de flores. Cada uno de ellos tiene su pizarrita en un palo, con precios escritos en tiza. Yo lo miro como si él estuviera ladrando. No quiero un estúpido ramo, quiero sus flores. Las quiero todas.

Una vez que logro explicarme, me pregunta si hablo en serio, luego pone un precio de 500 libras. Tengo la sensación de que podría conseguirlas por mucho menos, pero no quiero que April piense que soy tacaña. Le digo que sí, pero le pido que me ayude a meter las flores en el coche y le pregunto si me puedo quedar también con los cubos negros.

Está de acuerdo, lo cual demuestra ser un mal movimiento por su parte, porque mi encantador Peugeot no es de los que tiene un gran maletero, y hace falta media hora de cuidadosos movimientos para meterlo todo dentro.

Recibo una llamada de los chicos de las BMX y voy a pagarles.

Luego a casa.

Como. Bebo. Hago algunas llamadas más. La iglesia en cuya parroquia Janet Mancini fue hallada muerta. Lo mismo en la parte de la ciudad en la que vivía. Lo mismo en la vieja parroquia de Stacey Edwards. Hablo con los vicarios. Uno de ellos accede a dar una bendición. De hecho, es amable. Una buena alma. Le digo: «No conocerá a un trompetista, ¿verdad?», y, Dios bendiga al hombre, sí conoce a uno. Me da el número de teléfono y dos minutos después tengo mi trompetista. Me pregunta qué clase de música quiere que toque. Digo que no lo sé, pero quiero que sea alegre. No fúnebre. Triunfante, si se le ocurre algo. No hay problema. Dice que su tarifa es de sesenta libras por dos horas, pero que dadas las circunstancias no me cobrará nada. Le digo que es mi trompetista favorito.

Llamo a un par de periódicos y encargo anuncios fúnebres. Pago extra por todo. Palabras extra, negrita, recuadros.

Estoy pensando qué hacer a continuación cuando recibo una llamada. Es Brydon desde Cathays Park. Dice que la comisaría está a tope con Lohan y que los resultados forenses sobre la casa de Kapuscinski parecen positivos. No me importa y se lo digo.

—Escucha, tengo el día libre mañana —dice—. Pensaba que quizá podríamos...

—Sí.

—No sabes qué iba a decir.

—¿Qué ibas a decir?

—Iba a decir que tal vez podríamos pasar un rato juntos.

—Sí.

—Te llamaré mañana, pues. Podríamos ir a algún sitio.

Me suena a plan masculino. Podríamos ir a algún sitio. Joder, ¡qué imaginación! Pero no discuto. Un plan masculino ya es bastante bueno para mí. Colgamos.

Ahora estoy frenando. Cansada, pero de una buena manera. Necesito acostarme pronto hoy para poder recuperar un poco de sueño, pero antes hay cosas que hacer.

Preparo unos ramos. No soy la mejor del mundo haciendo ramos, pero tampoco hace falta que lo sea. Preparo unos veinte, los ato con cordel de cocina y los dejo en el asiento del pasajero. En cada ramo, he puesto una nota manuscrita: «Por encima de todo, me gustaría que fueras al funeral. Pero también soy agente de policía. Si quieres contarme alguna cosa de Brendan Rattigan, Huw Fletcher, Wojtek Kapuscinski, Yuri Petrov o Karol Sikorsky, por favor llámame (garantizada total discreción) al número de abajo. Muchas gracias, Fiona Griffiths.»

Voy al Taff Embankment. Blaenclydach Place. Es un poco pronto para que bulla de actividad, pero el viernes es una noche loca, y las chicas ya han salido a buscar clientes. Ahora conozco a muchas de ellas. A algunas les caigo bien.

Un ramo cada vez, una prostituta cada vez.

A cada chica le explico quién soy y por qué he venido. Soy amiga de Janet Mancini. También de Stacey Edwards. Su funeral será el martes. Quería que la gente lo sepa. También quería regalar flores.

Encuentro a Kyra, la imbécil que no nos sirvió de nada a Jane y a mí la primera vez que la vimos. Lleva zapatos de plataforma con tacón de doce centímetros. Está abruptamente feliz de verme, lo cual no significa nada de mí, y todo de que acaba de meterse caballo.

—¿Flores? ¿Para mí? —pregunta.

—Para ti. O para que las lleves al funeral y las pongas en los ataúdes. Me da igual. De una forma o de otra, las flores son para conmemorar a las mujeres que murieron. Y Janet tenía una hija pequeña, así que las flores también son para ella. Tenía seis años y se llamaba April.

Kyra me mira como si estuviera loca, pero coge las flores. Lo mismo ocurre con las otras chicas que encuentro. Creen que estoy loca, pero les digo que las veré el martes en el crematorio.

Tardo cuatro horas en repartir la mayoría de los ramos. Estoy empezando a caerme de cansancio cuando oigo una voz familiar a mi espalda. Bryony Williams. Con su cigarrillo, su chaqueta de lona y su cabello despeinado. Y una prostituta que lleva un ramo a la que reconozco vagamente. Altea, puede que se llame.

—He oído que alguien estaba repartiendo esto —dice Bryony, indicando las flores—. Pensaba que podrías ser tú.

Sonrío.

—Me quedan tres y habré terminado la tarde.

Bryony dice que se encargará ella. Le hablo de las notas que he puesto dentro y ella asiente de manera aprobatoria.

—¿De dónde has sacado las flores? —pregunta.

Compré la tienda, le cuento. Le explico que quiero que la gente venga al funeral. No sé por qué me parece tan importante, pero creo que es porque Janet y April y Stacey tuvieron vidas que pasaron inadvertidas. Quiero que se despidan en un estallido de gloria. Le hablo a Bryony de mi trompetista y de los autocares llenos de escolares.

Ella me da un abrazo, intenso y prolongado. Cuando se aparta, tiene las mejillas húmedas.

Envidio sus lágrimas. Me pregunto qué se sentirá. ¿Dolerá?

36

Sábado.

Dave Brydon me llama a las once. Estoy preparada para él, más o menos. Es otro día de verano como es debido, de calor. Me he probado cuatro vestidos diferentes y he terminado con la blusa color pistacho y café que llevaba el día que Penry me pegó, una falda larga y zapatos planos. Estoy guapa. Tengo buen aspecto.

Cuando me llama estoy asombrosamente nerviosa. Y creo que él también. Empezamos de una manera muy torpe y solo comenzamos a relajarnos cuando decidimos que, en lugar de que él pase a buscarme o viceversa, deberíamos reunirnos en alguna parte fuera de la ciudad. Las playas van a estar repletas hoy, pero a mí no me importa. Me gusta. Acordamos reunirnos en Parkmill, en la península de Gower. Él me dice que lleve bañador. Le digo que apuesto a que tiene piernas blancas y se quema a los diez minutos de estar al sol.

Colgamos. Yo no tengo bañador. Ni siquiera sé nadar muy bien, pero tengo un par de biquinis. Después de probármelos los dos, elijo el que me da un poco más de escote y me lo pongo debajo de la ropa.

Conduzco hasta Parkmill. El tráfico es ridículamente lento, porque hemos elegido el peor día del año para hacer esa ruta, pero no me importa. Brydon y yo hablamos por el manos libres, comparando opiniones sobre lo mal que está el tráfico. Acordamos no hablar del trabajo. La torpeza se está evaporando con el calor.

Él llega antes y me dice en qué café está. Dice que podemos simular que es una cita a ciegas y que nunca nos hemos visto antes.

Llego a Parkmill, aparco y voy a buscar a Brydon. Estoy tan nerviosa que a cincuenta metros del café he de parar para calmarme. Pero es una clase de nervios natural. Sin despersonalización. Sin perder el contacto con mis sentimientos. Estoy nerviosa, pero bien.

Paso un momento enviándole un mensaje de texto a Bryony. Creo que necesito mantenerme lejos de las calles esta noche, y le explico que tengo una cita y que no podré pasarme. Le digo que gaste todo el dinero que quiera en flores, que las reparta a quien quiera y que yo se lo pagaré. Eso me deja con un montón de flores de las que ocuparme, pero simplemente me las llevaré al funeral.

Luego, al acercarme al café, veo a Brydon sentado a la mesa. Un parasol blanco ondea en la brisa marina. Salto de sombra en sombra para evitar el sol. Él también está nervioso, y me doy cuenta de que está nervioso porque le importa. Le importo yo. Siento una oleada de placer con esa idea. ¿Qué he hecho para ser tan afortunada?

Me acerco y él me ve solo en el último momento. Jugamos un poco a nuestra cita a ciegas, lo cual definitivamente ayuda a contener los nervios. Estoy incómoda y torpe, pero Brydon lo acepta de una manera que hace que parezca atractivo, no raro al borde del colapso.

Brydon tiene piernas blancas y apuesto a que se habrá quemado antes de que termine el día. Bajo esta luz, su cabello parece aún más rubio.

Comemos. Brydon pide una cerveza. Caminamos por la playa. Él nada. Yo más o menos. Nos salpicamos agua. Trato de hundirlo y fracaso totalmente, hasta que se ríe y hace una enormemente falsa simulación de que se ahoga. Luego me levanta y me sumerge. Yo chillo, pero me gusta la manera en que siento mi cuerpo en sus brazos. Cuando me ha sumergido, nos levantamos y me besa. Siento que el camarada Deseo tira de mí otra vez, pero envío al camarada a paseo. El sargento Brydon y yo nos estamos tomando las cosas con calma. Yo voy a ser su novia.

Cuando estamos cansados —lo que ocurre bastante pronto en mi caso—, los dos conducimos hasta mi casa. Yo preparo espaguetis a la boloñesa y comemos con una botella de vino tinto extremadamente barato que tengo para esta clase de contingencias. Yo solo he probado un sorbo, pero Brydon da cuenta varonilmente de media botella.

Cuando se termina la cena, Brydon lava. Se supone que yo tendría que secar o algo, pero no lo hago. Solo lo observo: la forma en que su pelo está salpicado de rojo y los minúsculos cristales de sal que brillan pegados al cuero cabelludo.

Lo beso en el cuello y le pregunto si le parece bien irse a casa. Estoy tratando de ser sensata. Sé que necesito tomarme todo esto con calma y solo estoy tratando de decirle, como una buena chica, que todavía no estoy preparada para el sexo.

Él no se lo toma así.

—No exactamente —dice con exagerada paciencia—. No a menos que me des un carnet de conducir especial que permita conducir con tasas de alcohol elevadas.

Lo miro. ¿Habla en serio? ¿Se ha tomado media botella de vino y no va a conducir diez minutos hasta su casa?

Por un momento —quizá diez segundos— siento un pánico genuino. Creo que es alguna clase de argucia suya para bajarme las bragas. «Oh, no, Fi, no puedo conducir hasta casa. Tendré que pasar la noche aquí. No, no puedo usar la habitación de invitados. Ven aquí, belleza mía.» Mi pánico es temporal, pero inmediato y lo consume todo. No veo al camarada Deseo por ninguna parte. Estará en el armario del piso de abajo, con las rodillas temblando. Es como si mi razón hubiera sido secuestrada por una tropa de abuelas metodistas que me advierten con el dedo y declaman: «Solo quieren una cosa, ya lo sabes.»

No sé cuál es la expresión de mi rostro ni qué decir o hacer. Lo que sé es que Brydon reacciona de la manera en que mi yo sano habría esperado que lo hiciera.

—Eh, eh, eh, no pasa nada. No puedo conducir, pero puedo pedir un taxi.

Telefonea a uno de manera ostentosa, calmándome. Cuando

la compañía de taxis le pregunta a qué hora quiere que lo recojan, me dice:

—¿Tenemos tiempo para un café?

Las abuelas metodistas echan humo, hacen coro sobre el doble sentido de la palabra café, pero yo ya me estoy calmando y ordeno a las abuelas que se callen. Le digo a Brydon que por supuesto, que se quede a tomar café.

Él pide el taxi para dentro de media hora.

Preparo café para él y una infusión de menta para mí.

—Lo siento —digo—. No soy muy buena con esto.

Hay una pregunta en su expresión y la respondo.

—No soy virgen, pero... no tengo mucha experiencia. —Pienso en ello y me doy cuenta de que es la verdad, aunque no toda la verdad—. Además soy idiota.

—Tomo nota.

—¿Te das cuenta de que no soy como tú, verdad? ¿De que soy un poco extraña?

Hace un chiste. Desvía el golpe. Es un hombre.

Insisto.

—No, en serio. Es importante. No soy como tú. Si eso es un problema, entonces... no lo sé. Pero necesito que lo entiendas. A veces iré a sitios en los que tú nunca has estado, y podría necesitar tu ayuda.

Me mira. No puedo interpretar su expresión.

—Bueno —dice—, en ese caso, solo tienes que pedirla.

Lo cual suena como lo adecuado, pero en cierto modo no lo es.

No sé muy bien qué es lo mejor que se puede decir, así que digo algo que casi seguro que está mal.

—Y no soy buena con las reglas. No me llevo muy bien con ellas.

—Soy policía, Fi. Y tú también.

—Sí, pero...

—Las reglas son nuestro trabajo.

—Lo sé...

Pero la pistola. La marihuana. Lo que estoy planeando para el lunes. Lo que estoy planeando para el resto de la semana. La lista de posibles peros es cada vez más larga. No termino mi frase. Ni tampoco insisto. Otra regla mía: siempre, siempre deja para mañana cualquier cosa que no tengas que hacer hoy. No lo aplico en el trabajo, pero sí la cumplo en mi vida personal.

Durante los últimos veinte minutos nos hemos estado besuqueando en el sofá. Brydon besa bien. Un repertorio más amplio del que cabría imaginar. Es bueno con los besos apasionados que hacen que te tiemblen las rodillas, pero también tiene un buen repertorio de mordisquitos, caricias, besos íntimos y coquetos. Me pregunto una vez más qué he hecho para ser tan afortunada. Mientras me lo estoy preguntando, mi teléfono pita por la llegada de un mensaje. Es de Bryony. Dice que está repartiendo flores y notas como loca, y termina: PÁSALO BIEN, TE LO MERECES.

—¿Algo importante? —dice Brydon.

—No.

Seguimos besuqueándonos hasta que llega el taxi y es hora de acompañarlo a la puerta. Me siento como una verdadera ciudadana del planeta Normal. Voy a ser una novia. Él va a ser mi novio. Somos policías, del Departamento de Investigación Criminal. Mi novio cumple la ley, por eso se va en taxi. Y aquí estoy yo mirándolo desde la puerta de la calle. Mira cómo nos damos un beso de despedida. Mira cómo nos sonreímos y nos saludamos con la mano. Mira lo normal que soy.

Una vez que se va el taxi, no cierro la puerta de inmediato. Me aferro a este sentimiento. Soy una ciudadana del planeta Normal. Este es mi novio. Yo soy su novia. Mira lo feliz que soy.

37

El domingo es un día de nada. Simulo limpiar la casa. No logro ir al gimnasio. Me olvido de comer. Voy a casa de mamá y papá a tomar el té y termino quedándome hasta las diez. Hablo dos veces por teléfono con Brydon, pero no nos vemos. Despacio.

A la mañana siguiente, lunes, es otro de esos días extraños. Voy a trabajar —a tiempo, sin niebla, sin *shock*— y descubro que la vida ha avanzado otra vez. El fin de semana han estado vigilando lo que creen que es el domicilio de Sikorsky. Después de que no hubiera señal de movimiento allí, han lanzado una operación de madrugada y han registrado la casa. Una operación masiva tipo escena del crimen, la más grande de todas. En la oficina se comenta que los de forense se han llevado prendas de ropa y creen que hay una salpicadura de sangre en la pernera del pantalón. Si la sangre es de April Mancini, Sikorsky está más cerca de una cadena perpetua. Mejor aún —e increíblemente— la dirección ha aportado un rollo de cinta aislante y algunos cables de una tienda de bricolaje. Ambos usados, aunque todavía en la bolsa de la compra, con recibo y todo. Corre el rumor de que el extremo de la cinta aislante del piso de Edwards coincide con el del rollo de la bolsa de Sikorsky. Es increíble lo estúpidos que son algunos criminales. Es increíble y es una suerte. De lo contrario sería muy difícil conseguir que los condenaran.

Lo único que nos falta ahora es el propio Sikorsky. El caso parece casi completo para la fiscalía. Pero un caso no sirve de mucho sin un criminal al que condenar. Llegar tan lejos como hemos llegado sin atrapar al probable asesino es como mínimo frustrante. Las apuestas junto a la máquina de café tienden a que Sikorsky ya está en Polonia o en Rusia. En el primer caso hay un veinte o un treinta por ciento de posibilidades de detenerlo, porque los polacos no son tan corruptos y porque son miembros de la Unión Europea que tratan de comportarse. Si Sikorsky está en Rusia, estamos jodidos.

La mayoría de los policías creen que está en Rusia.

Si me pidieran mi opinión, yo también diría lo mismo.

Entretanto, la operación de Axelsen parece estar perdiendo fuerza. Hay rastros de cocaína tanto en la casa de Fletcher como en un cajón del escritorio. Ya sabíamos, por mi entrevista con Charlotte Rattigan, que el gran hombre le daba a la coca cuando estaba vivo, de manera que la hipótesis preponderante es que Fletcher traficaba. De ahí salía su dinero. Algún problema relacionado con el mundo de las drogas hizo que huyera. Podría estar en otro país o muerto. En todo caso, tuvo que ser un problema bastante urgente para que dejara por ahí doscientas mil libras en efectivo. En cuanto a las excursiones de pesca de Rattigan, se supone que Rattigan y Fletcher eran colegas de coca. Fletcher solía salir con gente y venderles droga. A Rattigan le daba un subidón ir acompañado de criminales. Cosas más raras se han visto.

Como todos los recursos están puestos en Lohan, y como Axelsen no está precisamente desesperado por que yo vuelva a ayudarle en Newport, y como tanto Jackson como Hughes tienen otras cosas en mente, a nadie le importa lo que haga hoy.

Está bien. Estoy ocupada con el funeral y quiero ahorrar energía. Ayer por la tarde llamé a una periodista del *Western Mail* y le hablé de esta manifestación de solidaridad popular que se esperaba en el crematorio. Como no pasa gran cosa en domingo, lo que significa que están desesperados por encontrar material para llenar el periódico del lunes, tenemos toda la portada del periódico: «Se espera a centenares de personas en el funeral de la niña muerta.» Se cita a Gill Parker, de StreetSafe, diciendo que se espera que el funeral muestre la oposición de Cardiff a la violencia contra las mujeres. Una estrella local del pop, a la que parece que le gusta opinar de todo, dice más o menos lo mismo, y da a entender que ella misma asistirá, aunque, si te fijas en la manera en que lo dice, deja mucho espacio para escabullirse.

Paso cierto tiempo en grupos de Facebook y en webs de colectivos de mujeres de Cardiff, haciendo correr la voz. Llamo a la compañía de autocares para preguntar si pueden proporcionarme más transporte en caso de necesidad. Dicen que sí. A continuación llamo a ocho directores de escuelas cercanas a la de April. Les cuento que hay un gran movimiento de niños que quieren protestar contra la violencia. Les explico que el transporte está preparado y pagado. Ellos solo han de llamar a la compañía de autocares para coordinar la hora de recogida. Seis de los ocho directores suenan francamente interesados. Creo que el titular del periódico ha ayudado. Quizá la estrella del pop también. Llamo al crematorio y les digo que esperen a unas ochocientas personas. Llamo a otra floristería y pido que envíen flores por valor de mil libras al funeral. Me preguntan por la clase de flores y les digo que han de ser flores con pétalos.

Cuando les doy los datos de mi tarjeta de crédito para pagar, me explican que la han rechazado. Les pido que lo intenten con 800 libras, luego con 700. Eso parece que funciona, así que les digo que les pagaré las 300 restantes más adelante, cuando cobre. Aceptan. Todavía no he pagado a la compañía de autocares, de manera que ellos también tendrán que mostrar un poco de paciencia. El día de cobro es a mitad de mes: solo tendré que pasar una semana sin dinero. Pan comido. Lo único que me preocupa es el estado del depósito de gasolina, pero mi Peugeot, Dios lo bendiga, está casi lleno. Tiene que estarlo.

Mientras hago llamadas tengo la carita muerta de April en la pantalla.

—Lo estamos haciendo bien, peque —le digo.

Ella me sonríe. Nunca ha estado en un funeral antes, así que está ansiosa por este, y es normal.

Estoy haciendo todo esto cuando localizo a Brydon acercándose. Sonríe y se sienta en la esquina de mi escritorio. Nada inusual. No hemos hablado mucho de eso, pero somos discretos porque ninguno de los dos quiere que la oficina conozca nuestra relación. Solo una elevación de su ceja al sentarse indica que le gustó la forma en que pasamos el sábado. Yo arrugo los ojos para indicar lo mismo. A decir verdad, me siento un poco extraña sobre la forma en que terminamos. Esa cuestión de las reglas. ¿De verdad Brydon me estaba diciendo que iba a tener un problema con pequeñas cosas como alguna multa por exceso de velocidad o una pistola sin licencia? Esperaba más concesiones en ese sentido. Pero de todos modos no hay necesidad de preocuparse por eso ahora. Deja siempre para mañana...

—¿Cómo lo llamaste? —dice—. ¿Cabrón, ladrón, ojalá te mueras, Penry? Creo que esa era tu frase.

—Te ahogues —digo—. Era «ojalá te ahogues».

—Acaba de entrar en el edificio. Aparentemente quiere declararse culpable.

—¿Sí? ¡Ja! —O algún ruido parecido en cualquier caso. No es una palabra real. Estoy tratando de elaborar lo que eso significa, y me levanto para irme, cogiendo mi bolso y un libro del cajón.

—¿Te veré pronto otra vez, verdad? —dice Brydon, al que no le gusta que salga corriendo.

—Sí. Esta noche no. Esta noche no puedo, tengo a familia que viene a cenar. ¿Pasado mañana? ¿Estás libre?

—Sí. Sujeto a requisitos operativos.

—Entonces, sujeto a requisitos operativos, tienes una cita, sargento.

Bajo corriendo.

Si quieres declararte culpable, lo notificas al tribunal, no en comisaría. Si Penry ha venido aquí, es para enviarme un mensaje. Paso un minuto o dos tratando de averiguar dónde está, o ha estado, y descubro que vino, habló brevemente con el agente de servicio y volvió a marcharse.

Salgo. ¿En qué dirección? La comisaría ocupa uno de los mejores lugares del centro de Cardiff. Estamos a tiro de piedra del ayuntamiento, la Asamblea de Gales, la Universidad de Cardiff, el Museo Nacional, el Tribunal de la Corona y mucho más. Pero si Penry quería verme, se hará fácil de encontrar. Eso probablemente significa uno de los dos parques. O bien Bute Park al otro lado de las pistas de tenis o en los diferentes espacios verdes que forman Cathays. Elijo Cathays. Alexandra Gardens, el que tiene los monumentos en recuerdo de la guerra y las rosas. Fantasmas enumerados en una sosa piedra oficial. Veo que eso puede ser atractivo para el sentido del humor de Penry. O eso o que le gustan los fantasmas.

Camino hasta allí, luego recorro el parque desde el extremo sur. Es un día caluroso, aunque tapado, y con un viento firme que sopla desde el mar. No es un clima agradable; es un clima que no ha hecho las paces consigo mismo. Hay alguna gente haciendo pícnic, pero Penry no es uno de ellos.

Lo encuentro al final del parque, en un banco. Tomando café en un vaso de papel. Tiene una bolsa de papel marrón a su lado con otra taza de café.

—Para ti —dice, pasándomelo—. Se me había olvidado que no tomas café.

—Está bien. Gracias. —Lo cojo.

Aquí estamos, no sé qué decir y no digo nada. De todos modos, parece que la pelota está en su tejado.

—He visto el *Mail* esta mañana —dice.

—El poder popular a tu servicio.

—Sí. Y un pajarito me ha dicho que los buenos chicos de Gwent tienen a Fletcher como traficante de coca.

—Eso es muy feo. Traficar cocaína.

—¿Qué vas a hacer?

Me encojo de hombros. No estoy muy concentrada en Fletcher ahora mismo. April tiene el grueso de mi atención. Aun así, una pregunta educada merece una respuesta educada, como decía mi abuela.

—No lo sé. Encontrarlo. Detenerlo. Acusarlo. Puede que sean compañeros de celda, nunca se sabe.

—Lo dudo. Tengo un abogado que es muy simpático. Un héroe de la policía herido en acto de servicio. Muchos *flashbacks*. Dificultades psicológicas. El pobre tipo necesita un poco de ayuda, pero no la recibe. Descarrila. Se siente mal. Voy a intentar llorar en el estrado, pero no sé cómo me saldrá.

—Lo hará maravillosamente, estoy segura.

—¿Qué opinas? ¿Un año? Quizá salga en seis meses en el peor de los casos. Régimen abierto, también es probable.

No digo nada de eso y durante un rato solo nos quedamos sentados en silencio, dejando que el viento peine el parque, buscando respuestas. Es Penry quien rompe el silencio.

—Podría estar muerto ya. Es difícil detener a un muerto.

—Oh, no lo sé. Al menos no corren. —Hago una pausa. Penry sabe más que yo al respecto, y lo que yo sé es básicamente una hipótesis—. ¿Puedo cotejar un par de cosas con usted? Primero, ¿Fletcher ha sido tan estúpido como creo que ha sido?

—Oh, sí.

—¿Y es tan peligroso como creo que es? Peligroso por sí solo, me refiero.

—Por sí solo es tan peligroso como mi abuela. Ni siquiera. Mi abuela tenía más pelotas que él.

Asiento. Bien. Es bueno confirmar estas cosas.

—¿Sabes dónde está? —pregunta Penry.

—No, no exactamente. Pero al oeste de aquí. Más allá de Milford Haven. ¿Por qué? ¿Usted lo sabe?

—No, no exactamente, pero tienes razón en eso. Sé que está en la costa ni a un minuto caminando del mar. Es todo lo que sé.

—¿Nunca ha estado?

—Nada de eso es mi estilo. No quería verlo.

—Tenía su llave. Su número de teléfono. Leía sus mensajes de correo.

—Escucha, él quería implicarme. Yo me negué completamente. Me dio dinero, sus números de teléfono, sus contraseñas de correo, la puta llave de su casa. Me imploró.

—Pero se quedó el dinero.

—El puto jardín de invierno. Ni siquiera me gusta esa mierda.

La mierda que se compró quince semanas después de la muerte de Rattigan. El dinero salió de Fletcher, no de Rattigan.

—No sonaría bien en un tribunal.

—Joder, Fiona, nada de esto sonaría bien en un tribunal. Pero yo no los ayudé. A ninguno de ellos.

Levanto las cejas. No le creo.

—Escucha, olvídate del tribunal. Entre tú y yo, ¿vale?

—Vale.

—Empezó por pura casualidad. Yo estaba en Butetown. Vi a algún idiota que llegaba en su Aston Martin. Estaba interesado en ver qué clase de idiota salía. Era Rattigan. Lo reconocí. Habló con una o dos de las chicas. Lo descubrí todo y él supo que lo había descubierto. Creo que puede que fuera Mancini quien se lo contó.

—¿Así que empezó a chantajearlo? ¿No era una asesoría operativa, era solo chantaje? —No se por qué pero me suena peor.

—En realidad no. Eso es lo estúpido. Ni siquiera fue eso. El rico cabrón sabe que lo sé y empieza a darme dinero. Me invita al hipódromo. Descubrimos que nos caemos bien. Rico cabrón, poli corrupto.

—Pero usted no era corrupto. O no lo había sido.

Hasta ahora no hemos estado mirándonos. Hemos estado mirando al parque, dejando que el mundo gire sobre su eje, haciendo lo que hace. Pero ahora Penry busca mi mirada tanto como mi atención. Me toca en el hombro y hace que lo mire. Lo hago, investigando sus rasgos con más atención que nunca antes. La pose de policía duro es solo la mitad de Penry, quizá menos. La parte más grande de él es más solemne, más reflexiva.

—Tienes razón. Fui un buen policía. Esa cuestión de llorar en el estrado no es solo mentira. La verdad es que me sentí apartado del servicio. En un momento era la rehostia. Medallas de su majestad y cartas de recomendación del secretario de Interior. De repente, lo único que me queda es una pensión mensual y una invitación anual a la cena de la policía. Estuve un tiempo desorientado. Vi a Rattigan como una salida.

—Una salida... —empiezo, pero Penry me interrumpe.

—Lo sé. Ha muerto gente. No creas que no lo sé. Por eso empecé con el desfalco en la escuela. Fue una llamada de socorro. ¿No es patético? Me he convertido en la clase de persona que antes odiaba.

No respondo ni insisto. El alma inmortal de Penry no me preocupa.

El viento sopla de mar, ganando fuerza desde el sur. Pasa confundido por la ciudad, mirando en cada rincón, alborotando ruidosamente las hojas, moviendo las mantas de pícnic, levantando faldas y vestidos. Un viento perverso, un viento incansable.

—Entonces Rattigan muere.

—Sí. Pensé que era el final, y en realidad lo fue. Fletcher, bueno, era un capullo y no era divertido salir con él.

—¿Pero?

—Pero nada. Quería que participara. Pensó que aprovecharía la oportunidad, pero no lo hice. Solo estuve una vez en su casa y fue para decirle que era un capullo.

—¿Le pegó?

—No. Lástima.

—Sí.

Hay más cosas que quiero preguntar, pero Penry me toca el brazo y señala.

—¿Ves a ese hombre de allí?

Es un hombre de traje. Cuarenta y tantos. Complacido consigo mismo.

Inspecciono al hombre, luego vuelvo a mirar a Penry.

—Ivor Harris —me dice—. Ivor Harris, miembro del Parlamento. North Glamorgan. Conservador.

Me encojo de hombros.

—El Partido Conservador es legal, incluso en Gales.

—¿Quieres saber su nombre de pila? Es Piers. ¿Qué hay más pijo que Piers? Utiliza el segundo nombre porque pensó que atraería más votos.

—¿Y? Eso también es legal.

—Gran amigo de Brendan Rattigan. Farloperos. Y lo sabía. No todo, quizá, pero sí suficiente.

—Eso no lo sabe.

Me pregunto por un momento cómo sabía que el pijo Piers pasaría paseando, hasta que me doy cuenta de que no. Estamos de espaldas a la Asamblea Nacional. Este parque pertenece a los ricos y poderosos. Probablemente no pasarías una hora o dos aquí sin encontrar a alguien que saliera con Brendan Rattigan.

—Eso lo sé. Rattigan no podía colocarse sin alardear de ello. Y el maldito Ivor Harris es parlamentario. El maldito Brian Penry es un criminal.

—Vaya diferencia.

Ríe.

—Sí, está bien.

Deja que ese comentario muera y añade otro:

—¿Quieres saber cuántos impuestos personales pagaba Rattigan?

—No quería, pero ahora sí quiero.

—Diecinueve por ciento en el Reino Unido. Nada en el extranjero. Y la mayoría de sus ingresos procedían del extranjero. Probablemente pagaba menos de un diez por ciento de promedio en impuestos. Porque es rico y tiene abogados listos. Brendan Rattigan, el colega de Ivor Harris.

—Sí, pero es mejor ser como nosotros. Trabajo ordinario, dinero ordinario, impuestos ordinarios.

Penry ríe.

—Delincuentes ordinarios, prisión ordinaria.

—Sí, eso también. Incluso eso.

Ha terminado con su café. Arruga el vaso. Puedo darle el mío si quiere más, pero no quiere.

—Lo extraño es que estoy un poco asustado de la prisión. No creía que lo estuviera.

—Estará bien.

—Lo sé.

—Le visitaré si quiere.

—¿Lo harías? ¿En serio?

Asiento.

—Si usted quiere.

—Me gustaría. Sí, me gustaría.

Cuanto más conozco a Penry, mejor me cae, a pesar de todo lo que ha hecho y no ha hecho. Nos sentamos en el banco y miramos al parque. Harris ya no está a la vista. No hay más parlamentarios a los que despreciar.

—Tome. Tengo algo para usted.

Le doy el libro que he sacado del cajón antes de salir. Es *Mi primer libro de clásicos de piano*.

—No sabía si le gustaba más el clásico o el pop. Pensé que mejor los clásicos.

Está emocionado. Auténticamente emocionado. Solo he cogido el libro por si acaso. La intención era enviarlo por correo, pero no había encontrado el momento.

—Gracias, Fiona.

—Fi.

—¿Fi? Gracias, Fi. Te informaré de cómo me va.

—Querré un recital.

Asiente. Estamos un momento en silencio, pero sabe lo que estoy a punto de preguntar y está aquí para decírmelo.

—Fletcher. Ese lugar, donde está ahora.

—¿Sí?

—Es una casa blanca o una cabaña o algo. Una pequeña torre o así. Solo vi una foto una vez, y no miré mucho tiempo. Pero sé que es blanca. Y más allá de Milford Haven. Y pegada a la playa.

—¿Embarcadero?

—No lo sé. No lo sé.

—Tenía una camiseta de un club náutico cuando fui a su casa.

—¿Sí? Pues nunca he ido a navegar. Nunca he estado allí.

—Vale. —Le creo.

—Iré contigo si quieres. No soy útil para muchas cosas, pero sé cómo pegar a la gente.

Me río en voz alta de eso. No le digo que he practicado para hacer pulpa de testículos.

—No me pasará nada. Una chica tiene que hacer lo que tiene que hacer. Y es solo un hombre ¿no? Uno al que su abuela podría vencer.

—Eso espero.

Me levanto. Tiro mi café todavía lleno en una papelera.

Penry me saluda con la cabeza para decirme adiós.

—Buena suerte, cielo. Puede que seas como yo, pero no termines como yo.

Le sonrío, con aspecto más valiente de cómo me siento en realidad.

—No me pasará nada. Y lo mismo le digo: buena suerte.

Cuando lo dejo, sigue en el banco, con el libro abierto y los dedos practicando movimientos en un teclado invisible.

38

La visita al depósito de cadáveres con el inspector detective Hughes no es tan divertida como la que hice con Jackson. Hughes y Price mantienen una competición aburrida, y Hughes sale mucho mejor parado de lo que esperaba. Price golpea duro con un torrente de detalles sin interés, pero Hughes responde con ese estilo depresivo y hostil suyo, una técnica adaptativa que realmente le funciona. Al final, no sé quién es el ganador. No hay fuera de combate, y los jueces tendrán que decidir el vencedor a los puntos.

Cuando han terminado, he llenado veintiuna páginas en mi libreta. Hago frufrú como el tafetán, igual que la primera vez.

En la sala en la que estamos se encuentra Stacey Edwards en una mesa de autopsias y las dos Mancini en camillas. Solo las han traído aquí para que Price pueda establecer uno o dos puntos de comparación entre los cadáveres. A todas las incinerarán mañana. Saldrán al cielo por una chimenea. La previsión es que mañana el clima sea como el de hoy. Ventoso, seco, caliente, tapado. Un buen día para ser incinerado, supongo. El viento le dará por fin libertad a April. Libertad y luz.

Por fin, ¡por fin!, ni a Price ni a Hughes se les ocurre nada más que valga la pena decir. Tapamos los cadáveres y los dejamos en la sala.

Miro mi reloj.

—Cielos, ¿ya es tan tarde? —Hay un gran reloj de hospital en la pared que dice que son las seis. Las seis en punto—. He quedado para tomar una copa. Muchas gracias, doctor Price. —Le estrecho la mano y a continuación me dirijo a Hughes—: Si le parece bien, señor. Me pondré en contacto con usted mañana. Pasaré mis notas a primera hora.

—Está bien..., Fiona. —Tarda un momento en recordar mi nombre, pero lo consigue enseguida. Está perdonado—. Hasta mañana.

Voy apresuradamente al vestuario de mujeres, con la bata agitándose y las botas moviéndose con la torpeza de patas de elefante. Detrás de mí, los hombres pasan de largo hacia su sección, sin dejar de hablar.

Mi corazón late a mil por minuto, y me alegro por cada latido. Me quito la bata. Me tiemblan tanto los dedos que me cuesta desabrocharme los botones y termino simplemente arrancándomela. Me quito las botas, me pongo los zapatos y camino hacia la recepción, escuchando. Los hombres están en el vestuario, haciendo lo que sea que hagan.

—¡Buenas noches! —grito, y recibo un murmullo de respuesta de los hombres.

Hay un botón de seguridad junto a la salida principal. Lo aprieto, la puerta suena, y yo la abro; luego dejo que se cierre. El sonido hace eco un momento en las paredes desnudas y el suelo pulido del hospital.

Durante solo un segundo, mi corazón desconecta y tengo un instante de algo que pasa por lucidez. Fiona Griffiths, esto no es lo que haces. Ni ahora ni nunca. Simplemente di no.

No escucho.

Al margen de cualquier otra cosa, noto una certeza en mis huesos que dice lo contrario. Dice: Fiona Griffiths, esta es tu oportunidad. Aprovéchala. Aprovéchala ahora. Aprovéchala bien. No va a volver.

En silencio ahora, me quito los zapatos y camino otra vez hacia el vestuario femenino con solo las medias en los pies. Apago la luz, asegurándome de que el interruptor no haga ruido. La sala está vacía. No hay nada que ver.

Aún no es demasiado tarde para dar marcha atrás. Lo sé. El libre albedrío me ofrece rutas de escape cada segundo que pasa y yo no tomo ninguna de ellas. El corazón todavía me late demasiado fuerte, pero me siento extrañamente en calma. Abro la puerta del armarito de la limpieza, entro y cierro suavemente la puerta.

Hay un cubo y me siento encima. Estoy a oscuras. Escondida. Invisible. Olvidada.

Espero.

Ruidos en el exterior. La mayoría son del hospital. El sistema de ventilación. Una cuerda de la ventana que suena al golpear en una tubería. Un pitido electrónico de alguna máquina en alguna parte. Los pequeños clics y crujidos de cualquier edificio grande.

Y entonces oigo a Hughes y Price que vuelven a salir a la zona de recepción. Una pequeña pausa. Llaves. Una conversación apagada y el sonido de la puerta de la calle. El ruido al cerrarse. El paso de una llave. Dos pares de pisadas que se alejan.

Ahora sí que ya es demasiado tarde. Las rutas de escape están cerradas a cal y canto. No puedo creer lo que acabo de hacer, pero en parte no me lo puedo creer porque no lo lamento en absoluto. Me siento perfectamente a gusto con mi decisión, embriagada por su simplicidad.

Durante aproximadamente una hora no me muevo; el trasero en un cubo de fregar dentro de un armario silencioso. Ni siquiera me permito cambiar el peso del cuerpo o estirar las piernas.

Por fin lo hago. Jackson y Price no van a volver. Dudo mucho que haya patrullas de seguridad del hospital por la noche. Los muertos no son famosos por ser escandalosos y presumiblemente el objetivo de esos procedimientos de seguridad consiste en asegurarse de que no se quede nadie encerrado.

Estoy sola en el depósito. A solas con los muertos.

Supongo que Price ha cerrado con llave y que estaré atrapada toda la noche. No creo que haya estado nunca tan entusiasmada en mi vida. Dejo que pase más tiempo, me tomo las cosas con calma. No hay prisa.

Entonces, por fin, camino hasta la zona de recepción. Toco la planta de aspecto de goma con el dedo para ver si es real: lo es. Hay distintas cosas en la zona de recepción y las muevo para sentir un poco más mi presencia aquí. No hay cámaras de seguridad en el techo ni nada. Veo en el escritorio una tarjeta dirigida a alguien llamada Gina. Leo la tarjeta —nada interesante— y la vuelvo a dejar.

De repente, me doy cuenta de que hace un poco de frío. Llevo una falda oscura, mallas, blusa blanca y una chaqueta. Por razones obvias, los depósitos se mantienen fríos: no va a hacer más calor por la noche. Me pongo los zapatos de tacón bajo que llevaba antes, para no tocar el suelo. Hay algo raro respecto al hecho de ir vestida de una manera tan formal dadas las circunstancias.

Paseo un poco más. Intento abrir un par de puertas internas. Se abren con facilidad. ¿Por qué no iba a ser así? La puerta principal está cerrada y el depósito está vacío.

En el lavabo de mujeres, vuelvo a encender las luces y me miro en el espejo. Cabello corto y oscuro. Maquillaje barato. Rostro pequeño, consciente de sus deberes y eficiente. Nunca sé si me parezco a mí o si no me parezco en nada a mí. No lo sé. Me paso agua caliente por las manos y me humedezco el pelo, poniéndolo de punta, al estilo punk. ¿Más yo? ¿Menos yo? No lo sé, pero lo dejo de punta.

Ahora estoy nerviosa, realmente nerviosa, pero sé exactamente qué ocurre a continuación.

Me seco las manos, apago las luces y camino con mucha calma hasta la sala de autopsias número 2, donde yacen los cuerpos de Stacey Edwards y las dos Mancini. La puerta está cerrada, pero sé que no está cerrada con llave porque lo he comprobado antes. Hago un momento de pausa. No se trata de reunir fuerzas, pero, bueno, hago una pausa. Si fuera de las que rezan, que no lo soy en absoluto, sería un momento para la plegaria. No me apresuro. Estoy a punto de poner la mano en la puerta cuando me descubro comprobando que llevo la blusa por dentro y sin arrugar. ¡Muy bien, Griffiths! Hay que estar elegante ahora.

Entro. Fuera está empezando a oscurecer y la sala está llena de sombras. No enciendo la luz. No descubro los cadáveres. Solo me muevo lentamente, orientándome.

Hay dos bancos, una zona seca para papeles y similar y una zona húmeda para órganos, entrañas y otras delicias. La lámpara en ángulo. Nada más. La habitación tiene su cuota de ruidos de hospital, pero es el lugar más silencioso en el que he estado. El más pacífico.

Primero saludo a Stacey Edwards.

Parece igual que la primera vez que la vi. Sin cinta aislante. Sin cables que la aten. Pero igualmente muerta. Le sostengo la mano un rato y le peino el cabello. Sin ningún motivo en realidad. Ella no es la razón de que esté aquí, pero me sentiría mal dejándola de lado por el mero hecho de que no sienta conexión con ella. Esta es su última noche en la tierra. Mañana se unirá a April y Janet en el viento, hacia los valles y las colinas del norte. Hacia la granja de la tía Gwyn y las montañas y los chorlitos.

—Estarás bien, cielo —le cuento—. Le diré a Gwyn que te salude.

Ella no reacciona a eso. No conoce a Gwyn, así que no la culpo.

—Fuiste valiente, ¿lo sabías? Fue por ti que se solucionará todo. Hiciste un buen trabajo. Hiciste tu parte.

Luego me muevo por la sala y me coloco al lado de la camilla de Janet Mancini. No es una buena palabra. Camilla. Torpe e indigna como zapatos ortopédicos. Solo están en camillas porque ya las han diseccionado. Las han traído aquí como accesorios para la aburrida fiesta de Price y Hughes. No tiene sentido llevarlas a otro sitio esta noche, su última noche en la tierra.

Decido que por esta noche para mí, para Janet y April, esas camillas serán su féretro. Pueden ser veladas como una reina medieval y su joven princesa.

Descubro la mortaja de Janet. De la cabeza a los pies. Doblo la tela y la dejo en el banco seco, lo cual probablemente, pienso después de hacerlo, infringe las normas de higiene.

La sala está bastante oscura ahora, sin color. El cabello de Janet parece cobrizo, pero tan oscuro que es difícil decirlo. Es maravillosamente sedoso y largo. Yo nunca he llevado el pelo largo, o al menos desde que tenía ocho o nueve años, y envidio los mechones por debajo de los hombros de Janet.

Hay una herida circular en la nuca, donde Aidan Price cortó el cráneo para poder extraer el cerebro y analizarlo. Es un obrero escrupuloso el buen doctor Pedante, y el corte es limpio. Envalentonada, levanto la trampilla de hueso y palpo el interior. Vacío. Hay algo maravillosamente liberador en la sensación. Estar tan muerto que tu cráneo está realmente vacío: es un truco que la mayoría de los cadáveres no logran realizar. Permito que mis dedos hurguen en la cavidad.

No me encierro en mí misma como haría normalmente. Tengo toda la noche y me concedo tiempo para explorar. El cráneo se siente como lo más grande del universo, un lugar donde caben galaxias. Dejo que mis dedos vaguen entre las estrellas, disfrutando del espacio y el silencio. Pienso en ese establo de Llangattock. Ese espacio, ese silencio y todos esos ojos ámbar.

Cuando finalmente vuelvo a encajar el cráneo, este se cierra con un ruido hueco.

La expresión de Janet no ha cambiado en absoluto. Es difícil decir qué está comunicando su cara. Alivio, supongo. Ese sería el comentario normal, pero también soy consciente de que mi ciudadanía en el planeta Normal está temporalmente retenida mientras se investigan ciertas irregularidades en mis papeles, y en todo caso, no creo que «alivio» sea un término correcto. No tiene aspecto de que se esté aliviando de nada. Sea lo que sea, es más que eso, más puro. Es como si la muerte hubiera perfeccionado a Janet, como si la hubiera llevado a la mejor versión posible de sí misma, sin sufrir los infortunios de la vida, intocable ahora, intocable para siempre.

Paso la mano derecha por su cuerpo hasta los pies. Todos sus órganos internos han sido extraídos, pesados, medidos, analizados. En ocasiones los vuelven a poner en el cuerpo. Otras veces los desechan y rellenan el cuerpo con material barato. Usan aislante de cañerías para los huesos, por ejemplo. Pero el tacto de su piel es maravilloso. En parte por el frío, supongo. La piel fría siempre se siente más suave, pero la verdad es que Janet Mancini es una mujer guapa, con buena piel, y no está en absoluto tan lejos de ser una auténtica belleza.

Empujo suavemente los pies para que apunten como los de una bailarina en lugar de estar en un ángulo de noventa grados como los de un policía. Mis dedos casi pueden cerrarse en torno a sus tobillos mientras que me faltan un par de centímetros para hacer lo mismo con los míos. Me pregunto qué podría haber hecho Mancini con un mejor inicio en la vida. Trabajadora de una guardería. Secretaria. Comercial. Son ideas extrañas cuando ella yace fría y desnuda delante de mí y cuando conozco los usos comerciales a los que se había expuesto esa desnudez. Y aun así, no era prostituta. No en serio. No del todo en la vida y desde luego no lo es ahora.

—¿Quién te mató, Janet Mancini? ¿Fue Karol Sikorsky? —le pregunto con delicadeza.

No responde.

—Vamos a atraparlo. Vamos a detener al que te hizo daño.

Sigue sin decir nada.

—Hiciste todo lo posible, lo sé. Siempre has hecho todo lo posible.

Tengo el impulso de taparla otra vez, pero me doy cuenta de que a los muertos no les importa. Su desnudez es tan neutral para ellos como una tela de hospital azul claro o una gasa blanca. Féretro o camilla, no les importa demasiado.

Destapo a April.

Su pequeño cuerpo termina en la nariz. Sin ojos. Sin frente. No hay cavidad vacía en el cráneo. Pero tiene esa encantadora pequeña sonrisa en la boca, un cuerpo flaco infantil y una mano que aparece extendida hacia mí. La sostengo. La sostengo el tiempo suficiente para que mi piel se enfríe y la suya se caliente. Ahora estamos a la misma temperatura. Siento que ya nos conocemos. Somos viejas amigas.

—¿Y a ti quién te mató, pequeña April?

No contesta.

—Yo también nací en abril, ¿sabes? Quizá tenemos el mismo cumpleaños.

Ella me sonríe. Le gusta.

—¿Te preocupaste por tu mamá? No fue fácil. Pero sabes que

ella hizo todo lo posible. Tú hiciste todo lo posible. Y ahora no hay absolutamente nada en el mundo de lo que preocuparse.

No lo hay. Ni para ellas ni para mí. No estoy segura de cuánto tiempo me quedo con ellas dos, pero ahora la sala está completamente oscura, salvo por una tenue luz violeta que procede de las farolas del aparcamiento.

Me quedo entumecida y por eso camino un poco con paso animado. Exploro el resto del depósito de cadáveres. Encuentro otros tres cadáveres. Un hombre mayor, todo un personaje, apostaría. Lo llamo Charlie el de vida alegre, y él flirtea conmigo de manera escandalosa. Luego hay un hombre obeso de cincuenta y tantos. No conecto con él en absoluto. Ni siquiera le pongo nombre, y no lamenta ver que me voy. La última es una mujer encantadora de cabello plateado, desnuda como la luna y sonriendo hacia el techo cuando nos sentamos a charlar. Resulta que me gusta más que nadie —Edith se llama—, pero han sido Janet y April las que me han traído aquí y vuelvo con ellas.

Acerco el féretro de April al de Janet, para poder sentarme con la madre y sostener la mano de la hija. Empiezo a contarle a April un cuento de los de irse a dormir sobre la granja de Gwyn y el aspecto que tendría desde arriba. Al principio disfrutamos del cuento, pero luego preferimos el silencio y simplemente nos quedamos las tres en silencio, sin hablar pero sintiéndonos felices juntas.

April es la hija de Janet.

Eso fue lo que April estaba tratando de decirme todo el tiempo y solo ahora he comprendido. April es la hija de Janet. La propia Janet nunca conoció a su madre, porque los servicios sociales se hicieron cargo de ella desde pequeña. Lo mismo ocurrió con Stacey Edwards. Y con tantas otras prostitutas.

Pero Janet se quedó junto a su hija. Hizo lo que pudo. Quería ser la madre de April e hizo todo lo que pudo lo mejor posible. Y April apreciaba los esfuerzos de su madre. April era la hija de Janet. Los mismos genes, la misma sangre.

Eso es lo que April estaba tratando de decirme.

Me reiría por la simplicidad de todo ello, solo que esta es una noche para el silencio, de modo que mi risa también es silenciosa. Una cosa más para mi lista de cosas para hacer esta semana.

Ahora soy más feliz que nunca. Todo irá bien.

Al cabo de un rato, me siento cansada, así que junto los dos féretros y me tumbo en medio para dormir. Duermo agarrando la mano de April y con la cara contra el envidiable cabello cobrizo de Janet. Dormimos el sueño de los muertos.

39

Algún momento después del amanecer. Estoy tiesa como una tabla y tan fría como el té de anoche. Janet y April están bien. Probablemente se ríen de mí. Sí, exacto, hermanas. Ni un cerebro entre las dos.

Vuelvo a poner las dos camillas en las posiciones en las que estaban y cubro otra vez los cadáveres.

Les doy un beso a cada una antes de irme. A Janet en la frente, a April en lo que queda de su mejilla. Stacey también se lleva un beso.

—Buenas noches, damas. Buenas noches, queridas damas. Buenas noches. Buenas noches.

Les doy una despedida de *Hamlet*, para que sepan que han pasado la noche con una chica que ha leído a Shakespeare. Y enseguida centro mi atención en tratar de huir de un choque de trenes que amenaza con destrozar no solo mi carrera, sino todo lo que he tratado de construir en los últimos años. Si el buen doctor Pedante y su banda vuelven por la mañana y me encuentran aquí, me caerá una buena, y con todo el derecho.

Este problema se me acaba de ocurrir. No se me pasó por la cabeza ni una sola vez cuando hice mi acto de desaparición en el vestuario de señoras anoche. No se me ocurrió cuando estaba planeando esta aventura.

Me pregunto si me he equivocado al calibrar mi grado de confianza sobre cómo va a ir esta semana.

Pruebo la puerta de salida, pero está cerrada con llave, como esperaba. Hay una salida de incendios, pero una gran señal verde indica que hay una alarma y decido no arriesgarme a eso.

Oh, mierda. No soy de las que salen por la ventana, pero no quedan muchas más posibilidades. La ventana de Janet y April es pequeña, alta, y no veo que me vaya a ayudar al otro lado. Entonces me acuerdo del velatorio y, gracias a Dios, gracias a Dios, hay una ventana de tamaño decente y la inestimable bendición del tejado del servicio de cátering. Tiro mi bolsa fuera, lo cual de alguna manera me obliga a seguirla. Me pregunto qué hacer con mis zapatos, que no son tan poco prácticos como para que los trate de zapatos de oficina, pero tampoco están hechos para descolgarme de la ventana de un primer piso. Me los quito y siguen el camino del bolso. Después mi chaqueta. No me molesta, pero no quiero ensuciarla. Me pregunto si hay gente en el edificio de cátering y si se han fijado en que alguien está vaciando su guardarropa encima.

Me pongo de pie en la silla que he acercado a la ventana y trato de trepar. Mi falda no está diseñada para una actividad atlética vigorosa, pero decido que escalar desnuda de un depósito de cadáveres es peor que salir vestida, por muy indignamente que sea. Así pues, me subo la falda por los muslos y trepo. Me hago daño en el muslo con el cierre de la ventana al salir, luego en los brazos en el borde de la ventana al saltar. Mi tobillo izquierdo también se lesiona. Desde luego no estoy hecha para esta clase de cosas.

Me bajo la falda. Me pongo la chaqueta. Los zapatos. El bolso bien agarrado bajo el brazo. Me bajo el pelo, pero sé que no va a tener buen aspecto hasta que me duche. Aun así, salvo por el hecho de que estoy de pie en el techo del edificio de cátering del Hospital Universitario de Gales a las cinco de la mañana, tengo un aspecto considerablemente respetable, y eso me digo. Hay poca gente pululando por el campus del hospital, pero sobre todo forman parte del personal de refuerzo y no les importa demasiado si hay o no una loca en el tejado del edificio de cátering. Tanteo un rato, buscando una forma de bajar. Vaya, nadie ha pensado que poner una escalera sería una buena idea, así que termino colgada de una tubería y dejándome caer un par de metros hasta el suelo. Me hago daño en el tobillo por segunda vez, solo que peor.

Me siento entre una pila de bolsas de basura durante unos minutos, blasfemando hasta que me siento mejor.

Renqueo hasta mi coche y lo abro con el mando a distancia. ¿Y ahora adónde? Mi primer instinto es ir a casa de mamá y papá. Están a solo unos minutos de distancia y de todas formas mamá siempre se levanta ridículamente pronto. Empiezo a conducir hacia allí, a través del cementerio de Cathays, por Roath Park hasta el lago y un mundo de casas grandes y vida fácil. Luego, literalmente a menos de treinta segundos de la puerta, cambio de idea. Doy la vuelta en un rápido giro de ciento ochenta grados y me dirijo a casa, a mi casa, no a la de ellos.

Estoy muy feliz. Enormes olas del océano de felicidad llegan con fuerza y yo grito y río cuando rompen. Lo de anoche fue genial, pero fue pacífico. Esta mañana es genial pero no se parece en nada. Quiero hacer sonar el claxon, besar a desconocidos, conducir a ciento sesenta por hora, nadar en la bahía de Cardiff y llenar el mundo entero de rosas. Bajo la capota, conduzco demasiado deprisa y pongo Take That a todo volumen.

No puedo parar de sonreír y ni siquiera lo intento.

40

El funeral es cien millones de veces mejor de lo que esperaba. Hay tantos asistentes que no caben en el crematorio de Thornhill. La mayor parte del servicio se celebra fuera y se amplifica por los altavoces para que la gente pueda oírlo todo, a pesar del rugido de la M4 justo detrás de los árboles. Probablemente el ochenta por ciento de los presentes son escolares, que solo han venido porque sus escuelas han decidido hacer una declaración, pero no me importa. De todos modos, los escolares son el público perfecto. Los que más importaban a April. Mi trompetista es fantástico. El cuarteto de cuerda me parece demasiado educado y tranquilo para causar impacto, pero, francamente, April, Janet y Stacey están estupefactas de contar con un cuarteto de cuerda. El vocalista es mucho mejor. Aparte de mí, no hay un ojo seco en la ceremonia, y mis ojos apenas cuentan. La estrella del pop aparece. Lee un poema sentimental y todos lloran. También hay montones de flores. No sé si son todas mías, pero no me importa. Tienen pétalos y así es como le gustaban a April.

Una cinta transportadora saca los ataúdes de la sala donde se produce el servicio para llevarlos al horno crematorio. Unas cortinas separan las dos salas. Cuando el pequeño ataúd de April desaparece por la cinta transportadora a través de las cortinas, todos rompen a aplaudir. Creo que el aplauso lo han empezado algunos de los escolares, porque no sabían lo que tenían que hacer pero sentían que tenían que hacer algo. En todo caso, lo inicie quien lo inicie, es lo correcto y al cabo de un momento todo el mundo, dentro y fuera, está aplaudiendo, y aplaudiendo fuerte. El trompetista —mi trompetista favorito— aprovecha el momento y lo enlaza con un *riff* que es feliz y triste y definitivo y dulce y triunfante al mismo tiempo. El alcalde de Cardiff aparece como por ensalmo y pronuncia un discurso, que es muy corto y perfectamente calibrado.

Creo que es posible que yo sea la única que no está llorando. La mayoría de los presentes tienen lágrimas resbalando por las mejillas.

Me pregunto cómo sería llorar. Me pregunto qué sentiría.

Pero no es lo que más me importa. Sobre todo, estoy con April en su último viaje. En el fuego. Chimenea arriba. En el viento y por Cardiff y todas las colinas de Gales. Ahora está feliz. Ella y Janet. Ella y su madre. Stacey Edwards también, espero. Ahora todos son felices. Felices para siempre.

41

Después del funeral, un par de cosas.

Brydon estaba allí. No sé cómo sabía que me importaba, porque no he insistido sobre eso en comisaría, pero, aun así, aquí está. No se me ha acercado durante la ceremonia, porque quiere darme espacio. Pero cuando todo el mundo sale del crematorio al jardín municipal, se acerca y me aprieta el brazo.

—¿Estás bien?

—Sí.

—Ha sido toda una despedida.

—Sí.

—Alguien ha tenido que encargarse de organizarlo.

Le sonrío.

—Sí.

Charlamos un poco más, y me fijo en que Brydon está tenso por algo. ¿Está enfadado? ¿Enfadado conmigo? No lo sé. Si lo está, no sé por qué. Pero este no es el lugar para preguntárselo, así que nos decimos unas cuantas cosas más, sintiéndonos tensos, y enseguida decimos que tenemos prisa. Lo cual en su caso es probablemente cierto. Todavía tenemos una cita para mañana por la noche, en teoría. Lo que sea surgirá cuando esté preparado.

Sin embargo, algo más importante —más importante por ahora al menos— es algo que Bryony Williams tiene para mí. Ella ha venido, por supuesto. Blusa arcoíris y collar de cuentas. La clase de ropa con la que yo estaría espantosa. Me da un gran abrazo y me dice que he estado fantástica.

—Buen trompetista —digo—. Ni siquiera me cobrará.

—Espero que no.

Ella continúa diciéndome lo mucho que le ha gustado el poema y lo bien que lo ha leído la estrella del pop. Coincido porque no quiero estropear el ambiente. Bryony dice algo respecto a lo bien que quedara en televisión, y eso me confunde porque no sé nada de la televisión; aunque desde luego había una cámara y un técnico de sonido en una galería en la parte de atrás. Los veo recogiendo las cosas y marchándose.

—Y te he traído esto —dice.

Sostiene una hoja de papel. Una de mis notas. No hay nada en ella salvo mi caligrafía.

Cuando ya empiezo a mostrarme desconcertada, Bryony da la vuelta a la hoja. En la parte de atrás, alguien ha escrito: «Mira en el viejo faro. Mata a esos cabrones.»

—¿Sabes esa bolsa que llevo cuando estoy de patrulla? Sopa, condones y folletos de salud. Normalmente está llena de esas cosas. Cuando estaba vaciándola el domingo por la noche, encontré esto dentro. No sé quién lo puso ni cuándo. No sé lo que significa.

El viejo faro.

Yo sí sé lo que significa. Necesitaré pasar un rato en Google Earth y el localizador de códigos postales, pero eso es una cuestión de tiempo. «Mira en el viejo faro.» Seguro que lo haré, hermana. «Mata a esos cabrones.» No estaba planeando hacerlo, pero qué demonios, nunca se sabe.

Me doy cuenta de que estoy sonriendo como una idiota.

—Parece que tienes lo que estabas buscando —dice Bryony.

—Las últimas veinticuatro horas —digo— han sido las mejores de toda mi vida.

42

Madrugada.

A solo una semana o dos del día más largo del año. El sol viejo y alegre asoma sobre los tejados poco después de las cuatro, pero el cielo ya está lleno de luz y vacuidad mucho antes. Me despierto hacia las tres y media, después de que solo haya conseguido conciliar el sueño un rato en algún momento después de medianoche, pero no me preocupa porque tampoco esperaba dormir.

Pongo música en el piso de abajo, encuentro algo de comida y me lío un porro. Me tumbo en la cama escuchando música, comiendo y fumando. Empuño la pistola con los ojos cerrados. Seguro puesto, seguro quitado. Cargador dentro, cargador fuera. Lleno el cargador con los ojos cerrados. Me gusta la forma en que encajan las balas. Es limpio, preciso, metálico. Fiable y con un propósito. También me gusta el porro, pero de una manera completamente diferente. Si la pistola representa a papá, entonces el porro es mamá. Un abrazo reconfortante, tranquilizador. No se trata de propósitos, sino de simplemente ser. O de añadir amabilidad a lo que ya existe. Y también tiene una grata fiabilidad. También es algo en lo que puedo confiar.

Pienso en el funeral de April de ayer. La pequeña April, ciega y muerta, ahora ya puede dar los siguientes pasos de su viaje, sean los que sean. Su conexión conmigo ya es más suelta. Suelta de una buena manera. Me ha dicho lo que tenía que decirme. Algo tan ridículo por su simplicidad que no puedo creer que haya tardado tanto tiempo en comprenderlo. Fiona Griffiths, la ganadora de un premio en filosofía, puede ser una idiota total en ocasiones. Eso me gusta. Prefiero la gente que no es demasiado simple.

A las cuatro y media, estoy inquieta. No hay necesidad de esperar nada. Así que me levanto, me ducho y me visto. Botas, pantalones, camiseta, chaqueta tejana. Un impulso me lleva al espejo y me froto un poco de gel en el pelo para ponerlo de punta. Luego maquillaje. Labios rojos, ojos de asesina. Pinta de roquera. Preparada y lista para salir.

A las cinco y cuarto estoy en el coche y en marcha. Más tarde lloverá, así lo ha prometido el hombre del tiempo, pero el día empieza bonito y brillante. El mundo parece que ha salido en un desfile para una inspección matinal. Las sombras se dibujan en las carreteras y el suelo con la precisión de un troquel. Césped tallado. Todos los coches presentes y en perfecto estado de revista. No se mueve nada salvo yo.

Salgo de Cardiff en un santiamén, luego a toda velocidad hacia el oeste, con el sol a la espalda, Amy Winehouse en el reproductor de cedés, barrita energética, esposas, pistola, munición y teléfono en el asiento del pasajero. Mi Peugeot vuela por la carretera que tengo delante y yo vuelo con él, tratando de girar más deprisa que el mundo.

Cardiff. Bridgend. Porthcawl. Port Talbot. Swansea.

Fue por aquí donde Brydon y yo nos desviamos el día que fuimos a la península de Gower. El mar yace somnoliento y brillante a mi izquierda, observándome mientras conduzco. No estoy impresionada.

Luego más allá de Swansea, adonde la autopista me lleve.

Pontarddulais. Llanddarog. Carmarthen.

Esto es el Gales real. El Gales profundo. El viejo Gales. No es el Gales creado por los victorianos, todo carbón, hierro, puertos y fábricas. Este es el Gales de los celtas. De oposición. Oposición a los normandos, a los vikingos, a los sajones, a los romanos. Oposición al invasor. Una señal de que os den por culo que dura siglos. Aquí la gente habla galés porque nunca ha hablado otra cosa. Usar el inglés te señala como extranjero.

St. Clears. Llanddewi. Haverfordwest.

Ahora estoy conduciendo más despacio. Circulando con atención desde Haverfordwest hacia el castillo de Walwyn. Rutas desconocidas. Vacas en la carretera. Acaban de ordeñarlas y han salido a pastar. Un ganadero con una vara de avellano y un collie camina detrás de las vacas, las guía hacia su campo y levanta una mano hacia mí cuando paso. Yo le devuelvo el saludo y sigo conduciendo.

A través de Walwyn's Castle hasta Hasguard Cross. Y más allá, hasta el borde de la península. Ahora el mar está por todas partes, salvo a mi espalda, y no voy a dar la vuelta. St. Brides a mi derecha. St. Ishmael a la izquierda. Y justo delante, mi objetivo. Un lugar de ninguna parte en una tierra de nadie. Un viejo faro que no ilumina nada ni protege a nadie.

No solo un viejo faro, sino, según el localizador de códigos postales, el Viejo Faro. Y es blanco. Sé eso por las fotos del Pembroke Coast Path que encontré en Flickr. Blanco y cerca de la playa. Al oeste de Milford Haven. La barca de Martyn Roberts estaba amarrada en Milford Haven, y este afloramiento occidental es remoto y de difícil acceso, a diferencia de la costa este, más poblada. Hasta que llegue allí, no podré estar del todo segura, pero todas las posibles indicaciones señalan al mismo lugar.

Estoy más lejos de Cardiff de lo que Cardiff está del extremo oeste de Londres. Esto es el cabo del infinito, el borde del olvido.

Son las siete y cuarto y estoy preparada.

43

A un par de kilómetros de mi destino, aparco. El arcén está tan densamente poblado de ramas de perifollo silvestre que he de segarlo con la puerta para abrirme paso y salir de la carretera. Todas sus bonitas cabezas blancas decapitadas. El aire titila por el calor que se eleva del motor del coche. Las gaviotas vuelan en círculos encima de mí y el mar se burla de mi osadía.

Pistola. Teléfono. Esposas. Un bolsillo lleno de munición. No necesito nada más. Con un poco de suerte, solo necesitaré las esposas y el teléfono. Compruebo que tenga señal y me alivia ver que todavía está a plena potencia.

Camino lentamente hacia el faro, cortando a través de los campos y orientándome a ojo. No es difícil. Mi objetivo es el mar, y el mar me rodea. Un par de campos de trigo primero, cuya cosecha empieza a mostrar los primeros atisbos dorados. Brisa marina. Aulagas y retama de un amarillo brillante en los setos. Luego un campo de ovejas y mi primera visión del faro.

Es un edificio más pequeño que el que había construido en mi cabeza. Una torre achaparrada en desuso que no sirve para nada. A sus pies, un edificio bajo, casi con forma de tonel contra la pendiente. Una puerta, a la que se accede después de media docena de escalones. Dos ventanas que pueda ver. Quizás hay más que no diviso. Una zona de aparcamiento de tierra con un Land Rover, nada más. Hay una valla de alambre de espino en torno a la propiedad y una verja cerrada, pero nada impenetrable. Es más una advertencia para alejar a los turistas que otra cosa.

Me alivia ver un solo coche. Encontrar dos me habría asustado.

Pero entonces veo algo que no me gusta en absoluto.

Siguiendo la línea de la costa, quizás a cuatrocientos metros, hay un barco amarrado. Una barco azul con una franja blanca sucia en el costado. El barco de Martyn Roberts, se hay que fiarse de la imagen en su sitio web.

Martyn Roberts, el único capitán de embarcaciones de pesca de alquiler del sur de Gales que no quería que comprobara su diario de navegación. Martyn Roberts, que me colgó cuando estaba en Rattigan Transport, haciendo preguntas. Martyn Roberts, el ex recluso.

Mientras observo, un bote neumático resopla en la costa. Es difícil decirlo desde esta distancia, pero parece que hay tres figuras a bordo. Es difícil decirlo, pero diría que dos de ellos son hombres y una es mujer.

No me siento preparada. Soy una aficionada.

Me siento como me sentí al ver luchar a Lev en serio. Seguían siendo prácticas de lucha —nunca lo he visto intentando hacer daño a nadie—, pero eran luchas en las que se enfrentaba con alguien que casi tenía su mismo nivel de formación y capacidad. Me doy cuenta al observar estas cosas de que estoy a años luz de estar preparada para un conflicto serio. Me doy cuenta de lo vulnerable que soy en realidad.

Tendría que haberme traído prismáticos. Debería haber llegado hace dos o tres horas. Debería haber venido con Penry, o con Lev o con Brydon, o con los tres.

Debería haber forzado una reunión con el inspector jefe de detectives Jackson y haber insistido en que enviara una unidad de respuesta armada a la escena y haber amenazado con dimitir si se negaba.

Todavía podría hacerlo. Llamar a Jackson, decirle dónde estoy, decirle lo que creo que está pasando. Decirle que necesito helicópteros y buzos y francotiradores y vehículos aquí en un instante. Pero esas cosas no pueden estar aquí en un instante. Lo único que hay aquí soy yo, y no hay tiempo que perder.

Saco la pistola del bolsillo y echo a correr.

Corro deprisa por el campo de las ovejas. Luego hay otro campo —una larga pendiente de hierba segada y piedra caliza con musgo, nada más—, que desciende hasta el borde del mar y el faro. Las ventanas no están orientadas en la dirección de aproximación. La puerta, en cambio, se abre hacia mí. Necesito que la puerta no se abra. Necesito que nadie rodee el lateral del edificio.

A cincuenta metros del faro me detengo. Corazón que protesta, sangre acelerada.

Para esto me preparó Lev.

Nunca tienes una pelea donde o cuando la quieres. Nunca tienes la pelea para la que te has preparado. Solo tienes la pelea cuando te alcanza. Y ese momento es ahora. Música de batalla.

Dejo que mi pulso se estabilice, luego escalo hacia la verja cerrada y camino con decisión hacia la puerta del faro. Mantengo la mirada fija en la puerta. Cada cinco pasos, barro con la mirada todo lo que me rodea. El pequeño bote neumático ha alcanzado el barco. No hay nada que se mueva en el aparcamiento. Hay una pequeña cabaña y una pila de leña y algunas herramientas básicas. No hay movimiento a ningún lado ni detrás de mí. El sol y el mar son mi único público. Las gaviotas chillan su desaprobación.

Llego a la base de los escalones de piedra.

No sé si la puerta está cerrada con llave.

No hay ningún sonido procedente de ninguna parte, salvo el del mar, el cielo y las gaviotas.

Si la puerta está cerrada, dispararé al cerrojo. Si la puerta está abierta, la abriré con la mano izquierda y tendré la pistola preparada en la derecha. Visualizo ambos movimientos y subo los peldaños.

Llego allí en un instante. El tiempo parece moverse a trompicones. Saltos cuánticos de un estado a otro, sin ninguna transición. Estoy junto a la puerta. Preparada. Ya.

La mano izquierda en el pomo. La puerta no está cerrada con llave. La abro. Levanto la pistola, lista para disparar. Aunque tengo el corazón en la boca y no opina lo mismo. El corazón me ha atravesado la cabeza y está latiendo en las vigas del techo.

Pero no hay ninguna amenaza dentro de la habitación.

Solo horror.

Huw Fletcher está aquí. El hombre al que quiero pillar. Vivo y fácil de agarrar.

Tampoco va a ofrecer mucha resistencia. No de la manera en que está. El pobre Fletcher se está desmontado. Yace contra la pared, mudo, sin moverse, con los ojos mirando a través de mí a las ruinas de su futuro. En el suelo, a su lado, yacen los dedos de su mano derecha. Sus orejas. Su lengua. Y, grotescamente, su escroto, como los restos con los que el carnicero alimenta a sus perros. La sangre escapa entre sus piernas, desde su boca, brazo y un lado de la cabeza. Está vivo, pero la pérdida de sangre podría llevarse su alma.

No siento pena por él. Siento una rabia feroz, más feroz al encontrarse cara a cara con su objetivo. Son sensaciones fuertes, pero son mías y son humanas. Me pertenecen y no estoy asustada.

No le digo nada a Fletcher. No hago nada para ayudarlo. No me importa en absoluto.

Esquivando los charcos y salpicaduras de sangre, con cuidado de no dejar ninguna huella, llego al tramo de escaleras que desciende al sótano.

Ahora agarro la pistola con ambas manos, pero se ha convertido en parte de mí. Un instinto. Un solo ser. Soy Lev y mi nombre es venganza. Sé que lo que hay debajo de mí será peor que cualquier cosa que yazga sangrando arriba. Abro la puerta del sótano de una patada y barro la habitación a través de la mira de mi pistola.

He encontrado lo que he venido a buscar.

44

Y lo que encuentro es horror. Un horror indescriptible. Un horror que sé, antes de que la mira de mi pistola termine de barrer la estancia, que me acompañará el resto de mis días. Los dedos ruinosos del tiempo podrían un día confundir y oscurecer este momento, pero lo que se ha hecho aquí nunca se podrá arreglar, nunca se podrá deshacer.

Lo que veo son cuatro mujeres. Están desnudas salvo por unas camisetas largas, que habían sido blancas pero que están mugrientas. Cada una de las mujeres está encadenada por el tobillo a una de las numerosas argollas de hierro de la pared. El suelo está cubierto de paja. Montones de paja, como en un establo de vacas recién preparado. Un cubo lleno de excrementos y orines humea en el rincón, bajo una única ventana minúscula. Las mujeres están sucias. Su cabello está grasiento y despeinado. Son todas demasiado delgadas, con cardenales, algunos muy desagradables. Tienen la mirada de quien está anonadado más allá del *shock*, y hasta las cejas de heroína. Hay diez argollas de hierro en total. Seis de ellas están vacías.

Asimilo todo esto y, en un movimiento tan natural y espontáneo como el de sacar el aire, vomito. Una sola arcada que salpica la paja que tengo a mis pies. Solo una. El tiempo está avanzando otra vez con su ritmo cuántico y el reflejo que me ha provocado la arcada ya se está perdiendo en el pasado.

¿De manera que así van a ser las cosas? No solo voy a tener que ocuparme de Fletcher, sino también de los desagradables colegas de Sikorsky. Que así sea. A tomar por culo, todos y cada uno de ellos. Las cosas son como son y estoy preparada. Solo espero que el pequeño barco de mierda de Roberts todavía no esté lleno. Si lo está, me odiaré toda la vida por haber llegado demasiado tarde.

Es una de esas situaciones, una de esas benditas situaciones, donde por una vez mi instinto avanza más deprisa y con más sensatez que mi cerebro.

Antes de darme cuenta estoy haciendo una señal a las mujeres para que guarden silencio —no creo que ninguna de ellas hable inglés— y quitándome la ropa lo más deprisa posible, echándola en el rincón de la puerta del sótano, donde no pueda verse desde la escalera. Hay más camisetas blancas sucias en el rincón, apiladas encima de unas mantas grises del ejército. Cojo una de las camisetas y me la pongo. Detesto el tacto que tiene, la forma en que me convierte en una esclava, pero en este lugar las esclavas son invisibles y la invisibilidad es mi aliada.

Palpo mi ropa para coger munición del bolsillo de la chaqueta, luego decido que necesitaré mis botas y me las vuelvo a poner. Solo hay diez balas en mi pistola. Si llego a un combate desarmada, seré más eficaz si puedo dar patadas. Rótulas, testículos, tráqueas.

Voy al rincón del sótano. Hay una sola bombilla en el centro del techo, pero no proyecta mucha luz en mi rincón. Me tumbo y me cubro las botas con una manta.

Hago una señal de silencio fuerte y agresiva a las mujeres, dos de las cuales han empezado a hablar muy deprisa en lo que creo que podría ser rumano. No dejan de hablar, pero entonces las apunto con la pistola en la cabeza y se callan. Todavía me están mirando, y yo trato de hacerles un gesto para que miren a otro lado. Solo lo consigo a medias, pero a medias es mejor que nada.

Me tumbo allí en la paja, en el picadero creado por Brendan Rattigan.

Un lugar al que llevaba a sus chicas de Europa oriental. Un lugar donde las colgaba de heroína, las violaba, abusaba de ellas, las medio mataba de hambre, las golpeaba hasta que caían muertas o hasta que decidía que quería un nuevo cargamento. Rattigan y los colegas que se divertían de la misma manera. Rattigan y sus compañeros ricos de jodienda. Compañeros de jodienda que pagaban el diez por ciento de impuestos porque tenían los mismos abogados que él.

No sé si Fletcher compartía los mismos gustos o si simplemente estaba feliz de ser el camello de Rattigan, el tipo que hacía que todo ocurriera. Supongo que un poco de cada cosa, pero Fletcher solo era el director de operaciones. El tipo que metía las chicas en el barco y se las llevaba. Un tipo de naviera. El encargado de la logística.

Entonces Rattigan cae al mar. Muerto y bien muerto. Sin argucias. Un accidente de aviación común. El muy estúpido probablemente era demasiado vanidoso para ponerse un chaleco salvavidas, demasiado arrogante para acatar órdenes de su piloto. Y, con el cuerpo del jefe todavía rebotando en el suelo del estuario del Severn, el idiota de Fletcher, un pigmeo que se tomó por un gigante, decidió seguir solo. Presumiblemente había clientes a los que Rattigan cobraba. O ellos elegían pagar. Quizá Fletcher pensó que era un negocio que podría expandir.

Un error, el peor de su vida. Un error que hasta el momento le ha costado las orejas, la lengua, los testículos y los dedos, por no mencionar la sangre que ennegrece las tablas del suelo en el piso de arriba. ¿Fletcher decidió utilizar el nombre del jefe? ¿El nombre de Rattigan? Es muy posible. Balcescu reaccionó a Rattigan como si estuviera vivo. Quizá Fletcher simuló que el jefe había falsificado su propia muerte, que seguía vivo y operativo. O quizá Balcescu simplemente no estaba al día. En cualquier caso, su reacción fue una de las pistas que me ha traído aquí.

En cualquier caso, durante un tiempo, Fletcher ganó algo de dinero. El negocio funcionó. Pero si quieres jugar duro con los gánsteres de Kaliningrado, has de ser tan duro y tan despiadado como ellos. Rattigan lo era. Tenía el dinero. Más que eso, tenía el talento, el carisma, el impulso, la agresividad. Fletcher era un pigmeo que vagaba con la ropa de un gigante. Y enseguida tropezó con el dobladillo y sus agradables amigos de Kaliningrado aprovecharon la oportunidad. Probablemente no les gustaba que alguien se burlara de ellos. Es más que probable que pensaran que si Fletcher tenía una operación que le proporcionaba dinero, podría proporcionarles todavía más a ellos. Decidieron intervenir, entrar en el terreno de Fletcher, ponerse más duros.

Janet Mancini fue su primera víctima. Esa tarjeta de débito de Rattigan. De vez en cuando, él se la tiraba. Le contó más de lo que debería haberle contado pero la dejó con vida. Supongo que Janet, insensata, habló más de lo que debería haber hablado con su amiga Stacey Edwards y la noticia llegó a oídos de los tipos de Kaliningrado. Ella se enteró de que estaba en peligro y huyó a su piso ocupado, pero necesitaba un nuevo continente. Un cambio de calle no serviría. La gente que la perseguía la localizó y la mató. A April también, sin ninguna otra razón que asegurarse de que su boca de seis años se mantenía en silencio. Sin duda Sikorsky fue el asesino, pero era solo un matón de alquiler, el pez chico. Para mí el caso Mancini nunca fue sobre Sikorsky.

Lo mismo ocurrió con Stacey Edwards. Habló demasiado. Lanzó acusaciones. Hizo ruido. Sikorsky también la visitó. La mató de un modo que enviara una señal. La clase de señal que los chicos de Kaliningrado saben mandar muy bien. Silencio o...

Todo esto más o menos lo había intuido. Especulación en su mayor parte, como sin duda me habría dicho Jackson, pero no siempre puedes alcanzar la verdad —ciertamente no una verdad interesante— sin una conjetura. Quizá la historia exacta se revelará ligeramente diferente en aspectos menores, pero apuesto mi vida a que no me equivoco en lo esencial. Es más que probable que los detalles completos nunca se conozcan. Normalmente es así.

Pero no había imaginado este final de partida. No se me había ocurrido que la operación de limpieza de Kaliningrado se extendería hasta aquí. No había supuesto que pudieran ser tan eficientes y despiadados. No había pensado lo suficiente lateralmente, porque creía que Fletcher el pigmeo sería mi única oposición.

Estúpida de mí. Pero vives y aprendes, como decía mi abuela. Por supuesto también podría ser «mueres y aprendes» en este caso en concreto, pero hay cosas peores que estar muerto, eso lo sé mejor que la mayoría.

Me retuerzo en la paja. Siento los pinchazos a través de mi camiseta. Paja contra mis pechos, muslos y vientre. No puedes vivir mucho tiempo así sin convertirte en un animal. Un animal al que mantienen vivo para que un puñado de tipos ricos puedan follarte, golpearte y luego arrojar tu cuerpo al mar cuando terminan. Sería difícil seguir siendo humano viviendo así, muriendo así.

Ahora la habitación está en silencio. Las dos rumanas han cesado su charla.

Las gaviotas del exterior son inaudibles desde aquí. Solo se percibe el ruido de la paja aplastada y posiblemente, a menos que sea mi imaginación, el goteo de la sangre de Fletcher en el piso de arriba.

Recuerdo los objetivos de la galería de tiro. Blanco y negro. Negro para felicitarte por un tiro al pecho. Blanco para señalar un tiro en cualquier otro sitio. Imagino mis objetivos. Imagino sus centros negros. Recuerdo los ojos de las vacas, a más distancia y con peor luz esa noche en Llangattock.

Otra vez estoy preparada. Estoy perfectamente tranquila y perfectamente preparada.

45

Tarda más de lo que pienso. Más de lo que quiero. Quizá mis percepciones del tiempo están alteradas. Quizá los rusos se están llevando el barco al mar de Irlanda antes de volver aquí. O quizás es otra cosa. Quizás algo trivial, como pararse a tomar el té, o a comer algo. Al fin y al cabo tiene que ser agotador, rebanar el cuerpo de Fletcher, arrastrar mujeres a la pequeña embarcación a motor de Roberts. Un camarada quiere dar un bocado después de todo ese trabajo. Té negro y mermelada.

No sé cuánto tiempo pasa —calculo que una hora— antes de oír botas en los escalones de fuera, la puerta que se abre y voces.

Voces y risas. No reconozco las palabras, pero supongo por el tono que están hablando con Fletcher. Riéndose de él.

Eso espero. Espero que Fletcher siga vivo. Lo quiero vivo y mudo y mutilado y entre rejas durante el resto de una vida muy larga. No merece compasión.

Luego las botas y las voces bajando por la escalera.

Mi ritmo cardíaco no cambia. No hay separación entre mis sentimientos y yo. Por una vez en mi vida, no tengo ninguna dificultad en sentirme viva, en sentirme como un humano tiene que sentirse. Suena a locura decirlo, pero me siento en paz. Integrada.

Siguen hablando mientras bajan por la escalera. Escalones de piedra, con paredes de piedra a ambos lados y un sótano que también es todo de piedra. El sonido de estas voces es tubular, resuena. Es difícil calibrar la distancia a la que están.

Tengo la cara presionada en la paja. Para estos hombres, una esclava más es solo un error al contar. Pero mi maquillaje de roquera me delatará y quiero que ese momento se produzca lo más tarde posible, así que deliberadamente me privo de plena visión.

Tal vez son excusas. Excusas por retrasarme un segundo o dos. Pero no me culpo. No soy Lev. Es mi primera experiencia en esta clase de cosas, y la primera vez tiene que ser un experiencia de aprendizaje.

Supongo que hay dos hombres. Los dos que vi llevándose a la chica al barco de Roberts, ahora han vuelto a buscar a la siguiente.

Espero a que los dos entren por completo en el sótano. Si se han dado cuenta de que el número de chicas no es el esperado, aún no han dado ninguna muestra de ello. El hombre de delante lleva una chaqueta de cuero encima de una camiseta blanca. El de detrás es más bajo y no lo veo bien. Son asesinos. Asesinos rusos. Los lacayos de Sikorsky que han venido a terminar su trabajo.

Me muevo. Todavía boca abajo, coloco la pistola delante de mí. Apunto al pecho del primer hombre. No hay blanco sobre negro como en la galería de tiro. Aquí el objetivo es la camiseta blanca del hombre, y a esta distancia es imposible que falle.

Disparo.

Ni siquiera oigo el disparo. Mis sentidos se están adelantando a mi cerebro. Me están diciendo lo que necesito hacer y lo que no. La conmoción del disparo es irrelevante. Lo único que importa es que es un tiro perfecto. Un disparo al pecho. Letal.

El hombre cae, yo me estoy levantando de un salto, disparando mientras avanzo.

El segundo hombre también se está moviendo, saltando hacia atrás, hacia los escalones del sótano. Fallo mi primer disparo. La segunda bala le da en la cadera. La tercera en la pierna.

Si hubiera querido hacer un tercer disparo en el pecho, podría haberlo hecho. Pero no lo hago. No quiero que haya nada fácil en la forma en que se impone justicia a estos hombres. El primer hombre tenía que morir. No había otra solución práctica. El segundo tiene la cadera destrozada y el muslo pulverizado. No irá a ninguna parte.

Y, tonta que soy, creo que he terminado. Aquí es donde Lev seguiría en movimiento. Cargando otra vez. Manteniendo la iniciativa. Aquí es donde yo estoy pensando, gracias a Dios que he terminado.

Y casi lo he hecho.

El señor Kaliningrado Tercero baja por la escalera, pistola en mano, apuntando para matarme. La única razón de que no lo haga es que está temporalmente confundido. Ha bajado esperando ver un hombre, o al menos a alguien vestido como es debido. Lo único que encuentra son cinco mujeres semidesnudas, y tarda un segundo demasiado largo en elaborar cuál de ellas ha estado disparando a sus colegas.

Dispara. Yo disparo.

El aire estalla de ruido. El estruendo es tal que registro la conmoción más que el ruido en sí. Como si algún desastre natural —una inundación, un huracán, un terremoto— se tradujera en ruido y se comprimiera en este estrecho margen de tiempo y espacio.

Ni siquiera sé lo que está pasando.

No lo sé hasta que el percutor de mi pistola suena y suena y suena en el vacío.

No lo sé hasta que me fijo en que el hombre al que estaba disparando tiene una mano destrozada, un hombro destrozado y un par de balas a caballo entre su pulmón y su riñón. No está disparando. No está de pie. Ni siquiera se mueve más, a menos que cuentes su mano buena, que sigue tocándose diferentes partes de su cuerpo y apartándose horrorizada, teñida de rojo.

Todo el tiempo que he estado disparando, pensaba que él me estaba disparando a mí. He de comprobar mi propio cuerpo, con la mirada y con el tacto, para convencerme de que no me han disparado. Me doy cuenta de que, gracias a mi minúscula ventaja, gracias a haber disfrutado de un objetivo claro mientras él todavía seguía confundido por una elección de cinco, él no ha llegado a disparar. Estoy de pie sobre él mientras pienso en todo esto, viendo que sale sangre de su vientre al ritmo que marca su corazón.

Pero mi cerebro está empezando a engranar como es debido.

Mi momento de triunfo ha terminado y he oído pasos encima de mí, alejándose del faro corriendo.

Esposo a los dos hombres heridos, uno con el otro. Trato de recargar mi pistola, pero me tiemblan tanto las manos que no puedo hacer nada bien. En cambio, cojo la pistola del ruso, que yace inútil en el suelo, y enseguida subo y salgo del faro. Paso corriendo junto a Fletcher. Bajo los escalones y salgo de la casa. Cruzo la verja, que no estaba cerrada con llave y que ahora está abierta.

Lo que busco es el sendero del acantilado.

No corro a tope. No estoy esprintando. No estoy en tan buena forma y no quiero correr al máximo y luego no servir para nada. Un par de veces, cuando la vista se ensancha, veo a un hombre corriendo delante de mí. Tejanos y camiseta. No llevará pistola, pienso, de lo contrario no estaría corriendo.

El suelo está bien. Está lo suficientemente seco y hay un sendero adecuado. Pero es desigual. Hay piedras que sobresalen. Hay tierra removida donde había habido charcos. Raíces de aulaga y giros repentinos. He de mantener los ojos en el camino que tengo delante de mí, de manera que puedo mirar hacia delante menos de lo que me gustaría.

Entonces doblo una curva y me encuentro cara a cara con el hombre.

Esperándome.

No tiene pistola, pero tiene un hacha. La ha arrancado de la pila de leña del faro, supongo.

Levanto mi pistola y disparo.

No ocurre nada. No hay bala en la recámara. Aprieto el gatillo una y otra vez y no ocurre nada. Aparte de apretar el gatillo, no tengo ni idea de qué he de hacer.

Si tuviera más tiempo, me sentaría con la pistola en mi regazo y lo averiguaría. Esta pistola no puede tener un mecanismo tan complicado. Tendría que poder averiguarlo.

Pero no tengo tiempo. Sé que el hombre lo sabe. Lanzo la pistola al campo que tengo detrás de mí, privando a mi oponente de un arma que presumiblemente sabrá cómo usar, pero eso no es una gran victoria en este momento.

El hombre sonríe. Ni siquiera es rápido o sesgado en su triunfo. Está pensando: tengo a esta zorra y puedo tomarme mi tiempo. Tomarme mi tiempo y disfrutarlo.

Lleva el hacha hacia atrás. Es un arma con un mango largo, no una hachuela. La cabeza y el mango del arma son de un marrón gris, de un tono equidistante entre madera y óxido. El sol está detrás del hombre y el hacha y los convierte en una silueta cuya sombra dibuja un doble en la hierba.

Me doy cuenta de repente de que es Sikorsky. No ha escapado. No está en Polonia ni en Rusia. Está aquí, en Pembrokeshire, completando su misión.

Pienso: Soy estúpida, pero tú eres más estúpido.

Algo que Lev me ha enseñado. Desconfía de las armas de mango largo. Da seguridad empuñarlas, pero tardas demasiado en moverlas. Te expones al moverlas. Son muy fáciles de esquivar, sobre todo para mí. A los luchadores pequeños nos falta potencia, pero nos movemos más deprisa. Ahora mismo, prefiero velocidad que potencia.

Concedo a Sikorsky su momento. El hacha alta hacia el sol. La mujer semidesnuda delante de él. Un día encantador para el asesinato.

—*Zdravstvuite*, Karol —digo con simpatía.

Su movimiento está más que anunciado. Demasiado amplio y demasiado lento. Me muevo hacia un lado, desviando el mango del hacha con un brazo. Al mismo tiempo, le doy una patada en la espinilla. Lo más fuerte que puedo. Lo más fuerte que he golpeado nunca.

No es el mejor movimiento del mundo. Un rápido impacto en la rótula es más incapacitante. Pero no puede desdeñarse una buena patada en la espinilla, y ahora mismo estoy en modo de reducción de riesgos. Las botas que llevo hoy las adaptó Lev para mí. Con punta de acero.

El ruso descubre el significado del dolor y durante un segundo o dos queda fuera de combate.

Todo el tiempo del mundo.

Otra fuerte patada a su otra espinilla lo pone de rodillas. Entonces me ofrece un golpe franco a sus testículos y lo aprovecho. Al caer, su barbilla desciende hacia mí y también recibe un buen golpe. Ahora está en el suelo doliéndose, así que le doy otra patada en el lateral de la cabeza. Una patada muy dura. Punta de acero conectando con el hueso. Su cabeza da una sacudida y el sol ilumina una salpicadura de gotas de sangre.

Me imagino a Lev felicitándome por esa patada.

Sikorsky se zarandea espasmódicamente y se queda quieto. No está muerto, porque sigue respirando, pero hay gotas de sangre en la comisura de su boca.

No estoy segura de qué hacer ahora. No llevo esposas. Mi teléfono está en el faro. El tipo está herido, pero se recuperará. No puedo permitirme que llegue a la barca.

Miro por el borde del acantilado. No soy brillante calculando alturas, pero tampoco soy mala, y en cualquier caso se trata de circunstancias especiales. El acantilado no es tan alto, quizá quince metros, y desciende a unos setenta grados de la vertical.

Bastante bien.

Le doy a Sikorsky otra buena patada en la cabeza —no es momento de correr riesgos— y lo empujo al abismo. Todo un poco improvisado, pero la improvisación me sienta bien. El tipo cae como un saco de patatas envuelto en una alfombra. Rebota inerte, como una pelota de fútbol pinchada. No veo la base del acantilado, de modo que no sé qué ocurre al fondo. No oigo nada. Medio ensordecida por los disparos de antes, no puedo oír ni siquiera las olas.

Ahora estoy cansada. Y tengo muchísima sed.

Me meto en el campo que hay detrás de mí y encuentro la pistola. Hay una corredera en el cañón. Tiras hacia atrás de la corredera para meter una bala. ¿Lo ves? Sabía que no tardaría mucho en descubrirlo.

El camino de vuelta al faro me da la sensación de prolongarse durante kilómetros y noto cada centímetro del camino. A pesar de mi camiseta, me siento completamente desnuda.

No me gusta la violencia. Sé que he aprendido a usarla. He estudiado sus artes oscuras e impredecibles. Pero no me gusta. Lo que acabo de hacer me revuelve el estómago. Lo que ha ocurrido aquí es repulsivo.

Cuando llego al faro, no puedo entrar de inmediato a la casa del horror. Los ojos mudos y repulsivos de Fletcher.

Durante un minuto o dos me siento en los escalones de piedra y me permito ser yo misma. No estoy practicando mi respiración de manera consciente, pero estas cosas ahora se han convertido en parte de mí, y ya lo hago sin fijarme. Inspira, dos, tres, cuatro, cinco. Espira, dos, tres, cuatro, cinco. Mi pulso se reduce. Me siento más calmada. Me doy cuenta de que es un día extraordinariamente hermoso. Un lugar hermoso y extraordinario. Hierba cosechada, piedra caliza cubierta de liquen y el interminable mar azul cerúleo.

Desde que he aparcado el coche encima del faro, no ha habido ninguna barrera entre mis pensamientos y yo. Ninguna. Nunca he sido yo misma tanto tiempo.

Inspira, dos, tres, cuatro, cinco. Espira, dos, tres, cuatro, cinco.

Entonces entro. Ese interior oscuro, el escenario de tanta crueldad.

Fletcher está vivo pero inconsciente. La hemorragia parece haberse detenido, así que decido no moverlo. No confío en mí para tomar buenas decisiones ahora. Que se ocupen los profesionales.

Bajo por la escalera, pasando por encima de los dos hombres semiconscientes y esquivando al muerto.

Las mujeres me miran. No saben que las han salvado. Quizá no saben que iban a matarlas. En todo caso, teniendo en cuenta lo que ha ocurrido, su salvación queda muy lejos. Puede que nunca la encuentren. Janet Mancini nunca lo hizo. Stacey Edwards nunca lo hizo. No sirve de nada vivir en un mundo en paz si tu cabeza está en guerra consigo misma.

No consigo encontrar las llaves para liberar a las mujeres, y de todos modos no es una prioridad. Examino a los dos hombres esposados. No están en buena forma, pero están vivos y no tengo ganas de ofrecerles primeros auxilios. Encuentro mi ropa y mi teléfono. No hay señal en el sótano, así que vuelvo caminando a los escalones de la entrada. Llamo a Jackson.

Empieza a darme una bronca por ausentarme sin permiso, pero lo interrumpo. Le digo dónde estoy y lo que he encontrado.

Le digo que hay un hombre muerto, y otros cuatro que podrían estar muertos o no cuando llegue la ayuda.

Le hablo del barco.

—Hay al menos una mujer allí. Supongo que más. Quizás hasta seis. Estoy convencida de que van a llevarlas al mar de Irlanda y a tirarlas por la borda. Hacen falta barcos guardacostas que lo aborden desde el mar. Y si es posible, un helicóptero desde arriba y buzos preparados para un rescate instantáneo si el que está a bordo trata de deshacerse de las pruebas. Y si encuentra francotiradores en alguna parte, estaría bien traerlos.

Jackson, Dios lo bendiga, cree todo lo que le digo. Me dice que me quede en línea —lo he llamado al móvil— y entonces lo oigo gritando órdenes, usando su teléfono fijo, movilizando la operación de limpieza. De vez en cuando consulta conmigo. Localización precisa del buque. Marcas identificativas. Número de hombres que se calcula que hay a bordo; no tengo respuesta a eso, pero podrían ser varios. Probablemente solo Martyn Roberts.

Ahora es fácil para mí. Es otro el que toma las decisiones para que se lleve a cabo el trabajo. Bajo la cremallera de las botas y me las quito. Estos pequeños escalones de piedra son un sitio muy soleado. Un lugar bonito para tumbarse. Pero me visto como es debido. Pantalones. Blusa. Botas. Recuerdo la munición que llevo en el bolsillo de la chaqueta y la saco. Vuelvo a entrar y la dejo en la mesa de la sala de arriba. Hago una rápida limpieza con el forro de mi chaqueta para eliminar mis huellas y sudor, pero si queda algo, que así sea.

Dejo la pistola del ruso al lado de la munición.

Ahora no tengo pistola. Completamente vestida, me siento desnuda.

Demasiado desnuda. Preparándome una vez más contra el horror, vuelvo a entrar y recupero la pistola. La huelo. No la han disparado hoy. Hay posibilidades de que no se haya disparado en ningún sitio que dé a nuestra gente de balística la oportunidad de identificarla. Hoy en día, las pistolas son de usar y tirar. La sociedad del desperdicio.

La pistola del ruso es más grande que la mía, pero no demasiado grande. No tan grande para que no sea utilizable. Me gusta el peso mayor, la ausencia de equilibrio. Es una pistola para adultos.

Me pregunto qué hacer con ella.

Entregársela a la buena gente que está a punto de llegar. Es la respuesta a la que cualquier buen policía llegaría sin necesidad de pensar.

Guardármela. La respuesta que prefiere mi instinto. Me gustaba tener una pistola. Dormía mejor con ella. Me sentía más completa siendo propietaria de un arma y sabiendo cómo dispararla.

Pero ha sido un gran día y estas preguntas se me antojan difíciles de abordar ahora mismo, así que no lo intento. En el campo de encima del faro, hay un redil de piedra. De aspecto viejo, metido en la colina. Voy al cobertizo de la leña, hurgo un poco y encuentro un saco de fertilizante viejo. Lo cojo y envuelvo la pistola en él. Luego subo corriendo por la colina hasta el redil y meto la pistola en su saco de fertilizante entre las rocas del fondo. Se ve dónde la he escondido, pero parece un trozo de plástico viejo. Un buen sitio para una pistola.

Estoy empezando a bajar por la colina desde el redil cuando oigo un helicóptero que pasa por encima de la colina y diviso dos lanchas que surcan rápidamente las olas desde St. Ishmael. El helicóptero tiene la puerta abierta y se asoman dos francotiradores.

Buen trabajo, Jackson. Y rápido. Recuerdo que hay una base de la RAF no muy lejos, costa arriba. No hay duda de que son sus helicópteros y sus artilleros. La llamada de Jackson probablemente les ha alegrado el día.

Detrás de mí, oigo sirenas. Coches de policía. Ambulancias. Hombres grandes que saben cómo ocuparse del lío que he contribuido a crear. Me alegro de su llegada.

Cuando se presentan, estoy sentada en los escalones de piedra, temblando y temblando y temblando.

46

Una de las mejores cosas de Gales, de toda Gran Bretaña, en realidad, es la calidad de su policías. Siempre hay algún garbanzo negro, por supuesto, y más que unos pocos idiotas, pero si quieres un buen sentido común, buen corazón e incorruptibilidad, dame un poli británico cada día de la semana.

Dennis Jackson me está haciendo beber un chocolate caliente con leche y azúcar en un café de Haverfordwest. Me ha pedido una tostada con judías, porque cree que necesito comer. Lo intento.

—Cuatro mujeres a bordo —me cuenta, luego hace una pausa—. No sé si quieres oír esto hoy, pero dado lo que has visto ya, supongo que puedes saberlo.

Asiento.

—Cuatro mujeres. Ninguna de ellas habla inglés. Cinta aislante en la boca. Atadas con cable a la espalda y con los tobillos encadenados a bloques de cemento. Iban a llevarlas al mar y...

—Lo sé.

—Iban a llevarlas al mar y...

—Lo sé.

—¿Puedes imaginártelo?

El inspector jefe de detectives Jackson, el de cejas pobladas y actitud gruñona, no puede completar la frase. No hace falta. Sé lo que iba a decir y sé cómo se siente.

Creo que siento lo mismo. Casi. No dispongo de lágrimas, por supuesto, ni tengo la fácil familiaridad con mis propios sentimientos con la que cuenta Jackson. Pero aun así. La pared de cristal entre mis sentimientos y yo se ha hecho más fina estas últimas semanas. En ocasiones ni siquiera ha estado allí. No he sido normal, pero es lo más cerca que he estado de la normalidad desde que enfermé. Sé cómo se siente Jackson y creo que siento algo casi similar. La sensación es triste, pero nada es tan malo como no sentir nada en absoluto.

Me siento orgullosa de estar aquí, de compartir el mismo espacio emocional que Dennis Jackson, esa parte de mí quiere reír de felicidad. No obstante, me aseguro de no hacerlo. Destrozaría el ambiente.

—No habrá sido la primera vez —digo—. Creo que Martyn Roberts estaba haciendo el viejo trabajo para nuevos clientes.

—Sí. Estoy de acuerdo. Estoy seguro de que tienes razón.

Pongo mala cara y pruebo las judías. Parecen pesadas, así que prefiero tomar un poco de chocolate dulce. Jackson pide a la camarera que me traiga otro. Protestaría, pero sé que no me servirá de nada.

Solo hace diez minutos que he dejado de temblar.

—Espero que un día querrás contarme cómo sabías que tenías que mirar en un faro remoto de Pembrokeshire. Probablemente también querrás decirme cómo es que decidiste que sería una buena idea irrumpir aquí en lugar de pedirme que proporcionara los recursos requeridos.

—Primera pregunta: tuve un chivatazo —digo—. Rumores de conspiración de una prostituta. Y en cuanto a por qué no se lo dije, bueno, me habría dicho que eran rumores de conspiración. Especulación injustificada. Y no le culpo. ¿Habría conseguido aunque fuera una orden de registro?

—Fiona. Eres una de mis agentes. No diré que eres la persona más fácil con la que he tratado, pero sigues siendo una de mis agentes. Podrían haberte matado hoy y es responsabilidad mía asegurarme de que eso no ocurre.

Hay una pausa y la dejo ahí. Quizá me encojo de hombros, pero sobre todo lo dejo estar. De todas maneras, Jackson ya ha pasado a otra línea de pensamiento.

—Aunque, qué diablos, Fiona, parece que te has cuidado bien.

Niega con la cabeza en lugar de continuar, pero capto la esencia. ¿Cómo es que un fuego fatuo como yo ha acabado sembrando tanta destrucción? Cuando la caballería ha llegado cargando por la colina para rescatarme, estaba tan agradecida por su llegada y en tal estado de *shock* que he tardado unos cuarenta minutos en recordar que he encontrado a Sikorsky, el hombre que habíamos estado buscando. Al recordarlo y empezar a intentar contarle a la gente cómo lo tiré por el abismo, supusieron que estaba desvariando y siguieron diciéndome que ahora estaba todo bien, que se ocuparían de todo. Finalmente, he tenido que coger a un par de personas y conducirlas por el sendero hasta el acantilado. Como había un hacha que sobresalía de la aulaga, justo donde les dije que estaría y un reguero de gotas de sangre donde he dado una patada a la cabeza del tipo, han tenido que tomarme en serio. Han tardado cincuenta minutos en alcanzar la base del acantilado, porque hacía falta que el helicóptero dejara caer unas cuerdas, y al hacerlo, han encontrado a Sikorsky, maltrecho pero vivo, en las rocas del fondo.

—Supongo que al final aprendí algo en Hendon —sugiero.

—¿Sabes que habrá una investigación? Una investigación masiva. Forense con pelos y señales. No me interpretes mal. Creo que has hecho un buen trabajo hoy. Si has matado a alguno de esos cabrones, no me molesta personalmente. Pero cuando un agente de policía dispara un arma de fuego...

—Lo sé.

—Ha de haber una investigación. Y cuando hay un muerto y otros tres heridos graves...

—Lo sé.

—Sikorsky está en cuidados intensivos. Tiene heridas en el cráneo y en la mitad de los huesos del cuerpo. No sé si...

Si sobrevivirá. Me encojo de hombros y Jackson hace lo mismo. No nos importa.

—Has disparado en autodefensa.

Medio afirmación, medio pregunta, pero no estoy en desacuerdo.

—Sí, señor.

—Ese primer disparo, el hombre al que mataste, fue hecho desde cierta distancia. No hay marcas de pólvora, y la herida de entrada era muy limpia. No hay señal de que ninguno de los que vinieron hacia ti disparara un arma de fuego.

—Me habrían matado, señor. Me habrían matado del mismo modo que iban a matar a esas mujeres.

—Fiona, esto no es una reprimenda. No pienso dártela por esto. Pero te van a hacer muchas preguntas. Vas a necesitar algunas respuestas.

—Para ser sincera, señor, no tengo ni idea de lo que ha ocurrido. Soy más reflexiva que de acción. Todo pasó en un abrir y cerrar de ojos.

La camarera llega con el chocolate caliente y me lo da. Hay algo maternal en la forma en que me lo entrega. O más bien, es como si yo tuviera necesidades especiales y ella está mirando a Jackson para asegurarse de que está haciendo lo correcto.

Él asiente con brusquedad. Todavía no ha terminado conmigo.

—Un abrir y cerrar de ojos. Eso está bien, pero...

—Creo que había una pistola en la mesa cuando entré. La cogí. Sabía que estaba en una situación peligrosa.

—Vale. Y querías privar de armas de fuego a los sospechosos a los que ibas a detener. Bien. Luego bajaste por la escalera para continuar con tus investigaciones.

Miro a Jackson. Mi cerebro no trabaja demasiado bien, y tiene que elaborarlo un par de veces, como un coche que arranca en frío, antes de entender lo que está haciendo. Me está dando mis frases. Está haciendo un ensayo conmigo.

—Sí, señor. Bajé... —Por un instante no se me ocurren palabras, luego pasa y continúo— para continuar mis investigaciones. Intenté liberar a las mujeres que encontré, pero estaban encadenadas.

Jackson asiente. Lo estoy haciendo bien.

—Y no pudiste llamar para pedir ayuda, porque...

—Por las mujeres del barco. Si los hombres de Sikorsky hubieran oído sirenas de policía, habrían tirado por la borda a las mujeres de inmediato. Tenía que conseguir que vinieran a mí, así podría... eh...

«Disparar a esos cabrones.»

—Detenerlos —dice Jackson.

—Exactamente. Así podría detenerlos.

—Cuando entraron en el sótano, espero que te identificaras y les dieras la oportunidad de entregar las armas.

Lo miro. ¿Lo dice en serio? Hola, ustedes deben de ser los gánsteres de Kaliningrado. Soy la detective Griffiths, una de las policías más novatas del Departamento de Investigación Criminal del Sur de Gales. Debido a los recortes presupuestarios, soy lo único que queda de nuestra unidad de respuesta armada y el espíritu de unión de la comunidad, y apreciaría mucho que dejaran las armas y se entregaran. Después, a lo mejor podemos ordenar todo esto.

Jackson me sostiene la mirada sin parpadear.

—Espero que gritaras «Policía» o «Tiren las armas» o algo así.

—Policía. Probablemente grité «Policía».

—Bien. Gritaste «Policía» —dice Jackson, eliminando sin dudar mi «probablemente». Continúa—: Levantaron las armas claramente con intención de disparar.

—Sí. —Eso es verdad.

—Y en el subsiguiente tiroteo, tú, joder, Fiona. Mataste a uno, incapacitaste a dos y todo eso sin que ninguno de ellos llegara a disparar.

—Esa es la parte borrosa.

—¿Después golpeaste a Sikorsky y lo arrojaste por el acantilado?

—No lo arrojé. Fue más bien un tira y afloja.

—Vale. Lo tiraste por el acantilado por el continuado deseo de proteger a las mujeres del barco. ¿Correcto?

—Correcto.

—En cuanto controlaste las amenazas, contactaste conmigo y nosotros vinimos a detener a Roberts y hacernos con el barco.

Asiento.

—Al menos nos has dejado algo que hacer. —Jackson se ríe

en su café—. Y por cierto, creo que tienes razón. Creo que si hubieras venido con rumores y especulación y sin ninguna base para una orden de registro te habría dicho que te marcharas.

—Pensaba que encontraría a Fletcher. Quizás a algunas mujeres. No tenía ni idea de que los rusos estarían ahí. Si lo hubiera sabido, no habría venido. Y estaba segura de que podría ocuparme de Fletcher sola.

—Eso diría. Menuda carnicería. —Sorbe un rato, luego cambia de tema—. Janet Mancini. ¿Crees que la llevaron ahí y escapó? ¿O que lo descubrió de otra manera?

—Ahora estoy conjeturando —digo—, pero estoy convencida de que el faro solo se usaba para bienes de importación. Creo que Rattigan tuvo relaciones sexuales con Mancini en algún momento, quizá varias veces, pero en Cardiff, en el sitio donde ella recibiera a sus clientes. Estaría colocado. Habló demasiado. Quizás ella incluso le gustaba. Para ser sincera, creo que le gustaba. De lo contrario no se lo habría dicho. Debió de perder esa tarjeta de débito en su casa y ella se la guardó de recuerdo. Su cliente millonario.

—O se la quedó para un potencial chantaje.

—O pensó en comprar algo con ella, antes de perder los nervios. Podría ser cualquier cosa.

—Lástima que no esté vivo —dice Jackson—. Sería bonito enviarlo a prisión, ¿eh?

—Sí, la verdad es que sí.

Intento tomar otro bocado de judías, pero no puedo y Jackson aparta el plato para que deje de molestarlo simulando comer cosas que nunca van a terminar comidas.

—Fiona, si vuelve a ocurrir algo así, dímelo antes. Si tienes algún rumor de conspiración en el que crees, dímelo y yo también lo creeré. No más vuelos en solitario bajo mi mando. Nunca, bajo ningún concepto. ¿Lo entiendes?

—Sí, señor.

—Bueno, bien hecho. No sé cuántas reglas has infringido hoy, y ruego a Dios que nunca lo averigüe, pero has salvado varias vidas. No recibirás ninguna bronca mía por eso. Bien hecho.

Debería decir algo en respuesta, pero no se me ocurre nada ahora mismo. Entonces el móvil de Jackson suena y él contesta. Está explicando cómo llegar al café. Me desconecto. No me siento yo misma. Creo que necesito ir a casa y tumbarme. Probablemente no debería conducir muy deprisa en el camino de vuelta. Me siento demasiado somnolienta para ir deprisa.

Al cabo de un momento, Jackson se endereza.

—Bueno, bueno. Mira quién ha venido. Tu chófer a casa.

Miro. Es Dave Brydon, entrando en el café con ese paso suyo tan enérgico, pesado y ligero, siempre pesado y ligero. Me está buscando y su cara está llena de emoción. Jackson me quita las llaves del coche, promete llevar mi Peugeot a casa y me mete en el coche de Brydon para el viaje de regreso.

—¿Estás bien, amor? —me pregunta Brydon al tiempo que me abrocha el cinturón.

—¿Acabas de llamarme «amor»?

—Sí.

—Entonces estoy bien. Muy bien.

La lluvia que ha prometido el hombre del tiempo ha llegado desde el oeste. Es una de esas tormentas en las que gruesos goterones golpean el parabrisas, donde la carretera es una piscina y donde incluso con los limpiaparabrisas a tope, es difícil ver más allá de una decena de metros. Pero no me importa. Estoy medio dormida. Sana y salva. Y David Brydon me ha llamado «amor».

47

Día y medio después. Estoy de permiso, tanto permiso como quiera. Mi único trabajo ahora consiste en comer y dormir y ponerme otra vez en forma. Órdenes de Jackson.

De vez en cuando, viene alguien del equipo de investigación y quiere preguntarme algo sobre algo, y respondo lo mejor que puedo. Hay cosas que puedo decirles y cosas que no puedo o no quiero contar, así que les digo las primeras y me callo las segundas. De hecho, estrictamente hablando, hay dos investigaciones. Una es la culminación de Lohan, la segunda es de una comisión independiente que investiga la actuación policial siempre que un agente de policía descarga un arma de fuego para causar la muerte o una herida grave. No estoy exactamente en apuros, pero Jackson hizo bien con el ensayo. Estas cosas se toman en serio.

Salgo a trompicones, pero sin hacerlo muy mal. El *shock* es mi excusa, y, de todos modos, es más que una excusa. Lo tengo. *Shock* verdadero. «Suceso traumático o aterrador» y todo. Está bien tener un caso de manual del síndrome por una vez. Reconozco que Lev tenía razón y Axelsen tenía razón y la Wikipedia tenía razón. He vivido con algo de este *shock* desde cuando alcanzo a recordar. No recuerdo haber vivido sin él. Así que tenerlo ahora, de manera adecuada y con tanto apoyo como puedo pedir, es un alivio. Lo percibo como otra parte de mi descenso al planeta Normal. Al menos esta vez tengo un motivo para sentirme rara.

A las cinco en punto viene Dave Brydon. Las dos semanas de

tiempo caluroso que parece que hemos tenido se han roto por esa tormenta de Pembrokeshire. El clima fuera es frío y ventoso. No he visto el sol desde Haverfordwest y tengo la calefacción central conectada todo el tiempo, con el termostato puesto a veinticuatro grados.

Brydon trae un par de bolsas de comestibles —chocolate para mí, cerveza para él, comida preparada para los dos— y camina con su energía habitual. Estoy en el sofá, bajo una colcha, viendo televisión infantil y disfrutándola. Ponen un cuento de un erizo rechoncho que está demasiado gordo para cerrarse en una bola, y descubro que tengo verdadero interés en saber lo que ocurre.

Pero soy adulta, y no he hecho casi nada en todo el día. Apago la tele y nos besamos. Su gama de besos es impresionante. Ahora mismo, está puntuando alto en el departamento de besos tiernos: 9,8 y 9,9 cada uno de ellos.

Charlamos un rato. Me habla de cómo va Lohan. Ya no es realmente una investigación, sino más bien una operación masiva de limpieza. Dado lo que hemos encontrado, ningún magistrado va a rechazar las órdenes de registro de todo lo que Jackson pida. Hay una gran operación forense en el faro. Se ha puesto el énfasis en identificar a cualquier putero que haya podido estar allí y haya dejado trazas genéticas. Cefn Mawr también está patas arriba. Casi con certeza no habrá nada en la casa, pero me alegra pensar en cómo va a tomárselo la señorita Titanio. Espero que sepa que yo soy la responsable. En cambio, Charlotte Rattigan me da pena. No es mi clase de mujer, pero es solo una parte damnificada más. La lista es larga.

En cuanto a las mujeres del faro, van a ofrecerles rehabilitación personalizada. Bryony Williams es una de las participantes. A las mujeres les han mostrado fotos y les piden que identifiquen a cualquier hombre que pueda haberlas violado. Va a ser un proceso largo. Montones de fotos, montones de preguntas.

Les he dicho que sé fehacientemente que Piers Ivor Harris, parlamentario, era uno de los hombres implicados. Es mentira. Creo a Penry cuando dice que Harris se habría enterado de la pequeña afición de Rattigan. Lo sabía y guardó silencio. Pero ni Penry ni yo tenemos forma de saber si Harris estaba implicado de una manera más personal, y solo proporciono el nombre del parlamentario porque quiero que lo asusten y que le jodan la vida lo más posible. Y si encuentran alguna relación entre Harris y el faro, tanto mejor. Lo mismo digo de cualquier conexión entre otros amigos de Rattigan y el faro. Cualquiera que pusiera los pies en ese sitio sin informar a la policía debería estar en prisión durante el resto de su vida.

Tampoco absuelvo a Penry. Su silencio ha sido tan letal como el de los demás. Los pecados por omisión tienen mejor aspecto, pero siguen significando cinta aislante y bloques de hormigón en el mar de Irlanda. Solo dos cosas hacen a Penry mejor que el resto. La primera es que jura que no sabía nada de los asesinatos. Sabía del tráfico de sexo. El sexo violento. Las bofetadas y cosas peores. Dice que no sabía nada del resto. Lo creo. Y en segundo lugar, al menos me empujó, a su manera particular, hacia las respuestas correctas. De todos los implicados, fue el único que intentó hacer algo.

Si la investigación actual descubre el papel de Penry y lo encarcela por ello —lo encarcela además y por encima de lo que le caiga por el desfalco— estaré complacida. Sería el resultado justo. Merecido.

Pero no trabajaré para que eso ocurra. Penry me ha ayudado, y no se lo pagaré delatándolo. El que esté libre de pecado que tire la primera piedra. Ambos somos pecadores. Él y yo.

Brydon y yo charlamos y en ocasiones nos quedamos en silencio. No hemos hecho el amor, pero nos estamos acercando. No quiero hacer el amor en estado de *shock*. No queremos. Ni Brydon ni yo. Mi novio.

Así que nos besamos y nos hacemos arrumacos y charlamos, pero mientras pasa el tiempo, me fijo en que está empezando a ponerse tenso. Como lo ha estado desde después del funeral.

Le pregunto qué le preocupa. Dice que nada y le digo que sé que hay algo. Sea lo que sea, es mejor que se lo saque de dentro.

Respiración profunda. Suspiro. Se levanta y pasea.

Es inquieto el señor Brydon. Un labrador retriever. Si no ha hecho ejercicio como es debido no sabe estarse quieto. Quizá tendría que comprarle un hueso de goma para que juegue. Y algo para mantener su pelaje lustroso.

Los dos empezamos a hablar al mismo tiempo.

—Mira, Fi, no quería...

—¿Tenías perro cuando eras niño?

Yo soy la chica, así que mi pregunta se impone a la suya.

—Siempre tuvimos labradores. Labradores negros.

—¿Tuviste alguno favorito?

—Oh, vaya, ahora que lo preguntas... Los quería a todos, pero supongo que *Buzz*. Es el que teníamos cuando yo tenía nueve o diez años. Era mi mejor amigo entonces.

—¿Buzz? Buzz. —Lo pruebo. Encaja—. Voy a llamarte Buzz. No me gusta Dave, lo siento.

—¿Buzz? Vale. Era un pimpollo, vaya que sí.

—Así pues, Buzz, tiene algo que preguntarme.

—Mira, es una estupidez, pero me ha estado preocupando. Esa noche, el lunes, antes del funeral. Íbamos a vernos, pero dijiste que no podías porque venía tu familia. Pensé en llamarte y ver si querías que me pasara después a tomar una copa. No me respondiste en el fijo. Estaba en la zona, porque había ido a un bar con un amigo aquí al lado, en Pentwyn Drive. Probablemente no debería haberlo hecho, pero pasé por tu casa. Luces apagadas, no estaba el coche. No había gente. Nada.

»Me preocupé y no sabía por qué. No soy, maldita sea, Fi, normalmente no soy celoso. No soy paranoico. Pero estaba preocupado. Sé que habías estado en el depósito con Hughes, y fui allí. No sé por qué. Ya te digo que no soy así. Pero allí estaba tu coche. En medio del maldito aparcamiento. Muy lejos de una fiesta familiar. Y mucho rato después de que terminaras con Ken Hughes.

Se cabrea. Está avergonzado por haber curioseado, pero también necesita una respuesta. Se la merece.

Mi primer instinto es engatusarle. Inventar una historia. Inventar algo. Soy lista y tengo inventiva. Puedo hacerlo fácilmente. Pero Brydon —Buzz— es ahora mi novio, y los novios se merecen lo mejor. Es hora de dar explicaciones.

No sé por dónde empezar.

Me da miedo decir nada.

Me encuentro a solas con la verdad y no sé qué hacer con ello. Solo puedo intentar decir la verdad desnuda y confiar en que Buzz, mi nuevo novio, no se asuste. Podría hacer eso. Podría hacerlo ahora.

Empiezo con suavidad, insegura de mí misma.

—De adolescente estuve enferma. ¿Lo sabías?

Asiente. Sí. Todo el mundo lo sabe.

—Mira, no sé si alguien sabe cuál fue mi enfermedad. No sé cuál es el rumor de la oficina.

—No hay rumor, Fi. Siempre supusimos que fue una especie de crisis nerviosa. No es cosa mía y, de todos modos, es cosa del pasado.

Sonrío. El pasado. Eso es lo que dice la gente sana de estas cosas, y no hay nadie en el mundo más sano que el sargento detective Dave *Buzz* Brydon.

—¿Quieres sentarte? —digo—. Es difícil hablar con alguien que no para quieto.

Se sienta enfrente de mí. Cara vieja, cara seria.

—Gracias. Sí. Una especie de crisis nerviosa, correcto. La crisis fue de una clase especial. Tan especial que tiene su propio nombre. Cotard. El doctor Jules Cotard. *Le délire de négation*. El síndrome de Cotard.

Brydon me mira, sombrío y sin juicio. Sé que no sabe de qué estoy hablando, pero voy a llegar allí.

Esto es muy difícil.

—Es un síndrome que suena gracioso a los que no saben de qué va, pero no tiene ninguna gracia para aquellos que lo padecen. Es un estado de delirio. Fue mucho más que una crisis. Yo estaba completamente delirante. Loca.

Brydon asiente. No es un asentimiento asustado ni sentencioso. Sé que si le insisto repetirá eso de que es cosa del pasado, pero quiero seguir hablando antes de perder el valor.

—Y la razón por la que el doctor Jules Cotard puso su nombre a este síndrome en particular es su rareza. En una forma suave, los pacientes sufren desesperación y desprecio de sí mismos, pero mi forma no era suave. No era nada suave. Lo tenía todo. En un estado severo, los pacientes tienen la creencia delirante de que no existen, de que su cuerpo está vacío y putrefacto.

Quiero parar aquí, pero cuando veo la cara de Brydon, me doy cuenta de que no lo ha entendido. Ninguna persona normal lo entendería por lo que acabo de decir.

Respiro hondo.

Dilo, Griffiths, dilo en voz alta. Díselo al buen hombre que tienes enfrente. Cuéntaselo todo y confía en que las cosas irán bien.

Y lo hago.

—Buzz, durante dos años, pensaba que estaba muerta.

Una pausa.

Una pausa larga, larga.

Tiempo suficiente para que tema que ahora tengo un ex novio. Que he llegado a la estación más cercana al planeta Normal y estoy a punto de salir disparada de nuevo a la órbita de la que he venido. Da la sensación de que ni él ni yo hemos parpadeado durante una eternidad.

—¿Y eso es lo que me estás contando? ¿Que es allí donde estuviste esa noche? En el depósito.

Asiento.

—Con Janet y April sobre todo. Las Mancini. Y con Stacey Edwards en realidad. En la sala de autopsias.

Se estira hacia mí. Ahora estamos los dos en el sofá, yo apoyada en un reposabrazos, él apoyado en el otro, con los pies y las piernas entrelazadas en medio. Me coge de la mano y empieza a hablarme con la voz que la gente reserva para los genuinamente locos. Está bien. Hay gente que puede ayudar. No será lo mismo que antes.

Lo interrumpo. Su error es inevitable, por supuesto. Cualquiera lo haría, pero lo equivocado de ello me hace reír.

—No, no. No siento que esté loca. Sé cómo es la locura y no se parece en nada a esto. Pocas veces me he sentido tan viva.

Esa es mi lógica. Para mí tiene sentido, pero mi talento con la lógica humana común nunca ha sido brillante y esta noche la aguja de mi brújula está completamente torcida.

—Pasaste la noche con tres cadáveres, todos asesinados y...

Le pongo una mano encima. Tiempo de pararlo.

—Buzz, voy a necesitar pedirte cierta comprensión. Lo siento, pero escúchame hasta el final. Desde que me recuperé, bueno, ni siquiera me he recuperado. Cotard es algo que remite, pero nunca desaparece del todo. No voy a reconocerlo ante mi psiquiatra, pero ahí está. Siempre sé que podría volver a eso otra vez. Lo he estado temiendo desde que mejoré.

—Tu psiquiatra. ¿Todavía...?

—La verdad es que no. Con un caso como el mío, tengo un especialista asignado por si ocurre algo. Se supone que he de ir a charlar de vez en cuando, pero no voy. Hace años que no he ido.

—Y esa noche. ¿En el depósito...?

—Esa noche no fue algo premeditado, fue más bien un impulso. Sencillamente sentí que necesitaba estar con algunas personas muertas. No se trataba solo de las Mancini, era... —Estoy a punto de hablar de Stacey y Edith y Charlie el de vida alegre, cuando me doy cuenta de que probablemente ha ido demasiado lejos, así que me controlo—. También había otros. ¿Sabes?, para ti están muertos. Son alienígenas. En realidad te preocupa que sus corazones no latan y que falten casi todos sus órganos.

»Para mí son solo personas. Son personas muertas, pero yo también he estado muerta. Me parecen una compañía agradable. Fácil, agradable. Para ser sincera, me resulta más fácil tratar con ellos que con los vivos. Sé que suena extraño para ti, pero no eres como yo. Nadie lo es.

—¿No hay nada...? Dios, Fi, sea cierto o no, por favor dime que no hay nada raro aquí.

Lo miro boquiabierta. No sé qué quiere decir, así que trato de adivinar lo que una persona humana decente pensaría en un momento así. Entonces lo entiendo.

—¿Algo sexual? ¿Es lo que ibas a decir?

Asiente, complacido de que no le haya obligado a verbalizarlo.

—Nada ni siquiera remotamente sexual. Los muertos no están interesados en el sexo. No es una broma. No lo estamos. Vamos, que yo no lo estaba cuando era adolescente y ellos no lo están. Solo están... Solo están muertos.

—Vale. A ver si lo entiendo. Párame si me equivoco.

Accedo. La atmósfera es un poco menos tensa ahora. No estoy pensando con mucha claridad, pero sé que he dicho lo peor, lo más gordo, lo de Cotard, y Brydon no se ha levantado del sofá de un salto. Sigue aquí. No se ha rendido. Eso no significa que esté a salvo y lo sé, pero lo peor que podía ocurrir no ha ocurrido todavía.

Escucho el intento de Brydon de resumir mi resumen.

—Una vez hubo un doctor, el doctor Cotard —empieza.

—Correcto.

—Le puso su nombre al síndrome de Cotard.

—Exacto.

—Durante dos años tuviste la desgracia de sufrir el mencionado síndrome.

—Unos dos años. A los muertos no les preocupa el tiempo.

—Vale, así que unos dos años. Luego mejoraste. Más o menos.

—Sí.

—Unos pocos (no sé qué, ¿ataques de pánico?), pero nada que no pudieras manejar.

—Correcto.

No muy correcto en realidad. Los tres primeros años después de mi «recuperación» fueron espantosos. Esos años en Cambridge fueron los peores, con el fantasma de mi propia muerte vigilándome a través de cada ventana lúgubre. Ni siquiera me gusta pensar en ellos. Me asustan más, por raro que parezca, que los dos años del Cotard.

—Entonces te encontraste en un depósito de cadáveres por un asunto policial.

—Con el inspector detective Kenneth Hughes en la operación Lohan.

—Eso es. Y... no lo sé. Ayúdame un poco. Necesitabas estar con algunas personas muertas. ¿Por qué?

—No lo sé. Si lo supiera, te lo diría. Creo que es porque me sentía bastante segura. Me sentí suficientemente viva para poder atreverme con los muertos. ¿Tiene sentido? Yo estaba viva, ellos estaban muertos, y pasamos un rato juntos. Y me sentí bien. Por primera vez desde que tenía catorce o quince años, mi Cotard no estaba en ninguna parte. Había desaparecido.

De repente, me fijo en que la cara de Brydon está llena de emoción. Hay más emoción allí que la que yo misma estoy sintiendo.

—Es asombroso, Fi. Si es cierto, es brillante.

—No sé si es verdad. Como digo, no ha desaparecido del todo. No creo que eso pase nunca.

—Bueno, no lo estropees ahora. Ya casi me tenías.

—Fue una buena noche. De verdad que lo fue.

Asiente. ¿Cuántas personas en el mundo podrían oír todo esto y aceptarlo? Aparte de mi familia y los trabajadores de la salud mental, Brydon es la primera persona con la que he hablado de mi enfermedad.

—¿Cómo fue, Fi? ¿Cómo puede cualquiera pensar que está muerto?

—No puedo decírtelo. Supongo que tenía pensamientos. Mi cerebro todavía podía funcionar. Pero no creo que pudiera tener ningún sentimiento. Ninguna emoción. No podía sentir dolor. El tacto humano me resultaba raro. Estaba entumecida. Nunca sentía nada. Entonces ¿qué tenía que pensar? Por extraño que parezca, creer que estaba muerta no era un error tan grande. Me refiero a que no estaba viva. En realidad no lo estaba. No de la manera en que tú lo estás ahora.

Brydon lo asimila todo.

—Es increíble —dice al final.

Cojo su brazo y lo muerdo lo bastante fuerte para dejar una marca.

—Morir es cuando no puedes sentir esto.

—Ajá. ¿Y cómo de muerta te sientes hoy?

Me muerde el brazo, pero con suavidad.

Algo que ha estado entre nosotros se desliza tan completamente que es difícil recordar cómo se sentía. La cara de Brydon parece dos tonos más brillante. Yo me siento completamente distinta, como si la gravedad se acabara de alterar, de reducir.

No ocurre de inmediato. No ocurre de manera mala ni apresurada ni inapropiada, pero no pasa mucho tiempo antes de que estemos besándonos, y eso da paso a los preliminares y los preliminares dan paso a hacer el amor. Hacer el amor.

No hacemos el amor en el suelo, usamos el sofá. Y no es a mordiscos apasionados ni sin palabras como lo había imaginado, sino tierno, comprometido y sentido. Es perfecto para este momento.

He dicho la verdad y estamos haciendo el amor.

He dicho la verdad sobre mi enfermedad y estamos tumbados en mi sofá haciendo el amor.

No puedo creer mi buena suerte.

Cuando hemos terminado reímos y comemos. Brydon se toma una cerveza y yo doy minúsculos sorbos a su lata.

—Buzz —digo, frotando la cabeza en su pecho desnudo—, Buzz, Buzz, Buzz.

Él me acaricia la cabeza y el cuello con su mano libre. Cuando eructa, lo suaviza y dice:

—Perdón.

Nos abrazamos, sobre todo sin palabras, durante media hora o más. Brydon es encantador, pero también veo que mi Cotard lo ha pillado a contrapié. No lo culpo. Es normal. No soy un bocado fácil para nadie. Probablemente no ayuda pensar que hace dos días su nueva novia mató a una persona y dejó a otras tres hechas un asco. No es la clásica táctica de amor femenino.

—Buzz —digo—, creo que quizá necesitarías una tarde libre. Tiempo para ti. Pensar en todo. Tienes mucho que asimilar. Lo sé y me parece bien.

Empieza a protestar, pero no se lo voy a permitir y enseguida se da cuenta de que lo que estoy diciendo tiene sentido. Brydon es amable en la forma en que lo hace, pero está contento de irse.

Lo acompaño a la puerta.

Hay una cosa más que pensaba decir. Casi se la digo en el escalón del umbral. Pero no lo hago. Solo cuando está en su coche, saludándome con la mano, y se pierde de vista calle abajo, me permito decirlo.

—Y, querido Buzz, hay otra cosa. Creo que es posible que me esté enamorando de ti.

Eso suena bien y lo digo otra vez.

—Me estoy enamorando de ti.

Las palabras más bonitas del planeta Normal.

48

Aún no he terminado con mi lista de cosas por hacer. Casi, pero no del todo. Me queda una llamada.

Hago una llamada. Mamá y papá están en casa. Antes de pasarme le digo a mamá tres veces que ya he comido.

Es una sensación extraña. Ha habido muchas variedades de extrañeza en las últimas semanas, pero esta es nueva. Anticipación. Así es como lo llamaría el psiquiatra al repasar sus listas de sentimientos. «Anticipación, Fiona. Estás adelantándote a un suceso de tu futuro. Todavía no estás segura de que ese suceso vaya a producirse. Hay un rango de posibles resultados. Algunos buenas, otros malos, otros buenos y malos. El sentimiento asociado con ese estado se llama anticipación.»

Anticipación, doctor. Creo que lo comprendo. Pero puedo cotejar con usted mi idea para estar segura de que no me equivoco.

«Por supuesto, Fiona. Estamos aquí para ayudar.» Mirada entusiasta a la enfermera.

Muy bien, doctor, déjeme repasar unas cosas. Durante las últimas tres semanas, más o menos, he estado trabajando en un caso donde a una niña de seis años le han aplastado la cabeza con uno de esos monstruosos fregaderos Belfast. Ya sabe a cuáles me refiero. Puede que hasta tenga uno en su cocina. De aspecto rústico. Caro. La cuestión es que a esta niña le han destrozado la parte superior de la cabeza con un trozo de cerámica de cocina, dejándole solo la boquita para sonreírme. Y sonríe. Durante la mayor parte de las últimas tres semanas, he tenido la imagen de la niña en mi pared o en mi salvapantallas, o en los dos sitios. Acechándome, podría decirse, solo que es una bonita manera de acechar. Me gustaba. La pedía, de hecho. Y para que quede claro, era la niña muerta la que me acechaba. Me asusta decirlo, pero la viva nunca me ha interesado tanto. ¿Me sigue hasta aquí?

El doctor aprieta los dientes. «Sí, sí. Estamos hablando de anticipación, Fiona. Una sensación de tiempo presente sobre un suceso futuro.»

Es a lo que voy, doctor. No se puede meter prisa a estas cosas. El caso es que me sentía como si la niña muerta tuviera algo que enseñarme y yo no lo estuviera entendiendo, así que decidí pasar la noche con ella en el depósito. En el grande, en el Hospital de la Universidad.

«¿Pasar la noche? ¿En el depósito de cadáveres? —Tono de extremo *shock*. La enfermera se acerca a la puerta y al gran botón rojo de pánico—. Por favor, trata de centrarte en el tema. Estamos hablando de anticipación. Querías comprobar tu comprensión del término.»

El depósito, doctor. Donde tienen a todos los muertos. ¿Por qué? ¿Le preocupan los muertos? ¿Tiene sentimientos incómodos en torno a ellos con los que le cuesta enfrentarse? Quizá debería encontrar a alguien con quien hablar. La cuestión es que pasé la noche con ella y con su madre; su madre también está muerta. ¿Lo he mencionado? Un pelo encantador. Cobrizo. Y una piel increíble, y he aprendido algo muy interesante. Algo que tengo que discutir con mis padres. Y es curioso, pero creo que esa conversación podría alterar todo el modo en que veo mi propia historia personal. Posiblemente de una manera positiva. Posiblemente no. Bien podría ser, como acaba de decir, que tenga cosas buenas y malas. Así que ahora tengo un sentimiento dentro —un cosquilleo, excitación, nervios, agitación—, y creo que quiero llamar a eso anticipación. ¿Cree que es la palabra adecuada? Parece que sí.

«Sí, Fiona. Creo que en eso no te equivocas. Anticipación. La sensación de esperar un suceso en tu futuro. Avancemos.»

Así es más o menos como iban estas conversaciones. Al principio, conseguía enloquecer a los médicos sin tener ni idea de cómo lo hacía. No sabía qué era lo que había dicho para provocar todo un intercambio de miradas «Está loca» con la enfermera. Solía terminar estas sesiones con el doctor diciéndome que mi medicación tenía que ajustarse para que me sintiera más cómoda, lo cual, traducido grosso modo, significaba que iban a incrementar la dosis de lo que me estaban dando para estar más tranquilos ellos. Al menos una vez, y quizá más de una vez, terminé esas sesiones sujetada por dos corpulentas enfermeras psiquiátricas mientras el doctor me administraba una inyección sedante. Lo curioso es que uno pensaría que si alguien se dedica a trabajar en la salud mental es porque disfruta ayudando a los enfermos mentales, pero me doy cuenta de que no se trata de nada de eso. Quizás en el caso de alguna gente sí. Los santos, como Ed Saunders. Pero la mayoría parecían haber entrado en la profesión porque odiaban las enfermedades mentales. Las odiaban y querían castigarlas. Drogar para lograr la aquiescencia. Obediencia. Sí, doctor. No, doctor. ¿Es eso lo que aconseja? ¡Entonces por supuesto! Abriré la boca. Me tomaré la medicación. Pastillas rosas en su bandeja de papel blanco. Traga. Sonríe. Gracias, doctor. Ya me siento más tranquila.

Una vez que entendí todo esto —y fue probablemente alrededor del momento en que empecé a mejorar— solía entrar en estas sesiones y deliberadamente jugar con las cabezas de los doctores. Provocarlos. Decía cosas escandalosas que los ofendían, pero al mismo tiempo me cuidaba muy mucho de no decir o hacer nada que les permitiera sacar sus jeringuillas o sus libretas de prescripciones. También empecé a ponerme legalista con ellos. Investigué mis derechos y empecé a desafiarlos respecto a si algo que querían hacer era legítimo según el párrafo tal y tal de la Ley de Salud Mental. Era lista, culta, con inventiva, escandalosa, y una adolescente malhumorada, por supuesto. Rebelde y con ganas de discutir. Mi padre tampoco tuvo nunca una relación brillante con las figuras de autoridad, con lo cual si yo empezaba a ponerme impaciente y legalista, él no podía contenerse. Venía con sus abogados de mi parte, escribía cartas, solicitaba una revisión judicial, presentaba quejas al Consejo Médico General. Se ponía pesadísimo. No sé si conseguimos nada, pero de una manera extraña fue divertido. Me uní todavía más a mi padre por ese motivo.

Sin embargo, a años de todo eso, he de decir que esos médicos me dieron algo. Conceptos y técnicas que todavía uso hoy.

«Anticipación. La sensación de anticipar un suceso en tu futuro.»

Eso es lo que tengo ahora. Un cosquilleo. Excitación. Nervios. Agitación. Una sensación que de alguna manera combina todas esas cosas en una creación que es mayor que la suma de sus partes. Anticipación. Lo que estoy sintiendo ahora mismo.

Conduzco hasta la casa de mis padres y freno. Pongo punto muerto. Freno de mano. Apago el contacto. Escucho cómo se calla el motor. Inspiro, dos, tres, cuatro, cinco. Espiro, dos, tres, cuatro, cinco. Sostengo y repito.

Anticipación.

49

Mamá dice:

—No he cocinado porque has dicho que has comido, pero he pensado en ponerte unas cositas por si querías picar.

Salchichas. Ensalada de patata. Ensalada de tomate. Lechuga. Ensalada de col. Salami. Jamón frío. Panecillos. Queso de cabra Caerphilly y galés. Encurtidos. Cerveza embotellada, incluida cerveza sin alcohol para mí. Unas cositas.

Papá mira el despliegue con los ojos muy abiertos. De camino a la cocina, hemos de pararnos a admirar el trofeo a la Mejor Mamá del Mundo, que ahora se alza sobre la puerta de la cocina con aspecto de estar a punto de derrumbarse. Le digo a mi padre lo maravilloso que me parece y pongo cara a mamá para opinar sobre lo espantoso que es. Le doy seis semanas. Tres meses a lo sumo.

Kay y Ant también vienen a compartir el festín. Todos los presentes ya han comido, pero mamá es la única que no sigue comiendo mucho más. Al poco rato, Kay saca medio pastel del chocolate de la nevera, y ella y Ant empiezan a minar sus defensas hasta que enseguida lo dejan casi arruinado. Todos hablan de lo suyo, y a nadie le importa demasiado que los demás lo escuchen con mucha atención.

El reloj da las nueve en punto. La hora de que Ant se vaya a dormir y la señal para que mamá se aposente con su caja de DVD.

—Mamá, papá —digo—, me gustaría hablar con vosotros.

Los ojos de Kay se ensanchan. Sea lo que sea, quiere formar

parte de esto, pero le digo que es privado, si no le importa. Le importa, pero no tanto como para que no se la pueda convencer de que suba a su habitación y se pase dos horas hablando con sus amigos por teléfono, SMS y mensajería instantánea.

Eso nos deja a mamá, papá y a mí solos en la cocina. Claramente nos hemos desplazado a un nuevo territorio socioemocional y el instinto de mamá está ligeramente confundido. Para ella, cualquier nuevo territorio de esta clase necesita ser marcado por la producción de algo comestible, pero ya acabamos de hartarnos con una segunda cena y ni siquiera mamá es capaz de repetirlo todo otra vez. Así que se contenta con hacer té. Papá va a buscar oporto, whisky, brandy, Cointreau y algún licor italiano de aspecto nocivo cuyo nombre no puedo pronunciar, pero que se lo regaló uno de sus contratistas italianos con algunas promesas altamente coloreadas sobre su potencia alcohólica. Papá está deseando probarlo con alguien. Como sabe que yo soy casi abstemia, es poco probable que esa persona sea yo, pero le gusta crear un espectáculo de todos modos. Y las copas son bonitas.

Finalmente, termina el ruido. Mamá y yo compartimos una infusión. Papá se toma una taza de té negro fuerte junto con una copita del licor italiano. La verdad es que ni siquiera papá bebé mucho hoy en día. Ant está en la cama. El sonido de Kay hablando arriba apenas resulta audible desde aquí. Se oye el tictac del reloj de la cocina.

—Mamá, papá.

Empiezo, luego paro. En cierto modo, no quiero pedirles que me lo cuenten, solo quiero que me lo expliquen todo por su propia voluntad. Pero sé que he de incitarlos, y no estoy segura de cómo hacerlo. Voy a coger una foto que está colgada junto a la puerta del pasillo. Enmarcada en plata. Una foto reciente de los cinco. Mamá, papá, yo, Kay, Ant. La sostengo de manera que mis padres y yo podamos verla.

—Creo que es hora de hablar claro. Es hora de que me lo aclaréis. Está bien. Estoy preparada. En serio. Lo preferiría.

Mamá y papá se miran. Están preocupados, pero estoy segura de que saben muy bien de qué estoy hablando.

Veo que necesitan un empujoncito más, así que lo hago.

—He estado pasando cierto tiempo con esta niña con la que me encontré por el trabajo. Una niña preciosa de seis años, un encanto. De todos modos, me di cuenta de que esa niña tenía algo. Era la hija de su madre. Eso suena estúpido, ¿no? La hija de su madre. Pero la madre tenía una vida increíblemente problemática. No entraré en detalles, pero no fue fácil. Aun así, hizo enormes esfuerzos para quedarse con su hija. Las autoridades querían retirarle temporalmente la custodia, pero la madre siempre se resistió. Quería que su hija tuviera una vida mejor que la suya. Al final, no lo consiguió del todo, pero lo intentó. Se lo dio todo.

»El caso es que a medida que pasaba el tiempo estaba cada vez más segura de que esta niña pequeña tenía algo que enseñarme. Resultó ser algo realmente obvio. Sentí que la niña me estaba diciendo que yo no era la hija de mi madre. Ni de mi padre. Esa niña tuvo una vida terriblemente difícil, pero igualmente tenía una cosa que yo no tenía.

Levanto la foto.

Papá es alto. Mamá es alta. Kay es alta y delgada y guapísima. Ant está creciendo muy deprisa. Y eso deja a Fiona, la superintelectual, el pez fuera del agua, el alfeñique de la camada.

—Es tan obvio en realidad. No me parezco en nada a vosotros. Ni físicamente ni... ni en otras cosas. Y no me interpretéis mal. Os quiero muchísimo a los dos. A vosotros y a Kay y a Ant. Esta familia es de lejos lo mejor que me ha pasado en la vida. Pero necesito saber de dónde vengo. Quizá no estaba preparada antes, pero ahora lo estoy. Me gustaría saberlo.

No lo digo, y no lo diré, pero hay más motivos para mi intuición que las pistas insistentes de April. También está lo que me dijo Lev. Y Axelsen. Y la Wikipedia.

He estado en estado de *shock* durante la mayor parte de mi vida. He marcado casi todas las casillas. De hecho, si piensas que mi Cotard es simplemente la forma más extrema y extravagante de despersonalización, también se puede argumentar que he sufrido la forma más extrema y extravagante de *shock*. En lo que respecta a mi vida mental, casi nunca he conocido un término medio.

El único problema con la hipótesis Lev-Axelsen-Wikipedia era la única casilla no marcada. La única casilla que absolutamente tenía que ser marcada. El suceso. El suceso traumático o aterrador. El suceso que nunca ocurrió.

Lo que le dije a Lev era cierto. Sé que mi familia era segura. Ni abuso sexual ni físico. Ni alcoholismo. Ni atisbo de divorcio. Unas pocas discusiones matrimoniales. Ninguna amenaza del exterior. Ningún tío chungo. Sin agresiones por parte de desconocidos. Ninguna familia de Gales podría ser más segura. El dinero de papá, su energía, su reputación eran paredes más gruesas que el cemento. Cualquier hipotético malhechor habría preferido meterse con cualquier otra familia de Cardiff antes que enemistarse con mi padre. Toda mi vida, he estado tan segura como se pueda desear.

Toda mi vida, hasta donde alcanzo a recordar.

Pero los sucesos traumáticos pueden estar muy lejos en el pasado. Más lejos que la infancia. Más lejos que el recuerdo. ¿Qué ocurrió en mi primer año o en mis primeros dos años de mi vida? ¿Por qué puedo recordar mi infancia solo a través de una niebla de olvido? ¿Por qué mi Cotard me acechó de manera inesperada para arruinar mis años de adolescencia? ¿Por qué en ocasiones me despierto con terrores nocturnos tan vívidos que estoy empapada en sudor y me quedo tumbada en la cama, con las luces encendidas, despierta y con los ojos abiertos durante resto de la noche por no correr el riesgo de volver a lo que fuera que me visitaba en mis sueños?

No digo estas cosas en voz alta, y nunca se las diré a estas dos personas que me han querido tanto, pero es momento de respuestas y ellos lo saben.

Ellos se miran a través de la mesa. Papá pone una mano en la de mamá y se la frota brevemente. Entonces se levanta y dice:

—Un momento, amor. —Y sale de la habitación.

Mamá y yo nos quedamos solas con el tictac del reloj.

Un reloj que hace tictac en una habitación en silencio.

Me sonríe. Una sonrisa valiente, incierta. Le devuelvo la sonrisa. Me siento bien. La anticipación que sentía antes se ha calmado ahora. Ya no estoy segura de lo que siento. O para ser precisa, estoy en contacto con la sensación, simplemente no tengo una palabra para definirla. Es como fundirse por dentro. Una licuación de algo sólido. No es una mala sensación. No me importa. Sencillamente no sé qué es. No creo que ni siquiera mis doctores pudieran ponerle un nombre.

Papá vuelve a la habitación.

Trae algunas cosas: una foto y una bolsa de la compra de plástico vieja.

Se sienta a la mesa. Me sonríe, luego sonríe a mamá, otra vez a mí.

El reloj hace tictac muy ruidosamente en el silencio.

Estamos todos nerviosos. Es como si la habitación en sí, el espacio vacío, la casa entera estuviera en un estado de anticipación. Los médicos probablemente me regañarían por decir eso. Dirían que un espacio vacío no puede tener sentimientos. Pero ellos nunca se han sentado donde estoy sentada yo ahora. Nunca han sabido lo que es que toda tu vida esté colgando de un hilo.

Papá me enseña la foto, me la pasa.

Es una foto mía de cuando tenía unos dos años y medio. Vestido rosa. Lazo blanco. Bien peinada. Sonrisa tímida. Un pequeño osito blanco de peluche. Nunca he visto esta foto antes, pero reconozco el coche en el que estoy sentada. Es el viejo Jaguar XJ-S descapotable de papá. Tiene la capota bajada. El día parece razonablemente soleado. No veo suficiente parte de la calle para decir dónde es. No tengo razón para pensar que hay algo extraño en la foto en absoluto.

Miro a papá.

—Fiona, amor. Esa foto se sacó el quince de junio de mil novecientos ochenta y seis. La sacaron con esta cámara.

La extrae de la bolsa y me la pasa a través de la mesa. Un pequeña cámara marrón con estuche de cuero, con una correa de cuello también de cuero. La cámara parece más vieja que de 1986. Tal vez mucho más vieja.

—Y encontramos la cámara el mismo día que te encontramos a ti. Acabábamos de entrar en la capilla (tú madre aún me hacía ir entonces) y cuando salimos allí estaba el coche, como lo habíamos dejado, solo que con un pequeño milagro dentro. Tú. Salimos y allí estabas. Sentada en nuestro coche con esa cámara en torno al cuello. Cuando revelamos la película que había dentro, solo había esta foto. Una foto tuya. No había ninguna nota, nada. Solo esa asombrosa niña en la parte de atrás de nuestro coche.

Oigo todo esto. No tiene sentido en absoluto, y al mismo tiempo tiene todo el sentido. Es como ese momento en un teatro donde un escenario entra por la izquierda mientras el otro desparece por la derecha. Ves las dos cosas al mismo tiempo. Las ves en su totalidad. Las comprendes. Pero también sabes que una cosa va a sustituir a la otra. Que lo que creías que era tu mundo está a punto de desaparecer para no aparecer nunca más.

—¿Me encontrasteis? —digo—. ¿Solo salisteis y me encontrasteis?

—Sí. Tu mamá y yo queríamos tener hijos. Nos gustan los enanos, ¿eh, Kath? Pero teníamos problemas para concebir. No sé por qué. Las dos niñas de arriba llegaron de manera ordinaria. Pero la cuestión es que salimos de la capilla. Habíamos estado rezando por ello. Siempre lo hacíamos. Y ahí estabas. Gracias, Jesús. La respuesta a nuestras oraciones. Francamente, nuestro propio pequeño milagro. Y ni siquiera eras de las que lloran y vomitan. El buen Señor te había hecho superar todo eso y te había enviado limpia y dulce para conocernos. Hasta con tu pequeño oso de peluche.

—Por supuesto... —dice mamá, incómoda con la implicación de papá de que simplemente se marcharon conmigo.

—Sí. Tu madre tiene razón. Teníamos que contárselo a alguien y lo hicimos. Si tu verdadera madre y padre hubieran aparecido, te habríamos entregado. No nos habría gustado. No es lo que queríamos. Nos enamoramos de ti al instante. Y lo digo en serio, al instante. Pero lo habríamos hecho por ti. Si tu madre y tu padre hubieran venido a buscarte, te habríamos entregado de inmediato.

Mamá empieza entonces a hablar más. El proceso de adopción. Como fue «bueno, un poco complicado, por tu padre y todo». Se queda corta, creo. A finales de la década de 1980, por lo que sé, papá estaba en el apogeo de sus problemas con la justicia. Recuerdo, cuando tenía cinco o seis años, sentada a la mesa y con papá riéndose a carcajadas con sus amigos y diciendo que era el hombre más inocente del sur de Gales. Cinco acusaciones y ninguna condena. Supongo que las autoridades de adopción se resistirían a entregar a una criatura a alguien que parecía destinado a terminar en la cárcel, y cualquier informe policial que solicitaran no sería halagüeño, pero claro, cuando mi padre quiere algo, normalmente lo consigue. Contra viento y marea.

Escucho a mamá hablando, pero no me interesa el proceso de adopción. Lo que me interesa soy yo.

—¿Qué edad tenía?

Papá se encoge de hombros.

—Nadie lo sabe. Entonces calculamos que quizá dos años o dos y medio. Solo por la estatura. Pero nunca fuiste muy alta, amor, así que a lo mejor nos equivocamos un poco. Quizás eras mayor.

—¿No me lo preguntasteis?

—Oh, cielo, te preguntamos todo. Te preguntamos dónde estaban tu mamá y tu papá. Dónde vivías. Cómo te llamabas. Qué edad tenías. Todo.

—¿Y?

—Nada. No hablabas. Durante, ¿cuánto fue, Kath?, quizá dieciocho meses, no hablaste. Lo entendías todo. Ya entonces eras muy inteligente. Y te hicimos tests y pruebas y todo. No encontraron nada malo. Nada de nada. Y entonces un día empezaste a hablar. Dijiste:

—Mamá, ¿puedo comer un poco más de queso, por favor? No es verdad, ¿Kath?

Mamá dice que sí y se hace eco.

—Mamá, ¿puedo comer un poco más de queso, por favor?

Yo hago eco de ella.

—Mamá, ¿puedo comer un poco más de queso, por favor?

Algo dentro de mí ha cambiado. El cambio de escena es completo. Ya no puedo ver ni sentir el viejo mundo. Este nuevo mundo es mío ahora. No tiene sentido. Plantea un millón de preguntas. Sobre quién fui, de dónde vine, cómo llegue al coche de papá, por qué no podía o no quería hablar. Sobre esos dos o tres años desaparecidos. Sobre lo que ocurrió en ese momento que acumuló tantos problemas para mi vida futura.

Y aun así, todo eso no importa, al menos en este momento.

Papá saca de la bolsa las últimas cosas. El vestido rosa con el lazo blanco. El oso de peluche. Un broche del pelo. Un par de zapatos negros brillantes con unos calcetines blancos largos metidos dentro. Me los pasa por encima de la mesa.

Mi pasado. Mi misterioso pasado. Las únicas pistas que tengo.

E incluso cuando entierro la cabeza para oler el vestido sé que estas cosas tampoco importan. Lo que importa ahora es lo que está ocurriendo dentro de mí. Lo que antes se estaba licuando ahora se está fundiendo por completo. Una vieja barrera ha caído. Se ha desvanecido. Se ha extinguido.

Me siento extraña y algo extraño está ocurriendo.

Levanto la cabeza y la aparto del vestido. Me llevo las manos a la cara y cuando las retiro están húmedas. Algo muy extraño está pasando. Una sensación que no reconozco. Pierdo líquido por alguna parte.

Y entonces lo sé. Sé lo que está ocurriendo.

Esto son lágrimas y estoy llorando.

No es una sensación dolorosa, a diferencia de lo que siempre había pensado. Me parece la expresión de sentimiento más pura que es posible tener. Y la sensación lo mezcla todo. Felicidad. Tristeza. Alivio. Pena. Amor. Una combinación de cosas que ningún psiquiatra ha sentido. Es la combinación más maravillosa del mundo.

Me llevo las manos a la cara una y otra vez. Las lágrimas resbalan por mis mejillas y caen desde la barbilla, me hacen cosquillas en el lado de la nariz, me mojan las manos.

Son lágrimas y estoy llorando. Soy Fiona Griffiths. Ciudadana abonada del planeta Normal.

NOTA DEL AUTOR

El síndrome de Cotard

El síndrome de Cotard es un trastorno raro pero auténtico. Jules Cotard, psiquiatra francés del siglo XIX, le dio su nombre y también acuñó el término *le délire de négation*, una descripción más concisa y precisa de la enfermedad que ninguna de las que se utilizan en la actualidad.

La enfermedad es excepcionalmente grave y sus principales ingredientes son la depresión y la psicosis. Los psiquiatras modernos probablemente argumentarían que no se trata de una enfermedad en sí, sino más bien de una manifestación extrema de despersonalización, la más extrema de todas, de hecho. Algunos pacientes afirman que «ven» su carne en descomposición y llena de gusanos. El trauma en la primera infancia está presente en casi todos los casos bien documentados del síndrome.

La recuperación plena es poco común. Los suicidios de pacientes son, lamentablemente, muy frecuentes. De hecho, mi mujer, que es neuroterapeuta, trabajó con una paciente del síndrome de Cotard que terminó suicidándose. *Hablando con los muertos* está escrito, en parte, en homenaje al valor de esa paciente.

El estado mental de Fiona Griffiths es, por supuesto, una interpretación ficticia de una enfermedad compleja. No he pretendido lograr precisión clínica. No obstante, las pinceladas de su trastorno que nos presenta Fiona resultarán conocidas a cualquiera que esté familiarizado con la enfermedad.

OTROS TÍTULOS
DE LA COLECCIÓN

LA CITA

Louise Millar

La cita presenta a su autora, Louise Millar, como la última revelación del suspense británico. No en vano, este *thriller* psicológico de corte femenino ha logrado convencer, antes incluso de su publicación en el Reino Unido, a los principales editores internaciones, que aplauden la irrupción de una nueva voz del suspense que llega para quedarse. Ahora la primera novela de Louise Millar se publica en lengua española para añadir seguidores a sus legiones de lectores en medio mundo.

Callie y Suzy son dos amigas que comparten barrio, inquietudes y la amistad de sus hijos. Callie es una madre soltera y Suzy parece tener una vida perfecta. Pero... ¿qué pasa cuando la irrupción de una nueva vecina parece cambiarlo todo? ¿Y si de pronto los comportamientos habituales parecen extraños? ¿Cuál es el límite de la confianza entre desconocidos? *La cita* no dejará de sorprenderte.

LA ESQUINA DEL INFIERNO

David Baldacci

David Baldacci es uno de los grandes nombres del *thriller* contemporáneo. Sus novelas han sido traducidas a treinta y cinco idiomas y han sido publicadas en más de ochenta países, donde han vendido más de cincuenta millones de ejemplares. *La esquina del infierno* es la quinta entrega del Camel Club, su serie más emblemática.

John Carr, alias *Oliver Stone* —uno de los más hábiles asesinos del país— observa, tal vez por última vez, la Casa Blanca desde el parque Lafayette. El presidente de Estados Unidos ha vuelto a requerirlo para una delicada misión. Aunque lleva décadas luchando por dejar atrás su pasado, Stone no puede negarse. Pero la misión cambia drásticamente incluso antes de empezar... Una bomba explota delante de la Casa Blanca, y él deberá averiguar quién es el responsable.